Protéger Chelsea

La n[illegible] soupçon

ALICE SHARPE

Protéger Chelsea

Traduction française de
CAROLE PAUWELS

BLACK ROSE

HARLEQUIN

Collection : BLACK ROSE

Ce roman a déjà été publié en 2020

Titre original :
HIDDEN IDENTITY

HARPERCOLLINS FRANCE
83-85, boulevard Vincent-Auriol, 75646 PARIS CEDEX 13
Service Clients — www.harlequin.fr
ISBN 978-2-2805-1637-2 — ISSN 1950-2753

Édité par HarperCollins France.
Composition et mise en pages Nord Compo.
Imprimé en janvier 2025 par CPI Black Print (Barcelone)
en utilisant 100% d'électricité renouvelable.
Dépôt légal : février 2025.

FSC
www.fsc.org
MIXTE
Papier issu de sources responsables
FSC® C159065

Pour limiter l'empreinte environnementale de ses livres, HarperCollins France s'engage à n'utiliser que du papier fabriqué à partir de bois provenant de forêts gérées durablement et de manière responsable.

1

Il était posé sur le tarmac, comme une libellule surdimensionnée, un peu plus gros et un peu plus vieux qu'elle ne l'avait imaginé. À en juger par sa peinture kaki terne et délavée, il était en service depuis plusieurs décennies.

Chelsea n'avait jamais pris l'hélicoptère avant. Elle avait pensé que le stress des dernières semaines l'aurait trop épuisée pour qu'elle puisse ressentir les effets de la nervosité, mais non, il se trouvait que ce n'était pas du tout le cas.

Resserrant les doigts autour du bouquet de roses, elle s'approcha d'un homme qu'elle supposait être le pilote, et qui, un tournevis à la main, était penché sur le moteur.

Serait-ce mauvais signe ?

Il releva la tête en entendant le bruit de ses pas, et lui adressa un large sourire accueillant.

— Vous devez être Mme Pierce, dit-il, tout en rabattant le capot.

— Chelsea, je préfère. Et vous êtes sans doute M. Black ?

— Appelez-moi Bobby. Tout le monde le fait, sauf mon ex-femme, et je préfère ne pas vous répéter les noms d'oiseaux qu'elle emploie.

Il glissa le tournevis dans l'une des nombreuses poches de son pantalon, tendit la main, remarqua les traces de graisse qui la maculaient, et tira un vieux chiffon de sa ceinture.

Grand et mince, les cheveux grisonnants, il s'exprimait avec un fort accent du Texas.

Chelsea ouvrit son sac et en sortit l'enveloppe contenant la somme requise. C'était beaucoup d'argent pour elle et, maintenant qu'elle voyait à quoi ressemblait l'hélicoptère, elle se demandait si elle avait bien fait d'engager ce type.

Vraiment, est-ce que cette chose pouvait voler ? Était-ce sans danger ?

Bobby ressentit apparemment son hésitation.

— Ne sous-estimez pas la vieille Gertie, dit-il, en tapotant affectueusement le métal rouillé. Elle a des heures de vol, c'est sûr. Et moi aussi d'ailleurs. Mais elle tourne comme une horloge. J'ai bien préparé le plan de vol, et je devrais m'approcher au plus près pour jeter ces roses.

Le regard de Bobby faisait l'aller-retour entre le bouquet et l'enveloppe.

L'espace d'un instant, Chelsea envisagea de faire demi-tour, mais il en allait de sa tranquillité d'esprit, et ce n'était pas rien.

Elle avait trouvé ce type sur Internet – c'était le seul pilote qu'elle avait les moyens de s'offrir – et lui avait parlé au téléphone. Elle lui avait expliqué son projet, et avait obtenu l'assurance que ce serait un jeu d'enfant. Puis elle avait demandé à sa sœur, Lindy, de s'occuper du food-truck pendant quelques jours, et avait quitté San Francisco pour le Nevada. Elle avait passé la nuit dans un motel truffé de cafards, avait dépensé cinquante dollars pour les roses, et s'était autorisée à envisager de pouvoir tourner définitivement la page.

Et voilà qu'elle allait renoncer parce qu'un hélicoptère lui semblait un peu... fatigué ?

Le visage de Steven flotta dans son esprit. Des yeux gris, dont les nuances allaient de l'aube brumeuse au crépuscule, des lèvres charnues, un corps d'athlète, et une âme aussi profonde que l'océan.

Avec lui, elle avait envisagé le concept d'éternité. Et à présent, il n'était plus.

Comment une relation qui n'avait duré que quelques mois avait-elle pu engendrer d'aussi profondes conséquences, et laisser tant de questions sans réponse ?

La police avait découvert des traces de lutte et de coups de feu dans sa maison désertée, mais pas de victimes. Au début, elle avait complètement paniqué. Puis elle avait été informée par différents « officiels » que Steven s'était rendu en voiture jusqu'à un petit aérodrome situé en dehors de la ville, avait pris son avion, et s'était envolé vers une destination inconnue.

Il possédait un avion ? Où avait-il bien pu aller ? Et pourquoi ne l'avait-il pas emmenée ?

L'un des policiers, un type d'une cinquantaine d'années du nom de Ballard, s'était permis d'insinuer que Steven n'était pas celui qu'elle croyait, et qu'elle était beaucoup mieux sans lui.

Elle avait déjà deviné la première partie, vigoureusement nié la seconde, puis avait dit au flic de sortir et de ne jamais revenir.

Mais où diable Steven s'était-il procuré un avion ? Pourquoi n'avait-il jamais mentionné le fait qu'il savait piloter ?

Les autorités avaient ensuite localisé l'épave de l'avion dans les profondeurs d'un lac gelé, situé dans la zone la plus sauvage des montagnes de la sierra Nevada.

Ballard était réapparu, ne se privant pas d'afficher un sourire ironique, et l'avait informée d'un ton détaché que, pour tout un tas de raisons, allant des diverses réglementations de l'agence de Protection de l'Environnement aux coûts engendrés, l'avion ne pouvait pas être repêché. Après le crash, différents équipements étaient remontés à la surface, mais le corps de Steven était resté sous l'eau, probablement attaché au siège.

Décidant qu'elle ne pouvait pas faire machine arrière, ni pour la mémoire de Steven ni pour son nécessaire travail de deuil, Chelsea tendit l'enveloppe au pilote.

Au moment où Bobby tendait sa main graisseuse, un taxi s'arrêta dans un crissement de pneus, et la portière du côté passager s'ouvrit à la volée.

Un homme se rua vers eux.

— Dieu merci, je suis arrivé à temps ! s'exclama-t-il.

Il n'eut pas un regard pour Chelsea.

— Je dois absolument louer cet hélicoptère, ajouta-t-il. Je dois me rendre à Elko. Il y a une piste privée où vous pourrez vous poser. Je payerai ce que vous voudrez. Je vous demande juste de faire vite.

Une lueur d'avidité passa dans les yeux de Bobby. Il s'humecta les lèvres, tout en observant Chelsea, et pendant une seconde elle eut la certitude qu'il allait l'envoyer promener.

D'abord paniquée par cette éventualité, elle se rappela à quel point cette expédition était importante pour elle, et ses doutes s'envolèrent. Si Bobby s'imaginait qu'il allait se débarrasser d'elle au profit de M. Plein-aux-as, il ne savait pas à qui il avait affaire.

Avant qu'elle ait eu le temps de plaider sa cause, Bobby se tourna vers le nouvel arrivant et soupira.

— Désolé, dit-il, avec un regret évident, j'ai déjà une réservation.

L'inconnu reporta son attention sur Chelsea. En le voyant de face, elle découvrit qu'il était plus jeune qu'elle ne l'avait pensé, plus proche de quarante que de cinquante ans. Son costume avait l'air cher, tout comme la bague qu'il portait à la main gauche.

— Combien ? demanda-t-il.

— Combien pour quoi ?

— Pour me laisser la place.

— Je suis désolée, mais...

— Et si je vous donnais le double de ce que vous avez payé ?

— Ce n'est pas une question d'argent.

Il darda sur elle un regard vibrant.

— Vous ne voyez pas que je suis désespéré ?

Si, elle s'en rendait compte. Et alors ? Elle aussi était désespérée.

Il prit une profonde et tremblante inspiration.

— Écoutez, mademoiselle, j'ai dû vous paraître grossier, mais je peux vous expliquer. Je devais me rendre à Los Angeles pour affaires. Juste avant l'embarquement, j'ai reçu un appel...

Il passa la main dans ses cheveux sombres.

— En fait, ma femme a eu un accident. Apparemment, c'est... c'est grave. J'habite dans un petit village mal desservi par les transports. Il me faudrait deux vols et un long trajet en voiture pour y arriver, et ça prend du temps. C'est ma seule chance de la revoir vivante.

Bobby s'éclaircit la voix.

— Vous pourriez peut-être partager l'hélicoptère. La destination de Mlle Pierce est à mi-chemin de la vôtre. Nous pourrions combiner les vols…

— Mais, atterrir et redécoller prend du temps. Et je risque d'arriver trop tard.

Chelsea intervint.

— Je n'ai pas besoin d'atterrir. Il faut seulement que l'hélicoptère descende suffisamment bas et reste au-dessus de la zone durant une minute ou deux, le temps que je… Bref, j'ai besoin de quelques instants et d'un peu de silence. Après cela, peu importe où je vais, du moment qu'on me ramène ici. En ce qui me concerne, je ne vois pas d'inconvénient à partager le vol.

Au début, Chelsea avait trouvé ce type arrogant et discourtois. Mais, à présent qu'elle connaissait la raison de son impatience, elle ne pouvait s'empêcher d'éprouver de la compassion pour lui.

Qui mieux qu'elle pouvait comprendre la douleur de perdre un être aimé ?

Elle sentit les larmes lui brûler les paupières.

— Vous seriez d'accord pour faire ça ? demanda l'homme.

— Oui.

Il prit une profonde inspiration.

— Merci.

Il regarda l'enveloppe qu'elle tenait toujours à la main.

— Gardez ça. C'est pour moi.

— Je ne peux pas vous laisser…

— Je vous en prie.

— Bon, ce n'est pas tout ça, intervint Bobby. Vous avez tous les deux des papiers à signer pendant que je modifie le plan de vol. Ensuite, nous pourrons partir. Mais, je vous préviens, monsieur…

— Smith. Je m'appelle Jacob Smith.

— Je devrai refaire le plein à destination avant de revenir ici. Vous devrez payer le temps et les kilomètres supplémentaires.

— Vous n'aurez qu'à me dire combien, dit Smith, en chassant d'un signe de main son taxi qui attendait. Et maintenant, faites vite.

Frissonnant sous le timide soleil printanier, Chelsea laissa les deux hommes régler les derniers détails.

Finalement, tout fut prêt, et elle fut poussée dans l'hélicoptère, vers la seconde rangée de sièges. L'espace derrière elle était rempli à craquer de sacs et de cartons de toutes tailles.

Pendant que Jacob Smith s'attardait sur le tarmac, en parlant au téléphone, Chelsea posa les roses à côté d'elle et boucla sa ceinture, comme le lui demandait Bobby. Ce dernier lui expliqua ce qu'il faudrait faire quand le moment serait venu de jeter les fleurs, puis il ferma la porte de la soute et contourna l'hélicoptère pour s'installer aux commandes.

Elle s'attendait que Smith prenne le siège à côté du sien, mais il se glissa à l'avant avec Bobby. Compte tenu de son anxiété, il semblait logique qu'il veuille s'installer là où il pourrait le mieux appréhender leur environnement.

Quoi qu'il en soit, elle était ravie de ce semblant d'intimité.

Une fois que les commutateurs furent abaissés et que le rotor commença à tourner, toute conversation fut exclue.

Bobby lui avait indiqué le casque qu'ils pouvaient utiliser pour communiquer mais, franchement, elle n'avait envie de parler à personne pour le moment.

Mentalement, elle se repassa les instructions qu'elle lui avait données, inspirées des indications de Steven lui-même, quand elle lui avait demandé de lui parler du jour le plus heureux de sa vie.

— Aujourd'hui, avait-il répondu. Ici, avec toi. Maintenant.

Il y avait eu une longue pause, tandis qu'elle se perdait dans ses baisers.

Puis elle avait reformulé la question.

— D'accord. Alors, disons le jour le plus heureux avant notre rencontre.

Il n'avait pas marqué l'ombre d'une hésitation.

— C'est facile. Il y a ce petit chalet, pas très loin d'ici...

Il lui avait alors décrit un refuge dans la montagne, de façon si détaillée qu'elle se le figurait parfaitement dans sa tête, mais qu'elle était certaine également de pouvoir le situer sur une carte.

— C'est un des derniers endroits que j'ai visité avec mes parents. Je ne l'oublierai jamais.

Après qu'elle eut finalement accepté la mort de Steven, et les répercussions qui l'accompagneraient toute sa vie durant, un besoin impératif d'apaisement s'était fait sentir. Elle avait d'abord songé à se rendre au lac où son avion était immergé pour l'éternité, puis s'était rappelé le chalet, et avait fait le choix de la joie passée plutôt que de la douleur actuelle.

L'hélicoptère s'éleva, et Chelsea sentit son estomac se nouer. Quatre-vingt-dix minutes. Elle prit le bouquet de roses, regarda la note manuscrite qu'elle avait fixée autour des tiges, et les serra contre sa poitrine. Leur parfum baigna son visage, et elle ferma les yeux.

Étonnamment, elle parvint à s'endormir malgré le ronflement constant des pales, mais elle se réveilla bientôt en sursaut.

En regardant par la vitre, elle ne vit pas grand-chose, à part des montagnes verdoyantes.

Où étaient-ils ?

Elle installa le casque sur ses oreilles. Elle pouvait voir le haut du crâne des deux hommes, mais ils ne se parlaient pas.

— Nous approchons ? demanda-t-elle.

Bobby leva un pouce, et sa voix grésilla dans les écouteurs.

— Nous y sommes presque. Regardez en bas. Vous voyez la rivière ?

Cette fois, lorsqu'elle regarda dehors, Chelsea aperçut le scintillement caractéristique de l'eau qui serpentait à travers les arbres.

La voix de Bobby résonna de nouveau à ses oreilles.

— Attendez mon signal pour ouvrir la vitre. Je vais descendre le plus près possible. Mais avant, je vais tourner au-dessus de la zone pour que vous puissiez vérifier.

— Bien.

— Je vous ai dit que je n'étais pas d'accord, intervint Jacob Smith.

— Nous en avons déjà parlé, protesta Bobby. Cette partie du voyage appartient à Chelsea.

— Vous ne vous approcherez pas de ce chalet, c'est clair ? tempêta Smith.

Chelsea s'étonna.

— Pour quelle raison ?

— Ça va me faire perdre du temps, répondit Smith, entre ses dents serrées.

— Pas du tout, protesta Bobby.

Chelsea capitula.

— Ce n'est pas grave, faites comme il dit.

Smith grommela, mais peut-être était-ce sa façon d'exprimer son soulagement. Quoi qu'il en soit, la tension entre les deux hommes était palpable. Que s'était-il passé pendant qu'elle dormait ?

En quelques minutes, la végétation se fit moins dense, et une petite clairière apparut. C'était exactement comme Steven l'avait décrit, des fleurs sauvages qui tapissaient le sol, aux vieux murets de pierre l'encadrant sur trois côtés.

Chelsea se redressa sur son siège lorsque apparut une habitation. Bobby se dirigea droit dessus, malgré l'insistance de Smith pour qu'il continue sa route.

Tandis qu'elle s'efforçait d'ignorer leur querelle, elle remarqua de la fumée qui s'échappait de la cheminée. Tout en cèdre rouge, avec une terrasse couverte courant sur tout le pourtour, et un toit patiné par le soleil et les intempéries, le chalet n'était pas grand, mais il s'en dégageait un charme rustique indéniable.

Tandis qu'elle observait les lieux, il lui sembla que Steven était assis à côté d'elle et se penchait avec empressement par-dessus son épaule, lui faisant remarquer certains détails, son souffle tiède lui caressant la joue.

Elle posa la main sur la vitre, tandis que l'hélicoptère effectuait un nouveau tour de la clairière. À proximité, la rivière où Steven avait pêché sa première truite arc-en-ciel étincelait de mille feux.

La dernière fois qu'elle l'avait vu, il lui avait demandé de l'épouser. Après son oui enthousiaste, ils avaient fait l'amour, et cela avait été différent. Plus intense, peut-être. Plus chargé de sens qu'auparavant. Ensuite, ils avaient longuement parlé du style de maison qu'ils aimeraient faire construire. En voyant le chalet, il était évident que Steven s'était inspiré de cet endroit.

— Adieu, mon amour, murmura-t-elle, les doigts toujours posés contre la vitre.

— Il est temps, Chelsea, dit Bobby.

Elle ôta les écouteurs, en regrettant de ne pas être seule.

L'hélicoptère s'éloigna vers la rivière. À l'intérieur du chalet, quelqu'un était-il en train d'observer leur départ, en se demandant à quoi rimait cette bruyante intrusion ?

Elle défit la ceinture qui la maintenait à son siège, et se pencha en avant pour faire coulisser la vitre. Aussitôt, le vent rabattit ses longs cheveux noirs sur son visage.

Au-dessous, la rivière s'écoulait lentement, et elle s'imagina un Steven plus jeune, sa canne à pêche à la main, en train de fouler la rive herbeuse.

Était-elle en colère contre lui ? Sans doute. Il avait omis des faits essentiels le concernant, peut-être même avait-il fait preuve de malhonnêteté. Et c'était contraire à tout ce qu'elle croyait savoir de lui.

Mais, par-dessus tout, elle se sentait seule et triste.

Des éclats de voix attirèrent son attention vers l'avant de l'hélicoptère. Elle ne pouvait voir que le visage de Bobby, et il était livide.

Il y eut un soudain rebond, suivi d'un tremblement, puis ils firent brutalement demi-tour vers la clairière.

L'estomac de Chelsea se noua. Dans sa précipitation pour trouver quelque chose à quoi se raccrocher, les roses lui échappèrent et tombèrent au sol. En jetant un œil vers l'avant, elle vit la main de Smith se refermer autour du poignet de Bobby, tandis qu'il saisissait le levier de contrôle. Les échanges de cris entre les deux hommes continuèrent, tandis que les mouvements erratiques de l'hélicoptère devenaient de plus en plus prononcés.

Elle se cala dans le fond de son siège, et boucla sa ceinture d'une main tremblante. Le casque commença à glisser, et faillit aller rejoindre les roses. Elle le rattrapa de justesse, le posa sur ses oreilles, et grimaça face au volume sonore presque insupportable.

— Lâchez-moi ! protesta Bobby. Qu'est-ce qui vous prend ?

— Posez cet appareil.

— Maintenant, vous voulez vous poser ? Il faudrait savoir ce que voulez. Tout à l'heure, vous ne pensiez qu'à filer vers votre destination.

Il y eut quelques secondes de silence tendu. Smith lâcha le poignet de Bobby. L'instant d'après, ce dernier laissa échapper un juron.

— Vous vous fichez de moi ? Posez cette arme.

Une arme !

— Posez l'hélicoptère, répéta Smith.

Chelsea vit qu'il pointait un revolver noir sur Bobby.

— Vous allez tous nous faire tuer ! cria ce dernier.

— Vous êtes juste au-dessus de la clairière. Posez-vous.

Chelsea regarda par la vitre. Ils se dirigeaient à présent vers les arbres. Un océan de verdure ondoyait en dessous d'eux.

Pourquoi Smith voulait-il atterrir ? Il semblait pourtant si pressé d'atteindre sa destination. Et que faisait-il avec une arme ?

Le pilote plongea soudain vers son passager, comme s'il essayait de le désarmer. Un coup explosa dans la cabine, assourdissant, terrifiant.

Bobby saisit son biceps droit. Du sang coulait entre ses doigts.

— Espèce de malade ! cria-t-il.

— Posez ce fichu appareil, répéta Smith, tout en agitant son arme en l'air.

Comme s'il sentait sur lui le regard horrifié de Chelsea, il se tourna pour la regarder, la clouant sur place d'un regard froid et menaçant.

Chelsea sentit un frisson courir le long de sa colonne vertébrale, tandis qu'elle reportait son attention sur Bobby.

L'hélicoptère se déplaçait latéralement, comme un crabe volant, en penchant légèrement sur son côté gauche.

Un énorme vacarme se produisit derrière eux.

— On a perdu l'hélice arrière ! s'exclama Bobby.

— Posez-vous ! ordonna Smith.

— C'est trop tard. Enlevez ce flingue de sous mon nez !

L'hélicoptère piqua du nez, et plongea vers la végétation, tandis que Bobby tentait un atterrissage d'urgence. Son souffle altéré résonnait dans les écouteurs comme un requiem. Les secondes défilaient à une vitesse aveuglante.

Les pensées de Chelsea s'envolèrent dans toutes les directions : le drame qui se déroulait à l'avant, son amour perdu, et le futur qui lui filait entre les doigts comme du sable.

Un instant plus tard, les patins heurtèrent le sol de la forêt, et tout le chargement derrière Chelsea fut violemment projeté en avant, lui heurtant la tête et les épaules.

Elle eut à peine le temps de constater qu'elle était toujours en vie que l'appareil plongeait dans le sous-bois. Ce qu'il restait des pales s'écrasa contre les troncs d'arbres. Des branches s'engouffrèrent par la vitre ouverte de Chelsea, pointant vers elle comme autant d'armes aiguisées. Le pare-brise vola en éclats, tandis que la forêt envahissait l'avant avec la finesse d'un bulldozer, repoussant les sièges du pilote et du passager vers Chelsea.

— Steven ! s'entendit-elle crier, avant de perdre conscience.

2

Adam Parish ôta ses lunettes et les posa sur le bord du lavabo. Puis il fit passer son T-shirt au-dessus de sa tête, et observa son reflet dans le miroir.

Sa barbe courte adoucissait la ligne de sa mâchoire, mais il avait toujours un peu de mal à se reconnaître avec sa coupe de cheveux en brosse.

Sa blessure par balle à l'épaule gauche avait meilleure apparence. Il lui resterait une cicatrice, mais ce ne serait pas la première sur son corps de trente-deux ans et, à ce stade, qui s'en souciait ?

Ce sentiment que personne ne se souciait de lui l'accompagnait depuis si longtemps, qu'il était devenu comme une seconde peau. Il l'avait rendu cynique et suspicieux – peut-être pas assez, apparemment, mais il était indéniable que le gentil petit garçon tendre et confiant de sa mère n'était plus le même à l'âge adulte.

À l'exception d'un bref moment quand tout avait changé.

Mais comme la plupart des miracles, celui-ci n'avait fait que passer, et il s'était retrouvé à la case départ.

Il terminait de changer son pansement à l'épaule, songeant qu'il ne lui restait plus qu'une semaine à attendre avant de pouvoir quitter les lieux, quand un bruit semblable à un énorme roulement de tonnerre le fit sursauter.

Avant même d'avoir écarté les lames du store de la fenêtre de la salle de bains, et d'avoir incliné la tête pour voir à l'extérieur, il sut ce qu'il allait voir.

Un hélicoptère volant bas survolait la clairière et approchait du chalet.

En quelques secondes, il saisit ses lunettes, enfila sa chemise, récupéra son arme et la glissa dans la ceinture de son jean.

Il courut ensuite vers la porte arrière, et attrapa le fusil chargé qu'il conservait toujours là. Puis il sortit, et se déplaça vers l'angle nord-est de la terrasse, d'où il pourrait suivre les déplacements de l'hélicoptère.

Une pensée l'obsédait : Holton l'avait retrouvé.

Il s'attendait que l'appareil se pose dans la clairière, près de la maison, et qu'un bataillon en descende, armé jusqu'aux dents.

Toutefois, la vétusté de l'hélicoptère le surprenait. Ce n'était pas le style de son adversaire. Cette approche ne serait-elle pas plutôt due à la curiosité inoffensive de ses occupants, intrigués par le chalet ?

L'hélicoptère ne se posa pas.

Hésitant entre soulagement et perplexité, Adam le suivit des yeux, alors qu'il s'éloignait du côté de la rivière, descendait doucement vers l'eau et y restait en vol stationnaire quelques instants. Puis l'appareil pencha légèrement, ce qui dut un peu secouer les passagers.

Adam s'avança à l'angle de la maison pour mieux voir.

L'hélicoptère s'éloigna de la rivière, revint un moment au-dessus de la clairière, puis s'éleva vers l'est, en direction de la forêt.

Ses déplacements étaient saccadés, imprévisibles.

Une avarie moteur ?

En tout cas, il y avait un problème. Y compris pour lui.

Même si l'hélicoptère s'éloignait à présent vers la montagne, le fait qu'il ait survolé la maison voulait dire qu'il était temps de lever le camp. Il pouvait s'agir d'un vol de reconnaissance pour une unité terrestre qui, à cet instant, était peut-être en train de progresser sur l'unique route reliant le chalet à la ville la plus proche.

Adam avait installé un détecteur de présence à l'entrée du chemin en lacet. Une fois activé, cela déclencherait le bip qu'il conservait toujours dans sa poche, et il saurait qu'il avait environ dix minutes pour disparaître.

Un grand fracas attira soudain son attention.

Il se tourna et vit l'hélice arrière de l'hélicoptère se prendre dans la végétation. Des pièces métalliques volèrent en tous sens. Piquant du nez, l'appareil disparut au cœur de la forêt.

Adam dévala les marches, son fusil à la main. Même si sa raison lui soufflait de prendre ses jambes à son cou, il voulait en avoir le cœur net.

Des craquements et des bruits sourds montaient de la forêt. L'explosion semblait imminente.

Il sauta par-dessus le muret de pierre et courut à travers la clairière, conscient de représenter alors une proie facile pour un sniper, mais convaincu aussi qu'un accident s'était produit et que des vies étaient en danger.

Et cela signifiait que d'autres personnes viendraient, qu'il s'agisse d'amis ou d'ennemis. L'accident engendrerait une enquête, et serait immanquablement relayé par les médias. La police viendrait frapper à sa porte. Les tueurs à ses trousses ne tarderaient pas à le repérer… Si ce n'était déjà fait.

Fais demi-tour, et fiche le camp d'ici ! lui conseilla sa conscience.

Il ignora l'avertissement.

Après la vive lumière de la clairière, la forêt semblait humide, sombre et mystérieuse. Cela faisait un an qu'Adam avait quitté sa terre natale d'Arizona, et jamais les vastes étendues désertiques et l'air chaud et sec ne lui avaient autant manqués qu'à cet instant.

Le sous-bois était difficile à traverser. Ses pas faisaient craquer le tapis de feuilles et de brindilles qui jonchaient le sol, et le bruit semblait décuplé par la densité de la végétation.

Il émergea finalement dans une sorte de clairière, qui se transforma vite en un chaotique chemin de branches cassées et de bosquets aplatis.

À en juger par l'éparpillement de débris métalliques, l'épave de l'hélicoptère devait se trouver à au moins huit cents mètres de là. Une légère odeur de kérosène lui fit presser le pas. L'appareil gisait au sol, dépourvu de son rotor. Le fuselage arrière était presque intact. Il n'y avait pas de signe de départ de feu, ni de vie.

En approchant, Adam constata que le seul moyen d'accès était la porte de la soute. Malheureusement, elle était bloquée.

— Il y a quelqu'un à l'intérieur ? cria-t-il, tout en cherchant quelque chose qui pourrait lui servir de levier. Vous m'entendez ?

Il finit par trouver une longue pièce métallique, peut-être un morceau de patin. Il la glissa dans la jointure de la porte et exerça une pression. La porte s'écarta petit à petit, et il parvint finalement à l'ouvrir.

Des cartons et des caisses emplissaient l'arrière de l'hélicoptère. Les sièges du pilote et du passager avaient reculé sous le choc. Il y avait juste assez de place pour qu'il se glisse à l'intérieur et se tienne légèrement courbé.

Il écarta des débris pour se frayer un passage jusqu'au pilote. Il posa les doigts sur la gorge de l'homme, mais c'était uniquement pour en avoir le cœur net. Le pauvre type était à moitié écrasé par la console de pilotage, et le verre brisé du pare-brise lui avait entaillé le visage et les mains. Son épaule droite présentait une vilaine plaie qui ressemblait, bien que cela n'eût aucun sens, à une blessure par balle.

Portant son attention vers le passager, Adam écarta des branchages et du verre, jusqu'à ce qu'il puisse vérifier son pouls. Il détecta une faible pulsation, mais l'homme avait un bout de branche de deux centimètres plantée dans la gorge.

Il tenait aussi dans sa main droite un revolver, dont la sécurité était retirée. Précautionneusement, Adam essaya de prendre l'arme, mais l'homme ouvrit les yeux.

— Restez calme, dit Adam.

L'homme essaya de se concentrer, tandis que le sang d'une profonde entaille au front lui coulait dans les yeux.

— Vous..., parvint-il à dire, d'une voix étranglée.

— Je vais vous sortir de là, dit Adam, tout en sachant que c'était probablement impossible. Ne bougez pas.

— Vous... êtes... mort, marmonna le blessé.

Tout en parlant, il réussit à lever son bras, et vint cogner le bout de bois planté dans sa gorge. La branche se libéra, laissant apparaître un trou de la taille d'un pouce. La main de l'homme retomba aussitôt sur ses genoux, tandis que le sang jaillissait de sa carotide.

Le temps qu'Adam ôte sa chemise pour essayer de faire pression sur la plaie béante, il était déjà trop tard.

Renfilant sa chemise, Adam étudia le visage sans vie et inconnu. Pour lui, cela ne faisait aucun doute : ce type avait été envoyé par Holton.

Il fouilla les poches du mort et trouva son téléphone portable. Comme l'appareil était verrouillé, il prit l'index droit de l'homme et l'apposa sur le lecteur d'empreinte digitale.

Il eut un coup au cœur en découvrant que le dernier appel avait eu lieu trente minutes plus tôt, à destination de l'Arizona.

« Laissez un numéro » fut la seule réponse qu'il obtint après avoir pressé la touche d'appel.

Il éteignit l'appareil, l'essuya pour effacer ses empreintes, et le remit où il l'avait trouvé. Ça ne servirait à rien de désactiver le GPS, alors que l'hélicoptère était lui-même équipé d'un système de localisation d'urgence.

Fouillant le portefeuille de l'homme, il y trouva un permis de conduire, qui devait probablement être un faux, et des espèces.

Il remit tout en place, puis se redressa, sortit son propre téléphone de sa poche et composa un numéro.

— Oui ?

— Whip ? C'est moi, Adam.

Il entendit le bourdonnement indiquant que la carte prépayée était presque arrivée à son terme. Whip était policier et un ancien collègue de son père. Il avait toujours agi en ami et protecteur pour Adam.

— Holton m'a retrouvé. Je vais devoir quitter la montagne.

— La fausse identité que je t'ai envoyée est arrivée ?

— Je ne sais pas. J'avais prévu de vérifier aujourd'hui, mais c'est trop tard maintenant. Il va falloir que je parte sans.

Adam culpabilisait d'avoir demandé à Whip, un policier,

d'enfreindre la loi pour l'aider à obtenir une fausse identité, et tout cela pour rien.

— Bon sang ! Est-ce que ça va ?

— Oui. Il y a eu un crash. Le tueur à gages est mort. La situation est grave. Holton... Il est toujours en prison, n'est-ce pas ?

— À ma connaissance.

Il fallut quelques secondes de silence pour qu'Adam réalise que la communication avait été coupée. Rempochant son téléphone, il se releva.

Tandis qu'il tournait le dos aux deux cadavres, quelques pétales rouges éparpillés au sol attirèrent son attention. L'incongruité de leur présence le frappa. Il se pencha pour en ramasser un, et le porta machinalement à son nez. Son parfum détonnait avec l'appareil démantelé et l'odeur envahissante du kérosène.

Soudain, il crut entendre un bruit sous les cartons, comme un frottement.

— Il y a quelqu'un d'autre ici ? appela-t-il.

Il souleva quelques paquets et les jeta par la porte ouverte, conscient du temps qui s'écoulait.

Puis il l'entendit à nouveau. Ça ressemblait aux mouvements d'un corps à la recherche d'une position plus confortable. Mais cette fois, ce fut suivi d'un gémissement.

Il redoubla d'efforts.

Chelsea ouvrit lentement les yeux.

Elle ne savait plus très bien où elle se trouvait, ni ce qui s'était passé. Elle avait mal partout et, pour une raison qu'elle ignorait, était coincée sous une avalanche de paquets très lourds.

S'exhortant à penser, malgré un effroyable mal de tête, elle changea de position pour alléger la pression sur ses jambes. Un gémissement lui échappa.

Une voix d'homme s'éleva aussitôt.

— Il y a quelqu'un d'autre ici ? Combien êtes-vous en tout ? Pouvez-vous bouger ?

Elle essaya de répondre, mais parvint à peine à entendre sa propre voix.

— J'arrive, dit l'homme. Comment vous appelez-vous ?

À nouveau, elle ouvrit la bouche, mais aucun son n'en sortit.

Où était-elle ? Que lui était-il arrivé ?

Elle ferma les paupières et laissa retomber sa tête.

L'homme parlait toujours.

— Restez avec moi, dit-il.

Des chocs suivirent, comme s'il écartait et jetait des choses sur son passage. Enfin, il libéra son visage, et elle vit qu'elle était prisonnière d'une sorte de petit avion. Il y avait une drôle d'odeur, qui lui évoquait quelque chose, mais elle ne parvenait pas à se rappeler quoi.

L'homme continua à dégager l'espace, tandis qu'elle se passait la main sur le visage. Il y avait quelque chose de chaud et de poisseux. Du sang, découvrit-elle, en regardant ses doigts.

Il s'agenouilla devant elle. Ses cheveux blonds coupés en brosse avaient une curieuse nuance de jaune, comme s'ils étaient teints, et contrastaient avec sa barbe châtain clair. Des yeux gris foncé l'observaient derrière des lunettes à monture de plastique noir.

Tandis qu'il la dévisageait, son expression passa de l'inquiétude au choc. Puis, contre toute attente, il lui prit le menton et l'embrassa. Son baiser fut doux et tendre, mais chargé d'une intense émotion.

Puis il s'assit en arrière sur ses talons, lui caressa la joue, repoussa les cheveux qui lui tombaient sur le visage, et embrassa son front.

— Chelsea, bon sang, mais qu'est-ce que tu fais ici ?

— Je...

— Oh ! mon Dieu ! dit-il, comme si quelque chose d'évident venait de lui traverser l'esprit. Ils ont dû se servir de toi. Oublie ça, nous en parlerons plus tard. Il faut sortir de là. Est-ce que tu es blessée ? Tu peux bouger ?

— Je ne sais pas, balbutia-t-elle. Je ne crois pas.

Il détacha sa ceinture tandis qu'elle continuait à marmonner. Puis il se leva et tendit les mains pour la relever.

Elle parvint à se remettre sur ses pieds, mais se trouva plaquée contre son sauveteur. Consciente à l'extrême de ses seins pressant son torse, elle était extrêmement mal à l'aise. Lui, en revanche, semblait trouver cela très naturel.

— Reprends ton souffle et ton équilibre, dit-il. Où est ton téléphone ?

Elle secoua la tête.

— Je peux regarder dans tes poches ?

Qu'avait-il en tête ? Elle n'en savait rien.

Il récupéra son téléphone, l'essuya avec le bas de sa chemise, et le laissa tomber à terre.

— Désolé, mais il doit rester ici.

Elle hocha la tête, mais son esprit confus se demandait pourquoi il l'avait embrassée.

— Tu étais assise toute seule à l'arrière, c'est ça ? Tu as des bagages ?

Des bagages ?

Elle baissa les yeux vers le sol encombré, en luttant contre la vague de nausée qui lui montait à la gorge. Elle ne savait pas si elle en avait ou pas. Mais, de toute façon quelle importance ça pouvait bien avoir ?

Il écarta deux trois choses et jura.

— Je n'ai pas assez de place pour bouger si tu restes debout. Assieds-toi à l'arrière pendant que je sors, puis viens à la porte et je t'aiderai. Faisons aussi vite que possible, d'accord ?

Elle hocha à nouveau la tête et s'assit.

L'homme sortit de l'avion, et se pencha pour balayer un bouquet de fleurs rouges écrasées.

— Viens vers moi, dit-il. Tu peux le faire.

Elle se leva, et prit appui sur le siège devant elle pour se stabiliser.

La tête lui tournait, et elle se sentait nauséeuse, mais la sensation finit par passer.

Baissant les yeux sur sa gauche, elle découvrit un homme ensanglanté sur le siège du pilote, le regard fixe et sans vie.

Elle porta une main à sa bouche.

— Viens jusqu'à la porte, insista son sauveteur.

Elle obéit, essentiellement parce qu'elle était incapable de penser à un autre plan. Mais, baissant les yeux vers lui, elle marqua un temps d'arrêt.

Sa chemise ouverte révélait un torse puissamment musclé. Une lanière de cuir passée en travers retenait un fusil calé derrière son épaule gauche. Un revolver était glissé dans sa ceinture.

Ainsi harnaché, il ressemblait à un mercenaire, ou un bandit... En tout cas, à quelqu'un à ne pas prendre à la légère, à la fois sexy et inquiétant.

— Tu vas bien ? demanda-t-il.

Elle hocha la tête, en se demandant vaguement pourquoi il la tutoyait. La connaissait-il ? Cela expliquerait pourquoi il l'avait embrassée...

Il la prit par la taille et, sans effort, la souleva hors de l'appareil. Elle atterrit juste devant lui, encore une fois beaucoup trop près.

— Tu peux marcher ? demanda-t-il.

— Oui.

Incapable de supporter l'intensité de son regard, elle baissa les yeux vers les fleurs.

L'homme se pencha, détacha une carte dorée accrochée au ruban qui tenait les tiges ensemble, et la mit dans sa poche. Puis il lui prit les mains, et l'aida à descendre.

Jetant un coup d'œil par-dessus son épaule, elle vit que ce n'était pas un avion, mais un hélicoptère – ou tout au moins ce qu'il en restait.

L'image du pilote mort, le visage ensanglanté et déformé par une grimace de douleur la hantait. Le connaissait-elle ? Était-ce son petit ami ou son mari ? Mais alors, pourquoi se serait-elle assise à l'arrière ?

Pourquoi ne parvenait-elle pas à rassembler ses pensées ?

Continue à avancer, s'exhorta-t-elle, tandis qu'ils quittaient le chemin et s'enfonçaient dans la forêt sombre et dense, aussi emplie de mystères que son esprit.

3

Où étaient passées les questions, les accusations ?

Adam s'attendait qu'elles lui tombent dessus, tandis qu'il guidait Chelsea vers la terrasse couverte entourant le chalet, mais rien ne vint.

Il décrocha les jumelles, qu'il laissait suspendues à un clou planté dans un des poteaux soutenant l'avancée du toit, et les utilisa pour observer l'horizon et la petite route qui débouchait sur la clairière.

Pour le moment, tout allait bien.

Le ciel s'était assombri, et une odeur de pluie imminente flottait dans l'air.

Combien de temps lui restait-il avant que le reste de l'équipe de Holton se montre ?

Il raccrocha les jumelles et découvrit que Chelsea avait disparu.

Il la retrouva assise sur le canapé, des rigoles de sang sur le visage, les mains mollement posées sur ses cuisses. Il se dirigea alors vers la salle de bains, où il mouilla un gant, et prit la trousse de premiers secours.

Comme toujours, l'aperçu dans le miroir de son changement d'apparence le surprit.

Tout comme le sang du mort sur sa chemise. Il en prit une propre et se changea.

De retour dans le salon, il s'agenouilla devant Chelsea, lui nettoya doucement le visage, et appliqua des sutures adhésives sur sa plaie au front.

— Tu dois avoir un million de questions, commença-t-il.

Elle se laissa aller contre le dossier du canapé et ferma les yeux.

— Non.

— Tu ne veux pas...

— Non, l'interrompit-elle, tout en se massant la tempe. Tout ce que je veux, c'est rester assise là.

— Tu as mal à la tête ?

— Oui.

Il se releva pour aller chercher du paracétamol et un verre d'eau.

Quand il revint, il trouva Chelsea en train d'observer la pièce. Il lui tendit les comprimés, et elle les avala sans faire de commentaire.

— J'aimerais me reposer un moment, dit-elle, en lui redonnant le verre d'eau.

Ce n'était pas le moment de faire une sieste, mais comment l'obliger à passer immédiatement à l'action, après tout ce qu'elle avait vécu ?

— Vas-y, dit-il. J'ai des choses à faire.

Comme rassembler quelques affaires et préparer leur départ.

Il avait désespérément envie de savoir comment elle s'était retrouvée ici, avec un tueur à gages pour compagnon de voyage.

Le scénario le plus probable était qu'il l'avait enlevée et contrainte à le conduire jusqu'à lui. Mais ça ne collait pas parce qu'elle ne savait pas où il était.

Personne ne le savait.

Ses doigts le démangeaient de la secouer pour la réveiller et lui demander ce qui s'était passé, mais il ne pouvait pas faire ça.

Il avait aussi envie de lui dire qu'il l'aimait, qu'il était désolé d'être parti, et que ces retrouvailles étaient comme un cadeau du ciel.

Voudrait-elle l'entendre ?

Probablement pas, à en juger par son détachement.

Il fourra les mains dans ses poches pour s'empêcher de la toucher. Ce faisant, les doigts de sa main droite frôlèrent le bord rigide d'un bout de carton. Il sortit de sa poche la carte pliée en deux qu'il avait trouvée près des fleurs et l'ouvrit,

Il reconnut aussitôt l'écriture précise de Chelsea.

Mon Steven tant aimé,

Steven, c'était le prénom qu'il avait choisi quand il avait été relocalisé en Californie.

C'était le seul nom qu'il avait donné à Chelsea.

Il se racla la gorge et continua à lire.

Je crois que je sais où se trouve le chalet que tu as décrit la nuit où tu m'as demandé de t'épouser.

J'ai l'intention de jeter les roses dans la rivière. Ce sera ma façon de te laisser partir.

Je n'ai pas envie de le faire, mais la réalité c'est que tu n'es plus là. Je ne cesserai jamais de t'aimer, pas plus que je ne cesserai de me demander ce qui t'est vraiment arrivé.

Je continuerai aussi à me demander pourquoi cet officiel m'a posé des dizaines de questions mais n'a jamais voulu répondre aux miennes.

Parfois, j'ai l'impression de porter le deuil d'une ombre.

Adieu mon amour.

Repose en paix, et sache que je remuerai ciel et terre pour offrir une vie merveilleuse à notre bébé.

À toi pour toujours,

Chelsea.

— Un bébé ? murmura-t-il.

Relevant la tête de la carte, il observa Chelsea.

Elle est enceinte ?

Un grand sourire lui vint, qui disparut aussitôt lorsqu'il prit conscience de l'énormité de cette révélation.

Le bébé avait-il survécu à l'accident ?

Quant à lui, que pouvait-il faire ?

La protéger. Voilà ce qu'il devait faire.

Et pour le moment, cela signifiait qu'il devait organiser leur départ d'ici.

Il jeta ses maigres possessions dans un carton, puis se dirigea vers la jeep garée sous un vieil appentis en bois.

Hors d'âge, l'ancien véhicule de l'armée n'avait pas de toit, et son moteur était capricieux. La rivière était leur seule issue de secours. Peu profonde, son lit gravillonné était relativement stable, mais ce serait un miracle qu'ils parviennent jusqu'au sommet de la montagne.

En outre, si une attaque venait du ciel, ils constitueraient des cibles faciles. Mais il était plus probable qu'ils soient plutôt confrontés à des renforts terrestres. L'état de vétusté de l'hélicoptère laissait en effet penser qu'il s'agissait d'une location à la journée, et que, depuis sa cellule, Holton ne disposait pas de toutes les ressources nécessaires pour lever une armée.

L'arrière de la voiture était déjà rempli de matériel de camping, auquel Adam avait ajouté une pelle et une tronçonneuse.

Une fois son carton déposé, il retourna faire main basse sur la nourriture et les boissons, et les rangea avec le reste. Puis il couvrit le tout avec une bâche, qu'il maintint avec des Sandows.

Tandis qu'il rapprochait la voiture du chalet, la pluie commença à tomber. Ses lunettes non correctrices furent aussitôt brouillées par les gouttes d'eau, et il les glissa dans sa poche.

Regagnant le salon, il secoua gentiment l'épaule de Chelsea.

— Il est temps d'y aller.

Elle cilla plusieurs fois, avant de poser les yeux sur lui.

— Où suis-je Je vous connais ?

— En quelque sorte.

— Je ne me souviens pas de vous.

— Pas du tout ?

— Non. Je devrais ?

Elle n'attendit pas sa réponse.

— Oui, évidemment que je devrais. Vous m'avez appelée par un nom…

— Chelsea Pierce.

— Alors, vous me connaissez.

— Oui. Tu te rappelles comment tu t'es retrouvée dans cet hélicoptère, qui était le passager, le pilote ? Et le coup de feu ?

Elle secoua la tête.

— Non, rien de tout ça. Je ne sais même pas qui je suis.

La surprise d'Adam se transforma en inquiétude.

Selon ses dires, Chelsea était amnésique. Il avait certes compris qu'elle était en pleine confusion, mais il n'était pas arrivé à cette angoissante conclusion.

— Nous devons partir, dit-il.

— Maintenant ?

— Oui.

Elle plissa le front.

— Je ne comprends pas. Où allons-nous ?

— Nous sommes tous les deux en danger. Nous devons partir d'ici tout de suite.

Elle se redressa lentement, et le cœur d'Adam se serra.

— Est-ce que tu as mal ailleurs qu'à la tête ? demanda-t-il.

— J'ai une petite douleur au genou droit.

— Et ton ventre ? Ton abdomen ? Tu sais, là où la pression de la ceinture de sécurité aurait pu causer des hématomes...

— Non.

Il lui prit les mains et l'aida à se lever, en luttant contre l'envie de la serrer dans ses bras pour la rassurer, car il devinait que ce geste aurait précisément l'effet contraire.

Baissant les yeux vers sa taille, il constata un renflement au niveau de son ventre, qui n'existait pas auparavant.

Il estima qu'elle devait être enceinte de quatre mois.

Il l'aida à enfiler la cape de pluie qu'il avait préparée pour elle, et la guida jusqu'à la jeep.

Quand il fut au volant, Chelsea tourna la tête vers lui, le visage partiellement dissimulé par la capuche surdimensionnée, une lueur d'incertitude dans son regard bleu.

— Comment dois-je vous appeler ?

Est-ce que le prénom Steven lui rappellerait quelque chose ? Probablement pas. Et puis, il lui avait assez menti comme ça. Il lui donna donc son véritable prénom.

— Adam.

— Ravie de vous rencontrer, dit-elle, avec un pâle sourire.

La jeep sautillait dans la rivière comme un vieux boxeur remontant sur le ring des années après avoir raccroché les gants.

Grâce à ses joggings quotidiens, Adam savait qu'il devait rester proche de la rive ouest, là où le niveau d'eau était relativement bas. Quand il verrait un gros bosquet d'arbousiers, il devrait traverser pour atteindre l'autre rive. Mais, dès qu'apparaîtrait un grand pin noir, il lui faudrait repasser du côté ouest, pour éviter un vaste trou d'eau.

La progression était lente. La rivière gargouillait sous le plancher de la voiture, et de l'eau s'infiltrait sous les portes, inondant leurs pieds.

À plusieurs reprises, il se retourna pour voir s'ils étaient suivis, ou leva les yeux pour vérifier l'état du ciel. Ce fut à une de ces occasions qu'il se rappela avoir laissé les jumelles suspendues au clou sous l'avancée du toit.

Un éclair déchira le ciel au sud, et il compta dans sa tête. À 6, un puissant roulement de tonnerre fit trembler la vallée.

Finalement, il trouva l'endroit où sortir de la rivière pour rejoindre le chemin de randonnée.

La jeep peina à sortir de l'eau. Les pneus patinèrent dans la boue, avant de trouver un point d'accroche sur un terrain plus dur. Adam fit une centaine de mètres, puis s'arrêta et rebroussa chemin en courant, afin d'éparpiller quelques débris de la forêt pour couvrir leurs traces.

Ce n'était pas parfait, mais il faudrait que ça fasse l'affaire.

Il regagna la voiture et redémarra.

La route, pentue et sinueuse, était fortement endommagée et semée d'embûches. Régulièrement, Adam devait s'arrêter pour déblayer des branches et de gros fragments de roche. Au cours de ses brefs arrêts, il guettait le son d'un autre véhicule ou d'un hélicoptère. Le seul bruit audible était celui de l'orage qui se déchaînait.

Chelsea le laissait travailler sans dire un mot.

Que pensait-elle de cette fuite sous la pluie avec un homme

qui lui était inconnu ? Quand commencerait-elle à exiger des explications ?

Et que lui dirait-il ?

Tout ce qu'elle voudrait savoir, se promit-il.

Depuis le premier instant où il l'avait rencontrée, il avait été attiré par son humour et sa beauté. Il s'était senti comme un homme au milieu du désert soudain frappé par une pluie miraculeuse. La solitude et l'agitation qui le rongeaient depuis plus d'un an avaient disparu devant son sourire éblouissant. Pour quelqu'un sans un passé dont il pouvait parler, le fait d'avoir soudain un avenir l'avait empli d'une énergie nouvelle, et ça lui avait donné de l'espoir.

Ces semaines passées avec elle, à l'aimer, à faire des projets, avaient été comme un avant-goût du paradis. Jusqu'à ce qu'il soit obligé de partir sans rien lui dire, en sachant qu'il ne la reverrait jamais, et qu'elle ne saurait pas qu'il avait mis en scène sa propre mort.

Tout comme il avait menti sur à peu près tout ce qu'elle croyait savoir de lui.

Si jamais elle retrouvait la mémoire, elle le haïrait de toutes ses forces, et il ne pourrait pas l'en blâmer.

Et voilà qu'à présent, miracle des miracles, elle était là, portant leur enfant, et ne sachant pas qui ils étaient l'un et l'autre.

— Pourquoi me regardez-vous ? demanda-t-elle.

— Tu es très jolie.

— Je me sens comme un rat mouillé. Et pourtant, c'est moi qui porte la cape de pluie. Merci, au fait.

— Je t'en prie. Comment te sens-tu ?

— Fatiguée.

— Nous devrions pouvoir nous arrêter bientôt. Tu en profiteras pour te reposer.

Tandis que le silence retombait, l'expression de Chelsea se fit pensive.

— Au chalet, vous m'avez demandé si je me rappelais un coup de feu ? dit-elle, au bout d'un moment. Pourquoi cette question ?

— Ton pilote avait une blessure par balle dans le bras, répondit-il.

— C'est ce qui a causé le crash ?

— Je ne sais pas. J'en doute. J'espérais que tu pourrais me le dire.

— Et qui êtes-vous, exactement ? demanda-t-elle, en plissant le front.

Adam sentit une vibration dans sa poche, et en sortit le bip. Sur la route du chalet, un véhicule venait de passer devant le détecteur de présence. Il faudrait aux intrus une dizaine de minutes pour arriver sur place, et cinq de plus pour tout mettre sens dessus dessous.

Il pouvait aussi s'agir d'une voiture de patrouille ou d'une ambulance, dépêchées sur le lieu de l'accident. Pour le savoir, Adam devrait attendre qu'ils soient parvenus au sommet de la montagne. De là-haut, il aurait une vue dégagée sur la vallée.

— Qu'est-ce que c'est ? demanda Chelsea, en fixant le dispositif électronique qu'il tenait dans sa main.

— Une protection.

Elle secoua la tête et ferma les paupières.

— Pourquoi fuyons-nous ?

— Quelqu'un est après moi. Ou après nous deux, je suppose. Je te promets de tout te raconter, mais pas maintenant.

Elle l'observa d'un air suspicieux. De toutes les expressions qu'il avait pu observer durant les semaines qu'ils avaient passées ensemble, celle-ci était inédite.

La façon dont elle le regardait autrefois lui manquait. Mais il n'y avait aucune chance qu'il y ait droit maintenant.

— Bien, dit-elle finalement. J'attendrai.

Trente minutes plus tard, la jeep, victorieuse comme un alpiniste parvenu le premier au sommet, atteignait le haut de la montagne.

Adam s'arrêta sous un bosquet d'arbres, dont le feuillage touffu offrait un abri relativement efficace contre la pluie.

— Je reviens tout de suite, annonça-t-il.

Elle resserra les bras autour d'elle, et hocha la tête.

Il prit dans la boîte à gants une paire de jumelles plus petites et moins puissantes et s'éloigna.

Il lui fallut quelques secondes pour localiser le chalet. Ajustant le réglage, il repéra finalement une camionnette noire. Un homme aux cheveux d'un blond presque blanc se tenait à côté, muni d'un fusil automatique. Pas d'uniforme. Pas de logo sur le véhicule.

Un mouvement attira l'attention d'Adam vers la maison. Deux hommes armés en sortaient. Le blond prit son téléphone dans sa poche et passa un appel, pendant que les deux autres observaient les parages.

Quelques instants après qu'un éclair eut déchiré le ciel couleur de cendre, une explosion retentit.

Adam tourna ses jumelles vers la forêt. Là où l'hélicoptère était tombé, des flammes partaient à l'assaut des arbres. La foudre avait dû tomber directement dessus.

Reportant son attention sur le chalet, Adam vit un homme se précipiter vers la clairière, tandis que les deux autres campaient sur leurs positions. Puis l'un des deux se tourna lentement vers le sommet où Adam se tenait. Il avait trouvé les jumelles et les portait à ses yeux. Adam abaissa immédiatement les siennes, mais eut le temps de voir les lèvres de l'homme bouger, tandis qu'il levait le bras dans sa direction.

Adam n'osait plus ni bouger ni respirer, jusqu'à ce que le besoin de savoir ce qui se passait l'emporte sur le risque qu'il y avait à regarder.

Il recula dans l'ombre, avant de porter à nouveau les jumelles à ses yeux.

Une série d'éclairs très rapprochés illumina le paysage, permettant à Adam de voir l'homme qui s'était précipité vers l'explosion revenir vers le chalet, probablement appelé par les deux autres. Ils montèrent tous dans la camionnette, qui démarra en trombe.

Adam en avait assez vu. Ils savaient peut-être qu'il se trouvait là-haut, mais le châssis trop bas de leur camionnette ne leur permettrait pas de franchir les routes défoncées et les chemins de randonnée qu'il avait prévu d'emprunter. Cela lui laissait une bonne longueur d'avance sur eux.

Au cours des dernières semaines, il avait souvent réfléchi à son départ, mais ne s'était pas imaginé qu'il devrait emmener quelqu'un avec lui. Un mois auparavant, quand il avait demandé à Chelsea de devenir sa femme, il était persuadé d'être en sécurité. Jamais il n'aurait pu imaginer qu'elle se retrouverait en danger à cause de lui.

Et à présent, il n'était plus question que d'elle seule. Il y avait le bébé.

Il retourna à la voiture.

— Qu'avez-vous vu ? demanda Chelsea.

— Trois hommes armés.

— Je crois qu'ils vont essayer de nous barrer la route.

Elle regarda autour d'elle.

— Qu'allons-nous faire ?

— Rester dans la forêt.

Elle hocha la tête, mais devait penser la même chose que lui. Tôt ou tard, ils seraient bien obligés de quitter l'abri des arbres.

Que se passerait-il alors ?

4

Déterminée à ne pas assaillir Adam de questions concernant son identité, Chelsea se concentra sur le peu d'éléments dont elle disposait.

Premièrement, elle était l'unique survivante d'un accident, et un homme qui la connaissait l'avait retrouvée.

Deuxièmement, quelqu'un avait abattu le pilote.

Et troisièmement, quelqu'un était à présent à leurs trousses, ce qui lui faisait très peur.

Du coin de l'œil, elle observa Adam, frappée par la puissance de son profil, et l'aura de concentration qui émanait de lui. La pluie avait aplati ses cheveux décolorés sur son crâne, et des gouttes d'eau luisaient dans la courte barbe qui assombrissait ses joues. Ses yeux gris scrutaient l'obscurité croissante, discernant apparemment des chemins qu'elle ne voyait pas.

Il est vrai qu'elle ne faisait pas beaucoup d'efforts pour s'intéresser à leur environnement. Pour le moment, il lui suffisait de croire que cet homme, qui semblait capable de tout, les conduirait jusqu'au bout de la nuit en un seul morceau.

Elle devait aussi reconnaître que son cerveau n'était guère en état de fonctionnement. Tout ce qu'elle voulait, c'était se coucher et dormir pendant une semaine.

Ils s'enfoncèrent davantage dans la forêt. De temps en temps, Adam ralentissait et vérifiait sa boussole, mais il fit bientôt trop sombre pour ça. Au moins, la pluie avait cessé. Un air lourd et moite, chargé d'âcres odeurs d'humus, emplissait ses poumons à chaque inspiration.

Comme l'obscurité les enveloppait totalement, il alluma les phares, mais les éteignit presque aussitôt.

— Il y a un problème ? demanda-t-elle.

Il eut un petit rire amer.

— Il n'y a que ça, en ce moment.

— Pourquoi avez-vous éteint les phares ?

— Ils sont trop puissants. Je ne sais pas précisément à quelle distance nous sommes de l'autoroute. Inutile de signaler notre présence.

— Donc, vous croyez que ces hommes sont toujours après nous ?

Consciente que sa voix tremblait, elle s'ordonna silencieusement de se reprendre.

— Oui, je le crois, dit-il.

Ils roulèrent encore quelques minutes, sans échanger une parole, puis Adam s'arrêta et coupa le contact. Le silence qui s'ensuivit sembla les envelopper comme une lourde couverture.

Pendant quelques secondes, ils restèrent totalement immobiles, comme s'ils attendaient.

Mais qu'attendaient-ils ? Ou qui ?

— Tu vois des phares quelque part ? finit-il par demander, en chuchotant.

— Non. Je suppose que nous ne sommes pas si près que ça de l'autoroute, après tout.

— Il faut croire que non. Installons notre campement.

Camper, ça voulait dire s'allonger et, pour tout dire, c'était l'unique chose au monde qu'elle désirait. Son corps, perclus de douleurs et de courbatures, protesta tandis qu'elle s'arrachait au siège avant. C'était sans doute dû au crash, mais aussi aux soubresauts de la jeep partant à l'assaut de routes qui avaient connu des jours meilleurs.

Une douleur sourde battait dans son genou gauche, et elle boita jusqu'à la petite tente à déploiement rapide qu'Adam avait installée en un tournemain.

— Vous avez des mouchoirs en papier ? demanda-t-elle, tandis qu'il finissait d'installer les sacs de couchage. Il faut que je trouve un buisson.

Il lui tendit un paquet de mouchoirs et une lampe-torche.

— Ne va pas trop loin dit-il, en la regardant d'un air inquiet.

— D'accord.

— Tu as faim ?

— Non, je suis juste fatiguée.

— À part ça, tu te sens bien ?

— Plus ou moins.

— Où as-tu mal ?

— Au genou.

— Mais, tu n'as pas mal au ventre ? Tu n'as pas la sensation d'une déchirure interne ? D'un saignement ?

— Non. Mais, je ne comprends pas pourquoi vous me demandez ça.

— Tu as été victime d'un terrible accident.

Il étudia un moment son visage, puis haussa les épaules, comme pour balayer son inquiétude.

— J'essaye juste de m'assurer que tu n'es pas sérieusement blessée. Tu me diras si tu ressens une nouvelle douleur, quelque chose d'anormal...

— À qui d'autre voulez-vous que je le dise ?

— Je suis sérieux. Demain, nous te trouverons un médecin.

— Chaque chose en son temps.

Sur ces mots, elle s'éloigna, utilisant sa lampe-torche de façon intermittente pour trouver son chemin dans les broussailles.

Quel genre de relation Adam entretenait-il avec elle ? Comment se connaissaient-ils ?

Mais se connaissaient-ils vraiment ? Quelle preuve avait-elle ? Comment savoir si elle s'appelait vraiment Chelsea Pierce ?

La réponse était si évidente qu'elle lui fit l'impression d'un cri dans une pièce silencieuse. Aucune. Pas de preuve du tout. Rien.

Son mal de tête redoubla tandis qu'elle essayait de se rappeler chaque geste, chaque nuance de chaque mot qu'il avait prononcé depuis le moment où elle avait ouvert les yeux après l'accident.

Rien ne lui vint à l'exception du baiser. Il avait semblé spontané et réel mais, pour le moment, elle n'était pas en mesure de juger ni les caractères ni les motivations.

D'un autre côté, il lui avait souvent demandé comment elle se sentait, si elle saignait, si elle ressentait des douleurs... Cela voulait sûrement dire qu'il se faisait du souci pour elle.

Mais pourquoi ?

Était-elle paranoïaque ou simplement prudente ?

Malgré la fraîcheur de l'air, Adam décida de ne pas faire de feu. Il remit en place la bâche à l'arrière de la jeep, pour protéger son chargement des animaux nocturnes trop curieux et de la rosée matinale. Puis il déposa la glacière sous la tente, et arma son fusil.

Tandis qu'il attendait dans le noir le retour de Chelsea, son inquiétude s'intensifia à mesure que les minutes s'écoulaient.

Et si elle s'était perdue ? Ou évanouie ? Plus grave encore, était-elle en train de perdre leur bébé ?

À moins que quelqu'un ne l'ait découverte et emmenée, dans le but de se servir à nouveau d'elle comme d'un appât...

— Chelsea, appela-t-il d'une voix douce, dont il espérait qu'elle porterait quand même.

Une lumière l'aveugla momentanément, et il brandit son fusil.

— C'est moi, dit-elle.

Il abaissa immédiatement son arme.

— Désolé. Tout va bien ?

— Très bien.

Son intonation était sèche et tendue. Mais n'était-ce pas normal dans cette situation ?

Lorsqu'il y distingua à nouveau quelque chose, il franchit la distance entre eux, et passa un bras autour des épaules de Chelsea.

— Tu trembles, dit-il. Va te mettre au chaud sous la tente.

Il la suivit à l'intérieur, et ouvrit la glacière.

— Tu es sûre que tu n'as pas faim ?

— Certaine.

Il vida une petite bouteille d'eau, et mangea une poignée de noisettes, puis lui tendit un revolver.

— Tu sais comment on s'en sert ?

— Oui. Aussi étrange que ça puisse paraître.

— C'est moi qui t'ai appris.

— Donc, on se connaît. Expliquez-moi ça. Dites-moi qui je suis, et ce que vous êtes pour moi.

— Je vais le faire, c'est promis. Dès que j'aurai répondu à l'appel de la nature. En attendant, garde ce revolver avec toi. Si tu entends quelqu'un venir, vérifie de qui il s'agit. Si ce n'est pas moi, tire sans hésiter.

— Je le ferai dit-elle, avec un tremblement dans la voix.

Emportant son fusil, Adam se servit de sa torche jusqu'à ce qu'il trouve le chemin qu'il cherchait, puis l'éteignit et s'enfonça dans l'obscurité de la forêt immobile et silencieuse. À son grand soulagement, la faible lumière émanant de l'intérieur de la tente semblait disparaître sous la dense végétation, et ce à très courte distance. Il ne pouvait pas monter la garde toute la nuit – il avait déjà les paupières lourdes et n'était plus à 100 % de ses capacités.

Pour le moment, il se préoccupait surtout de savoir ce qu'il pouvait dire à Chelsea. Qu'était-elle en mesure de supporter ? En outre, comment prendrait-elle l'annonce de sa grossesse, alors qu'elle devait fuir pour rester en vie ?

Ne serait-il pas préférable qu'il continue sa route après l'avoir mise à l'abri ? Tandis que cette question lui traversait l'esprit, il eut conscience qu'elle serait bien plus en sécurité avec lui que sans.

De retour au campement, Adam appela Chelsea pour signaler sa présence, puis alla chercher des cartes routières dans la boîte à gants de la jeep. Sa priorité absolue était de les faire sortir de la forêt et de les conduire quelque part où ils seraient en sécurité.

Quand il entra dans la tente, Chelsea bougea pour lui faire de la place. Il posa son fusil à proximité de l'entrée et se tourna dans l'espace étroit pour s'asseoir. Elle avait déroulé les sacs de couchage, et se glissa dans l'un d'eux.

— Bien, dit-elle. Pour commencer…

— Une seconde, dit Adam. Je veux vérifier quelque chose.

Déployant une carte, il s'efforça de localiser leur position. D'après ses calculs, ils devaient se trouver non loin de Black Boulder, une ville suffisamment grande pour offrir tous les commerces nécessaires, mais aussi une bonne couverture de téléphonie mobile. Ce dernier point était important, car le fait d'avoir perdu le contact avec Whip commençait à l'inquiéter.

Tandis qu'il observait plus attentivement la carte, à la recherche d'une route à l'écart des grands axes, qui leur permettrait d'aller vers l'est, il repéra la ville de Spur, située à une vingtaine de kilomètres de Black Boulder, juste de l'autre côté de la frontière du Nevada. Avec un peu de chance, un des vieux amis de son père, le Dr Fischer, y vivait encore et pourrait leur être d'une grande aide.

Chelsea s'impatienta.

— Vous cherchez à gagner du temps ?

Relevant la tête, il la découvrit assise avec les genoux remontés sous le menton et les bras serrés autour des jambes. Dans quelques semaines, son ventre de femme enceinte lui interdirait cette position.

— Un peu, reconnut-il.

— Commencez par me dire qui je suis.

Adam prit le temps de plier la carte et de la ranger, avant de répondre.

Qui était-elle ? L'amour de sa vie. La mère de son enfant. La femme pour qui il serait capable de donner sa vie. Voilà qui elle était, en tout cas pour lui.

Il commença par l'essentiel.

— Tu t'appelles Chelsea Ann Pierce, et tu as vingt-six ans. Tu vis à San Francisco, où tu possèdes un food-truck. Tu cuisines fantastiquement bien, ce qui est logique, car tu es diplômée d'une école de cuisine très réputée. Tes parents s'appellent Troy et Helen. Ils vivent au nord de San Francisco, dans une petite ville côtière du nom de Bodega Bay, où ils tiennent un restaurant de pêcheurs sur la plage. Tu as trois sœurs et deux frères. Tout le monde vit en Californie du Nord, sauf ton frère aîné, Bill, qui habite dans le Nevada avec sa femme Jan.

— Qui êtes-vous, et comment nous sommes-nous rencontrés ?

— Je m'appelle Adam Parish, et je travaille dans la construction.

C'était le cas lorsqu'ils s'étaient rencontrés, et comme il hésitait encore à tout lui dire, il préféra s'en tenir à ça.

— Un jour, tu as garé ton camion près du chantier où je travaillais. Tu m'as fait le meilleur sandwich au pastrami que j'avais jamais mangé. En repartant, tu as roulé sur une poignée de clous. J'ai changé ton pneu, et ça a signé le début de notre amitié.

— Pour une histoire de sandwich et de pneu ?

— Et de cornichons. Nous aimons tous les deux les cornichons.

Sa plaisanterie ne lui valut même pas l'ombre d'un sourire. D'ailleurs, en y réfléchissant, elle était distante depuis qu'elle était revenue des bois.

— Vous avez toujours travaillé dans la construction ?

— Pas toujours.

— Qu'avez-vous fait d'autre ?

— J'ai été flic pendant un moment. Ensuite, je suis devenu garde du corps.

— Et ensuite, vous vous êtes recyclé dans le bâtiment.

— Mouais.

— Hum... Pour que les choses soient claires, il n'y a rien d'autre entre nous que de l'amitié ?

— Eh bien...

— C'est une réponse pleine de sous-entendus. Nous étions plus ?

— D'une certaine façon.

Adam n'en dit pas davantage, de peur de la rendre furieuse.

— Donc, je suppose que j'ai pris un hélicoptère pour venir vous voir, et que vous m'attendiez.

— Pas du tout. Surtout en cette compagnie.

— Vous voulez dire, avec quelqu'un qui voulait vous faire du mal.

— C'est ça.

— Et pour quelle raison veut-on vous faire du mal ?

C'était là que les choses se compliquaient. Il décida de s'en tenir le plus possible à la vérité.

— J'ai témoigné contre un type qui a fait beaucoup de mal

à des quantités d'innocents. Il est en prison, mais a juré de se venger. Grâce au programme de protection des témoins, j'ai pu me cacher pendant quelque temps. Mais il s'avère qu'il a engagé des tueurs à gages pour me retrouver.

— Je connais ce programme. Comment est-il possible qu'on vous ait retrouvé ?

— Quelqu'un a dû me trahir.

Comme Ron Ballard, son prétendu agent de liaison dans le programme.

— C'est pour ça que vous vous êtes décoloré les cheveux.

— Comment sais-tu…

— C'est plutôt évident. Et c'est pour ça aussi que vous conservez une barbe d'une semaine ?

Il hocha la tête.

— Et que vous portez des lunettes ?

— Oui.

— Hum…

Elle l'étudia quelques secondes, avant d'ajouter :

— Et qu'est-ce que j'ai à voir avec tout ça ?

— Ils ont dû découvrir que tu venais au chalet et t'ont piégée. Ou ils t'ont forcée à les conduire ici.

Il secoua la tête en soupirant.

— Je suis vraiment désolé. Je ne t'en ai jamais parlé, parce que je ne voulais pas t'inquiéter. Je regrette de ne pas l'avoir fait. Je pensais que c'était plus sûr pour toi de ne pas connaître tous les détails.

— Nous étions vraiment proches, alors ?

— C'est un peu plus compliqué que ça.

— Vraiment ?

— N'est-ce pas toujours le cas ?

— Je ne sais pas. Je ne m'en souviens pas.

Elle soupira.

— Quoi qu'il en soit, j'ai l'impression que ce n'est pas mon combat.

— Tu t'es trouvée prise au milieu de l'histoire.

Elle l'observa un moment, en se mordillant la lèvre inférieure.

— Est-ce que mes parents s'occuperaient de moi le temps que je retrouve la mémoire ?

— S'ils étaient ici, sans aucun doute.

— Je crois que je devrais rentrer chez moi.

— Comment ?

— Je vais prendre un bus.

— Pas avant d'avoir vu un médecin.

Il avait parlé d'un ton ferme, et réalisa aussitôt que ce n'était pas la bonne façon de s'exprimer.

— J'espère qu'il ne s'agit pas d'un ordre, protesta-t-elle.

— Je...

— C'est totalement inacceptable. Je suis une adulte.

— Je sais, mais ce n'est pas aussi simple.

— Est-ce que tout est compliqué avec vous ?

— Vivre est compliqué, Chelsea.

Il ne voulait pas l'inquiéter, mais l'idée de la laisser faire un trajet en bus toute seule lui glaçait le sang.

— Si je ne suis pas là pour te protéger...

— Je me débrouillerai très bien toute seule.

— Mes ennemis pourraient te retrouver. Et ils supposeront que tu connais ma prochaine destination.

— Mais je ne la connais pas.

— Je doute que ta parole pèse bien lourd.

— Peut-être pas, mais c'est ma décision.

— C'est ridicule !

À présent, il ne pouvait plus cacher son irritation.

— Tu crois que tes pacifistes de parents et toi vous réussirez à lutter contre les hommes de main de Devin Holton ?

— Qui est Devin Holton ?

Adam serra les lèvres. Il n'avait pas eu l'intention de révéler un nom que Chelsea pourrait répéter à ses risques et périls.

— Tu te comportes étrangement depuis que nous avons installé le campement, dit-il. Que s'est-il passé ?

— Je ne comprends pas ce que tu veux dire.

— Depuis ton retour des buissons, tu es... Je ne sais pas... Irritable.

— Irritable ? C'est bien possible. Mais je dirais plutôt méfiante. Peut-être parce que j'ai survécu à un crash où deux personnes sont mortes. Ou peut-être parce que je ne sais pas qui tu es, ni qui je suis, et que ton histoire ne me semble pas tenir la route.

— Je t'ai expliqué qui je suis, et qui tu es.

— Et qui me prouve que tu n'as pas tout inventé ? Comment je peux être sûre que je te connais, que je m'appelle Chelsea, et que mes parents sont Troy et Susan ?

— Troy et Helen.

— Peu importe.

— Pourquoi je te mentirais ?

— Parce que rien n'a de sens. Nous ne sommes que des amis, et pourtant je prends un hélicoptère pour venir te voir. Pourquoi j'aurais fait ça ?

— Parce qu'ils t'ont forcée.

— Dans ce cas, pourquoi avoir tué le pilote et pas moi ?

— Je ne sais pas.

Fermant un instant les paupières, elle secoua la tête.

— Adam, ou quel que soit votre nom, tout ce que je sais, c'est que je suis très fatiguée, et que je voudrais que vous alliez dormir dehors.

— Impossible.

— Pourquoi ?

— Parce que je dois rester à côté de toi.

— Et moi, je veux que vous sortiez.

Il était fort possible qu'elle ne reconnaisse pas cette intonation, mais lui si. Il l'avait entendue à quelques reprises, jamais contre lui, mais à l'encontre d'un employé qui la volait, ou d'un représentant de commerce trop insistant. C'était comme si elle élevait une barrière, qu'il faudrait être fou pour franchir.

— Bien, dit-il.

Il se pencha pour prendre son sac de couchage.

— Dors bien, ajouta-t-il.

— Laissez-moi le revolver.

— Pourquoi ?

— Au cas où vos ennemis nous retrouveraient.

— Je serai juste dehors.

— Laissez-le quand même.

— Comme tu voudras.

Il se reprocha le sarcasme qui teintait sa voix, mais il n'avait pas pu s'en empêcher.

Il ouvrit la fermeture à glissière de la tente, et emporta à l'extérieur son sac de couchage et son fusil.

— Adam...

Il se tourna et croisa son regard, s'émouvant des ombres sous ses yeux, et de la fatigue qui dessinait deux taches rouges sur ses pommettes.

— Je suis désolée. Ce n'est pas juste que je garde la tente. Je vais dormir dehors.

— Pas question ! Et c'est moi qui suis désolé. Tout cela est ma faute. Je donnerais n'importe quoi pour que tu ne sois pas en danger.

— Depuis le début, vous êtes d'une incroyable gentillesse avec moi.

Ses yeux étaient brillants de larmes.

— Vous m'avez sauvé la vie.

Il revint vers elle et lui toucha le visage. À son grand soulagement, elle ne repoussa pas sa main. Au contraire, elle posa les doigts sur les siens.

— Ne pleure pas, dit-il, d'une voix douce. Tout ira bien. Je ferai en sorte qu'il ne t'arrive rien. Et maintenant, repose-toi, d'accord ?

— Peut-être que demain je me réveillerai en ayant retrouvé la mémoire.

— Je l'espère.

Résistant à l'envie de l'embrasser, il sortit de la tente. Lorsqu'il la referma, la lampe à l'intérieur s'éteignit.

Il étendit le sac de couchage sur le sol, se pelotonna à l'intérieur, et ferma les yeux. Si elle était décidée à partir, il ne pourrait pas la retenir. Mais il devrait trouver un moyen de la préparer au retour de sa mémoire. Comment le prendrait-elle quand elle comprendrait qu'il n'était autre que le Steven qu'elle avait aimé, et qu'il n'était pas mort mais en cavale ?

Il songea à la photo qu'il avait toujours sur lui. Elle avait été prise devant le Golden Gate, un jour où ils étaient allés pique-niquer. Elle avait imprimé la photo prise avec son portable, écrit leurs noms au dos, entourés d'un cœur, et lui en avait donné une copie.

Quant à lui, toutes les photos qu'il avait pu prendre avaient été détruites quand son avion avait plongé dans le lac. Cet exemplaire était le seul souvenir qu'il avait de la femme qui avait volé son cœur, et il avait gâché l'opportunité de s'en servir pour la rassurer en lui donnant son vrai prénom.

Et s'il lui montrait le mot qu'elle avait joint aux roses ? Est-ce que cela arrangerait les choses ? Le choc réactiverait peut-être sa mémoire.

Il allait laisser la nuit lui porter conseil, décida-t-il.

Mais une heure plus tard, il était toujours éveillé.

5

Ils levèrent le camp dès qu'il fit assez clair pour reprendre la route.

Ni l'un ni l'autre ne fut très bavard. Un manque de sommeil, des articulations douloureuses et des pensées angoissantes n'aidaient pas à soutenir une brillante conversation.

— C'est mon imagination, ou nous revenons sur nos pas ? demanda soudain Chelsea.

— Tu as toujours eu un grand sens de l'orientation, répondit Adam. J'ai fait demi-tour pour récupérer l'embranchement vers Black Boulder. Je table sur le fait que ceux qui nous suivent ont dû se dire que nous avions décidé de continuer plus loin.

— C'est un peu hasardeux.

— J'ai toujours cru à ma chance. Après Black Boulder, nous nous dirigerons vers Spur. Je connais quelqu'un là-bas. Enfin, j'espère qu'il y est toujours. C'est un médecin à la retraite. Il pourra t'examiner.

— Vous n'allez pas recommencer avec cette histoire de médecin, répliqua-t-elle, avec impatience. En plus, on dirait que vous avez oublié ce que je vous ai dit hier soir. Je rentre chez moi. S'il y a un relais d'autobus à Black Boulder, je pars immédiatement.

Il lui jeta un bref coup d'œil, avant de reporter son attention sur la route.

— Ce serait quand même mieux, si...

— Arrêtez !

— Chelsea

— Plus un mot ! Il ne s'agit pas seulement de mes doutes à propos de notre relation. Le fait est que vous serez mieux sans avoir à vous inquiéter pour moi.

— J'aime m'inquiéter pour toi.

— S'il vous plaît. Ma décision est prise.

Une heure plus tard, ils roulaient vers l'ouest.

La route goudronnée rendait le voyage moins cahoteux. Le moteur laissait à présent entendre un bruit de claquement qui, se mêlant aux autres, formait un curieux accompagnement musical.

Tout se passait bien, jusqu'à ce qu'Adam signale qu'ils allaient manquer de carburant, et exprime l'espoir que Black Boulder ne soit plus très loin.

Ils finirent par trouver une station-service perdue au milieu de nulle part. Tandis que Chelsea observait avec méfiance la route déserte devant eux, Adam remplit le réservoir et paya au bureau.

Au bout de quelques kilomètres, un panneau annonça Black Boulder. Adam quitta la voie principale et s'engagea dans de petites rues secondaires. Il finit par s'arrêter sur le parking d'une supérette, et se tourna vers Chelsea.

— Mets la cape de pluie.

— Pourquoi ? Il fait beau et sec.

— Pour que personne ne voie ton visage. Je vais acheter une carte de téléphone pour que nous puissions préparer tes parents à ton arrivée.

— Les préparer ?

— À l'heure qu'il est, ils doivent penser que tu es morte. C'est risqué de leur dire que tu es saine et sauve. Ils vont forcément réagir, et si quelqu'un les surveille... Tu vois ce que je veux dire. D'un autre côté, il faut qu'ils viennent t'attendre à l'arrivée du bus, s'il y en a dans cette petite ville. Je vais me renseigner. Reste discrète, d'accord ?

Elle hocha la tête et enfila la cape de pluie.

Adam revint quelques minutes plus tard.

— La gare routière est en bas de la rue, à deux cents mètres, annonça-t-il, en tournant la clé de contact. Je vais me renseigner sur les horaires, et te prendre un billet s'il y a un bus qui part demain matin.

— Je peux acheter mon billet moi-même.

— Avec quoi ?

— Bien vu. Je vous rembourserai.

— On s'inquiétera de ça plus tard. En attendant, il faut que nous parlions un peu. Il y a certaines choses auxquelles tu dois être préparée. Mais tu as peut-être envie d'un café, d'un petit déjeuner...

— Je suis affamée.

— Moi aussi.

Contournant la gare routière, Adam se gara dans une ruelle, et annonça qu'il n'en avait que pour quelques minutes.

Elle lui prit la main pour le retenir.

— Soyez prudent, Adam. C'est à vous qu'ils en veulent, vous savez.

Il sortit ses lunettes de sa poche et les enfila. Puis il fouilla à l'arrière de la jeep et en extirpa une casquette de base-ball, qu'il posa sur ses cheveux trop blonds.

Ainsi accoutré, et avec sa barbe, il ressemblait à la plupart des hommes qu'ils avaient croisés tandis qu'ils roulaient dans les rues de cette petite ville de montagne.

— La clé est sur le contact, dit-il, d'une voix tendue. Au premier signe de trouble, va-t'en. Le type à la supérette m'a dit que le bureau du shérif se trouvait à quatre cents mètres sur la gauche. Vas-y, et dis-leur que tu es en danger.

— Vous ne voulez pas prendre le revolver ?

— Pas dans une gare routière, non. Ce serait une mauvaise idée, avec tous les contrôles. Garde-le. Je reviens très vite.

Tandis qu'il s'éloignait, Chelsea enjamba le levier de vitesses, et s'installa au volant.

Quand il vivait dans l'Arizona, avant le décès de sa mère, Adam partait souvent seul à cheval dans le désert, mais il emportait toujours un fusil. Son père étant policier, il était familiarisé avec les armes. Ça faisait partie de son équipement : une gourde et des barres de céréales en guise d'en-cas, un sac de couchage pour se protéger des nuits froides à la belle étoile, et un fusil au cas où il croiserait la route d'un coyote ou d'un serpent à sonnette.

Ici, il était confronté à un autre genre de danger, sachant qu'il y avait un risque non négligeable pour qu'un tueur se cache dans la foule des voyageurs anonymes.

S'efforçant de penser à autre chose, il se concentra sur la tâche que lui avait confiée Chelsea, même si ça lui semblait peu pertinent.

Peut-être n'y aurait-il pas de bus pour l'ouest avant des heures. Si elle devait attendre toute la journée, peut-être parviendrait-il à la faire changer d'avis. Sinon, ça lui donnerait au moins le temps de s'expliquer.

En revanche ce n'était pas la peine d'appeler les parents de Chelsea, tant qu'il n'aurait pas de plan plus précis. Le danger pouvait en effet venir de Lindy, la jeune sœur de Chelsea, qui était incapable de tenir sa langue. D'une façon comme d'une autre, il faudrait que Chelsea évite de révéler sa véritable identité.

Prendre la fuite lui avait semblé une bonne idée, après qu'il eut fait figure de témoin vedette dans le procès de Holton. Et, avec l'aide du gouvernement, tout lui avait semblé très simple.

Obtenir une nouvelle identité, tout recommencer, laisser derrière lui les gens et les endroits... Ça ne lui avait pas réellement posé de problème au début.

Mais, petit à petit, la nouveauté s'était émoussée, et il avait commencé à se sentir comme un oiseau en cage. Et le fait que Ballard, son unique interlocuteur, soit un imbécile n'avait pas aidé.

Durant cette période, Adam avait commencé à échafauder des plans pour le jour où il en aurait assez, ou au cas où quelqu'un le retrouverait.

Puis il avait rencontré Chelsea, et avait eu l'impression que la cage s'était ouverte. Pendant quelques mois, il avait été heureux comme jamais.

Découvrir qu'un des hommes de Holton l'attendait chez lui,

et être obligé de le tuer pour rester en vie l'avait profondément choqué.

Mais le véritable déchirement avait été de quitter Chelsea sans un adieu et sans explications.

Et voilà qu'en moins de vingt-quatre heures, et alors qu'elle n'avait plus de souvenirs de lui, elle avait réveillé les sentiments qu'il avait pour elle, et lui avait donné une raison de se battre pour retrouver sa vie d'avant.

C'est pourquoi l'idée de la voir monter dans un bus pour San Francisco, et s'éloigner peut-être pour toujours de lui le déprimait autant.

Peut-être ferait-il mieux de la conduire là-bas lui-même, de profiter du temps qu'il pourrait passer avec elle, de tabler sur le fait que les hommes de Holton ne songeraient jamais à le retrouver là-bas...

Et mettre Chelsea en danger ?

Faire courir un risque à leur futur enfant ?

Non, il ne pouvait pas se montrer aussi égoïste.

La gare routière se résumait à un modeste bâtiment, avec une salle d'attente remplie de bancs mais vide de voyageurs. Apparemment, il n'y avait aucune arrivée ni départ prévus de façon imminente.

Adam se rendit au guichet, où une femme d'une soixantaine d'années lisait un magazine pour tuer le temps.

— J'ai besoin d'un horaire pour les départs à destination de la Californie, dit-il.

Elle tapota son côté de la vitre, attirant son attention sur un distributeur de prospectus. Il trouva celui qui l'intéressait, et constata qu'un bus partait pour San Francisco deux heures plus tard.

Songeant que le destin était contre lui, Adam sortit son portefeuille et acheta un billet, en expliquant que c'était pour sa sœur. Comme l'employée se désintéressait complètement de ce qu'il disait, il ne chercha pas à discuter davantage.

Quittant l'immeuble, il réfléchit à ce qu'il allait dire à Chelsea.

Pour commencer, il allait chercher une cafétéria, où ils pourraient s'installer dans une alcôve au fond de la salle et prendre un solide petit déjeuner.

Il faudrait qu'il se montre honnête, et trouve le courage d'affronter sa colère et de répondre à ses questions.

Sans compter qu'il devrait aussi la préparer en douceur au fait qu'elle était enceinte. C'était quelque chose qui lui faisait terriblement peur, et il était à moitié tenté de déchirer le billet et de lui mentir.

Mais c'en était fini des mensonges.

Adam était tellement plongé dans ses pensées, que son sixième sens ne l'avertit pas du danger.

Soudain, deux hommes l'encadrèrent et, passant chacun un bras sous le sien, le soulevèrent pour ainsi dire de terre.

Tandis qu'ils l'entraînaient vers la ruelle où était garée la jeep, Adam se débattit tant et plus pour se libérer. Il essaya même de crier, mais un coup de poing à l'estomac lui coupa le souffle.

— Tu as cru que tu allais pouvoir te débarrasser de nous, hein ? dit l'un des hommes.

Puis il lui donna un coup de couteau dans les côtes.

Adam s'effondra.

— Range ça, dit son complice.

À présent, les deux hommes supportaient tout son poids.

— Tu pourras faire ce que tu veux, une fois que nous serons dans la camionnette.

Il devait se ressaisir. Une fois dans la camionnette, il serait un homme mort.

Et Chelsea ? Comment allait-elle s'en sortir ?

Même s'ils ne reconnaissaient pas la jeep, qu'allait-elle devenir ? Sans doute voudrait-elle prévenir la police.

Et si elle mentionnait le programme de protection des témoins ? Imaginons que celui qui l'avait trahi se trouve dans cette équipe... s'en prendrait-il à elle ?

En regardant au bout de la ruelle, il vit la jeep.

Avant qu'il ait eu le temps de se rendre compte si Chelsea était dedans, il sentit l'un des hommes desserrer sa prise. Il en profita pour libérer un de ses bras et pivota rapidement pour heurter de tout son poids son autre assaillant.

Aussitôt, Adam fut repoussé contre une façade en bois. Ses lunettes de pacotille et sa casquette volèrent.

L'homme à qui il avait échappé revint à la charge, son couteau pointé vers lui. D'un coup de pied, Adam parvint à le faire tomber de sa main.

L'homme leva les poings, prêt à frapper. Mais soudain, un coup de feu retentit, et son assaillant se tint le bras en criant.

Un autre coup éclata et, touché au flanc, son complice s'effondra.

Une voiture s'arrêta à leur hauteur, et Adam vit une silhouette dissimulée par une cape de pluie.

— Vite ! Montez ! cria Chelsea.

Le sang coulait à travers ses doigts, tandis qu'il pressait la main sur sa blessure à l'abdomen.

Il grimpa sur le siège passager, et Chelsea fit demi-tour.

— Où as-tu appris à tirer comme ça ? demanda-t-il, médusé, tandis qu'elle enfonçait la pédale d'accélérateur.

— Je crois que c'est grâce à toi, dit-elle, en se décidant enfin à le tutoyer. Je prends quelle direction ?

— Continue à rouler vers le sud-est.

Elle lui tendit le revolver, et failli le faire basculer hors de la jeep tandis qu'elle prenait à la corde un virage à droite et filait pied au plancher.

6

— Qui a besoin d'un médecin, maintenant ? demanda Chelsea.

Adam grommela.

— Il faut que tu retournes à Black Boulder.

— Tu plaisantes ?

— Ton bus part dans une heure. Personne n'a vu ton visage. Nous nous arrêterons à l'entrée de la ville, et tu prendras un taxi jusqu'à la gare routière.

— Mais, Adam...

— Je suis sérieux.

Il se tortilla sur son siège pour extraire son portefeuille de sa poche, et l'ouvrit d'une main.

— Prends ton billet, et un peu d'argent.

— Range ça, dit-elle, sans le regarder.

— C'est toi qui avais raison, Chelsea. Ce n'est pas ton combat. Je me suis montré égoïste. Mais j'étais tellement content de te retrouver.

Elle lui lança un regard intrigué, avant de reporter son attention sur la route.

— Eh bien, figure-toi que j'ai changé d'avis, dit-elle finalement. Il paraît que c'est une prérogative féminine.

Quelques secondes de silence s'écoulèrent.

— Et maintenant, prends ton téléphone, ordonna-t-elle, et renseigne-toi pour savoir si ton ami médecin habite toujours à Spur.

Il obtempéra, non sans avoir d'abord soupiré lourdement.

Chelsea observa les parages, cherchant une route secondaire. Lorsqu'elle en découvrit une, elle s'y engagea.

Découvrant bientôt une auberge désaffectée, elle se gara derrière.

De son côté, Adam demanda à l'opératrice de le mettre en relation avec le médecin et s'entretint quelques instants avec ce dernier.

— Nous avons de la chance, annonça-t-il, après avoir raccroché. Quand j'ai dit à Fisher où nous étions, il m'a dit que ce n'était pas très loin de Spur. Il va venir nous chercher.

— Et la police ?

— C'est le dernier de mes soucis. Les hommes de Holton ne risquent pas de porter plainte. Le temps que les flics arrivent sur place, ces types auront disparu depuis longtemps. Ils ne trouveront rien, pas même une goutte de sang. Mais la jeep est trop visible. Il vaut mieux l'abandonner ici.

S'effondrant sur son siège, il soupira.

— Je regrette vraiment d'être allé à Black Boulder.

Penchée vers lui, Chelsea passa gentiment la main sur son front moite de sueur.

— Tu as fait ce que tu croyais être bien. Qu'as-tu dit à ton ami à propos de ce qui nous est arrivé ?

— Juste que nous avons été agressés et que j'ai reçu un coup de couteau. Chelsea, est-ce que tu veux appeler tes parents ? Ta famille doit être folle d'inquiétude. Il va falloir plusieurs jours avant que la police scientifique découvre que tu n'es pas morte dans l'accident d'hélicoptère.

Elle secoua la tête.

— J'y ai réfléchi. Après ce qui s'est passé dans la ruelle... Eh bien, je comprends ton point de vue. Mes parents seront plus en sécurité si je ne leur dis rien.

Elle soupira.

— Ça paraît cruel, mais si quelqu'un les surveille...

— Je suis d'accord.

— Je me ferai pardonner plus tard, quand je pourrai vraiment les reconnaître.

— Ta mémoire reviendra.

Un bruit de moteur leur parvint soudain.

Chelsea récupéra le revolver sous le siège, là où Adam l'avait caché, et se prépara à passer à l'action.

Au lieu de la redoutée camionnette noire, un SUV rouge vif apparut. Elle reposa l'arme et descendit de la jeep.

Un homme dans les soixante-dix ans, avec une grosse moustache blanche sortit du SUV.

— Bonjour, dit-il, avec un signe de tête courtois. Dr Fisher, à votre service.

Ses yeux bleu myosotis pétillèrent tandis qu'il s'adressait à elle.

— Bonjour.

Son regard dévia vers le visage tuméfié d'Adam et sa chemise couverte de sang.

— Seigneur, mon garçon, regarde-toi !

Il se pencha dans sa voiture, en sortit une mallette noire et le rejoignit.

— On dirait que tu es toujours aussi doué pour attirer les foudres de tous les voyous de la terre. Exactement comme ton père, hein, fiston ?

— On dirait bien...

Tournant la tête, le médecin s'adressa de nouveau à Chelsea.

— Et si vous preniez un peu d'avance en transférant à l'arrière de ma voiture tout ce qu'il y a dans la jeep ? Mieux vaut ne pas trop s'attarder ici.

— Pas les choses lourdes, protesta Adam.

Chelsea leva les yeux au ciel.

— Bon sang ! marmonna-t-elle.

La moustache du médecin tressauta tandis qu'il souriait, mais son expression changea quand il ouvrit la chemise d'Adam et examina son torse.

Après quelques instants d'examen attentif, il se détendit.

— Eh bien, on peut dire que tu as eu de la chance. Ce n'est pas aussi profond que je le craignais, et c'est relativement propre. Je vais te recoudre à la maison.

Tandis que le médecin procédait à un bandage provisoire, Chelsea transféra le contenu de la jeep dans le SUV.

Apercevant le torse nu d'Adam, elle dut s'obliger à regarder ailleurs. Elle ne pouvait toutefois oublier la force de ses bras quand il l'avait soulevée hors de l'hélicoptère, ni la façon dont il s'était tenu près d'elle comme... comme un amant.

Pourquoi lui était-il aussi facile de s'imaginer plaquée contre son torse nu, s'offrant à ses baisers, à ses caresses ?

— Vous avez besoin d'aide ? demanda le Dr Fisher.

S'arrachant à sa rêverie, elle secoua la tête.

— Je vais prendre la tronçonneuse et les outils, insista-t-il. De votre côté, si vous voulez bien aider Adam à s'installer sur la banquette arrière... Mais au fait, comment allez-vous ? Êtes-vous blessée ?

— Non.

— N'oublie pas ta tête, et d'autres chocs possibles, dit Adam.

— Comment pourrais-je l'oublier ? marmonna-t-elle. Tu n'arrêtes pas de me le rappeler.

Fourrageant dans une armoire pleine de matériel médical, le Dr Fisher jeta un coup d'œil par-dessus son épaule.

— Chelsea, pourriez-vous aller me chercher des serviettes propres dans la salle de bains ?

— Bien sûr.

Elle revint quelques instants plus tard.

— Vous aurez besoin d'aide ?

— Pensez-vous. J'ai fait ça des centaines de fois. Ma femme, Val, est sortie faire des courses. Elle devrait être de retour dans une heure. Elle commandera une pizza, et nous pourrons déjeuner.

— Oh ! Laissez-moi préparer le repas, proposa Chelsea. Adam prétend que je sais cuisiner. C'est l'occasion de voir s'il a raison.

— Si ça peut vous faire plaisir...

— Vous permettez que je fouille dans vos placards et dans le réfrigérateur ?

— Faites comme chez vous. J'ai besoin d'une demi-heure environ pour réparer les dégâts.

Il la poussa vers la porte et la referma doucement derrière elle.

— Tu peux m'expliquer pourquoi elle n'est pas certaine de savoir cuisiner ? demanda le médecin, en se tournant vers Adam.

Il soupira.

— C'est une longue histoire.

Lorsque le Dr Fisher lui proposa des antalgiques, il refusa.

— Je préfère ne pas en prendre. Quelqu'un a essayé de nous tuer. Je dois garder l'esprit clair.

— Comme tu voudras. Mais dis-moi, c'est quoi cette cicatrice sur ton épaule ?

— Une vieille blessure par balle.

— Pas si vieille que ça.

Adam serra les dents tandis qu'il ôtait le pansement et désinfectait sa nouvelle plaie.

— Je peux vous poser une question ? finit-il par demander.

— Hum...

— Vous n'avez pas l'air tellement surpris de me voir.

— Eh bien, je savais que tu étais un témoin protégé, car j'ai harcelé Whip après ta disparition, et il a fini par me le dire. J'ignorais seulement où tu avais été envoyé.

— L'homme que j'ai aidé à faire arrêter a juré de se venger. Il y a quelques semaines, un de ses hommes m'a retrouvé. J'ai été obligée de le tuer, et j'ai mis en scène ma mort. Ensuite, j'ai appelé Whip.

— Je l'ignorais.

— Je suis mort sous un autre nom. Personne de ma vie d'avant n'est au courant.

— Je suppose que tu connaissais déjà Chelsea. Comme a-t-elle pris ta mort ? À moins qu'elle ait été au courant.

— J'ai pensé que ce serait préférable pour sa sécurité qu'elle ne sache rien. Ça a été très difficile pour elle.

— Et pourtant, vous êtes à nouveau ensemble. Comment vous êtes-vous retrouvés ?

Serrant les dents, sursautant à chaque perforation de l'aiguille,

Adam lui parla du chalet où il s'était réfugié, du voyage d'adieu de Chelsea, et du crash.

— Ce que j'ignore, conclut-il, c'est comment un des hommes de Holton s'est retrouvé dans l'hélicoptère.

— Chelsea n'a pas pu te renseigner ?

— Elle ne sait même pas qui elle est. Elle a dû subir un choc à la tête. Elle ne se rappelle plus rien.

— Toi y compris ?

— Plus rien du tout. Même pas qu'elle est enceinte.

Gardant son sang-froid, le médecin continua sa tâche comme si de rien n'était.

— C'est pour ça que tu ne voulais pas qu'elle porte des choses lourdes ?

— J'avais peur qu'elle perde le bébé à cause de l'accident.

— À combien en est-elle ?

— Quatre mois, je pense.

— Si elle avait fait une fausse couche, elle te l'aurait dit. Tu n'as pas vu de sang ?

— Nous n'avons même pas eu l'occasion de changer de vêtements. Mais je n'ai pas arrêté de la questionner. J'avais tellement peur d'une hémorragie.

— Ça se serait déjà produit. Ça remonte à vingt-quatre heures, n'est-ce pas ? En outre, elle semble en bien meilleur état que toi. Mais je vais l'examiner avant que vous partiez, et lui poser discrètement quelques questions.

— Je me suis dit que ce serait préférable de lui parler du bébé une fois qu'elle serait en sécurité.

— Elle peut rester ici.

— Merci, mais je dois l'emmener dans un endroit où elle sera protégée si des hommes armés débarquent. Ce n'est pas possible ici, avec votre épouse. Mais j'ai une idée. Elle a un frère, qui vit à huit heures de route d'ici. Je pense à lui depuis qu'elle a tiré sur ces types dans la ruelle.

— C'est elle qui tenait l'arme ? Je croyais que c'était toi.

— Non. C'est elle qui m'a sauvé la vie, pas le contraire.

— Tu tiens vraiment à elle, n'est-ce pas ?

Adam hocha la tête.

— Nous étions fiancés. Mais bien sûr, elle ne le sait pas. Je ne savais pas ce que je pouvais lui dire d'elle, alors je suis resté vague. J'avais peur, si je lui racontais tout en détail, qu'elle me haïsse d'avoir mis ma mort en scène, et qu'elle soit horrifiée de porter mon enfant. Je me suis dit qu'il fallait d'abord que je gagne sa confiance, afin de pouvoir la protéger.

Il soupira.

— Je ne voulais pas mentir, mais c'est tellement compliqué… Et il fallait que je me concentre sur notre fuite.

Le médecin déposa son matériel sur le côté, puis aida Adam à se mettre en position assise.

Tandis qu'il enroulait une bande autour de la cage thoracique de son patient, le Dr Fisher soupira.

— Je me rappelle comment est l'amour à ses débuts. C'est comme des montagnes russes sans ceinture de sécurité.

Il parut pensif quelques secondes, avant d'ajouter :

— Bien sûr, il arrive que certaines personnes conservent cette intensité toute leur vie… Comme tes parents, par exemple.

Adam répliqua d'un ton amer.

— J'ai pu assister aux premières loges à cette « intensité » et aux crises de colère de papa.

— Il ne lui aurait jamais fait de mal, protesta le médecin, d'un ton déterminé.

— Je l'espère.

Le Dr Ficher secoua la tête avec commisération.

— C'est une bien triste histoire, le meurtre de ta maman. Je l'ai vue juste une semaine avant. Même si elle était angoissée par la disparition d'une de ses étudiantes, elle a quand même trouvé le temps de passer pour nous dire bonjour. C'était une femme extraordinaire.

— Je sais.

Le médecin attrapa son carnet d'ordonnances.

— Grâce à mon travail de bénévole dans les dispensaires, je suis toujours autorisé à rédiger des ordonnances dans l'État du Nevada, expliqua-t-il. Je vais te prescrire des antibiotiques. Prends bien tous les cachets, et suis le traitement jusqu'au bout.

Adam prit l'ordonnance, la plia, et la glissa dans son portefeuille.

— Et pour la mémoire de Chelsea ? Est-ce qu'elle va bientôt revenir ?

— Je ne sais pas. Mais, en l'absence de blessure sévère, je soupçonne un blocage pour oublier quelque chose de douloureux.

— Que voulez-vous dire ?

— Eh bien, elle n'a peut-être pas envie de se rappeler sa vie parce qu'elle sait inconsciemment que ça la ferait trop souffrir.

— Et j'en suis responsable.

— Peut-être.

— Non, docteur, c'est certain. Vous pouvez parier votre dernier dollar que c'est moi qu'elle veut oublier.

— Écoute, conduis-la chez son frère. S'il peut la rassurer, elle finira par se détendre. Et au moins, elle n'aura pas à fuir. En outre, si ça grossesse posait problème, elle pourrait consulter un médecin sans avoir à craindre d'essuyer des coups de feu.

— Ce serait mieux pour notre bébé.

— Et pour toi aussi.

— Sans doute...

Serrant les dents pour lutter contre la douleur, Adam se cala comme il pouvait dans le fauteuil de cuir usé de son hôte, lequel avait quitté son bureau en entendant rentrer Val. Il voulait profiter de ce moment de solitude pour appeler le frère de Chelsea.

S'aidant de la courte liste codée qu'il conservait dans son portefeuille, il composa le numéro sur son téléphone à carte prépayée.

— Qui est-ce ? demanda Bill, en guise d'accueil.

Adam expliqua qui il était, ce qui prit un peu de temps, car tout le monde, à l'exception de Whip, et bien sûr de Holton et sa bande, le croyait mort.

— Tu as faussé compagnie aux Fédéraux ? s'exclama Bill,

quand Adam eut terminé. Excellent, mec ! Mais dis donc, c'est vrai ce qui est arrivé à Chelsea ?

Adam ne perdit pas son temps à rétablir la vérité sur les raisons de sa cavale, et révéla à Bill que Chelsea était bien en vie, et avait besoin d'un endroit où se réfugier.

— Quel soulagement ! Évidemment que tu peux l'amener ici. Jan et moi allons nous occuper d'elle comme d'une princesse. Les parents doivent être aux anges qu'elle soit saine et sauve.

— En fait, Chelsea ne les a pas prévenus. Pour faire court, disons que nous sommes en cavale. Je t'expliquerai tout quand on se verra. Pour le moment, elle est en danger, et je veux juste la mettre à l'abri. Il faut aussi que tu saches autre chose... Elle est amnésique, et enceinte de quatre mois.

— Mince ! Ça fait beaucoup pour une seule personne.

— Elle sera en sécurité avec toi, tant que personne ne sera au courant qu'elle est là. Et ça vaut pour ta famille également. Autre chose... À cause de son amnésie, il est préférable de ne pas lui parler tout de suite du bébé. Avec un peu de chance, sa mémoire sera revenue avant que ça pose problème.

— Nous savons comment garder un secret, affirma Bill, d'un ton solennel. Nous ne parlerons pas du bébé et, fais-moi confiance, les Fédéraux n'entendront pas parler d'elle.

— Euh... eh bien... nous parlerons de tout ça à notre arrivée. Je crois que tu habites à une cinquantaine de kilomètres de Los Angeles ?

— Plus ou moins.

Adam relaya les vagues indications que les parents de Chelsea avaient mentionnées lors d'un rassemblement familial, alors qu'ils parlaient de Bill et de son mode de vie excentrique.

Bill gloussa.

— C'est l'itinéraire que le paternel s'entête à suivre. Tu peux t'économiser au moins quarante minutes, si tu quittes l'autoroute à Dry Gulch. Tu ferais mieux de prendre un papier et un crayon.

Adam obtempéra, et griffonna une demi-page d'indications hautes en couleur.

Son appel suivant fut pour Whip, lequel répondit avec un soupir de soulagement.

— Je me suis inquiété quand notre communication a été coupée la dernière fois, admit-il. Où es-tu ?

— Chez le Dr Fisher.

— Dans le Nevada, donc. Tu as un plan ?

— Chelsea et moi...

— Comment ça, Chelsea et toi ? Son nom est dans tous les journaux. Ils disent qu'elle est morte dans un accident d'hélicoptère quelque part dans la montagne.

— Non. J'ai réussi à la sortir de là. Les hommes de Holton ont dû s'en servir pour me retrouver. Je ne comprends pas pourquoi ils n'ont pas cru le rapport d'enquête concluant à une noyade dans le lac. Bref, je vais la conduire chez son frère, où elle sera en sécurité. Ensuite, je vais devoir quitter la région jusqu'à ce que les choses se calment.

— Tant que tu ne reviens pas dans l'Arizona...

— Je ne vois pas quelle différence ça ferait. Holton m'a déjà retrouvé à deux reprises, une fois en Californie, et ensuite dans le Nevada, en suivant Chelsea.

— Mais la base de ses opérations se trouve ici. J'ai envie que tu puisses vivre sans toujours regarder par-dessus ton épaule.

— Je sais, Whip. Mais, tu te souviens de la première attaque que j'ai subie ? J'y ai beaucoup réfléchi. Il y a ce marshal, Ron Ballard... C'est un crétin bouffi d'orgueil, qui essaye toujours de se mettre en avant. Une semaine avant que ma couverture soit grillée, Ballard a débarqué à mon travail, et s'est fait remarquer avec sa nouvelle voiture de fonction, qu'il a tenu à me montrer dans les moindres détails. Rien que ça, c'est déjà bizarre. Quelques jours après, un des hommes de Holton essayait de me tuer.

— Tu crois que Ballard t'a vendu ?

— Ça a l'air bizarre en le disant à voix haute, mais oui. Peut-être que je sais quelque chose, mais que je ne m'en rends pas compte.

— Comme quoi ?

— Je ne sais pas... Une information sensible... Un nom...

Whip soupira.

— Eh bien, continue à réfléchir. Ça va te revenir. En attendant, je vais voir ce que je peux trouver sur ce type que tu as mentionné. Ballard, c'est ça ?

— Oui. Mais ne te mets pas en danger.

— Ne t'en fais pas pour moi. Tu vas toujours en Floride ?

— Oui, et de là, je prendrai mes dispositions pour quitter le pays.

— Bien.

La pièce parut vide à Adam après qu'il eut raccroché.

Il se leva et glissa le téléphone dans sa poche. Puis il fit quelques étirements. À son grand soulagement, sa blessure ne restreignait pas trop ses mouvements.

Quant à la douleur, il lui suffisait de prendre sur lui et de l'ignorer.

Chaque minute passée dans cette maison mettait le Dr Fisher et sa femme en danger, et augmentait la possibilité que les hommes de Holton se rapprochent.

Les gargouillis de son estomac lui rappelèrent qu'il était temps de manger quelque chose.

Il réfléchirait ensuite à la façon de se procurer un autre véhicule afin de poursuivre leur route.

Demain à la même heure, Chelsea serait en sécurité, et c'était tout ce qui comptait.

7

— Je n'en reviens pas que vous ayez fait tout ça avec ce qui se trouvait dans notre cuisine !

Val Fisher n'en finissait pas de s'extasier sur la vinaigrette aux fruits de la passion, qui accompagnait une salade composée agrémentée de noix de cajou grillées.

Chelsea sourit modestement.

— Votre réfrigérateur est rempli de choses délicieuses.

— Vous pouvez remercier notre fille Morgan. Chaque fois qu'elle vient, elle fait des courses pour plusieurs jours, et passe son temps à cuisiner. Vous imaginez ça, rester enfermée dans la cuisine alors qu'elle pourrait profiter des casinos ?

— Oui, répondit Chelsea.

Val et le Dr Fisher éclatèrent de rire.

Chelsea jeta un coup d'œil à Adam, qui se mouvait précautionneusement, et se tenait sur la réserve. C'était à elle de l'aider à présent, et ça la réjouissait étrangement.

Elle avait détesté être blessée, effrayée et vulnérable. Pour une raison qu'elle ne s'expliquait pas, le fait d'avoir pris le contrôle de la situation dans cette ruelle, puis d'avoir laissé libre cours à sa créativité dans la cuisine, lui avait redonné de l'énergie. Un peu comme si elle découvrait la personne qu'elle était réellement.

Adam dut se sentir observé, car il leva les yeux vers elle et lui sourit.

— Tu as l'air bien pensif, dit-elle.

Il posa sa fourchette.

— Je suis désolé de gâcher l'ambiance, mais il faut que je trouve une autre voiture pour partir d'ici.

Il s'adressa à Val, avec une petite moue contrite.

— Nous apprécions beaucoup votre hospitalité, mais plus tôt nous partirons, mieux ce sera pour tout le monde.

— J'y ai déjà pensé, dit Val. Notre fils est à l'armée. Vous pouvez prendre sa voiture.

— C'est gentil, mais non. Je ne veux pas qu'on puisse faire le lien avec votre famille.

Elle ne parut pas se formaliser.

— Eh bien, dans ce cas, j'ai une autre solution. Dorrie Simpson vend le pick-up de feu son oncle. Qu'en dites-vous ?

— C'est une vieille guimbarde, protesta le Dr Fisher.

— Ça ne me dérange du moment qu'elle peut nous conduire jusqu'en Floride, dit Adam.

— La Floride ? répéta Chelsea, d'une voix étranglée.

C'était la première fois qu'elle entendait parler de cette destination. D'un autre côté, c'était peut-être une fausse piste, juste un nom comme ça pour apaiser la curiosité des Fisher.

Pourquoi continuait-elle à s'inquiéter des prochaines étapes ?

— Ça fait au moins cinq ans qu'il n'a pas roulé, dit Val, en se levant. Je vais m'assurer qu'il est toujours à vendre.

Elle s'éloigna pour aller chercher son téléphone et composa un numéro.

Le Dr Fisher s'éclaircit la voix et croisa le regard de Chelsea.

— Et si vous faisiez plaisir à un vieux médecin semi-retraité, en me laissant vous examiner, jeune fille ?

— Ce n'est pas nécessaire, protesta Chelsea.

— Il vaut mieux être prudent après un choc à la tête. Sans parler d'un accident d'hélicoptère. Et je parie que vous avez envie d'une bonne douche et de changer de vêtements avant de reprendre la route.

— Je n'ai pas de vêtements de rechange.

Val raccrocha.

— Le pick-up est toujours à vendre. Et pour les vêtements, pas de problème. Vous faites la même taille que Morgan, et elle a laissé des tas d'affaires dans sa chambre, lorsqu'elle a déménagé pour s'installer dans son propre appartement. Prenez tout ce qui vous plaira. Je sais qu'elle ne les réclamera pas.

— Merci. C'est très généreux de votre part.

— Allons-y, dit le Dr Fisher, en se levant.

Chelsea croisa le regard d'Adam.

Il sourit et elle hocha la tête. Finalement, il était parvenu à ses fins : elle allait se laisser examiner par un médecin.

Il était plus de 18 heures quand Adam devint légalement le propriétaire du pick-up, et que tout son équipement y fut chargé.

Chelsea paraissait toute fraîche et pimpante dans un jean et un T-shirt bleu ciel, ses longs cheveux assemblés en une natte dans le dos.

Reconnaissants, ils firent leurs adieux aux Fisher, qui avaient prévu de se rendre au casino.

— Qu'a dit le Dr Fisher à propos de ta tête ? demanda Adam.

Tout en parlant, il surveillait les rues transversales, inquiet de voir apparaître une camionnette sombre avec trois hommes à l'intérieur.

Chelsea détacha le regard de sa casquette et de ses lunettes de soleil, offertes par le Dr Fisher.

— Il n'a décelé aucun signe de commotion.

— C'est une bonne nouvelle.

— En tout cas, il a posé beaucoup de questions.

— Quoi, par exemple ?

— Oh ! tu sais... Est-ce que j'avais perdu du sang... Si j'avais des crampes abdominales, mal au dos... Des choses de ce genre.

— C'est normal pour un médecin.

— Sans doute.

Elle resta pensive quelques instants, avant d'ajouter :

— Tu as dit aux Fisher que tu avais besoin d'un véhicule pour aller en Floride. Nous allons en Floride ?

C'était une conversation qu'il aurait préféré éviter avant d'arriver chez son frère.

— Je vais devoir quitter le pays un moment, finit-il par répondre. La Floride est un bon point de départ.

— Mais, je n'ai pas de passeport. Comment je vais faire pour sortir du pays ?

— On en reparlera plus tard.

— Et si on en parlait maintenant ? Je commence à lire en toi comme dans un livre, Adam Parish. Quand tu es tout crispé comme ça, je sais que tu passes plus de temps à penser à ce que tu ne dois pas dire qu'à ce que tu veux dire.

Il lui lança un regard en biais.

— Très bien. Alors, je vais être direct. Tu ne viens pas avec moi. Il faut que tu retrouves la mémoire, et pour ça tu as besoin de calme. Je vais te conduire dans un endroit sûr. C'est ce que tu voulais ce matin.

— Je croyais t'avoir dit que j'avais changé d'avis, et que j'allais m'imposer comme ta coéquipière.

Il sourit.

— Tu l'es davantage que tu ne le crois. Mais aujourd'hui, quand ces types ont essayé de m'enlever, je n'ai pensé qu'à toi. Je vais être honnête. J'ai eu une peur bleue.

— Je vois... Et on peut savoir où tu as l'intention de me laisser ?

— Chez ton frère.

— Tu as conscience que je n'ai aucun souvenir d'avoir un frère, n'est-ce pas ?

— Bien sûr. Mais Bill et Jan sont tous les deux adeptes du survivalisme.

— Et c'est parce qu'ils croient à une catastrophe imminente qu'ils vont pouvoir me protéger ?

— En tout cas, ils sont préparés à survivre dans un monde hostile, et je suis sûr qu'ils feront de leur mieux. J'aurais voulu pouvoir veiller sur toi, mais je ne peux pas alors que je suis en fuite.

— Et ta famille ? Ils ne peuvent pas t'aider ?

— Je suis fils unique, et mes parents sont morts tous les deux.

— Oh ! je suis désolée !

Adam ne cessait de regarder dans le rétroviseur, les nerfs à fleur de peau tandis qu'il guettait la présence éventuelle d'une camionnette derrière eux.

— Comment sont-ils morts ?

— Quoi ?

— Tes parents ? Que leur est-il arrivé ?

— Ma mère a été tuée lors d'un cambriolage. Elle enseignait dans un lycée. C'était un de ces professeurs très impliqués que tout le monde adorait. Ce jour-là, elle ne se sentait pas très bien et elle n'est pas allée travailler.

Il soupira.

— Bref, quelqu'un a brisé la vitre de la porte de la cuisine. Il a dû être surpris de la trouver là et a tiré sur elle.

— Oh ! mon Dieu ! C'est terrible. J'espère que le coupable a été retrouvé.

— Malheureusement non. Mon père a été suspecté, même s'il était flic. Il a été accusé d'avoir mis la maison sens dessus dessous pour faire croire à une intrusion. Ce qui l'a blessé, c'est que ceux qui enquêtaient sur lui étaient ses collègues.

— Le pauvre. Mais pourquoi ?

— Eh bien, ma mère avait pris rendez-vous avec le chef de la police.

— À quel sujet ?

— Mystère. Mais tout le monde a conclu que c'était pour demander de l'aide à propos de l'alcoolisme de mon père.

— C'était grave à ce point ?

— Oh oui ! Pour ne rien arranger, ma mère se démenait pour retrouver une de ses étudiantes qui s'était enfuie avec un garçon. Les parents de la jeune fille avaient baissé les bras, mais ma mère posait des questions, menait son enquête... Mon père a exigé qu'elle arrête de mettre son nez partout, de se mêler de ce qui ne la regardait pas. Elle a refusé, ils se sont disputés, il a bu et s'est mis à crier... C'était affreux.

— Tu crois que ton père la tuée ?

Il la regarda un instant, puis tourna la tête vers sa vitre et soupira.

— Son problème de boisson a encore empiré après la mort

de maman. Parfois, il reprenait toute l'enquête, il réétudiait les pistes qui n'avaient mené nulle part. Puis il se remémorait le bon vieux temps. Une fois, il m'a dit que la vie n'était qu'une série de choix et qu'il fallait faire en sorte de vivre avec ceux qu'on avait faits. Le soir même, il est mort d'une overdose de barbituriques. Le coroner a conclu que c'était accidentel, mais je me suis toujours demandé s'il n'avait pas dit ça pour que je puisse toucher l'assurance-vie, et si la vérité n'était pas plutôt que papa ne pût plus supporter sa culpabilité.

— C'est tellement triste, Adam. Je suis désolé.

Il prit une profonde inspiration.

— J'avais dix-huit ans. Ça a été dur de vivre tout seul dans la maison.

— Tu es resté vivre là-bas ?

— Je n'avais nulle part où aller. Le meilleur ami de mon père, qui était aussi son coéquipier, m'a aidé à m'en sortir.

Ce souvenir amena un sourire sur les lèvres d'Adam.

— On a repeint la maison de la cave au grenier. Réparé ce qui en avait besoin. Changé les appareils électroménagers... J'ai compris beaucoup plus tard que tous ces travaux m'emprisonnaient. Bref, j'ai fini par vendre la maison pendant le procès Holton, parce que je savais que j'allais devoir couper les ponts et quitter l'Arizona pour toujours.

— J'aurais aimé te connaître à ce moment-là.

— Oh ! ça n'aurait pas été drôle pour toi ! Tout était tellement compliqué. Naturellement, comme j'avais quelque chose à prouver, il a fallu que je devienne flic. Mais l'ancien lieu de travail de papa était toxique pour moi. Finalement, je suis devenu garde du corps, et on ne peut pas dire que ça ait bien tourné.

— J'aurais quand même aimé te connaître à cette époque.

Il l'observa un instant. Même si elle avait perdu la mémoire, la femme qu'elle était à l'intérieur était restée exactement la même : gentille, aimante, attentionnée.

Pouvait-il en conclure que les sentiments qu'elle avait éprouvés pour lui étaient toujours là ?

Il se tortilla sur son siège, à la recherche d'une position plus confortable. Mais tout son côté lui faisait mal, et se mouvoir devenait de plus en plus difficile.

— Je sais conduire, lui rappela Chelsea.

— Oui, je m'en suis rendu compte.

— Et si tu me faisais confiance en allant t'étendre à l'arrière ? Je suppose que nous allons directement chez mon frère.

Il s'attendait à davantage de protestations et, bizarrement, était presque déçu qu'elle n'ait pas bataillé davantage pour rester avec lui.

Bon sang, il n'avait vraiment pas les idées claires. Il voulait tout à la fois la savoir en sécurité, et l'avoir à ses côtés pour pouvoir la regarder, lui parler...

— Il y a un camping à deux heures d'ici. Il fera nuit quand nous y arriverons. Je pense qu'il vaut mieux nous y arrêter, plutôt que de continuer à rouler avec une voiture que nous connaissons si peu.

— Il faudra penser à s'arrêter dans une pharmacie.

Les faubourgs de la ville franchis, Chelsea s'émerveilla de découvrir un décor typique de l'Amérique provinciale, comme figé dans les années 1960 : le bureau de poste en brique rouge, l'église en planches blanchies, des boutiques typiques comme celle du glacier ou du quincaillier... La pharmacie ne déparait pas, avec ses vieux comptoirs, ses bocaux et son ambiance délicieusement surannée.

Chelsea s'y était rendue seule, munie de l'ordonnance et de quelques billets fournis par Adam.

En revenant à la voiture, elle vit qu'il avait rejeté la tête en arrière et fermé les yeux. Il lui avait dit que leur relation était plus qu'amicale sans entrer dans les détails, mais son intuition lui soufflait qu'il n'était pas totalement honnête. Si aujourd'hui, en dépit des circonstances, il éveillait en elle chaque parcelle de sa féminité, comment croire qu'il ne l'avait pas attirée autrefois ?

D'après elle, ils avaient été amants et s'étaient séparés.

Peut-être était-elle la plus amoureuse des deux. Peut-être Adam la fuyait-elle...

Et si elle était une sorte de groupie hystérique ? C'était peut-être pour le retrouver qu'elle avait pris un hélicoptère.

Mais qui lui prouvait qu'elle allait le voir ?

Peut-être essayait-elle au contraire de lui échapper.

Et si c'était lui qui avait provoqué la chute de l'hélicoptère et tué ces deux hommes ?

Elle avait accepté aveuglément sa version. Tout comme elle était prête à lui obéir et à se laisser conduire chez son frère. Si toutefois il s'agissait bien de son frère...

— Il y a une flaque sous la voiture, dit-elle, en prenant place dans l'habitacle.

Adam descendit pour vérifier, et jeta un coup d'œil sous le capot.

— Je crois qu'il y a un problème avec la pompe à eau, dit-il, en revenant s'asseoir. Il faudrait trouver un garage.

— Tu crois qu'ils sont derrière nous ? demanda Chelsea en démarrant.

— Qui sait ? Tout est possible. Ils se manifesteront peut-être quand nous nous arrêterons pour la nuit.

Au garage, on leur dit que la pompe à eau était tombée en panne. Que non, leur mécanicien ne travaillait pas aujourd'hui. Et qu'ils n'avaient pas la pièce, de toute façon.

Adam expliqua à Chelsea qu'ils en seraient quittes pour acheter un pack de bouteilles d'eau et remplir régulièrement le radiateur.

Il prit son premier cachet et, après un détour par la supérette, ils se remirent en route, en espérant que tout se passerait bien.

Tout en conduisant, Chelsea jetait des regards anxieux dans son rétroviseur, redoutant une attaque, et se demandant si elle avait envie de rester avec Adam.

Toute la force et la résolution dont elle avait fait preuve dans la journée semblait s'amenuiser à mesure que le soleil entamait sa chute vers l'horizon.

Tandis que le paysage montagneux faisait place à un

environnement plus sec, presque désertique, le ciel s'obscurcit encore.

Ils découvrirent finalement le terrain de camping, presque inoccupé. Après avoir choisi leur emplacement, ils remplirent un formulaire et payèrent. Puis ils installèrent leur tente, dînèrent sans appétit, utilisèrent les commodités, et prirent le temps d'admirer le ciel nocturne piqueté d'étoiles.

— C'est plutôt sympa de dormir en pleine nature, dit Adam, après avoir étouffé un bâillement.

Chelsea resta silencieuse un moment, avant de prendre la parole.

— Adam, ce matin tu as dit que nous devions parler avant le départ du bus. Tu avais des choses importantes à me dire. De quoi s'agit-il ?

Il lui lança un regard en coin, et s'empressa de détourner les yeux.

— Tu es à nouveau tendu.

— Je sais.

Il laissa passer un silence.

— Bon, écoute, je te propose un marché. Je te dirai tout demain, quand nous serons chez Bill.

— Ma vie est tellement horrible que tu as besoin de renforts ? Qu'est-ce que je suis ? Une tueuse en série ?

— Non, non.

Il tendit la main et repoussa derrière l'oreille de Chelsea une mèche qui lui tombait sur le front.

— La vérité, c'est que tu es la plus belle femme que j'aie jamais rencontrée, moralement et physiquement. Mais tu as raison, j'ai besoin de renforts. Bill a grandi avec toi. Il aura des souvenirs de toi que je n'ai pas, et peut-être des photos et des lettres, ou même des objets qui t'aideront à te redécouvrir.

Elle réfléchit quelques secondes.

— D'accord, j'attendrai jusqu'à demain. Mais il y a une condition.

— Laquelle ?

— Embrasse-moi.

Un silence embarrassé s'installa, uniquement troublé par le chant des criquets dissimulés dans les hautes herbes.

Finalement, Adam se pencha et déposa un baiser sur son front.

— Un vrai baiser, demanda-t-elle. J'ai comme le sentiment...

Elle agita la main.

— Disons que je veux vérifier quelque chose.

Elle se rapprocha et leva le visage vers lui, envahie par le sentiment qu'elle l'avait déjà regardé ainsi des centaines de fois.

Lorsqu'il posa les lèvres sur les siennes, elle noua instinctivement les bras autour de son cou, et se fondit contre son torse.

Hésitant au début, le baiser d'Adam se fit très vite impétueux, exigeant, d'une sensualité qui la fit vibrer de plaisir.

Quand il s'écarta, elle eut du mal à reprendre son souffle.

— Nous nous sommes déjà embrassés, dit-elle.

— Tu t'en souviens ?

— Non, mais tu ne le nies pas.

— C'est vrai, je ne le nie pas.

Leurs visages s'avancèrent à nouveau à la rencontre de l'autre. Elle avait envie d'un autre baiser, et peut-être de beaucoup plus.

Au moment où les lèvres d'Adam effleuraient les siennes, une voiture aborda le virage sur la route, et ses phares les illuminèrent.

Le cœur de Chelsea, qui battait la chamade d'impatience, s'emballa furieusement.

Mais la voiture passa son chemin, et elle vit qu'il s'agissait d'une petite citadine ; un choix fort peu probable pour trois hommes à la stature athlétique.

Cet épisode la ramena brutalement à la réalité.

Apparemment, il eut le même effet sur Adam.

— Nous ferions mieux d'aller dormir si nous voulons avoir les idées claires demain.

Déposant un baiser sur son front, il lui prit la main.

— Allez, viens.

8

— On dirait que personne ne nous a tués pendant notre sommeil, dit Chelsea, en ouvrant les yeux le lendemain matin.

Adam sourit, même s'il était secrètement contrarié. Son intention était de rester éveillé toute la nuit, afin de pouvoir veiller sur Chelsea.

Enfin, comme elle venait de le faire remarquer, ils étaient toujours vivants.

Ainsi qu'elle l'avait fait la nuit précédente, elle insista pour vérifier sa blessure.

— Ça a l'air de cicatriser proprement, annonça-t-elle en passant les mains sur sa peau nue. Il n'y a pas d'infection apparente.

Il n'était peut-être pas fiévreux mais si elle continuait à le toucher comme ça, il serait en feu, et elle en serait à la fois la cause et la solution.

Il se surprit à fixer la moue délicieuse que formaient ses lèvres, tandis qu'elle se concentrait.

Le souvenir de leur baiser de la veille enflamma ses sens, et il se pencha vers elle juste au moment où elle rabattait son T-shirt.

— Je pense que tu seras en pleine forme d'ici un jour ou deux, dit-elle.

Il se contenta de la regarder, l'esprit occupé par autre chose que sa blessure.

— Je reviens dans quelques minutes, dit-elle.

Après avoir régulé son souffle, Adam alla jusqu'à la table de pique-nique, d'où il pouvait la voir se diriger vers les toilettes, et s'assurer que personne ne surveillait ses faits et gestes.

Le fait qu'il ait les yeux rivés sur le balancement de ses hanches n'était qu'un détail.

Mais bientôt, le sentiment de malaise qui le taraudait depuis la veille revint en force.

Où étaient passés les hommes de Holton ?

S'il avait été déterminé à suivre quelqu'un, il aurait attendu près de la bretelle de l'unique voie express conduisant hors de la ville. Peut-être étaient-ils restés en planque à cet endroit et ne l'avaient-ils pas reconnu au volant du pick-up...

C'était un matin froid, rendu plus morose encore par le fait qu'il s'agissait de son dernier jour avant longtemps en compagnie de Chelsea. Ce baiser, la nuit dernière, avait ouvert la porte à des explications de sa part.

Bientôt, avec le soutien de Bill, il lui parlerait de leur bébé. Elle devait savoir, et c'était à lui de le lui dire. Après cela, il s'en irait pour éloigner le danger d'elle.

Une fois qu'il se serait installé ailleurs, sous une nouvelle identité, il la contacterait, et ce serait à elle de décider de la suite.

Il la regarda s'approcher, et son cœur s'emballa.

— J'ai faim, annonça-t-elle, en s'arrêtant à quelques pas de lui.

— Il doit rester des choses dans la glacière.

— Pas vraiment. Si nous allions plutôt dans un vrai restaurant ?

— Pourquoi pas ?

Ils remirent de l'eau dans le radiateur, et levèrent le camp.

Cinquante kilomètres plus loin, ils découvrirent une petite ville endormie du nom de Fiddlestick, où tous les services, supérette, station-service, bureau de poste et restaurant, étaient regroupés dans un même bâtiment tout en longueur et sans charme.

Presque toutes les conversations s'arrêtèrent quand ils

entrèrent, et ils en conclurent que la salle était principalement occupée par une clientèle d'habitués.

— On dirait qu'il faut commander au comptoir, dit Chelsea. Il me reste un peu de l'argent que tu m'as donné. Je vais prendre un café et quelque chose à grignoter.

— Comme d'habitude pour moi.

Il sourit en voyant son expression médusée.

— Oui, nous avons souvent pris le petit déjeuner ensemble.

— Ravie de l'apprendre. Mais je te rappelle que je suis amnésique.

Il soupira.

— Je me disais que, quelque part dans ta jolie tête, tu te souviendrais de ce que j'aime.

— Désolée.

— Ce n'est pas ta faute. Commande-moi du café noir et des œufs au bacon. Toi, tu prends toujours un bagel au saumon et à la crème aigre.

— Toujours ?

— D'après mon expérience, oui. Je suppose que nous avons nos habitudes. Je vais chercher une table.

Le petit déjeuner leur fut servi rapidement, bien chaud et savoureux.

En se trouvant assis à une petite table, entourés des discussions et des rires d'inconnus, dans une atmosphère emplie d'odeurs délicieuses, Adam eut l'impression de se retrouver des mois plus tôt à San Francisco.

Chelsea adorait prendre ses repas à l'extérieur, et il avait découvert avec elle le plaisir de se retrouver en tête à tête au milieu de la foule.

Cette vie insouciante lui manquait, mais il s'exhorta à ne pas s'apitoyer sur lui-même.

Il était peut-être lassé de fuir mais il ne pouvait pas s'arrêter, car Holton ne lui laisserait aucun répit.

Ragaillardis par le petit déjeuner, et prêts à affronter les prochaines heures de route, ils remontèrent à bord du pick-up.

Décidant qu'il était suffisamment en forme pour conduire, Adam prit le volant, et ils se dirigèrent vers le sud.

Après des semaines au cœur d'une végétation presque oppressante, cerné par la muraille des montagnes, l'immensité du désert éveilla chez Adam de doux souvenirs.

Même les couleurs lui étaient familières : vert sauge des feuillages, camaïeu d'ocre de la terre, bleu délavé du ciel...

Mais la conduite devint vite monotone.

Sans climatisation, ils avaient dû baisser les vitres, et un air chaud pénétrait dans l'habitacle, gonflant leurs vêtements et ébouriffant leurs cheveux.

— Cette route n'en finit pas, remarqua Chelsea.

Elle avait remonté les pieds contre le tableau de bord, et laissait pendre le bras dehors. La tête calée contre le dossier, elle offrait son visage à la caresse du soleil, tandis que le vent jouait avec ses longs cheveux noirs.

Tournant vers lui son regard d'un étonnant bleu pervenche, elle lui sourit, et toute sensation de monotonie s'envola alors.

Une autre heure passa avant qu'apparaisse un panneau indiquant Dry Gulch à deux kilomètres.

Ils s'arrêtèrent à l'unique station-service pour refaire le plein et, de là, suivirent les indications quelque peu alambiquées de Bill jusqu'à ce qu'ils voient apparaître un hangar avec un immense panneau publicitaire pour une marque de bière.

— Encore cinq kilomètres, annonça Chelsea.

— Et ensuite ?

— Une clôture indiquant le début de la propriété de Bill, puis une entrée avec un panneau « Accès interdit ». Au bout du chemin, il y aura une espèce de promontoire d'où on pourra voir sa ferme.

Elle releva les yeux du papier.

— Enfin, c'est ce qui est marqué là, mais je le croirai quand je le verrai.

Après un dernier tournant, Adam s'engagea dans une allée simplement signalée par deux piliers de bois portant des écriteaux « Accès interdit » et « Propriété privée ».

Le chemin de terre battue, truffé de nids-de-poule, était bordé de clôtures renforcées par du fil barbelé, et émaillé de pancartes d'avertissement et menaces divers, clouées sur des piquets et de quelques arbres solitaires.

— Fais-moi un cours accéléré sur mon frère, demanda Chelsea, alors qu'ils venaient de dépasser un panneau avertissant le gouvernement fédéral que cet endroit était protégé par des patriotes.

— Disons qu'il a une conception un peu agressive de la propriété privée, répondit Adam. Il croit au droit des citoyens à se défendre eux-mêmes, et n'a aucune confiance dans le gouvernement.

— Je vois. Mais, dans ce cas, comment faites-vous pour vous entendre tous les deux ?

— En fait, je ne l'ai jamais rencontré.

— Quoi ? Je pensais que vous vous connaissiez.

— Nous avions prévu de lui rendre visite, mais ça ne s'est pas fait.

Elle lui opposa une expression perplexe.

— Depuis quand des amis font des heures et des heures de route pour rencontrer leurs familles respectives ?

Sans attendre sa réponse, elle ajouta :

— Je sais, je sais, tu me le diras plus tard.

— Bill et toi, vous avez des opinions politiques divergentes mais, d'après ce que j'ai compris, vous avez adopté une attitude tolérante l'un envers l'autre. Et tu dois savoir qu'il n'a pas hésité à t'accueillir chez lui.

— C'est gentil. Tu as prévu de rester combien de temps avant de partir pour la Floride ?

— Jusqu'à ce que tu te sentes à l'aise avec ton frère et sa femme.

— Bien.

Elle avait répondu d'un ton neutre, et il ne pouvait pas savoir si elle lui en voulait de partir, ou si elle avait hâte d'échapper à sa compagnie.

Brusquement, le sentier déboucha sur une sorte de corniche surplombant une vallée traversée par une rivière.

Adam coupa le contact et se fit un devoir de remplir le radiateur. Puis il rejoignit Chelsea à l'ombre d'un maigre bosquet d'arbres aux troncs tordus, pour observer la ferme en contrebas.

Il compta deux granges, un bâtiment en parpaing couvert de tôle ondulée et flanqué d'un enclos où des poules s'ébattaient librement, un abri en planches de récupération sur une pâture hébergeant une dizaine de chèvres et un cheval.

Un pick-up – qui paraissait encore plus vieux que le leur –, une remorque, et une bétaillère, ainsi qu'une demi-douzaine de carcasses de véhicules divers, occupaient aussi les lieux.

Un vaste potager jouxtait l'habitation – un mobil-home de grandes dimensions passablement délabré – avec un puits doté d'un système manuel de pompage.

— Tu as raison, ils vivent en autarcie, commenta Chelsea.

— Et on ne peut pas dire qu'ils sont dérangés par les voisins.

Au même moment, un homme vêtu d'un jean bleu foncé et d'un T-shirt blanc sortit de la maison et, levant les yeux vers la colline, agita le bras pour leur faire signe de descendre.

— C'est lui ? C'est Bill ?

Tout ce qu'Adam pouvait constater à cette distance, c'était que l'homme était grand et assez corpulent, comme sur les photos qu'il avait vues chez les parents de Chelsea.

— Je crois.

Ils lui rendirent son salut et regagnèrent leur véhicule.

Tandis qu'ils s'engageaient dans un étroit raidillon, Chelsea s'efforça d'écarter la tristesse que lui inspirait le départ prochain d'Adam.

Se lamenter ne servirait à rien.

Mieux valait se concentrer plutôt sur les réponses que lui fourniraient son frère et Adam. La perspective de ce qu'elle allait apprendre sur elle lui faisait un peu peur, mais elle était prête à tout entendre.

Ils s'arrêtèrent près d'une courte volée de marches permettant d'accéder au mobil-home.

Chelsea fut la première à descendre de voiture et attendit qu'Adam la rejoigne, avant de le précéder à l'intérieur.

Elle s'attendait que son frère et sa femme sortent du mobil-home pour les accueillir, mais quelque chose avait dû réclamer leur attention.

Ils entrèrent et se retrouvèrent dans une cuisine. Une porte occupait le mur de gauche.

— Bill ? Jan ? appela Adam.

Ils entendirent un bruit étouffé, mais pas de voix.

Chelsea poussa la porte, et s'avança dans une pièce à vivre aux rideaux tirés. La seule lumière provenait d'un panneau vitré installé dans le plafond.

Ficelé sur une chaise placée juste au-dessous de cette source de lumière, se trouvait un homme bâillonné.

Adam sortit immédiatement son arme et pivota sur ses talons.

Où était passé le type qui leur avait fait signe ?

Chelsea se précipita vers l'homme ligoté. La carrure impressionnante, il avait les cheveux blond foncé, et une longue barbe broussailleuse. Il portait une salopette en jean délavée et un T-shirt jaune vif.

— Commence par le bâillon, dit Adam. Nous devons savoir ce qui se passe.

— Ils ont pris Jan ! s'exclama l'homme, dès qu'il fut en mesure de parler. Vous l'avez vue dehors ?

— Bill ? demanda Chelsea.

— Oui, je suis ton frère. Vous avez vu ma femme ?

— Non, dit Chelsea. Tu ne sais pas où elle est ?

— Ils n'ont pas voulu me dire ce qu'ils allaient faire d'elle.

— Qui sont-ils ?

Bill s'adressa à Adam.

— Je pensais que c'étaient les fédéraux dont tu m'as parlé. Tu as dû sacrément les énerver.

— Ce ne sont pas des fédéraux. Combien étaient-ils ?

— Trois. Il y en avait un avec le bras en écharpe.

Adam et Chelsea échangèrent un regard.

— Comment nous ont-ils retrouvés ? murmura-t-elle.

Adam secoua la tête.

Bill parut contrit lorsqu'il croisa le regard d'Adam.

— Tu m'avais dit de n'en parler à personne, mais j'ai quand même appelé nos parents, et je pense qu'ils ont transmis la bonne nouvelle à toute la famille.

— Quand ces types ont-ils débarqué ?

— Tard la nuit dernière. L'un a emmené Jan, pendant que les deux autres me ligotaient. Puis ils se sont relayés pour me surveiller en attendant que vous arriviez.

— Nous avons vu un grand type blond dehors, dit Chelsea.

Elle s'adressa à Adam.

— Ce devait être le chauffeur de la camionnette.

— Probablement.

— Comment nous allons faire pour sortir s'ils surveillent les parages ? demanda-t-elle d'une voix angoissée. Nous sommes coincés. Dès que nous essayerons de mettre un pied dehors, ils vont nous tirer dessus.

Adam avait fini de couper les derniers liens de Bill, et ce dernier se leva en titubant, ankylosé après des heures d'immobilisation.

— Il y a une autre issue, dit-il. À moins qu'ils ne l'aient découverte.

Il fit quelques pas pour tester ses jambes, et se précipita vers la chambre.

Le temps qu'Adam et Chelsea le rejoignent, il commençait à tirer sur le cadre du lit.

— Aidez-moi à le déplacer le long du mur, demanda-t-il, d'un ton pressant.

Quand ce fut fait, une trappe munie d'un anneau apparut dans le sol. Bill ouvrit alors le tiroir d'une des tables de chevet, et y prit une lampe frontale, qu'il s'empressa de mettre en place sur sa tête. Puis il souleva la trappe, révélant l'entrée d'un tunnel.

— Ce n'est pas très large, annonça-t-il. Il va falloir ramper. Suivez-moi.

Bill se glissa dans le passage souterrain, en entraînant Chelsea derrière lui. La chaussure d'Adam lui frôla la tête tandis qu'il suivait. Il ferma la trappe derrière eux.

Au même moment, il y eut un bruit de vitre brisée dans la pièce qu'ils venaient de quitter. Puis une explosion fit trembler le mobil-home et tomber de la terre dans le tunnel.

Personne ne parla tandis qu'ils déployaient toute leur énergie pour s'éloigner le plus possible du mobil-home.

Finalement, Bill s'arrêta. Il y avait assez de place maintenant au-dessus de sa tête pour qu'il puisse se mettre à genoux et soulever une autre trappe.

La pièce où ils débouchèrent était sombre, jonchée de paille et empestait la fiente de poules.

Les devançant, Bill plongea la main dans l'un des nichoirs et fit pivoter le panneau qui le supportait, révélant une petite pièce aux allures d'abri antiatomique. Il s'empara aussitôt d'une radio.

— J'appelle des renforts, et nous allons nous occuper de ces fichus fédéraux.

— Ces types ne sont pas employés par le gouvernement, dit Adam. Tu m'as mal compris. Il s'agit de tueurs à gages.

— On va quand même leur régler leur compte.

Chelsea désigna une porte métallique.

— Ça mène où ?

— À l'arrière de l'écurie.

— Tu sais où ils auraient pu emmener Jan ?

Bill leva les mains en un geste impuissant.

— Il y a tellement d'endroits où se cacher ici. Elle peut être n'importe où.

Il s'activa à la radio, parlant d'un ton pressé, et en langage codé.

Puis il déverrouilla un placard et en sortit des armes et des munitions.

— La police va venir ? demanda Chelsea, d'un ton empli d'espoir

— Je ne veux pas de flics chez moi ! décréta Bill, en lui collant un fusil dans les mains.

— Mais nous avons besoin d'aide.

— J'ai appelé des amis.

— J'espère qu'ils savent ce qu'il faut faire.

— Oh que oui ! Nous sommes tous préparés à ce genre de situation.

Adam tendit son revolver à Chelsea.

— Cache-le. Tu peux en avoir besoin.

Puis il déposa un baiser sur son front, et s'approcha de la porte.

— Comment on ouvre ça ? Il faut qu'on sache ce qui se passe dehors.

Bill ouvrit la porte, et ils furent aussitôt assaillis par le bruit des explosions. Dans la pâture, les animaux affolés bêlaient et hennissaient.

Courant vers l'avant de l'écurie, Chelsea observa ce qui se passait dans le jardin.

Plongeant la main dans une caisse de grenades, un homme arracha la goupille et lança l'engin explosif vers le mobil-home.

Quelques secondes après, une autre détonation fit détaler les animaux à l'autre bout de la pâture.

— Ils doivent être morts maintenant, dit l'un des hommes, avec le bras gauche en écharpe.

— Il faut nous en assurer, grommela le premier. Ça va être l'enfer pour nous si Parish s'échappe à nouveau.

— Combien faut-il de grenades pour tuer deux personnes ? protesta le blessé. Il n'y a qu'à aller voir si on trouve leurs cadavres et filer.

— Ce n'est pas à nous de décider, tu le sais bien. On fait ce qu'on nous a demandé de faire.

Tandis que les deux hommes continuaient à se disputer,

Bill fit signe à Chelsea de rester où elle était. Puis il se glissa à l'extérieur et se dissimula derrière une citerne d'eau.

Sa nouvelle position ne devait pas lui donner un bon angle de tir, mais elle lui offrait au moins une protection contre les explosions.

Il n'y avait pas signe de la femme de Bill, ni du type blond et, selon Chelsea, il serait risqué de tirer à l'aveugle.

D'autre part, les tueurs n'avaient parlé que de deux personnes dans le mobil-home. Était-il possible qu'ils ne sachent pas qu'elle était là aussi ? Pouvait-elle en tirer avantage ?

— Regardez ce que nous avons ici, dit une voix de baryton, tandis qu'un bras aussi large et puissant qu'un boa constrictor s'enroulait autour de son cou.

De sa main libre, il lui arracha son fusil, puis la poussa vers les deux autres hommes.

D'où était-il sorti ?

Était-elle trop occupée à observer ce qui se passait dans le jardin pour entendre quelqu'un de la taille d'une armoire à glace s'approcher d'elle par-derrière ?

Elle essaya frénétiquement de tourner la tête pour vérifier l'intérieur de la grange, inquiète de savoir ce qui était arrivé à Adam.

Était-il encore en vie ?

À côté de quoi d'autre était-elle passée ?

9

Conscient que Chelsea et Billa allaient avoir besoin de renfort, Adam inspecta l'écurie, à la recherche d'une autre issue.

Lorsqu'il entendit un bruit de craquement sur sa gauche, il se jeta au sol derrière une pile de bottes de paille, et retint son souffle.

Ainsi positionné, il vit une paire de bottes poussiéreuses surmontées d'un jean bleu foncé descendre une échelle. Puis un colosse aux cheveux blonds apparut.

Le type sifflotait un petit air entraînant et, rien que pour cela, Adam eut envie de l'abattre séance tenante. Mais un coup de feu ne ferait qu'aggraver les choses.

Le type se dirigea vers l'avant de l'écurie.

Avait-il caché Jan dans le grenier à foin ? Quel meilleur endroit ? Mais Chelsea et son frère étaient peut-être en mauvaise posture...

Adam hésita vingt secondes, puis monta à l'échelle et se retrouva sous la charpente, dans un petit espace rempli de caisses de munitions.

Ignorant un désir grandissant de vérifier ce que faisait Chelsea, Adam s'avança jusqu'à la lucarne pour jeter un coup d'œil dehors.

Son attention fut immédiatement attirée par les deux hommes qui se tenaient devant une caisse de grenades.

Le mobil-home en flammes s'était effondré.

Une épaisse fumée noire s'élevait dans le ciel mais y avait-il quelqu'un à des kilomètres à la ronde pour l'apercevoir et la signaler ?

Adam se demanda pourquoi les deux types continuaient à

lancer des grenades, à moins de vouloir s'assurer qu'il ne reste plus âme qui vive.

À présent, les deux hommes se disputaient, mais les bruits combinés de l'incendie et des animaux paniqués l'empêchaient d'entendre le moindre mot.

Se demandant où étaient passés Chelsea et Bill, Adam continua d'inspecter le jardin.

Alerté par un mouvement sur sa gauche, il vit Bill quitter subrepticement sa cachette derrière une citerne d'eau, pour se réfugier sur le côté d'un petit bâtiment. Il se rapprochait du centre du jardin, et serait bientôt dans la position idéale pour tirer.

Soudain, le blond qu'il avait vu quelques instants plus tôt sortit de l'écurie, en poussant Chelsea devant lui.

Adam jura entre ses dents et baissa son fusil. S'il tirait dans le dos du type, Chelsea serait également touchée.

L'homme s'approcha de ses complices. L'un des deux avait son téléphone portable rivé à l'oreille. S'arrêtant à quelques pas, il lui hurla de se taire.

Puis il pointa le fusil de Chelsea vers son cœur, et cria en direction du mobil-home.

— Parish ? Cette fille est avec toi ? Sors de là, mon vieux. La partie est terminée.

Adam reporta son attention sur Bill, qui tenait maintenant le blond en joue.

Tout parut se figer.

Bill tira.

Le blond tomba à genoux.

Avant qu'il ait eu le temps de riposter, Chelsea sortit le revolver glissé dans la ceinture de son jean et tira.

Le type s'effondra, face contre terre.

Aussitôt, Chelsea courut se mettre à l'abri derrière la citerne d'eau.

Tandis que Bill ouvrait le feu sur les deux autres, Adam visa la caisse de grenades. L'explosion ne laissa aucun survivant dans le camp ennemi.

Bill se précipita vers le blond et le secoua, exigeant de savoir où était Jan. Mais il était trop tard. Il avait emporté cette information avec lui.

Dévalant l'échelle, Adam se rua dans le jardin.

Chelsea se jeta dans ses bras.

— C'est fini, dit-il.

Mais bien sûr, ce n'était pas vrai. Il restait encore à retrouver Jan.

Les amis de Bill arrivèrent peu après. Pendant quelques minutes, tout le monde resta figé, médusé par cette scène d'apocalypse.

Bill laissa à Adam le soin d'expliquer ce qui s'était passé. Ce dernier décida de leur dire tout ce qu'il savait.

Le souvenir d'avoir vu un des tueurs au téléphone le hantait. Qui avait-il appelé, et qu'avait-il dit ? La présence de Chelsea était-elle connue de celui qui avait commandité cette attaque ?

Mais le temps n'était pas à s'interroger, alors que tout le monde s'inquiétait pour Jan.

Bill forma rapidement deux équipes, compte tenu du nombre de bâtiments répartis sur la propriété qu'ils allaient falloir fouiller.

Il n'avait pas vu sa femme depuis la nuit précédente et, même s'il ne disait rien, Adam voyait bien, à mesure que les minutes s'écoulaient, et que ses amis déclaraient les uns après les autres n'avoir rien trouvé, qu'il redoutait de l'avoir perdue pour toujours.

Ce fut finalement Adam, qui tomba sur un vieux puits abandonné.

Dirigeant sa torche vers le fond, il fut surpris de découvrir une silhouette recroquevillée sur le sol tari.

Il cria le nom de Jan, ce qui eut pour effet de faire accourir tout le monde. Elle ne répondit pas et, à cette distance, il lui était impossible de déterminer si elle était vivante.

Bill insista pour descendre au fond du puits. Quelques secondes de tension furent suivies par un cri qui arracha des hurlements de joie à ceux qui attendaient en haut.

— Elle est vivante !

Il fut remonté, et un homme, que Bill présenta comme un

ancien infirmier du nom de Tang, descendit avec une trousse de premiers soins rudimentaire.

L'homme demanda qu'on lui lance un harnais, et Jan fut ramenée précautionneusement à la surface.

— Une cheville cassée, une épaule déboîtée, et quelques égratignures, annonça Tang. Et comme elle a passé plusieurs heures là-dedans, elle souffre aussi de déshydratation.

Bill ne pouvait détacher les yeux du visage tuméfié de sa femme, ni lui lâcher la main.

Après avoir bu une gorgée d'eau, Jan balbutia.

— J'ai cru que j'allais mourir toute seule dans ce trou.

Regardant par-dessus l'épaule de Bill, elle posa les yeux sur Chelsea.

— Quel accueil je t'offre, hein ?

— Je suis tellement désolée pour ta maison, et ta jambe, et...

— Tout cela peut être reconstruit et réparé.

— Tu devrais aller à l'hôpital.

— Oh non ! ma chérie ! Ce sont des endroits que je fuis comme la peste. Tang saura comment me soigner. N'est-ce pas, Tang ?

— Pas de problème, mais...

Il désigna ce qu'il restait du mobil-home.

— Ta maison...

Il gratta pensivement sa barbe poivre et sel.

— Il n'y a plus rien à récupérer.

Il se tourna vers Bill.

— Qu'est-ce que tu vas dire aux autorités ?

— Rien.

— Mais...

— Il n'y a pas de « mais ». Tu sais aussi bien que moi que je risque de perdre mes terres si la loi s'en mêle. Ces trois ordures n'ont jamais rien fait de bon dans leur vie. À présent, ils vont servir d'engrais à quelques mauvaises herbes.

Chelsea se rapprocha d'Adam.

— Tu crois qu'il va s'en sortir comme ça ?

— Probablement. Et, de toute façon, c'est moi qui ai tué deux de ces types.

— Et moi le troisième.

— Je n'ai pas peur de m'expliquer à ce sujet. Et toi ?

— Moi non plus. Mais la personne qui a engagé ces tueurs va sûrement se demander ce qui leur est arrivé.

— Nous verrons bien ce qui se passera.

Chelsea soupira.

— Tout a été détruit. Il va leur falloir beaucoup de temps pour reconstruire.

Adam hocha la tête.

Il n'ajouta pas ce que Chelsea savait déjà. Les photos et les souvenirs d'elle que pouvait avoir gardés son frère avaient à présent disparu. Bill pourrait peut-être leur raconter quelques anecdotes, mais il n'y avait plus de preuves concrètes de la personne qu'elle était. En tout cas, pas ici.

Tandis que Tang s'occupait de Jan, les amis de Bill sortirent des pelles de leurs véhicules et commencèrent à creuser une vaste fosse.

— Désolé d'avoir appelé les parents, dit Bill.

— Tu n'as pas de reproches à te faire, répondit Adam.

— Bien sûr que si. Je leur ai dit de garder ça pour eux, mais maman l'a sûrement répété à Lindy.

— Qui est Lindy ? demanda Chelsea.

Bill eut une moue contrite.

— C'est vrai que tu ne te souviens plus de rien. Lindy est notre pipelette de petite sœur. Installe-la sur un tabouret de bar, pose une bière devant elle, et c'est parti.

Adam intervint.

— Mes amis aussi savaient que je venais, Bill. Je l'ai dit à Whip et au Dr Fisher.

— Ils pourraient être responsables de ça ?

— Pas consciemment. Pas plus que Lindy. Mais je ne peux pas garantir qu'ils ne l'aient pas dit à quelqu'un.

Bill soupira.

— Quoi qu'il en soit, Chelsea ne peut plus rester ici.

Où allaient-ils pouvoir aller ?

Adam jeta un coup d'œil à ce qu'il restait du pick-up qu'il

avait acheté la veille. Seul l'arrière avait été épargné, laissant leurs bagages miraculeusement intacts.

Il ne leur restait plus qu'à trouver quelqu'un pour les conduire jusqu'à la grande route et, de là, ils devraient faire du stop.

Et combien de temps faudrait-il avant que Holton fomente un nouveau plan d'attaque depuis sa cellule ?

Le seul aspect positif auquel Adam pouvait penser, c'est que personne ne saurait où ils étaient une fois qu'ils auraient quitté la propriété.

— J'ai toute l'aide que je peux souhaiter, dit Bill.

Puis il s'adressa à Chelsea.

— Veux-tu aller voir comment va Jan ?

— Bien sûr.

Tandis qu'elle s'éloignait, Bill plongea la main dans sa poche et détacha une clé d'un trousseau.

— À quoi correspond-elle ?

— À la vieille camionnette de Jan. Elle a des plaques du Montana, et elle est enregistrée sous son nom de jeune fille. Personne ne fera le lien.

— Je ne peux pas...

— Je veux que tu emmènes ma sœur loin d'ici.

Deux heures plus tard, ils circulaient sur l'autoroute à bord d'une camionnette vert pomme, couverte d'autocollants et toute cabossée.

— Où allons-nous ? demanda Chelsea.

— Je ne sais pas encore. Jusqu'à présent, mon idée était de te déposer dans un endroit sûr, avant de disparaître.

— Et si je t'accompagnais en Floride ?

— Il te faudrait enfreindre plusieurs lois, tu sais. À commencer par voyager avec de faux papiers.

— J'ai tiré sur un homme hier, et j'en ai tué un aujourd'hui. Alors tu sais, le reste...

Comme s'il devinait la culpabilité qui la rongeait, Adam posa une main sur la sienne et la pressa.

— Tu n'avais pas le choix.

Quelques minutes après, Adam s'arrêta dans une station-service. Il remplit le réservoir, rajouta de l'huile dans le moteur, qui se montrait glouton, et acheta des sandwichs qu'ils décidèrent de manger en roulant.

Les heures défilèrent tandis qu'ils continuaient vers le sud, s'approchant de Los Angeles.

Bientôt, la voix d'Adam tira Chelsea de sa somnolence.

Elle cilla à plusieurs reprises pour revenir à la réalité.

— Nous sommes tous les deux épuisés, dit-il.

Elle ne put dire le contraire.

— Il y a un motel un peu plus loin. Prenons une chambre – deux si tu préfères – et essayons de dormir.

— Une chambre, dit-elle, d'un ton décidé.

Il n'était pas question qu'elle passe la nuit enfermée seule dans une pièce plongée dans l'obscurité. Pas ce soir.

Le motel était un de ces bâtiments tout en longueur, flanqué d'un balcon en façade qui distribuait toutes les chambres. Autour de la piscine mal entretenue, quelques palmiers souffreteux s'agitaient sous la brise.

Chelsea se moquait du standing des lieux, pourvu qu'elle puisse dormir.

Ils payèrent en espèces, se garèrent devant la chambre 101, et transportèrent leurs maigres possessions à l'intérieur. Puis ils se douchèrent à tour de rôle et se mirent au lit.

Pendant quelques minutes, des images de la journée défilèrent comme un film dans l'esprit de Chelsea.

Lorsque Adam se racla la gorge, elle tourna la tête dans sa direction.

— Tu n'as obtenu aucune réponse à tes questions, comme nous l'avions prévu, dit-il.

— J'ai rencontré mon frère et sa femme, dit-elle.

Parler dans une pièce sombre, sans voir l'expression d'Adam, rendait la discussion plus facile.

— Cependant, il ne te connaissait pas vraiment, ajouta-t-elle.

— Je t'avais prévenue.

Il laissa passer un silence, avant de poursuivre.

— Tu peux me poser des questions, ou bien je peux aussi commencer par le début, et te raconter dans l'ordre tout ce que je sais sur toi, et tout ce que tu sais – que tu savais – sur moi.

Elle réfléchit quelques instants.

— Tu promets d'être complètement honnête ?

— Bien sûr.

— Pourquoi maintenant ?

— Parce qu'il est temps. Et parce qu'on dirait bien que tu es coincée avec moi pour un moment. Mais avant, tu dois savoir quelque chose. D'après le Dr Fisher, tu pourrais être amnésique parce qu'une part de toi ne veut pas tout se rappeler. Ce serait une façon de te protéger de la douleur.

— D'après ce que tu sais de ma vie, est-ce que c'est possible ?

— Oui. Et c'est pour cette raison que je te propose de me poser des questions, et d'apprendre ce que tu veux à ton rythme.

— Est-ce que nous avons été amants ?

— Oui.

— Je le savais.

— Tu vois...

— Non, pas ce soir. Je veux connaître tous les détails. Je veux savoir exactement qui je suis et à quoi ressemble mon passé. Mais pas ce soir. Si nous allons jusqu'en Floride à bord de cette camionnette brinquebalante, nous aurons tout le temps de parler.

— Tu es sûre ? Je reconnais que j'ai traîné des pieds mais, aujourd'hui, je sais que c'était stupide. Tu peux tout assumer.

— Tu crois ?

Le lit craqua tandis qu'Adam se tournait sur le côté. Elle sentit son visage se rapprocher du sien.

— Je le sais. Tu es une femme incroyable, Chelsea Ann Pierce. Tu es spéciale. Unique.

— Ce sont des mots que prononcerait un homme qui tient à une femme, murmura-t-elle.

Il effleura son front d'un baiser.

— C'est le cas.

— Prouve-le, dit-elle, incapable de résister à la tentation qui bouillonnait entre eux comme de la lave en fusion.

Quelque chose avait changé aujourd'hui. Un cap avait été franchi. Une barrière s'était brisée sous la pression des événements.

Les lèvres d'Adam se posèrent enfin sur les siennes, sa barbe courte lui irritant plaisamment la peau.

Leur baiser s'enflamma aussitôt, et un soupir roula dans sa poitrine quand les mains d'Adam glissèrent sous son T-shirt pour caresser ses seins.

Bientôt, ils furent nus, à la fois vulnérables et tellement en harmonie qu'ils semblaient ne former plus qu'un seul être.

L'érection d'Adam palpitait dans sa main. Gentiment, il la renversa sur le dos.

Ses lèvres frôlèrent sa peau délicate au creux de son cou, parcoururent ses épaules, explorèrent lentement la rondeur de ses seins, la douceur de son ventre et de ses cuisses… avant de s'attarder voluptueusement sur le cœur de sa féminité.

Elle savait qu'ils avaient déjà fait cela avant. Ils n'étaient pas deux inconnus cédant à une attirance physique immédiate.

La pensée qu'il allait bientôt partir la traversa, lui procurant quelques secondes d'anxiété, mais elle refusa d'y céder et de gâcher ce merveilleux moment d'intimité.

Ils étaient ensemble pour le moment, et rien d'autre n'avait d'importance.

En fait, Adam Parish était la seule véritable personne dans son univers. Tous les autres, que ce soit le Dr Ficher, les tueurs à gages, et même son frère, semblaient être des acteurs qui occupaient leur temps de représentation sur la scène avant de disparaître.

Adam était bien réel. Adam était la seule personne sur qui elle pouvait compter.

Quand il la sentit prête, il pénétra lentement dans sa moiteur, et ils se laissèrent emporter au rythme de leur passion jusqu'à ce qu'ils retombent tous deux éperdus de bonheur et s'endorment, épuisés, dans les bras l'un de l'autre.

Chelsea se réveilla vers minuit.

La respiration d'Adam était profonde et régulière. En travers de son estomac, elle sentait peser son bras chaud et lourd.

Elle resta étendue là un moment, profondément heureuse, ne ressentant aucune peur, et prête à affronter toutes les vérités que lui apporterait le matin.

Les minutes continuèrent à défiler mais, au lieu de s'endormir, elle se sentit de plus en plus éveillée. Finalement, elle déplaça doucement le bras d'Adam et glissa vers le bord du matelas.

Les ressorts du sommier grincèrent tandis qu'elle se levait, mais la respiration d'Adam ne changea pas. Elle sourit tandis qu'elle traversait la pièce pour se rendre dans la salle de bains.

Entrebâillant la porte, elle alluma le plafonnier afin d'avoir un peu de lumière dans la chambre, puis récupéra ses sous-vêtements et les enfila. Elle chercha ensuite la brosse qu'elle avait achetée à la pharmacie, et retourna dans la salle de bains pour démêler ses cheveux.

En attrapant une serviette, elle bouscula accidentellement les vêtements d'Adam. Tandis qu'elle se penchait pour les ramasser, son attention fut attirée par une carte dorée pliée en quatre, qui avait glissé au sol.

Sans prendre le temps de réfléchir, elle la déplia et commença à la lire.

Mon Steven tant aimé,

Je crois que je sais où se trouve le chalet que tu as décrit la nuit où tu m'as demandé de t'épouser.

J'ai l'intention de jeter les roses dans la rivière. Ce sera ma façon de te laisser partir.

Je n'ai pas envie de le faire, mais la réalité c'est que tu n'es plus là. Je ne cesserai jamais de t'aimer, pas plus que je ne cesserai de me demander ce qui t'est vraiment arrivé.

Je continuerai aussi à me demander pourquoi cet officiel m'a posé des dizaines de questions mais n'a jamais voulu répondre aux miennes.

Parfois, j'ai l'impression de porter le deuil d'une ombre.

Adieu mon amour.

Repose en paix, et sache que je remuerai ciel et terre pour offrir une vie merveilleuse à notre bébé.

À toi pour toujours,

Chelsea.

C'était daté du jour de l'accident. Ses jambes la portant à peine, elle se déplaça tel un fantôme jusqu'au petit bureau de la chambre.

S'emparant du stylo de courtoisie et du bloc-notes publicitaire, elle écrivit : « Adieu mon amour. »

Avant même d'avoir terminé la phrase, elle sut que c'était elle qui avait écrit le mot.

Arrachant la feuille du bloc, elle la déchira en petits morceaux.

Où était le bébé dont il était question ? Qui était Steven ?

Retournant à la salle de bains, elle jeta les bouts de papier dans la corbeille, et se mit de profil devant le miroir pour observer son ventre légèrement renflé, qu'elle avait attribué à une morphologie naturellement rondelette.

Le bébé était en elle, en train de se développer.

Ce constat lui donna le vertige, et elle dut s'asseoir sur le bord de la baignoire.

Adam n'avait cessé de lui demander si elle saignait quelque part, si elle était blessée. Il lui avait interdit de porter des choses lourdes. Et ce soir, en lui faisant l'amour, il avait caressé son ventre avec une telle tendresse qu'elle l'avait remarqué, en dépit de la passion qui courait dans ses veines.

Il savait.

Il savait qu'elle était enceinte, et il ne lui avait rien dit.

Le Dr Fisher le savait aussi, et c'était pour cela qu'il lui avait posé toutes ces questions quand il l'avait examinée.

Son frère était peut-être au courant, lui aussi.

Tout le monde savait, sauf elle !

Qu'était-il arrivé à Steven, l'homme dont elle était apparemment éperdument amoureuse ?

Était-ce à cause de son décès qu'elle ne se rappelait plus rien ? Avait-elle peur d'affronter le chagrin qui transparaissait dans chacun des mots qu'elle avait écrits ?

À quel moment Adam était-il apparu dans le tableau ?

Steven et lui étaient-ils tous les deux amoureux d'elle ? Était-il possible qu'Adam ait tué Steven pour parvenir à ses fins ?

Un homme irait-il vraiment aussi loin pour une femme comme elle, qui n'avait d'exceptionnel ?

Et le bébé, de qui est-il ?

Comment le savoir ? Adam lui dirait ce qu'il voulait qu'elle croie

Elle s'en voulut vaguement de penser cela de l'homme avec qui elle avait fait l'amour une heure plus tôt, en ayant l'impression, au-delà du plaisir physique, d'une véritable communion du cœur et de l'esprit.

Et cependant, elle savait qu'elle avait accepté trop rapidement le monde tel qu'il le lui présentait. Elle avait essayé de lutter contre la tentation de s'ajuster à la niche qu'il avait créée, mais elle n'avait pas lutté assez fort.

Elle se leva brusquement et prit le jean d'Adam, curieuse de vérifier s'il s'appelait vraiment Adam Parish.

Son portefeuille ne s'y trouvait pas, et elle se rappela qu'il le mettait ailleurs tous les soirs. De toute façon, qu'est-ce que ça changerait à ce stade de voir son nom inscrit sur un document officiel ? Il avait acheté une voiture sous cette identité. Le Dr Fisher l'avait appelé ainsi.

Se glissant dans la chambre, elle s'habilla rapidement et prit la clé de la camionnette sur le bureau.

Avant de sortir, elle s'accorda quelques secondes pour observer l'homme endormi, et eut envie de le réveiller pour exiger des explications.

Mais elle savait qu'il lui dirait ce qu'elle avait envie d'entendre, et qu'elle s'en contenterait, au moins pour quelque temps.

La seule solution, c'était qu'elle retrouve la mémoire de Steven, de l'hélicoptère, des roses, du bébé... d'Adam.

Et c'était quelque chose qu'elle allait devoir faire seule.

En refermant la porte de la chambre, des larmes lui montèrent aux yeux, brouillant sa vision, et il lui sembla que son cœur allait se briser.

Elle ne savait pas où aller, seulement qu'elle devait partir.

10

Pendant un court moment, Adam se sentit totalement en paix.

Il ouvrit les yeux avec un sentiment d'impatience à l'idée de voir Chelsea.

La chambre était petite, et elle ne s'y trouvait.

Se levant d'un bond, il enfila le boxer qui avait atterri sur le sol et se dirigea vers la salle de bains, dont la porte était entrebâillée.

Il tapa au battant et appela.

— Chelsea ? Tout va bien ? Je peux rentrer ?

Il n'y eut pas de réponse.

Inquiet maintenant qu'elle puisse être malade, ou qu'elle se soit évanouie, il ouvrit la porte en grand, et resta quelques secondes à observer la pièce vide.

Remarquant que ses vêtements étaient par terre, il eut un mauvais pressentiment.

Il retirait toujours son portefeuille de son pantalon le soir, bien déterminé à conserver cette photo de Chelsea et lui prise à San Francisco.

Il retourna dans la chambre, ouvrit le placard, et attrapa son portefeuille sur la plus haute étagère.

La photo était toujours à sa place.

Aujourd'hui, il s'en servirait, ainsi que de la carte que Chelsea avait jointe au bouquet de roses, pour lui expliquer qui elle était et ce qu'ils représentaient l'un pour l'autre.

À cette pensée, un frisson le traversa.

Où est passée la carte ?

Elle n'était plus dans son portefeuille.

Il avait dû la sortir quand il avait fait le plein de la camionnette. Elle était épaisse et difficile à glisser entre ses papiers.

Il l'avait probablement mise directement dans la poche de son jean.

Il retourna précipitamment dans la salle de bains, mais il savait déjà que la carte ne s'y trouvait pas. Chelsea devait l'avoir trouvée.

Qu'avait-elle bien pu penser ?

Il s'habilla et chercha les clés de la camionnette. Ne les trouvant pas, il ouvrit à la hâte la porte de la chambre. Leur emplacement de parking était vide.

Il courut alors jusqu'au bureau d'accueil. Il était encore tôt, mais un couple de clients s'y trouvait déjà, occupant presque tout l'espace de la pièce minuscule.

Tandis qu'il attendait à l'extérieur qu'ils aient terminé, les questions assaillaient son esprit.

Comment allait-il retrouver Chelsea ?

Sans la camionnette, il était coincé ici et même s'il trouvait un véhicule, il ignorait quelle direction elle avait prise.

Comment avait-il fait pour se retrouver dans une telle situation ?

La question était idiote. Il savait bien pourquoi ils en étaient arrivés là. Il n'avait cessé de repousser le moment de vérité, en espérant que les sentiments de Chelsea pour lui se manifesteraient inconsciemment, la gardant à ses côtés jusqu'à ce qu'il trouve le courage de lui parler.

Elle savait à présent qu'elle était enceinte, et devait croire que le père de son bébé était mort. Elle savait qu'elle avait entrepris ce voyage pour jeter des fleurs sur le lieu présumé de l'accident.

Comment allait-elle interpréter la présence d'un Adam dans le scénario ?

Il ne fallait pas oublier non plus qu'elle était toute seule quelque part dans la nature. Holton connaissait son existence. Il savait qu'elle serait une parfaite monnaie d'échange.

Les clients sortirent du bureau, et Adam se présenta au comptoir. Un jeune homme qui n'était pas là la veille le salua.

— Vous partez ?

Il semblait tout juste sorti de l'adolescence, avec un anneau dans la narine gauche, le crâne à demi rasé, et des tatouages sur les avant-bras.

— Probablement. Ça fait longtemps que vous êtes au bureau ?

— Deux heures. Je remplace ma mère. Vous avez quelle chambre ?

— La 101. Écoutez, est-ce que vous auriez vu une vieille camionnette verte sur le parking quand vous avez pris votre service ?

— Non.

Le regard du jeune homme se fit suspicieux.

— Pourquoi ? C'est quoi, le problème ?

— Ma petite amie et moi… on s'est disputés.

— Ah ! merde !

— Ouais. Mais le truc c'est que la camionnette est vraiment vieille et pas fiable, et je m'inquiète pour elle. Est-ce qu'il y a un endroit où je pourrais louer une voiture ?

— Mec, il faut aller à Vegas pour ça.

Adam secoua la tête.

C'était de pis en pis.

— Ou alors, je pourrais vous vendre ma moto, proposa le jeune homme.

— Quelle moto ?

— Celle-là, dit-il, en faisant un geste vers la droite du bureau.

Adam tourna la tête et découvrit une vieille moto rouge à côté du distributeur de boissons.

— Elle fonctionne ?

— Impeccable. Elle est un peu lourde, je ne vous le cache pas, mais le moteur tourne comme une horloge.

— Et vous voulez la vendre ?

— Disons que ma mère m'a posé un ultimatum. Vous savez ce que c'est.

— Combien ?

— Huit cents.

— À supposer qu'elle roule, je vous en donne cinq cents, et vous fournissez le casque.

— Six cents.

Le jeune homme se pencha derrière le comptoir et sortit un casque noir décoré de flammes, qu'il posa devant Adam.

Ce dernier considéra ses options, puis prit le casque.

— Préparez ma note. Je reviens.

Adam sangla ses affaires sur le porte-bagages et démarra. Le gamin n'avait pas menti. La moto était en parfait état de marche.

Lorsqu'il sortit du parking, il se trouva devant un embranchement proposant trois directions. À droite vers Los Angeles, tout droit vers Phoenix, et à gauche vers Santa Fe.

Phoenix était plus près de chez lui, mais pourquoi Chelsea aurait-elle choisi de se rendre en Arizona ?

Santa Fe se trouvait dans la direction qu'ils auraient prise s'ils avaient voyagé ensemble vers la Floride.

Mais, compte tenu des circonstances, Chelsea se jetterait-elle vers l'inconnu ?

Il en doutait. Avec son amnésie, il y avait déjà trop d'inconnues dans sa vie.

Ça ne laissait que Los Angeles, où elle pourrait prendre l'autoroute menant à Bay Area, là où vivaient ses parents.

Il tourna à droite.

La moto était lourde, en effet. Entre le soleil brûlant, les trépidations de la machine et le vacarme du moteur, Adam commençait à souffrir.

À chaque soubresaut, sa blessure au flanc se rappelait à lui. Et cependant, pas un instant il ne relâchait sa concentration, cherchant une camionnette verte – soit en train de rouler devant lui, soit en panne au bord de la route, soit garée sur une aire de repos.

Les kilomètres défilaient, son voyage était rallongé par ses arrêts dans toutes les stations-service pour demander s'ils avaient servi une femme brune au volant d'une camionnette verte.

Il y allait au petit bonheur la chance, et il le savait.

Ça l'aurait quand même aidé d'avoir une petite idée de la direction qu'elle avait prise, et de l'avance qu'elle avait sur lui.

Si elle était partie tout de suite après leur étreinte, elle pouvait très bien se trouver aux abords de Los Angeles.

Comment pourrait-il la retrouver dans une ville aussi gigantesque ? Il faudrait qu'il aille jusqu'à Bodega Bay, chez les parents de Chelsea, en espérant la trouver là-bas.

Et ce n'était hélas ! pas sans danger.

À en juger par ce qui s'était produit chez Bill, Holton avait dû placer une équipe à Bodega Bay pour surveiller sa famille et soutirer des informations à sa pipelette de sœur.

L'équipe s'y trouvait-elle toujours ?

Il ne fallait pas oublier non plus que la disparition des trois hommes envoyés chez Bill allait attirer l'attention de leur commanditaire.

Et qu'en était-il de Ron Ballard ? Si le marshal était impliqué, que savait-il exactement, et de quelles ressources disposait-il pour se procurer des informations ?

Adam avait utilisé sa véritable identité pour acheter le pick-up et la moto. Quelqu'un avait-il lancé une alerte pour ce genre d'éventualité ? Ça ne le surprendrait pas du tout

De toute façon, il ne pouvait rien faire d'autre pour le moment que de continuer à essayer de la retrouver.

Il s'agissait de la femme qu'il aimait et de son bébé – sa famille, sa vie. Et tout cela était en danger à cause de lui. Il n'était pas question qu'il renonce.

Au bout de cinquante kilomètres, Adam reconnut qu'il avait besoin de faire une pause. Un café. Peut-être quelque chose à manger... Un répit en tout cas pour oublier les vibrations constantes et calmer sa douleur au flanc.

Il s'arrêta devant une petite station-service annonçant un espace snack et des boissons fraîches.

Dans la boutique, il prit un café au distributeur et un sachet de pâtisseries sous vide, qu'il paya à un vieil homme au comptoir.

Il en profita pour prendre ses antibiotiques et deux comprimés de paracétamol.

Ce faisant, un autre homme, à peine plus jeune, entra par la porte de service. Il lui adressa un signe de tête, avant de passer derrière le comptoir.

— Elle m'a enfin craché le morceau, Sam.

— Ouais ? C'est quoi son problème, alors ?

— Elle est fauchée.

— Et alors ? On ne va quand même pas payer pour elle.

— Mais la pauvre gosse n'a pas un centime. Ne sois pas aussi radin.

— Je ne suis pas radin, Thomas, je fais attention à mes dépenses.

Sam soupira, en secouant la tête.

— D'un autre côté, elle ne peut pas rester ici. Qu'est-ce qu'il lui faut ?

— Un bidon d'huile, c'est tout.

Adam tendit l'oreille.

— C'est bon, donne-lui un bidon, et qu'elle fiche le camp.

— Quelqu'un a besoin d'huile pour sa voiture ? demanda Adam.

Thomas hocha la tête.

— Une petite jeune femme, en panne avec sa camionnette.

— Où est-elle ?

Sam eut une expression suspicieuse.

— En quoi ça vous intéresse ?

Adam afficha un grand sourire.

— Je suis mécanicien. S'il y a autre chose qui ne va pas avec son véhicule, je pourrais peut-être l'aider.

Sam hocha la tête, apparemment ravi de se débarrasser du problème.

— Elle est garée derrière, sous le seul arbre du coin. Elle est restée assise là toute la matinée.

— Elle était trop timide pour demander de l'aide, ajouta Thomas. J'ai dû lui tirer les vers du nez. On voit bien qu'elle n'y connaît rien en mécanique. Et sa vieille camionnette vit ses dernières heures.

— Je m'en occupe. Mais avant, mettez-moi trois bidons

d'huile, histoire qu'elle ait un peu d'avance. Oh ! et puis ajoutez aussi deux sandwichs sous vide, une pomme, un café et une bouteille d'eau !

— C'est bien aimable à vous, dit Thomas, avant de remplir un carton avec quatre bidons d'huile.

Sam rassembla la nourriture dans un sac en papier brun, et présenta l'addition à Adam, avec un grand sourire sur son visage ridé.

Assise dans l'ouverture de la porte coulissante, à l'arrière de la camionnette, Chelsea s'éventait avec une carte du Montana quand elle entendit des bruits de pas.

Il s'agissait probablement de Thomas, le charmant vieux monsieur qui travaillait à la station-service. Il était sorti trois fois pour parler avec elle, jusqu'à ce qu'elle admette qu'elle n'avait pas d'argent pour remettre de l'huile dans ce fichu moteur.

Apparemment, Thomas l'avait prise en pitié et lui apportait de l'huile, comme il l'avait proposé.

Les bruits de pas se rapprochèrent, et elle se leva, pleine d'espoir.

Son sourire s'effaça de ses lèvres quand elle reconnut Adam.

Elle se rassit sur le plancher de la camionnette, et se couvrit le visage de ses mains.

Elle sentit qu'Adam s'asseyait à côté d'elle, et perçut une odeur de café.

— Tu m'as retrouvée, marmonna-t-elle entre ses doigts.

— Heureusement. Tiens, je me suis dit que tu pourrais en avoir besoin.

Elle laisse retomber les mains et, ignorant le café qu'il lui proposait, croisa son regard.

— Je devais partir.

— Je sais. Tu as vu la carte, n'est-ce pas ? Celle que tu as écrite.

— Oui. Et je suis au courant pour le bébé et pour Steven. Qui es-tu ? Est-ce que tu... l'as tué ?

Il posa le gobelet de café et sortit son portefeuille de sa poche.

— D'une certaine façon, mais pas comme tu le crois.

Ouvrant son portefeuille, il en sortit une photo qu'il lui tendit.

Elle fut confrontée à leur image. Ils se tenaient côte à côte, souriants. Adam avait un bras passé autour de ses épaules. Ils semblaient détendus et heureux.

Elle retourna le cliché et vit qu'il était daté de deux mois.

Il s'agissait de son écriture.

Et Adam était identifié comme étant Steven.

— Je ne comprends pas...

— Tu vas comprendre dans quelques instants.

Il eut une petite moue attristée.

— J'aurais préféré que tu me réveilles et que tu m'interroges.

— J'avais peur et j'étais en colère. Et je craignais de me laisser influencer après la nuit que nous avions passée ensemble.

— N'était-ce pas une bonne raison pour me donner une chance de m'expliquer ?

— Tu as eu des jours pour t'expliquer.

Cédant finalement à l'arôme du café frais, elle prit le gobelet.

— C'est vrai. Eh bien, allons-y. Mon vrai nom est Adam Parrish. J'ai vraiment témoigné contre un homme accusé de trafic d'êtres humains, et il a été condamné. On m'a donné une nouvelle identité, et je me suis installé à San Francisco, où j'ai trouvé du travail sur un chantier. Notre rencontre s'est passée comme je te l'ai expliqué.

Il reprit son souffle, tandis que Chelsea sirotait son café à petites gorgées.

— Je ne t'ai pas parlé de mon passé, parce que je n'y étais pas autorisé. Et aussi parce que je savais que ça pourrait te mettre en danger. Nous sommes tombés amoureux, et voilà toute la vérité.

— Et tu es le père de mon bébé ?

— Oui.

— Comment Steven est-il...

Elle dessina des guillemets dans l'air avec ses doigts.

— ... mort ?

— L'un des hommes du condamné m'a retrouvé. Je ne sais pas comment. Il m'a agressé le jour même où je t'ai demandé de m'épouser. J'ai réussi à le neutraliser.

— Tu veux dire que tu l'as tué ?

— Oui. J'avais préparé ma fuite si quelque chose de ce genre devait se produire. En plus, il y avait ce marshal, qui était plus ou moins responsable de moi, et en qui je n'avais aucune confiance…

Il soupira.

— Bref, j'avais acheté un petit avion, et l'avais mis dans un hangar hors de la ville. Je savais que si ma couverture était grillée, je devrais disparaître pour de bon. J'ai mis en scène ma mort en mettant l'avion sur pilote automatique, et en sautant en parachute. L'avion est tombé dans un lac de montagne. Je savais qu'il ne pourrait pas être repêché. Le seul cadavre dans l'avion était celui de l'homme qui avait essayé de me tuer.

— Et tu ne m'as pas prévenue.

— Je ne savais pas que tu étais enceinte, Chelsea.

— Mais tu savais que ta disparition me rendrait malheureuse.

— Oui.

— Et tu m'as quand même abandonnée. Ignorante de tout et en deuil. J'ai dû être totalement dévastée.

Il ne fit pas de commentaire.

— Si j'en crois ce que j'ai écrit sur la carte, reprit Chelsea, la police m'a interrogée.

— Apparemment.

— Je me demande ce que j'ai pu leur dire.

— Tu ne savais pas grand-chose, en dehors de ce que je t'avais dit.

— J'ai l'impression que ça résume bien notre relation. Tu cache les informations, tu prends les décisions… Finalement, ma seule démonstration d'indépendance, c'est de t'avoir quitté au motel.

— Chelsea…

— Donc, reprit-elle, j'ai entrepris ce voyage en hélicoptère pour te dire adieu sur le lieu de ton accident. Un des tueurs a dû monter à bord avec moi, et il est mort dans le crash. Et toi, tu as tout vu.

— Oui.

— Dans ce cas, pourquoi ne me l'as-tu pas dit quand tu m'as découverte dans l'hélicoptère ?

— Je le voulais. Mais quand j'ai compris que tu avais perdu la mémoire, j'ai décidé d'attendre jusqu'à ce qu'elle revienne.

— Tu aurais pu me montrer cette photo.

— Sauf que je t'ai donné mon vrai nom, au lieu de celui de Steven.

— Donc, tu aurais dû m'expliquer que tu m'avais quittée.

Il hocha la tête.

Elle le regarda dans les yeux.

— Je peux déduire du mot que j'ai écrit que ta disparition m'a brisé le cœur.

Il grimaça.

— Écoute, je ne savais pas si le tueur était venu seul. Je ne voulais pas prendre le risque que quelqu'un te suive, si tu venais me retrouver. Ce qui s'est pourtant passé, apparemment. Ces gens sont dangereux. Je t'aimais…

Il se reprit aussitôt.

— Je t'aime trop pour…

Elle leva la main pour le faire taire.

— Ta décision a causé la mort d'un pilote innocent. En tout cas, je suppose qu'il l'était. Et tu n'as pas arrêté de mentir depuis que nous nous sommes retrouvés. À présent, nous sommes obligés de fuir, et d'autres gens ont été blessés ou tués. Alors, dis-moi une chose, Adam. Quand est-ce que ça va s'arrêter ?

— Quand nous serons en Floride.

— Non. Ça ne s'arrêtera jamais. Ils continueront toujours à te traquer. Et pourquoi ? Pour se venger ? Quand tu vois tout ce chaos et tous ces morts, ça ne te paraît pas bizarre ? Qu'est-ce que tu me caches d'autre ?

— Rien. Je te promets. Je me suis également interrogé sur ce degré de violence, mais je ne comprends pas plus que toi.

— Mais tu continues à t'accrocher à ton plan initial : fuir.

Il soupira.

— Je suis un solitaire depuis la mort de mon père. C'est dans ma nature de prendre en charge les choses déplaisantes, sans impliquer qui que ce soit d'autre.

— Mais tu m'as quand même demandée en mariage. Et, même si tu l'ignorais, tu as créé une autre vie.

— Je sais. Et depuis que je t'ai retrouvée, mon obsession a été d'assurer ta sécurité.

Il eut un petit rire amer.

— On ne peut pas dire que j'ai vraiment réussi.

— Il est peut-être temps de réfléchir à un nouveau plan.

— Comme quoi ?

— Je ne sais pas. En faisant équipe, par exemple. En me laissant t'aider. En me voyant comme une adulte sur qui t'appuyer, et non comme une enfant à protéger.

— Tu as l'intention de rester avec moi ?

— Je ne sais pas, Adam. Je ne peux rien promettre sur le long terme. Je ne connais pas l'étendue de mon ressentiment envers toi, et je ne le saurai que lorsque j'aurai retrouvé la mémoire.

— D'accord.

— Si le Dr Fisher a vu juste, et que mon amnésie est due à la peur de souffrir, il me paraît évident que tu en es la cause.

— J'en ai conscience.

— Cependant, je resterai le temps que tu retrouves ta vie d'avant.

— C'est un début.

Elle hocha la tête.

Ils restèrent silencieux quelques instants, jusqu'à ce qu'Adam se lève.

— Je vais m'occuper de la camionnette, et nous pourrons y aller.

— Si tu changes d'avis, et que tu veux à nouveau prendre la fuite, tu le feras seul, le prévint Chelsea.

Il posa la main sur son épaule, et chercha son regard.

— Tu as raison. Il est temps d'aller au fond des choses.

— Comment ?

— En utilisant ma tête au lieu de mes pieds. Tout ce que je te demande, c'est de me faire confiance.

— Je veux bien essayer. Mais ça dépend de toi.

Il se pencha au-dessus d'elle, et elle leva le visage vers le sien.

Au début, le baiser qu'ils échangèrent ressembla à une sorte de poignée de main pour sceller un accord.

Mais Adam lui attrapa la nuque et glissa la langue dans sa bouche, et elle s'abandonna avec ravissement aux sensations qu'il éveillait en elle.

Lorsqu'ils s'écartèrent, Adam plongea les yeux dans les siens, et elle vit qu'il avait compris.

Ils ne pouvaient pas revenir là où ils en étaient quelques heures auparavant, mais elle resterait avec lui pour le bien de leur bébé.

Cela au moins, elle pouvait le lui promettre.

11

— Nous allons à Hard Rock, dans l'Arizona, annonça Adam.

Il avait installé une rampe pour charger la moto à l'arrière de la camionnette, et s'affairait maintenant à la sangler pour qu'elle ne bouge pas pendant le transport.

Chelsea s'installa sur le siège passager, et attendit qu'Adam prenne le volant.

— C'est grand, Hard Rock ? Tu y connais des gens ?

— En fait, c'est plutôt petit, et je n'y connais pas grand monde. J'y suis venu depuis Tucson pour prendre le poste de garde du corps de Devin Holton et sa femme, Aimee. Ce qui m'amène au sujet suivant : il va falloir que nous changions d'apparence. Tu as déjà eu envie d'être rousse ?

— Comment le saurais-je ? Mais pourquoi pas, après tout ? Que ferons-nous, une fois sur place ?

— Pour commencer, je veux savoir ce qu'est devenue la femme de Holton après son emprisonnement.

— Elle est peut-être restée tranquillement chez elle.

— C'est un immense domaine. Le gouvernement a dû le saisir comme pièce à conviction. Mais il reste peut-être encore en ville quelqu'un que je connais. Donc, je ne peux pas débarquer en tant qu'Adam Parrish. Je pense que je vais utiliser le prénom de mon père, Frank, et le nom de jeune fille de ma mère, Mason.

— Et ensuite ?

— Tout dépendra de ce que je vais trouver. Holton avait

quelques amis... Je devrais plutôt dire des courtisans. Je peux peut-être infiltrer leur cercle et découvrir ce qui se trame.

— Ils ne risquent pas de te reconnaître ?

— Probablement pas. Un bon garde du corps est quelqu'un d'invisible. On ne prête pas attention à lui.

— Mais ils ont dû te voir au procès.

— La plupart d'entre eux se sont tenus à l'écart du procès, à moins d'être cités à comparaître. En outre, ça s'est passé à Tucson. Et, à l'époque, j'avais les cheveux longs, noués en catogan.

— Il va me falloir un nouveau nom aussi, déclara Chelsea.

Elle réfléchit quelques instants.

— J'ai envie de m'appeler Daisy Hanks.

— C'est mignon.

Trois heures plus tard, Chelsea avait des cheveux courts et roux, et des lèvres rouge vif.

Adam s'était quant à lui teint en brun, et avait opté pour une coupe militaire – un demi-centimètre de cheveux – et un bouc court. Avec les lunettes miroir que Chelsea avait choisies pour lui, il avait du mal à se reconnaître.

Il devait admettre qu'il redoutait le moment où Whip apprendrait qu'il était de retour dans l'Arizona. Le policier avait en effet clairement fait savoir qu'il préférait savoir Adam hors du pays, et ce changement de programme l'inquiéterait forcément.

D'un autre côté, peut-être Whip avait-il appris quelque chose au sujet du marshal Ron Ballard, ou découvert qui servait d'intermédiaire entre Holton et l'extérieur.

Peut-être aussi avait-il une idée de la raison pour laquelle Holton remuait ciel et terre pour le traquer et l'éliminer.

Ils n'arrivèrent à Hard Rock que le lendemain après-midi, fatigués, souffrant de la chaleur et affamés.

Ils s'arrêtèrent pour acheter des tacos à un food-truck, et prirent place à une table de pique-nique, en faisant des commentaires dithyrambiques sur la qualité de la nourriture.

Chelsea n'était pas dupe de la conversation prétendument

anodine d'Adam. Sa nervosité était perceptible et déteignait sur elle.

Cette sensation s'aggrava quand il se cacha soudainement le visage avec la main et fixa leur table.

— Dennis est là.

— Qui est-ce ?

— Dennis Woods, un vieil ami. C'est lui qui a acheté la maison de mes parents.

Chelsea regarda vers le food-truck. Deux femmes commandaient leur déjeuner, tandis qu'un homme attendait derrière elle, les mains dans les poches. Il la surprit en train de le regarder, et lui adressa un sourire charmeur. Elle détourna les yeux.

— Il t'a vue ?

— Oui. Mais il ne me connaît pas. Il pense sûrement que je flirte avec lui.

— On ferait mieux de partir.

Mais Dennis se tourna au moment où Adam se levait. Il plissa les yeux, puis sourit.

— Adam ? appela-t-il. Adam Parish, c'est toi ? Bon sang ! ça fait des années. Où étais-tu passé ?

Tout en parlant, il avait traversé la pelouse et se dirigeait vers eux.

— J'ai failli ne pas te reconnaître, avec ton nouveau look.

N'ayant plus le choix, Adam fit bonne figure et tendit la main.

— Dennis !

Dennis lui serra vigoureusement la main, puis il reporta son attention sur Chelsea.

— C'est à vous que nous devons la mystérieuse disparition d'Adam ? Non que je vous le reproche, remarquez.

Adam fit les présentations.

— Qu'est-ce que tu fiches ici ? demanda-t-il.

— Ce n'est qu'à une heure de Tucson, je te rappelle. Et je travaille, que veux-tu que je fasse d'autre ? Mon entreprise refait la plomberie de l'ancien Stop and Shop. Ça va devenir un espace dédié aux poissons tropicaux.

Il marqua une pause infime.

— Et toi, qu'est-ce que tu deviens ? J'ai passé des coups de fil un peu partout pour essayer de te retrouver.

— Pourquoi ? Il y a un problème ?

Dennis éclata de rire.

— Bon sang ! ce que tu es nerveux !

Il lui donna une tape sur l'épaule.

— Je voulais te dire que Stacy est à nouveau enceinte. En fait, le bébé doit naître dans trois semaines.

— Félicitations ! dit Adam, après avoir jeté un rapide coup d'œil au ventre de Chelsea.

— L'autre raison, c'est que les désinsectiseurs ont trouvé quelque chose qui doit t'appartenir, pendant qu'ils inspectaient le soubassement à la recherche de termites.

— Que veux-tu dire ?

— Une boîte scellée, glissée dans le vide sanitaire sous la plus petite des chambres en façade. Ça te dit quelque chose ?

— Non.

— C'est bien ton père qui a construit la maison ?

— Oui.

— Alors, ça devait être à lui.

— Qu'est-ce qu'il y a dedans ? Tu as regardé, je suppose.

— Comme personne ne pouvait me dire où tu étais passé, j'y ai effectivement jeté un coup d'œil. C'était plein de vieux papiers, alors j'ai tout refermé. C'est assez lourd, je dois dire.

— Intéressant. Et où est-elle cette boîte ?

— Vu que nous devions repeindre tout l'intérieur de la maison, je l'ai mise au garde-meubles avec nos affaires. Et c'était une bonne initiative, car la maison a été cambriolée quelques jours après.

— Oh non ! On t'a pris beaucoup de choses ?

— Juste un peu de matériel. Mais ils ont tout saccagé. Heureusement, personne n'était à la maison, et il n'y a pas eu de blessés.

Dennis s'interrompit et grimaça.

— Désolé, mon vieux. J'avais oublié pour ta mère.

— Ça va.

— En tout cas, je suis vraiment content de t'avoir revu. J'espère que tu vas rester un moment dans le coin.

— Moi aussi.

— Je sais que Stacy va vouloir te voir. Tiens, j'ai une idée. Si vous veniez dîner ce soir ?

— On en reparle dans quelques jours. Laisse-nous le temps de nous installer. Mais, en attendant, ça t'ennuierait d'aller chercher la boîte au garde-meubles ?

— Pas du tout. C'est sur ma route. Et je reviens ici demain. Tu seras là ?

— Je serai là.

— Disons vers 16 heures, ici même ?

— Parfait. Je peux compter sur toi pour ne dire à personne que tu m'as vu ?

— Toujours aussi mystérieux, à ce que je vois.

— Je suis sérieux.

— D'accord. Pourquoi pas ? Si ça peut te faire plaisir...

Il jeta un coup d'œil vers le food-truck.

— Je ferais bien d'aller me commander quelque chose. À demain.

— Tu as une idée de ce qu'il peut y avoir dans cette boîte ? demanda Chelsea, tandis qu'Adam et elle regagnaient la camionnette.

— Non. Je vois mal ma mère ramper sous la maison. Donc, ça ne laisse que mon père. Je ne peux pas m'empêcher de penser à ce rendez-vous que ma mère avait pris avec le chef de la police. Papa a peut-être fait disparaître toutes les preuves qu'elle voulait lui donner.

— Des preuves de quoi ?

— Écoute, je n'ai jamais dit ça à personne, murmura-t-il, sans la regarder. J'ai entendu leur dispute, la nuit précédant sa mort. Elle le suppliait de dire quelque chose aux autorités, et il répétait qu'il ne pouvait pas. Il avait bu, elle pleurait... Elle a fini par dire qu'elle le ferait elle-même, et j'ai entendu une gifle. J'ai quitté la maison quand il a commencé à s'excuser.

— Tu n'étais qu'un enfant, qui a peut-être mal interprété ce qu'il entendait. Qui sait ce qui s'est réellement passé, et qui a frappé qui.

— Tu as sans doute raison. Mais assez parlé du passé. Nous avons des choses à faire. Je vais prendre la moto pour aller chez les Holton.

— Et moi, je vais aller en ville avec la camionnette. Tu peux me donner un peu d'argent ?

Il prit aussitôt son portefeuille et en sortit un billet de cinquante dollars.

— Ça suffira ?

— Largement, merci.

Elle le suivit à l'arrière de la camionnette, et le regarda monter à l'intérieur.

— Tu ne m'as pas dit quel genre de trafiquant était Holton, remarqua-t-elle, tandis qu'il commençait à ôter les sangles qui retenaient la moto.

— De la pire espèce qui soit. Il exploite des jeunes filles comme esclaves domestiques, tout en se cachant derrière une entreprise de ménage tout à fait légale en apparence.

Chelsea frissonna.

— C'est horrible.

Elle l'aida à descendre la moto.

— Tu dois être fier d'avoir contribué à son arrestation.

— Oh ! tu sais, je ne me fais pas beaucoup d'illusions ! J'ai peut-être contribué à sauver quelques jeunes filles de leur triste sort, mais le trafic continue probablement, dirigé par quelqu'un d'autre.

Trente-huit kilomètres d'autoroute plus ou moins droite, bordée par des cactus, des rochers et de vieux immeubles mal entretenus séparaient Hard Rock de la propriété des Holton.

La guérite à l'entrée de la route privée était déserte, et Adam put emprunter celle-ci sans difficulté.

Il savait d'expérience que la maison principale se trouvait au nord. Les autres constructions sur le terrain se composaient des logements du personnel, d'un entrepôt de stockage, ainsi que d'une vieille maison et d'une bergerie.

Il ralentit en voyant un bâtiment en cours de construction et, par curiosité, décida d'emprunter le chemin qui y menait. À en juger par sa structure cubique, ça allait être quelque chose de très moderne.

Adam se demanda si le terrain avait été divisé en lots et vendu. Cette vaste propriété ressemblerait-elle un jour à un lotissement ? Holton en serait furieux. Il avait adoré être le roi de son domaine.

Une dizaine d'ouvriers étaient présents sur le chantier. Adam s'arrêta à côté d'un préfabriqué aux couleurs de Diaz Construction. Les bruits familiers des scies, des marteaux et des perceuses, et les cris des hommes pour se faire entendre au milieu du vacarme lui rappelèrent San Francisco.

C'était un endroit comme un autre pour commencer à poser des questions. Quelqu'un parmi les ouvriers saurait peut-être ce qu'était devenue Aimee Holton.

Ignorant sur qui il allait tomber, il ôta son casque mais garda ses lunettes de soleil. Il ne pouvait pas prendre le risque d'être reconnu.

Chelsea trouva une place de stationnement, et continua à pied. Son idée était d'engager la conversation dans les boutiques, et de trouver quelqu'un qui pourrait lui parler d'Aimee Holton.

Dans une petite ville, l'arrestation et la condamnation de Devin Holton avaient dû alimenter la rumeur pendant des mois. Quelqu'un saurait probablement ce qu'était devenue sa femme après qu'elle eut perdu sa maison.

De temps en temps, elle apercevait par hasard le reflet de son ventre dans une vitrine.

Jusqu'à aujourd'hui, elle n'avait pas encore pensé à se considérer comme une future maman, et cette prise de conscience l'emplissait d'un mélange de joie, d'impatience et d'inquiétude.

Et si sa mémoire ne revenait jamais ?

Elle pouvait se réhabituer à son ancienne vie, à sa famille et ses amis. Mais retrouverait-elle un jour le lien tissé avec eux ?

En tout cas, elle aurait pour point commun avec son bébé de voir le monde d'un œil neuf.

Par ailleurs, la perspective de perdre Adam la terrifiait. Mais cela ouvrait aussi la porte à de nouvelles interrogations. Se sentait-elle proche de lui parce qu'il était la seule personne qui lui était familière ? Les sentiments qu'elle croyait éprouver n'étaient-ils pas inspirés par la reconnaissance ? Elle l'avait accusé d'avoir peur, mais n'était-ce pas aussi son cas à elle ?

La première boutique où elle entra était un magasin de meubles. La vendeuse était tellement avide de lui vendre le fauteuil auquel elle avait fait mine de s'intéresser que toutes ses tentatives pour orienter la conversation échouèrent.

Elle se décida ensuite pour un magasin de vêtements. Pendant un moment, elle resta devant la vitrine, à admirer la robe rose sur le mannequin, tellement différente du jean et du T-shirt qu'elle portait.

Tout en se demandant ce que contenait sa garde-robe chez elle, comment elle avait l'habitude de s'habiller, elle entra.

Une robe semblable à celle de la vitrine semblait lui faire signe depuis le portant où elle était accrochée. Elle s'avança et toucha l'étoffe soyeuse, avant de décrocher le cintre pour mieux admirer l'audacieux décolleté plongeant.

Elle imaginait sans peine l'expression d'Adam si elle se présentait à lui avec une telle robe.

— Elle est belle, n'est pas ?

La voix de la vendeuse arracha Chelsea à sa rêverie.

— Très belle.

— Elle vous irait à merveille.

Elle regarda Chelsea de la tête aux pieds, et décrocha une autre robe du portant.

— Je crois que celle-ci est à votre taille. Vous voulez l'essayer ?

— Je ne peux pas.

La vendeuse sourit.

— C'est calme aujourd'hui. Je n'ai pas vu beaucoup de clientes. Et ça me ferait plaisir de voir cette robe sur une femme adulte, qui a suffisamment d'allure pour l'assumer.

Chelsea trouva son commentaire étrange, mais elle haussa les épaules.

— Pourquoi pas ?

Après l'avoir enfilée, elle observa son reflet dans le miroir, et fut en premier lieu surprise par ses cheveux roux. Puis elle prit le temps de détailler sa tenue.

Quelque chose lui disait qu'elle n'avait jamais porté une robe pareille. Mais elle devait admettre que la coupe mettait en valeur sa poitrine et ses hanches, lui donnant une silhouette plus sensuelle.

Elle écarta le rideau et affronta la vendeuse.

— Magnifique ! Elle est faite pour vous.

— Je suis enceinte.

C'était la première fois qu'elle le disait à quelque d'autre qu'Adam.

— Félicitations ! Je suppose que vous n'avez pas besoin d'une robe sexy.

— Pas vraiment. Mais c'était amusant de l'essayer. Cependant, je m'interroge sur votre commentaire. Vous savez, à propos de votre envie de voir cette robe sur une femme adulte.

— Quelqu'un d'autre a acheté cette robe ce matin. C'était un homme âgé avec sa petite fille. Elle ne devait pas avoir plus de quinze ans, et elle était mortifiée par son apparence. J'ai essayé de convaincre le type que la robe n'était pas faite pour elle, mais il a répondu qu'elle l'aimerait une fois qu'elle y serait habituée.

— Ça vous a vraiment dérangée, on dirait.

La vendeuse hocha la tête.

— L'expression de la jeune fille m'a choquée. Et j'ai trouvé l'attitude du grand-père déplacée. Un homme âgé ne devrait pas acheter de vêtements pour une jeune fille.

— N'est-ce pas difficile pour un homme, quel que soit son âge, de deviner les goûts d'une femme en matière de vêtements ?

— Sans doute. Mais n'importe qui aurait vu que la gamine était gênée de porter quelque chose d'aussi révélateur. Elle avait envie de disparaître sous terre.

Elle se ressaisit et soupira.

— J'ai une fille de treize ans. Je suppose que je suis un peu trop sensible à ce genre de choses, et que j'ai tendance à voir le mal partout. Et maintenant, dites-moi ce que vous cherchez.

Chelsea décida de ne pas mentir.

— Connaissez-vous Aimee Holton ?

— Pas vraiment. Elle est venue ici une fois, a critiqué le peu de choix que nous avions, et elle est ressortie sans rien acheter.

La vendeuse plissa le front, l'air vaguement réprobateur.

— Pourquoi posez-vous la question ?

— Je suis cuisinière, et je pensais lui proposer mes services.

— Ça tombe bien, j'ai entendu dire que son chef avait démissionné.

— Vraiment ?

La clochette au-dessus de la porte tinta, et une femme entra. La vendeuse s'adressa à elle en espagnol.

— Bonjour. Je suis à vous tout de suite.

— Prenez votre temps, répondit la cliente.

Chelsea faillit en rester bouche bée. Elle avait tout compris. Apparemment, elle parlait espagnol.

— Mme Holton a un compte chez le traiteur en face, poursuivit la vendeuse. Et les filles qui tiennent la boutique aiment bien cancaner. Elles m'ont dit que Mme Holton voulait les engager pour une réception qui doit se tenir dans deux jours, vendredi soir, mais elles ont décliné, en prétendant qu'elles avaient un autre engagement.

La vendeuse eut une petite moue perplexe.

— Vous pouvez en déduire tout ce que vous voulez.

12

Adam n'avait pas fait trois pas que la porte du préfabriqué s'ouvrit. Un homme d'une quarantaine d'années en sortit, avec des dossiers sous le bras. Il descendit deux marches, avant de s'adresser à Adam.

— Si vous venez pour le poste d'électricien, il faut vous adresser à l'homme là-bas.

Adam regarda dans la direction indiquée et découvrit un homme aux yeux d'un bleu perçant, et aux bras couverts de tatouages colorés.

— Je ne viens pas pour un emploi, répondit-il. Je connaissais une famille qui vivait ici.

L'homme aux dossiers secoua la tête.

— J'ai été délégué par mon cabinet d'architecture au Nouveau-Mexique. Je ne connais personne dans la région.

L'autre homme s'approcha et se présenta.

— Diego Diaz.

Adam se présenta sous le nom de Frank Mason, et expliqua qu'il aurait voulu des nouvelles des anciens propriétaires.

— Les gens qui ont construit la petite ferme, de l'autre côté de la propriété, s'appelaient Mendoza, expliqua aimablement Diaz

— Alors, j'ai dû me tromper d'endroit, répondit Adam.

Il regarda autour de lui.

— La maison que vous construisez a l'air immense.

— Six cent cinquante mètres carrés, répondit Diaz avant de s'adresser à l'architecte : Vous allez en ville ?

— Oui, je vais travailler sur les modifications, et je fais le point avec vous lundi.

— Merci.

— Les propriétaires ont changé d'avis ? demanda innocemment Adam.

— C'est presque toujours le cas, non ?

— Ne m'en parlez pas. Ça s'est produit sur tous les chantiers où j'ai travaillé.

Diaz parut intéressé

— Vous travaillez dans la construction ? Vous venez pour le poste d'électricien ?

— Quand je me suis lassé d'être flic, j'ai travaillé sur des chantiers, dans le Nord. Mais, l'électricité, ce n'est pas pareil que de monter des cloisons sèches ou de poser du carrelage.

— C'est sûr. Vous êtes du coin ?

— De passage. En vacances, pour ainsi dire.

— Vous avez de la chance.

— Pas tant que ça. Je suis plutôt fauché, et je travaille quelques jours ici et là, avant de changer d'endroit.

— C'est plutôt cool. Moi, j'ai une femme enceinte et deux gosses à la maison. Et je ne vous parle pas de ma cliente qui change d'avis tous les jours. Là, elle veut un réfrigérateur professionnel qui va prendre les deux tiers du mur, ce qui veut dire qu'il faut déplacer la zone de cuisson, et refaire tous les câblages. La semaine derrière, c'était un puits de lumière dans le hall.

Il soupira.

— On ne sait jamais sur quel pied danser avec Aimee.

Aimee vivait toujours là ? Comment était-ce possible ? Et avec quel argent faisait-elle construire cette maison ? Tous les avoirs de Devin Holton auraient dû être saisis. Ou *a minima* gelés.

Tandis qu'Adam exprimait sa compréhension, il remarqua que Diaz l'observait attentivement.

— Dites-moi, Frank, que diriez-vous d'un job de quelques jours ? Je vous demande ça parce que vous avez été flic, et ça pourrait être dans vos cordes.

— Qu'avez-vous en tête ?

— Je cherche une sorte de vigile, ou de gardien de nuit.

— On vous a volé du matériel ?

— Il s'agit plutôt de vandalisme. Des insultes taguées sur les murs, quelques détériorations… Ça peut se comprendre, vu ce qu'a fait Devin Holton, mais sa femme n'y est pour rien. On nettoie tout à chaque fois, pour ne pas qu'elle s'en rende compte, mais ça prend du temps. Et, comme on dit, le temps c'est de l'argent.

— Je vous comprends !

— Je pense qu'il s'agit de quelques ados, mais j'ai besoin d'en être sûr avant de les accuser. Sinon, le shérif va me rire au nez.

— Pourquoi ne pas tout simplement mettre quelqu'un dans la guérite de l'entrée ?

— Aimee ne veut pas qu'on surveille la route. Allez savoir pourquoi. Mais, il y a un mobil-home équipé sur le chantier, où vous pourriez vous installer. Ce n'est pas le grand luxe…

— Les motels que je fréquente non plus. Par contre, je n'ai pas envie d'avoir affaire aux autorités. S'il faut témoigner, je préfère décliner votre proposition.

— Vous n'aurez qu'à récolter quelques preuves qui ne demandent pas de contribution personnelle.

— Du genre ?

— Vous trouverez bien. Vous êtes costaud, avec un air… disons, impressionnant. Je vous fais confiance.

— Je vais faire un essai. Si je pense que c'est impossible, je vous le dirai pour que vous puissiez engager quelqu'un d'autre.

Diaz lui tendit la main.

— Marché conclu.

Après une heure de visite du chantier, Adam mit son casque et enfourcha sa moto.

Il avait un travail.

Le seul souci était son apparence. Si Dennis l'avait reconnu facilement, ce serait peut-être aussi le cas d'Aimee. Après tout, ils avaient passé six mois en étroite compagnie, tandis qu'il travaillait pour son mari.

Il devait aussi penser à Chelsea. S'il passait ses nuits ici, ça voudrait dire qu'elle serait seule en ville et vulnérable.

Après un dernier virage, il vit apparaître la route principale au bout du chemin.

À sa grande surprise, une camionnette verte truffée d'autocollants franchissait la grille.

Qu'est-ce que Chelsea fichait ici ? Y avait-il eu un problème en ville ?

Il s'arrêta, en supposant qu'elle ferait de même. Mais elle passa devant lui, avec un simple signe de la main pour signaler qu'elle avait remarqué sa présence.

Il tourna la tête et la regarda continuer vers la maison principale, en luttant contre l'envie de la suivre.

De retour en ville, Chelsea trouva une place à l'ombre d'un palmier.

La moto d'Adam était garée de l'autre côté de la rue, à proximité du food-truck. Il était assis sur un banc, un peu plus loin, mais se leva en la voyant arriver, et traversa la rue à petites foulées.

— Qu'est-ce que tu fichais chez les Holton ? demanda-t-il, avant même qu'elle ait eu le temps de refermer la portière. Pourquoi tu ne t'es pas arrêtée pour me parler ?

Elle secoua la tête.

— Mais qu'est-ce que tu es stressé ! Tu te souviens de ce que je t'ai dit hier, sur la nécessité de me traiter en adulte ?

Il soupira.

— Oui, je m'en souviens. Je suis désolé.

Elle lui sourit.

— Je ne me suis pas arrêtée, parce que j'ignorais si la route était surveillée, et je ne voulais pas qu'on sache que nous nous connaissions.

Elle observa une pause, pour bien marquer son effet.

— J'ai décroché un emploi.

Adam écarquilla les yeux.

— Quel genre ?

— Je suis la nouvelle cuisinière d'Aimee Holton. Et la première chose qu'elle m'a confiée, c'est qu'elle a prévu d'aller rendre visite à son mari dans une semaine.

— Donc, elle continue à s'accrocher à lui. Elle a dit pourquoi elle allait le voir ?

— Pour faire le point. Elle n'a pas expliqué sur quoi.

— Intéressant. Et pourquoi voulais-tu travailler pour elle ?

— N'est-ce pas évident ? Je serai dans la maison. Je pourrai découvrir si elle t'en veut. Je verrai à quoi elle fonctionne.

— Mon cœur, j'ai été son garde du corps pendant six mois. Elle fonctionne à l'argent. Point final.

— Mais ça fait longtemps que tu ne l'as pas vue.

— Exact. La dernière fois, c'était au procès, où elle a fait un véritable défilé de mode dans des tenues hors de prix, en clamant l'innocence de son mari. Avec des sanglots dans la voix, elle a dit qu'il était un pilier de la communauté, et un époux irréprochable. Le jury n'a pas été dupe, et il ne leur a fallu que deux heures pour parvenir à un verdict de culpabilité.

— Elle a peut-être changé. Par ailleurs, j'ai l'impression qu'elle a un nouveau petit ami.

— Qu'est-ce qui t'a donné cette impression ?

— Elle a pris un appel pendant que je lui préparais un sandwich. Il était évident qu'elle parlait à un homme. Elle est devenue toute charmeuse. Elle gloussait et battait des cils. Je crois qu'il s'appelle Tom.

— Tom Nolan ?

— Elle n'a pas dit son nom de famille. Qui est Tom Nolan ?

— Un des courtisans de son mari. Le procureur pensait qu'il était impliqué dans certaines de ses affaires, mais il n'y avait pas de preuves contre lui. Le type est marié, toutefois.

— Ça n'empêche rien. Aimee est bien mariée, elle aussi.

— Exact. Dis-moi comment cet emploi s'est présenté ?

Elle lui raconta sa discussion avec la vendeuse de vêtements, et le refus du traiteur de travailler pour elle.

— Je me demande si nous pourrions nous procurer une liste des invités, considéra Adam.

— Je peux essayer.

— Bien. Mais, au fait, Aimee n'a pas voulu voir un document d'identité ?

— Non. Je lui ai dit qu'on m'avait volé mon sac, et elle a haussé les épaules, en disant qu'elle payait toujours son personnel en espèces, et que ça n'avait pas d'importance. Je n'ai pas l'impression qu'elle se soucie vraiment des lois.

— Je crois qu'elle a été à bonne école avec son mari.

— Sans doute. Et toi, comment s'est passé ton après-midi ?

— Crois-le ou non, j'ai aussi trouvé un travail. Il s'agit d'une mission plus ou moins secrète pour l'entrepreneur qui construit la nouvelle maison. Mais il y a une condition...

— Je t'écoute.

— Il va falloir que je dorme sur place, et tu vas te retrouver toute seule. Du coup, j'ai pensé que tu pourrais t'installer chez Whip.

— Je ne le connais même pas. De toute façon, Aimee m'a proposé une chambre et j'ai accepté.

— Donc, ça nous laisse jusqu'à vendredi pour découvrir si quelqu'un au domaine est impliqué dans la vendetta de Holton. Ensuite, il faudra chercher ailleurs.

— Où ?

— Chaque chose en son temps, d'accord ?

Il lui caressa la joue, laissant courir les doigts sur ses lèvres.

— Étant donné que nous serons tous les deux là-bas cette nuit, on pourrait peut-être se fixer un rendez-vous clandestin.

Elle baissa la tête et fixa ses mains.

Adam lui souleva le menton et l'embrassa.

Elle s'exhorta à garder la tête froide, et à ne pas céder au cocon de sensualité dont il l'enveloppait. Mais pas à cause de lui. À cause d'elle. Parce qu'elle n'avait pas confiance en ses propres sentiments et motivations.

— Mon amour, murmura-t-il contre sa joue, lui effleurant l'oreille du bout des doigts, avant de l'embrasser à nouveau.

À l'évidence, il n'avait pas le même genre de réserve qu'elle à propos de leur intimité. Mais ce n'était pas lui qui avait été abandonné, et induit en erreur.

Et elle n'avait pas besoin de retrouver la mémoire pour savoir à quel point cela avait dû la faire souffrir.

Il la tint contre lui une minute de plus, les bras puissants, l'étreinte sûre, et en dépit de ses résolutions elle ne put s'empêcher de songer à la nuit où ils avaient fait l'amour, comme cela lui avait semblé juste, familier et excitant.

— Cet endroit devient le dernier salon où l'on cause, dit-il soudain.

Surprise par son commentaire, elle se redressa.

— Quoi ?

— Le *food-truck*. C'est Whip qui traverse la pelouse, là-bas. Qu'est-ce qu'il fiche ici ?

— Il n'y a qu'à aller voir, proposa Chelsea, en tournant la tête pour découvrir le protecteur d'Adam.

Elle vit un homme entre cinquante-cinq et soixante ans, les cheveux grisonnants, le visage bronzé, la silhouette athlétique dans un léger costume de lin beige.

— J'ai envie de le rencontrer, dit-elle.

Adam capitula.

— Autant que ce soit fait maintenant.

Ils traversèrent la rue.

— Il ne sait pas que je suis en Arizona, expliqua Adam, tandis qu'ils arrivaient sur le trottoir d'en face. Il risque d'être un peu cassant avec moi.

— Pourquoi ?

— Il pense que c'est dangereux pour moi d'être ici.

Chelsea lui adressa un regard en coin.

— C'est le cas, non ?

— Je suppose. Surtout si tout le monde débarque devant le food-truck.

Comme si son instinct de policier l'avait averti de leur arrivée, Whip se retourna. Son expression passa de la curiosité à la surprise quand il les vit.

Il quitta immédiatement la file d'attente, et se dirigea vers Adam, la main tendue.

— Adam ? dit-il, comme s'il n'en croyait pas ses yeux. Qu'est-ce que tu fais là ? Je croyais que tu devais aller chez Bill Pierce, avant-hier.

Adam fit les présentations, avant de répondre.

— Nous sommes tombés dans une embuscade. Les tueurs devaient avoir l'intention de faire croire à une immense explosion accidentelle dans un dépôt de munitions privées, en faisant porter le chapeau aux survivalistes. Mais ça n'a pas été bien pensé, et ils ont échoué.

— Est-ce que quelqu'un a été blessé ?

— La femme de Bill. Par contre, les tueurs ne s'en sont pas sortis.

— Quels idiots ! Mais je n'ai entendu parler de rien.

— Et ça restera confidentiel ! déclara Adam, d'un ton ferme.

Il observa Whip.

— Et toi, comment vas-tu ? Comment se fait-il que tu ne sois pas en uniforme ?

— J'ai rendez-vous cet après-midi dans un de ces immeubles, dit-il, avec un geste vague de la main derrière lui. Je viens régulièrement en ville.

Il baissa la voix.

— Je pensais que tu serais en Floride, à l'heure qu'il est.

— Nous y allons. Je voulais juste montrer l'Arizona à Chelsea avant de partir.

Première nouvelle, songea l'intéressée.

Whip secoua la tête.

— Tu es aussi irresponsable que l'était ton père.

Adam ignora la remarque.

— Tu as appris quelque chose au sujet de Ron Ballard ?

— Le marshal ? Pas grand-chose. La rumeur dit qu'il déteste son travail. Le genre de type jamais satisfait, tu vois. Pour moi, ça en fait quelqu'un de potentiellement dangereux.

— Mouais... On peut imaginer qu'il se laisserait facilement convaincre de passer à l'ennemi.

— Exactement. Mais le plus inquiétant, c'est que, d'après mon contact, le type a disparu de Californie depuis une semaine.

— Merde !

— Tu sais, depuis que tu m'as parlé de tes doutes, j'ai un peu réfléchi. Ballard sait d'où tu viens, qui sont tes amis... Tout. Si c'est lui qui te poursuit, il va forcément venir fouiner par ici. Et il doit connaître un certain nombre de tueurs à gages prêts à t'éliminer pour quelques billets.

Il secoua la tête.

— Tu as ouvert la boîte de Pandore en quittant le programme de protection des témoins.

— Ils n'étaient pas capables de me protéger. Alors, je m'en suis occupé tout seul.

— À quel prix, dit Whip, avec un regard en biais vers Chelsea.

Adam fixa le sol.

— Tu crois que je ne le sais pas.

Chelsea lui prit la main et la pressa fort.

— Quoi qu'il en soit, Ballard n'a aucune raison de m'en vouloir personnellement. Tout ce qu'il a fait, c'est me prendre de haut et me faire la leçon. Et aussi, ne pas voir le danger venir. Malheureusement pour moi.

— Tu ne vois pas plus loin que le bout de ton nez. S'il a révélé ta nouvelle identité, intentionnellement ou non, et qu'il risque maintenant de perdre son travail, il pourrait vouloir régler le problème une bonne fois pour toutes.

Le silence s'éternisa, et Whip secoua la tête.

— Écoute, fiston, je sais que je suis brutal, mais je m'inquiète pour toi.

— Mouais...

Chelsea essaya de briser la tension, en changeant de sujet.

— Nous avons appris qu'Aimee Holton vivait toujours ici

Whip fronça les sourcils.

— Aimee Holton ? Pourquoi vous intéressez-vous à elle ?

— Tout ce qui concerne Holton nous intéresse, répondit Adam. Je pensais que le gouvernement avait confisqué tous ses biens.

— Tout ce que je sais, c'est que le père d'Aimee possède plusieurs concessions automobiles dans l'Est. Il a beaucoup d'argent. Le domaine lui appartient. J'imagine qu'à sa mort il reviendra à Aimee.

Whip donna une petite tape dans le dos d'Adam, accompagnée d'un clin d'œil.

— Finalement, tu lui as rendu service, en la débarrassant de son mari.

Il redevint sérieux.

— Tu ne m'as pas dit si quelqu'un était au courant de ta présence ici.

— Juste un vieil ami.

— Les amis, ça parle.

Adam haussa les épaules.

— De toute façon, il est temps de mettre un terme à tout ça.

Whip parut finalement se résigner à la décision d'Adam.

— Puisque tu ne veux pas m'écouter, laisse-moi au moins t'aider.

— Je crois que c'est mieux si tu ne le fais pas. Je n'ai pas envie que tu sois impliqué dans ce désastre.

— Je ne suis pas le genre d'homme à me défiler, marmonna Whip, tu le sais.

— S'il te plaît, insista Adam.

Whip glissa de nouveau un coup d'œil à Chelsea.

— J'aurais vraiment préféré que vous restiez loin d'ici. J'ai un mauvais pressentiment.

— N'insiste pas.

— Très bien. Mais souviens-toi que je suis là, si tu as besoin de renforts. Tu peux toujours compter sur moi. Tout ce que je veux, c'est ta sécurité.

— Je sais. Merci.

Adam prit la main de Chelsea.

— Nous ferions mieux d'y aller, maintenant.

Ils n'étaient plus qu'à quelques pas de la camionnette, lorsque Chelsea posa une question qui la taraudait depuis quelques minutes.

— Pourquoi lui as-tu dit que tu voulais me faire découvrir l'Arizona. Tu n'as pas confiance en lui ?

— Je mettrais ma vie entre ses mains. Mais, comme tu l'as vu, il est surprotecteur. C'est pour ça que j'ai préféré ne pas lui révéler la véritable raison de ma présence ici.

Il plongea les yeux dans ceux de Chelsea.

— Je suis persuadé que les réponses se trouvent là-bas, au domaine Holton.

Elle soupira.

— Eh bien, il n'y a qu'une seule façon de le savoir.

13

Une jeune femme aux cheveux noirs tirés en queue-de-cheval ouvrit la porte. Puis, d'un signe de main, indiqua à Chelsea qu'elle pouvait entrer.

— Je suis Daisy Hanks, la nouvelle cuisinière. Mme Holton m'attend.

— Maria, dit la jeune femme.

Puis elle ajouta en espagnol, tout en faisant de grands moulinets de bras :

— Suivez-moi.

Chelsea se retrouva dans une vaste cuisine, où une adolescente se tenait devant l'évier, dos à la porte. Son jean et son T-shirt étaient de bonne qualité, mais trop amples pour sa frêle silhouette.

— Par ici, dit Maria, toujours en espagnol.

Passant devant une lingerie et une petite salle de bains, elles se retrouvèrent dans une pièce carrée, dotée d'une fenêtre située haut dans le mur et équipée de barreaux.

— Vous dormir, dit Maria, en mauvais anglais.

Elle désigna le lit.

Chelsea comprit qu'il s'agissait de sa chambre.

— Merci, dit-elle.

Un klaxon fit sursauter les deux femmes.

— Mon amie, dit Maria, avec un grand sourire.

Elle fit un signe de tête à Chelsea, et partit en courant.

Un instant après, Chelsea entendit une porte claquer à proximité.

Se hissant sur la pointe des pieds, elle vit Maria monter dans une berline conduite par une femme. La voiture s'éloigna aussitôt.

Il fallut moins de cinq minutes à Chelsea pour défaire son bagage et disposer ses affaires de toilette dans la salle de bains.

Elle retourna alors dans sa chambre, s'assit sur le lit, et comprit qu'Adam lui manquait.

Il était temps de faire diversion à ses pensées.

Elle se rendit à la cuisine, espérant y trouver Aimee.

Si elle avait accepté cet emploi, c'était pour avoir la possibilité de fouiner partout, mais elle avait hâte aussi de joindre l'utile à l'agréable et de se mettre à cuisiner.

L'adolescente était toujours dans la cuisine, en train de laver ce que Chelsea put maintenant identifier comme des verres en cristal.

— Bonjour, dit-elle.

L'adolescente tourna vers elle un regard brun chargé d'anxiété.

La présence incongrue d'un hématome sur sa joue entachait l'incroyable beauté de son visage à la peau mate.

— Tu veux que je les essuie pour toi ? proposa Chelsea.

L'adolescente ne réagit pas.

Chelsea prit un torchon, et l'agita devant elle.

Toujours indifférente, l'adolescente se retourna vers l'évier.

Après s'être assurée qu'elles étaient seules, Chelsea lui tapota l'épaule pour avoir son attention.

— Je m'appelle Daisy, dit-elle en espagnol.

C'était la première fois qu'elle utilisait cette langue, depuis qu'elle avait découvert qu'elle la comprenait, et il lui semblait qu'elle ne s'exprimait pas trop mal.

En revanche, elle avait prétendu qu'elle ne parlait ni ne comprenait l'espagnol quand Aimee lui avait posé la question, pressentant que ce secret pourrait lui être utile.

Ce devait être son côté James Bond.

L'adolescente resta longtemps silencieuse.

— Mariana, finit-elle par murmurer.

— Mariana, répéta doucement Chelsea.

Elle toucha sa propre joue, et ajouta, toujours en espagnol :

— Quelqu'un t'a frappée ?

L'adolescente porta sa main mouillée à son visage et hocha la tête.

— Qui ?

Mariana ouvrit la bouche, puis tourna rapidement la tête et se remit au travail, juste au moment où Aimee entrait dans la pièce.

— Ne perdez pas votre temps avec elle, dit la maîtresse des lieux. Elle ne comprend pas l'anglais et, en plus, elle a un caractère épouvantable.

— Comment faites-vous pour communiquer vos souhaits ?

Aimee répondit à cette question en s'adressant en espagnol à Mariana, avec un débit de mitraillette, et une intonation colérique.

L'adolescente rinça le verre qu'elle avait fini de laver et le posa trop brutalement sur un torchon plié. Il en heurta un autre, qui se renversa et créa un effet domino.

Chelsea se précipita pour empêcher les verres de tomber par terre, mais c'était déjà trop tard.

Horrifiée, Mariana porta les mains à son visage.

Chelsea s'attendit qu'Aimee explose de colère, mais elle fit pire.

— Hors d'ici, dit-elle, d'une voix glaciale, mais chargé d'une haine infinie.

Remontant d'une main son jean autour de la taille, et se frottant les yeux de l'autre, Mariana quitta la cuisine en courant.

— Daisy, ne restez pas plantée là, dit Aimee. Nettoyez-moi ce désastre. J'ai un coup de fil à passer.

Lorsque Aimee revint, les débris de verre avaient disparu, et Chelsea avait lavé et essuyé la dizaine de verres qui restaient.

— Vous avez déjà vu une idiote pareille ? dit Aimee, en s'asseyant.

— Je crois qu'elle a été frappée. Elle a une marque au visage, et semblait effrayée.

— Vous m'en direz tant ! Quelqu'un a dû perdre patience, et je peux le comprendre.

— Mais frapper une enfant, quand même...

— Je ne supporte pas les personnes qui se mêlent de tout ! déclara Aimee, d'un ton sans appel. Et maintenant, je prendrais bien un thé glacé.

Chelsea trouva un pichet dans le réfrigérateur, et servit Aimee.

— J'ai vu qu'une autre maison se construisait à côté, dit-elle, sur le ton de la conversation. Vous allez avoir des voisins ?

— C'est ma nouvelle maison. Celle-ci est trop petite et trop datée. Et surtout, elle me rappelle Devin. C'était mon mari.

— Oh ! vous êtes divorcée ?

— Non. Il a été piégé et envoyé à tort en prison.

Chelsea se fit bienveillante.

— Oh ! je comprends ! Cette maison doit vous rappeler de mauvais souvenirs.

— Je vais faire détruire cet endroit, et installer un court de tennis à la place, déclara Aimee. Je me plais beaucoup ici. Tout le monde pense que c'est Devin qui a voulu s'installer dans la région. Mais en réalité c'est moi.

— Vous devez beaucoup en vouloir aux personnes qui ont fait condamner votre mari.

— Vous savez de quoi on l'a accusé ?

Chelsea mentit avec aplomb.

— Non.

— Vous l'apprendrez bien assez tôt. Les gens adorent cancaner.

— À votre place, j'aurais envie de me venger de ceux qui l'ont accusé, ou qui ont témoigné contre lui.

— Le responsable, c'est mon ancien garde du corps. Un vrai canon, celui-là. Mais coincé à un point... Vous n'imaginez pas le nombre de fois où je me suis promenée presque nue devant lui, et il n'a jamais rien tenté.

Elle soupira, presque nostalgique, avant de se ressaisir.

— Vous n'avez pas quelque chose à faire ?

Tout chez cette femme exaspérait Chelsea. Son arrogance, son hypocrisie, son absence totale de compassion et d'humanité...

— Si madame, murmura Chelsea, en attrapant une éponge pour nettoyer un plan de travail.

Si Aimee avait remarqué le sarcasme de Chelsea, elle n'en laissa rien paraître.

Tout en sirotant son thé glacé, elle tapotait le plateau de la table de ses longs ongles recouverts d'un vernis prune.

Contrastant avec l'ensemble short beige et blouse sans manches en lin ivoire, qu'elle portait dans l'après-midi, elle était à présent vêtue d'une combinaison pantalon en satin blanc, resserrée à la taille par une large ceinture en cuir fauve. Des sandales dorées lui rajoutaient douze centimètres, tandis que ses cheveux bruns méchés d'acajou, empilés sur le haut de sa tête en un savant désordre, la faisaient paraître encore plus grande. Âgée d'une trentaine d'années, c'était indéniablement une jolie femme.

— Au fait, dit Chelsea, comme je n'ai que peu de temps pour élaborer un menu et faire des courses, j'aurais besoin de détails sur votre soirée.

— Ma quoi ?

— Votre soirée. Votre réception.

— Quels détails ?

— Par exemple qui est invité.

— Mes amis aiment la discrétion.

— Certainement, mais je dois avoir une idée des quantités, et connaître les éventuelles allergies des uns et des autres.

Aimee balaya le sujet d'un geste agacé de la main.

— Nous parlerons de ça demain. En attendant, j'ai un service à vous demander. J'ai un rendez-vous d'affaires demain au petit déjeuner. Maria est nulle en cuisine. Je compte sur vous pour servir le café dans le jardin d'hiver à 6 h 30, suivi du petit déjeuner à 7 heures.

— Bien. Quelles sont vos préférences ?

— Oh ! j'aime tout. Œufs pochés, saumon fumé, pancakes, salade de fruits... Enfin, vous voyez.

Tandis que Chelsea hochait la tête, le téléphone d'Aimée sonna. Elle le sortit de sa poche, consulta l'écran et répondit :

— Il était temps, dit-elle, en quittant la pièce. Où es-tu ?

Chelsea envisagea d'écouter aux portes, mais abandonna l'idée. À la place, elle sortit sur une petite terrasse couverte.

Une porte fermée sur sa gauche invitait à l'investigation, et Chelsea l'ouvrit avec précaution. Aussitôt, des capteurs activèrent des lampes basse consommation dessinant un chemin qui menait à un vaste patio.

Plusieurs pièces de la maison bordaient le patio. L'une d'elles était fortement éclairée, ce qui attira l'attention de Chelsea.

Elle vit Aimee perchée sur le coin d'un bureau, dans un décor indéniablement masculin. L'ancien bureau de son mari ? Probablement. Elle était toujours au téléphone.

Le chemin formait une courbe autour d'un grand barbecue maçonné, aux allures de four à pain à l'ancienne, et menait ensuite à une superbe piscine à débordement.

Elle longea la piscine et franchit une autre porte.

L'envers du décor était nettement moins séduisant. C'était la partie technique de la propriété, là où les poubelles et le matériel de jardin étaient stockés.

D'un bâtiment en parpaing sans charme s'élevait une appétissante odeur de chili con carne, portée par la brise. Des vêtements féminins séchaient sur un étendoir.

Puisque la porte était ouverte, Chelsea jeta un coup d'œil à l'intérieur, pour voir si Mariana y était. Mais elle ne vit qu'une femme en train de s'éventer avec un magazine.

Elle continua à marcher, jusqu'à ce que le chemin se sépare en deux. À gauche, il menait à de vieux bâtiments. À droite il débouchait sur un promontoire surplombant un ravin.

Le vent se leva tandis qu'elle approchait du garde-fou empêchant les promeneurs de s'approcher trop près du bord. Elle s'y accota et posa la main sur son ventre, tandis que ses cheveux courts voletaient agréablement autour de son visage.

Elle se retourna pour contempler la vallée et les lumières de la ville au loin.

— Je pensais bien que je te trouverais ici, dit un homme.

Reconnaissant la voix, elle sourit et pivota sur ses talons.

Adam posa les mains sur ses épaules, s'inclina, et déposa un baiser sur le dessus de sa tête.

— Tu n'es pas supposé traquer de jeunes délinquants ? demanda-t-elle, d'un ton ironique.

— Il est encore trop tôt. Et toi, tu n'es pas supposée cuisiner des trucs ?

Elle l'imita.

— Il est encore trop tôt.

Elle redevint sérieuse.

— Pour le moment, tout ce que j'ai réussi à accomplir, c'est faire renvoyer une jeune fille.

— Comment cela ? demanda Adam, en l'attirant dans ses bras.

Elle lui raconta la mésaventure dans la cuisine.

— Mariana avait une marque de coup sur la joue. Tu crois qu'Aimee serait capable de la frapper ?

— Aimee est impétueuse, autocentrée et impatiente. Donc, oui, il est possible qu'elle ait perdu son calme. Et cette réception ? Comment ça se présente ?

— Elle n'a pas voulu me donner la liste des invités. Il paraît qu'ils aiment la discrétion. Et pourquoi ceux qui travaillent dans cette maison ne parlent pas notre langue ?

— C'est peut-être un choix délibéré de son mari, pour éviter que ses secrets soient divulgués. Et comme Aimee est parfaitement bilingue, ce n'est pas un problème pour elle. As-tu découvert que toi aussi tu parles espagnol ?

— Oui, mais Aimee parle trop vite pour moi. J'ai du mal à comprendre ce qu'elle dit.

— Où est-elle, en ce moment ?

— Aimee ? À l'intérieur. Elle est toute pomponnée comme si elle allait sortir. Mais la dernière fois que je l'ai vue, elle parlait au téléphone.

— Avec qui ?

— Je n'en ai pas la moindre idée.

— Bon sang ! nous n'avons rien du tout !

— Eh bien, elle a mentionné un rendez-vous demain à 6 h 30.

— Avec qui ?

— Un associé en affaires.

— Quel genre ?

— Je n'en sais rien.

Adam jura entre ses dents.

— Diego m'a dit qu'Aimee était en retard dans le paiement du salaire de son équipe. Je me demande pourquoi.

— Je ne connais Aimee que depuis quelques heures, mais je crois pouvoir dire que c'est fait délibérément pour asseoir son pouvoir sur eux. Elle aime l'autorité.

— Je sais.

Adam laissa passer un silence, avant de reprendre.

— J'aimerais bien savoir si Tom Nolan est son amant. Je n'ai jamais rien remarqué entre eux quand Holton était là. Mais c'est le genre de type d'âge mûr, à la séduction un peu mielleuse qui pourrait lui plaire.

— À quoi ressemble-t-il ?

— La cinquantaine, un catogan grisonnant, et un diamant à l'oreille gauche. Tu le reconnaîtras quand tu le verras.

— Tu as dit que c'était un proche de Holton. Tu crois qu'il pourrait continuer à obéir à ses ordres ?

— En orchestrant ces attaques contre moi ? J'y ai pensé aussi, et ça me paraît tout à fait possible. Mais parlons de choses plus agréables...

Il resserra l'étreinte de ses bras autour d'elle et, d'un geste instinctif, elle se laissa aller contre son torse.

La journée avait été longue, et il était la seule réalité dans sa vie. C'était merveilleux d'être dans ses bras et, quand il l'embrassa, elle ne le repoussa pas.

— Et si je te faisais visiter mon nouveau chez moi au clair de lune ? proposa-t-il.

Elle aurait été hypocrite de dire qu'elle n'avait pas envie de lui. Mais « vouloir » et « faire » étaient deux choses différentes.

Et si elle cédait maintenant, elle savait qu'elle ne pourrait pas tenir la promesse qu'elle s'était faite d'attendre d'avoir retrouvé la mémoire pour s'engager dans une vraie relation avec lui.

Ça lui prit une seconde, mais elle finit par poser les mains à plat sur son torse pour le repousser.

— Nous devons arrêter, murmura-t-elle.

— Chelsea, je t'aime. Tu le sais.

Elle hocha la tête. Mais elle savait qu'il avait dû prononcer ces mots quand il lui avait demandé de l'épouser. Le lendemain, il avait disparu sans une explication.

Alors, que signifiait vraiment l'amour ?

— Je ferais n'importe quoi pour toi.

— Je sais. Mais j'ai besoin de temps, je te l'ai dit.

Avec un soupir, il se tourna vers la vallée.

L'instant d'après, il sortait son téléphone de sa poche.

— Je dois passer un appel. Retourne à la maison. On se voit demain.

Elle observa à son tour la vallée.

— C'est quoi ce halo orange près de l'autoroute ? Un incendie ?

Il hocha la tête, tout en parlant au téléphone.

— Regarde la vitesse à laquelle il se propage, remarqua-t-elle, partagée entre fascination et anxiété.

Poussées par le vent, les flammes remontaient depuis l'autoroute jusqu'à l'intérieur des terres, à une vitesse inimaginable.

Chelsea toucha le bras d'Adam.

— J'entends des sirènes.

— Moi aussi. Ils m'ont mis en attente. Toute la vallée est sans doute en train de le signaler.

— Tu sais ce qui brûle ?

— En venant ici cet après-midi, je suis passé devant un champ complètement sec. Si c'est bien là, il y a une vieille grange abandonnée. Mais il y a aussi quelques maisons un peu plus loin, et beaucoup d'arbres.

Ils se turent tandis que les sirènes s'amplifiaient, et que des gyrophares apparaissaient sur l'autoroute.

Chelsea perçut un son derrière eux, et se tourna pour regarder vers la maison.

Même à cette distance, elle pouvait discerner la silhouette

d'Aimee, illuminée par les lampes extérieures, qui se précipitait vers le garage, à l'intérieur duquel elle disparut.

Un moment après, un moteur démarra, et elle fila vers la route.

— Aimee vient de partir, dit-elle.

Adam se retourna.

— Je me demande où elle va.

— Peut-être retrouver son petit ami.

— En conduisant elle-même. D'habitude, c'est Miguel qui prend le volant.

— Qui est Miguel ?

— Il travaille ici. En tout cas, il y travaillait à mon époque. Aimee va être coincée dans la circulation si elle se dirige vers Hard Rock.

Il jura, avant d'ajouter.

— J'aurais dû être prêt à la suivre, pour savoir où elle va et qui elle rencontre.

Il regarda Chelsea, et lui sourit avec tendresse.

— Je me suis laissé distraire.

— Je n'y suis pour rien, protesta-t-elle, amusée. C'est toi qui as commencé.

Il lui embrassa le front.

— Ne t'inquiète pas. Je sais qui est le responsable. Mais, crois-moi, la prochaine fois qu'elle quitte le domaine toute seule, je serai juste derrière elle.

Comme les sirènes s'intensifiaient, ils se retournèrent pour regarder le feu, qui avait doublé d'intensité, et semblait maintenant enflammer le ciel.

Sur l'autoroute, la circulation était à l'arrêt. Seules roulaient les voitures de police, dont la lumière bleue des gyrophares pulsait dans la nuit.

Quelques silhouettes humaines, illuminées par les flammes, apparaissaient aux confins carbonisés du champ.

Enfin, les camions de pompiers arrivèrent sur place.

Chelsea frissonna, et des larmes silencieuses commencèrent à rouler sur ses joues.

Adam passa un bras autour de ses épaules.

— Tu as peur ?

— Pas pour moi. Mais tous ces gens en bas sont si vulnérables…

— Je sais.

Adam savait que de sombres souvenirs provoquaient ces larmes, même si Chelsea l'ignorait.

Était-il possible que la vue de l'incendie ait réveillé quelque chose en elle ?

Était-ce le signe que d'autres souvenirs, plus plaisants ceux-là, allaient commencer à revenir ?

— Nous avons échappé à la mort au moins trois fois au cours des cinq derniers jours, dit-elle, tandis qu'elle prenait appui contre lui.

Ils regardèrent des ambulances retourner en ville, sur fond de sirènes.

— J'espère que les victimes auront autant de chances que nous, dit Chelsea.

— Moi aussi.

Adam aurait voulu pouvoir passer la nuit à la réconforter. Il ne souhaitait rien d'autre que de s'endormir en la serrant dans ses bras, et de se réveiller à côté d'elle.

Il voulait être là si l'incendie lui provoquait des cauchemars et qu'elle avait besoin de lui.

Mais ce n'était pas possible.

— Viens, dit-il, je te raccompagne. Il est temps que j'aille faire la chasse à quelques ados décérébrés.

Un peu plus tard, après une douche rapide pour évacuer les relents de fumée qui semblaient s'accrocher à lui, Adam trouva une cachette aux abords de la maison en construction.

La nuit s'était finalement rafraîchie, et il savait qu'il n'allait pas tarder à faire très froid.

Ce soir-là, il observerait, et le lendemain il prendrait les vandales sur le fait.

Peut-être qu'une simple photo incriminante montrée à leurs parents suffirait à dissuader ces stupides adolescents de recommencer.

La seule chose digne d'être notée fut que la voiture d'Aimee – en tout cas, il supposait que c'était la sienne – revint à 1 h 30.

À 3 heures, frissonnant dans son T-shirt, et littéralement incapable de garder les yeux ouverts, il renonça à surprendre les vandales.

Peut-être avaient-ils été coincés dans l'embouteillage sur l'autoroute...

Quoi qu'il en soit, il avait besoin de sommeil s'il voulait être capable de faire quelque chose le lendemain.

Il retourna à son modeste baraquement, et se coucha.

Il s'endormit deux minutes après que sa tête eut touché l'oreiller.

14

Chelsea observa discrètement le visiteur matinal d'Aimee. Les épaules larges et les bras musclés, avec un T-shirt bleu décoré d'un soleil couchant, il avait une indéniable présence physique.

Il tournait le dos à la porte, et ne se retourna pas quand elle déposa son lourd plateau sur une table ronde près de la fenêtre.

Il n'avait pas les cheveux gris tirés en catogan. Et elle ne voyait pas non plus de boucle d'oreille.

Ce type n'est pas Tom Nolan.

Ce fut quand il marmonna quelque chose, marqua une pause et parla à nouveau, qu'elle comprit qu'il était au téléphone.

— Où sont les pancakes ? demanda Aimee.

Chelsea sursauta.

— Ici.

— Ils ont une drôle de couleur.

— Ils sont à la farine de maïs.

— Est-ce que je vous ai demandé de les faire avec de la farine de maïs ? J'ai horreur de ça.

Chelsea avait passé une mauvaise nuit, et les remarques d'Aimee, dès le matin, l'irritaient au plus haut point.

Néanmoins, elle s'efforça de rester aimable.

— Je vais vous servir votre jus de fruits.

— Je peux me servir toute seule, protesta Aimee, d'un ton irrité.

Elle se tourna vers son visiteur, qui venait juste de mettre fin à sa communication téléphonique.

— Davy ? Tu prends quelque chose ?

Il empocha son téléphone et tourna la tête. Le visage bronzé, les yeux bleus et les dents blanches, il était jeune et séduisant.

— Ça sent bon, dit-il, en repoussant une mèche de cheveux blonds qui lui tombait dans les yeux. J'ai une faim de loup.

Aimee semblait préoccupée.

— Je devrais peut-être annuler la réception.

Davy remplit un verre de jus de fruits et le lui tendit.

— Calme-toi. Tout va bien se passer. Nous avons besoin de la réception, du bruit, du va-et-vient des invités pour faire diversion. Et maintenant, bois ça, tu te sentiras mieux.

Il passa un bras autour de ses épaules.

— Qui plus est, j'ai un plan.

— C'est-à-dire ?

Soudain, elle parut se rappeler la présence de Chelsea.

— Vous nous espionnez ?

— Mais non ! protesta Chelsea, de son ton le plus innocent. Pas du tout.

— Fermez la porte derrière vous en sortant.

— Merci pour le petit déjeuner ! cria Davy, tandis qu'elle quittait la pièce.

C'était le petit ami d'Aimee ? Eh bien, il fallait peut-être quelqu'un d'aussi décontracté que lui pour supporter ses sautes d'humeur !

Mais la question n'était pas là.

Chelsea n'avait toujours pas la moindre idée de la raison de ce rendez-vous. Les deux seuls mots qu'elle avait réussi à capter de la conversation de Davy étaient « problèmes » et « ajustements », et ils semblaient adaptés à n'importe quelle situation professionnelle.

Un peu plus tard, dans la cuisine, alors qu'elle commençait à ranger les restes qu'Aimee ne mangeraient probablement jamais, Chelsea eut une meilleure idée.

Elle prépara un plateau, et le porta jusqu'à la maisonnette qu'elle avait découverte la veille. Quelqu'un apprécierait probablement cette nourriture...

Et elle espérait aussi pouvoir parler à Mariana.

Elle frappa à la porte, et la femme qu'elle avait vue la veille en train de s'éventer lui ouvrit. Elle écarquilla les yeux en découvrant le plateau.

— Je suis la nouvelle cuisinière, expliqua Chelsea en espagnol. Je vous apporte à manger.

La femme la remercia et lui dit qu'elle s'appelait Sofia.

— Est-ce que Mariana est là ? demanda Chelsea.

Sofia eut une mimique perplexe.

— Mariana ?

— Environ quinze ans, de longs cheveux noirs...

Sofia secoua la tête.

— Je ne la connais pas.

— Elle n'a jamais habité ici ?

— Non.

— Dans un autre bâtiment, peut-être ?

— Il n'y a que le bâtiment des hommes. C'est là que vit mon mari, Miguel. Je le saurais s'il y avait une fille là-bas.

— Je vois. Eh bien, j'ai dû me tromper. J'espère que vous apprécierez le repas.

— Je vais le partager avec Miguel.

Un jeune couple vivant chacun de son côté ?

Pourrait-elle supporter d'être aussi près d'Adam et de ne pas dormir dans le même lit ?

À en croire les cauchemars qui l'avaient assaillie la nuit précédente, la réponse était non.

Au lieu de retourner à la maison, Chelsea se dirigea vers le ravin.

Tout en marchant, elle pensait à Mariana. Si l'adolescente travaillait pour Aimee depuis un moment, Sofia n'aurait-elle pas entendu parler d'elle ? Même si elle ne passait pas la nuit dans le domaine, les deux femmes auraient dû se croiser.

Où est passée Mariana ?

Devant elle, la vallée offrait une vision d'apocalypse. Des hectares de terre noircie, d'arbres brûlés, d'habitations ravagées...

Chelsea sentit les larmes lui monter aux yeux en pensant aux victimes. L'incendie avait hanté son sommeil. Elle ne savait pas pourquoi ça l'avait marquée à ce point.

Elle retourna à la maison et, songeant à la réception du lendemain, elle commença à jeter quelques idées sur un papier. Pour une réception autour de la piscine, un buffet lui semblait idéal...

Au bout de quelques minutes, l'esprit occupé par l'incendie de la veille, elle alluma le petit poste de télévision encastré dans un meuble.

Faisant défiler les chaînes, elle tomba sur la fin d'une d'interview visiblement filmée à l'hôpital.

— Tout ce que nous pouvons faire maintenant pour mon père, c'est prier, disait un homme, au visage ravagé par le chagrin.

La caméra se tourna vers une journaliste, qui se tenait devant un bâtiment en cendres.

— Un nouveau point sur la situation, pour ceux qui nous rejoignent maintenant. Hier, à 21 h 35, les pompiers de Hard Rock sont intervenus sur un feu de broussailles à Hanson Road. Un homme est mort. Un autre a été hospitalisé pour des brûlures au troisième degré. On pense qu'ils sont restés prisonniers de leurs maisons respectives. L'incendie a ravagé dix hectares de prairie et détruit plusieurs bâtiments. L'enquête est en cours, mais la piste d'un mégot jeté d'une voiture est privilégiée.

Chelsea éteignit la télévision.

L'expression dans le regard de l'homme qui parlait de son père l'obsédait.

Au bout de quelques minutes, elle comprit ce qui la touchait autant chez lui, comme chez Mariana : c'était la peur.

Elle vivait avec le même sentiment depuis qu'Adam l'avait

sortie de l'hélicoptère. Et la nuit dernière, quand le feu dévorait la vallée, sa peur avait augmenté d'un cran.

Adam fut réveillé par un coup frappé à sa porte.

Il enfila son jean à la hâte, et découvrit Diego Diaz sur le seuil. L'entrepreneur lui tendit un beignet à la cannelle enveloppé dans une serviette en papier, et un gobelet de café.

— Salut, Frank. J'ai pensé que tu aurais besoin de manger quelque chose.

— Merci.

Adam but une gorgée de café avec reconnaissance.

— Les gamins ne se sont pas montrés, hier soir.

— Oui, il ne manque rien, et il n'y a pas de graffitis. L'incendie a dû les empêcher de venir.

— Quelle catastrophe, ce feu ! Tu sais si quelqu'un a été blessé ?

— Un homme est mort, et un autre est à l'hôpital. Je le connais un peu. C'est un chic type. J'espère qu'il va s'en sortir.

— Et ta maison ?

— Rien. Juste un peu de fumée qui a noirci les murs. J'en suis quitte pour repeindre la façade.

— Dis, je sais que ça ne me regarde pas, mais tu m'as dit, hier, que la patronne n'avait pas payé les employés.

— Ne t'inquiète pas pour ça. C'est moi qui vais te payer. Aimee a un problème de trésorerie, mais ça ne va pas durer. Tout va bientôt rentrer dans l'ordre. Autre chose ?

— Oui, j'aurais besoin que tu me prêtes ton téléphone pour faire des photos. Je voudrais prendre les jeunes en flagrant délit.

— Mais ils vont voir le flash, ou entendre le bruit du déclencheur.

— Je compte justement sur ça. Ils vont détaler comme des lapins.

— Et s'ils se retournaient contre toi ?

Adam afficha un sourire confiant.

— Ne t'inquiète pas pour ça.

— Écoute, mon vieux... ne leur fais pas de mal, quand même.

— N'oublie pas que je suis un ancien flic. Tu pourrais peut-être montrer la photo à leurs parents, et leur éviter des ennuis avec la police.

— Bonne idée. J'ai un second téléphone dans la boîte à gants. Je vais le laisser au bureau avant de rentrer chez moi.

— Merci.

Après le départ de Diaz, Adam avala rapidement son petit déjeuner, et finit de s'habiller. Puis il se rendit à la maison des Holton.

Dans un abri de jardin, il trouva un chapeau de paille et des cisailles. Ainsi déguisé, il fit mine de tailler un buisson, et en profita pour surveiller les parages.

Un gros SUV était garé devant la porte d'entrée, et il mémorisa son immatriculation. Cependant, comme il n'avait plus de contact dans la police, il serait obligé de demander à Whip de jeter un coup d'œil dans la base de données.

Au bout d'une heure à jouer les jardiniers, la porte s'ouvrit, et un homme d'environ son âge sortit de la maison. Pour ce qu'il en savait, ce n'était pas le genre d'Aimee, car il n'avait pas l'air riche et puissant. C'était juste un beau garçon comme on voyait traîner sur la plage. Mais peut-être s'offrait-elle une agréable parenthèse…

La voiture s'en alla, et Adam resta à son poste, en réfléchissant à un moyen d'entrer dans la maison pour voir Chelsea.

Il se dit que c'était pour savoir si elle avait appris quelque chose, mais la vérité était qu'il avait simplement envie de la voir.

D'un pas pressé, il emprunta le chemin menant à l'arrière de la maison, là où il pourrait voir ce qui se passait dans la cuisine.

Dos à l'évier, Chelsea parlait à quelqu'un qu'il ne pouvait pas voir. Il attendit qu'elle se retourne, faisant ainsi face à la fenêtre, et agita la main pour attirer son attention.

Elle secoua la tête, d'un geste de dénégation. Mais, quelques instants plus tard, elle sortit par la porte de service.

— Tu sais que quelqu'un est mort dans l'incendie, et qu'une autre personne est à l'hôpital ? murmura-t-elle, quand elle l'eut rejoint.

— Oui, je suis au courant.

Il lui prit la main et la conduisit dans un endroit où ils ne seraient pas visibles depuis les fenêtres.

— J'ai fait des cauchemars cette nuit, à propos de l'incendie. Je ne sais pas pourquoi ça m'a touchée comme ça. Je n'arrêtais pas de voir une femme âgée dans les flammes. Ce matin, quand j'ai appris que c'était un homme qui était mort, j'ai été surprise. Ça semblait tellement réel.

Adam chercha son regard.

— J'aurais dû te le dire hier. Je ne voulais pas te bouleverser, mais je réalise maintenant que mon silence ne t'a pas aidée.

Il lui prit les mains, cherchant à atténuer le choc de la nouvelle.

— Chelsea, ta grand-mère est morte dans un incendie quand tu avais douze ans. Tu l'adorais. Elle était un pilier dans ta vie, car ta mère travaillait énormément dans son restaurant.

— Ma grand-mère...

Elle déglutit avec peine.

— Je ne me souviens pas d'elle. Comment s'appelait-elle ?

— Ann. Comme ton deuxième prénom.

— J'aimerais tellement me souvenir d'elle. En tout cas, ça explique les larmes et les cauchemars.

Elle écarquilla les yeux.

— Oh ! mon Dieu, Adam... Ça veut dire que ma mémoire inconsciente est en train de revenir ?

— Je ne sais pas. L'incendie chez Bill ne t'a pas touchée de cette façon. Mais il est vrai que tu luttais pour ta vie.

— C'était différent, cette fois. Plus profond. Je dois commencer à aller mieux. J'espère...

— Moi aussi.

Il la serra contre lui, se grisant de l'odeur de ses cheveux, et de la sensation de son corps contre le sien. Mais il percevait aussi de la réticence dans sa façon de se tenir contre lui.

— Où est ta chambre ? demanda-t-il.

Elle montra une petite fenêtre en hauteur, non loin de la cuisine.

— C'est là. Pourquoi ?

— Simplement pour savoir.

Sans perdre de temps, il changea de sujet.

— Tu as eu la liste des invités ? Tu as appris quelque chose sur le rendez-vous de ce matin ?

— Tu veux qu'on fasse le point ?

Chelsea paraissait amusée par son impatience.

— Alors, pour commencer, Aimee a failli annuler la réception, mais ne me demande pas pourquoi. Deuxièmement, elle est d'une humeur exécrable. Je ne pense pas qu'elle ait beaucoup dormi cette nuit. Troisièmement, c'est Miguel qui va se charger du barbecue.

— Il est toujours là ? Tant mieux.

— J'ai rencontré sa femme. Elle s'appelle Sofia.

— Ils se sont mariés ? Eh bien, c'est une nouvelle ! Mais continue.

— Quatrièmement, pas de liste d'invités. Je sais seulement qu'il y aura quarante personnes. Quoi d'autre ? Ah oui ! Son visiteur a parlé de problèmes et d'ajustements, alors qu'il était au téléphone. Je ne sais pas si c'est son petit ami.

— Est-ce qu'il a l'air d'un surfeur ?

Chelsea hocha la tête.

— Je l'ai vu sortir. Tu as entendu un nom ?

— Davy.

— Ça ne m'aide pas beaucoup. Autre chose ?

Chelsea réfléchit quelques secondes.

— Eh bien, l'organisatrice de réceptions a appelé pour dire qu'elle ne pourrait pas venir décorer le patio avant demain, ce qui a mis Aimee en rage. Un réfrigérateur pour la nouvelle maison va être livré cet après-midi, ce qui n'était pas prévu. Il ne devait pas arriver avant une semaine, et du coup il va falloir l'entreposer je ne sais pas où... Et pour finir, Aimee a décidé d'aller au spa, parce qu'elle a envie de se détendre après tous ces contretemps. C'est tout ce que j'ai à t'apprendre.

Elle lui sourit et reprit.

— J'ai plein de courses à faire pour la réception. Tu veux venir à Hard Rock avec moi ? Je ne serais pas contre un peu d'aide.

— Ce serait avec plaisir, mais je crois qu'il vaut mieux que je suive Aimee. Et je dois aussi retrouver Dennis pour récupérer la fameuse boîte. Tu n'as qu'à prendre la gamine avec toi. Celle dont tu m'as parlé la nuit dernière. Tu pourras peut-être lui tirer les vers du nez.

— Figure-toi qu'elle est introuvable, aujourd'hui.

Elle soupira.

— Tant pis. Je me débrouillerai.

Il la prit par les épaules, et déposa un tendre baiser sur ses lèvres.

— Je vais vérifier le niveau d'huile de la camionnette, et me préparer à suivre Aimee. Je t'aime.

Il ne put s'empêcher de remarquer son expression anxieuse quand il prononça ces mots. Et pourtant, ses sentiments étaient parfaitement sincères.

Dissimulé dans la végétation qui encadrait l'ancien poste de contrôle de l'entrée, Adam attendit qu'Aimee quitte la propriété. Quand son cabriolet blanc franchit finalement la grille, il lui laissa un peu d'avance, pour que le bruit de sa moto n'attire pas son attention.

Elle ralentit aux abords de Hard Rock et, dédaignant Main Street, emprunta de petites rues, jusqu'à ce qu'elle atteigne le quartier le plus sordide de la ville.

Il fut surpris de la voir s'arrêter sur le parking d'un motel délabré.

Cet endroit ne lui correspondait absolument pas, mais elle sortit de voiture, frappa à une porte, tout en regardant autour d'elle si quelqu'un la voyait, et se précipita dans la chambre dès que la porte s'ouvrit.

Intéressant.

Deux heures plus tard, Tom Nolan sortit de la chambre, avec un petit air content de lui. Il traversa le parking et s'engagea dans une ruelle, où était garée une luxueuse berline noire. Il se mit au volant et démarra en trombe.

Aimee ne sortit de la chambre qu'une demi-heure après Nolan. D'immenses lunettes de soleil couvraient partiellement son visage. Après avoir rapidement observé son environnement, elle courut jusqu'à sa voiture.

Adam la suivit dans la partie la plus huppée de la ville. Elle tendit ses clés à un voiturier, et entra dans son spa préféré, où il savait par expérience qu'elle allait s'attarder des heures.

Ainsi, Tom Nolan était son amant, et le type aux allures de surfeur n'était qu'une relation d'affaires ?

Quelles affaires ? Et l'un des deux hommes avait-il quelque chose à voir avec les attaques dirigées contre lui et Chelsea ?

Pourquoi les attaques avaient-elles cessé ? L'explication probable était que personne n'avait connaissance de leur présence ici.

Adam avait conscience qu'il ne devait pas pour autant baisser sa garde. Dennis finirait par dire à quelqu'un qu'il l'avait vu. Ou bien, il se ferait repérer.

Bientôt, ses ennemis seraient à nouveau sur ses traces. Il tenait là son opportunité de les trouver avant qu'ils le trouvent.

Tout en roulant vers le parking où était stationné le food-truck, Adam réfléchissait à la mystérieuse boîte que devait lui remettre Dennis.

Il trouva l'endroit plus encombré qu'à l'ordinaire, grâce à un trio de musiciens, autour desquels les badauds s'étaient regroupés.

Les spectateurs se balançaient au rythme de la musique country, en jetant de temps en temps quelques pièces dans un étui de guitare ouvert, tandis que les affaires du vendeur de tacos étaient florissantes.

Bon sang ! Pour la discrétion, il pouvait repasser. C'était la dernière fois qu'il venait dans ce secteur.

Il ôta son casque, mais le remplaça par une casquette, et garda ses lunettes de soleil.

Un homme qui traversait la pelouse attira son attention. Il y avait quelque chose d'inhabituel dans sa démarche – une légère claudication, peut-être. Il portait un pantalon en toile beige et un polo bleu ciel. Une casquette de base-ball lui couvrait la tête, mais quelques mèches de cheveux roux étaient visibles sur son cou.

Le type regarda par-dessus son épaule, tandis qu'il approchait de la ruelle située derrière le food-truck, et Adam aperçut brièvement son profil.

Il sut alors de qui il s'agissait.

Le marshal Ron Ballard se trouvait là, en Arizona, exactement comme Whip l'avait prédit.

Adam attendit que Ballard regarde ailleurs, puis se fraya un chemin à travers la foule.

Le voyant s'engager dans la ruelle, il pressa le pas et s'arrêta à l'angle. Après avoir vérifié que personne ne le voyait, il sortit son arme et avança prudemment, au cas où il s'agirait d'une embuscade.

La ruelle était pleine de recoins sombres. Adam ôta ses lunettes de soleil et repéra Ballard, qui marchait à quelques mètres devant lui.

Il pressa le pas, en réfléchissant aux possibilités qui s'offraient à lui. Sans moyen de transport, il n'allait pas pouvoir filer Ballard. Il devait l'affronter.

Qu'est-ce que ce type fichait ici ? Et surtout, pour qui travaillait-il ?

Il se posta au centre de la ruelle, prêt à se servir de son arme, et cria :

— Ballard !

Le marshal se retourna mais, comme il était de dos à la lumière provenant de la rue transversale, Adam ne put pas voir son expression.

— C'est vous, Parrish ?

À son intonation, il n'avait pas l'air spécialement heureux de le voir.

— Je savais que vous n'étiez pas mort, espèce d'imbécile ! Vous avez une idée des ennuis que vous m'avez causés ? Si seulement vous aviez vraiment disparu avec votre avion ! Je n'aurais pas été obligé...

Ballard glissa soudain la main dans la poche.

Un coup partit derrière Adam, qui se jeta aussitôt sur le côté, conscient ce faisant que Ballard s'était effondré à terre.

Tournant la tête, Adam découvrit Whip, qui se tenait quelque pas derrière lui, son arme toujours pointée vers sa cible.

Puis le policier rengaina son revolver, et se précipita vers Adam, en lui tendant la main pour l'aider à se relever.

— Tu vas bien ?

— Oui. Mais, pourquoi as-tu tiré ?

— Il te menaçait. Je voulais seulement le blesser, pour qu'il nous dise qui se cache derrière tout ça. Je ne sais pas ce qui s'est passé. Je n'ai peut-être pas bien pris le temps de viser.

Whip s'avança vers l'homme tombé à terre, aussitôt suivit d'Adam.

Ballard serrait entre ses doigts un Glock de calibre 23.

— Tu vois ? J'avais raison.

Il semblait soulagé d'avoir vu juste. Aucun flic n'aimait tirer sur un homme désarmé.

Adam s'accroupit pour prendre son pouls.

— Il est mort.

— Je suis désolé, fiston.

— Il ne faut pas. Sans toi... je n'ose pas imaginer ce qui se serait passé. Mais au fait... Que faisais-tu dans cette ruelle ?

— J'avais un rendez-vous dans le secteur. Ballard m'attendait à la sortie... Je ne sais pas comment il savait que j'étais là.

Pensif, il marqua une seconde de silence, avant de reprendre :

— Bref, il a commencé à me poser beaucoup de questions sur toi. Je l'ai trouvé bizarre. J'ai eu l'impression qu'il savait que tu étais à Hard Rock. Du coup, j'ai décidé de le suivre. Mon cœur a failli s'arrêter quand je t'ai vu le suivre dans cette ruelle.

Adam était toujours médusé par la présence de Ballard en Arizona, et par sa mort.

— Tu devrais le signaler.

— Je ne signalerai rien tant que tu n'auras pas quitté la ville.

Adam secoua la tête.

— Je n'ai pas l'intention de partir.

— La décision ne m'appartient pas. Il s'agit de légitime défense, avec ou sans ton implication. Vu nos statuts respectifs de marshal et de policier, rien ne sortira dans la presse tant que les faits ne seront pas établis. Une fois que les activités de Ballard auront été révélées, je ne serai pas inquiété, tu peux me croire. Alors, sois gentil de partir pour que je puisse mettre la machine en route.

— Mais...

— Non, Adam, écoute-moi. Pense à Chelsea. Ballard a peut-être déjà informé les hommes de Holton qu'il t'a retrouvé. Une nouvelle attaque peut se produire d'une minute à l'autre. Je ne peux malheureusement pas faire grand-chose pour toi, à part te donner un conseil. Pars. Emmène Chelsea loin d'ici. Quitte Hard Rock une fois pour toutes.

Adam hocha la tête, tandis qu'il rengainait son arme.

Il lui en coûtait de partir, mais Whip avait raison.

Il le regarda dans les yeux.

— Je ne sais pas quand je te reverrai...

— Pas de sentimentalisme avec moi, dit le policier, d'un ton bourru.

Puis, spontanément, il lui donna une chaleureuse accolade.

Tandis qu'il traversait le parc, Adam essaya d'appeler Dennis, mais il tomba immédiatement sur sa messagerie. Ils s'étaient ratés. C'était trop bête.

Avant de quitter la ville, il s'arrêta dans une boutique de téléphonie pour acheter un téléphone à carte prépayée, à l'intention de Chelsea. Elle devait avoir un moyen d'appeler à l'aide si l'occasion se présentait.

Le temps qu'il retourne au domaine Holton, le soleil commençait à se coucher, et l'équipe de construction était partie depuis longtemps.

Il s'arrêta à son baraquement pour y laisser la moto, puis marcha jusqu'à la maison principale.

En approchant, il entendit de la musique dans le patio. Cela voulait dire qu'Aimee était dans la piscine, et qu'il pouvait rendre une petite visite à Chelsea.

Avec un grand sourire, qui eut le don d'apaiser son anxiété, elle l'attira sans hésiter à l'intérieur.

— J'en déduis qu'Aimee est dans le patio.

— Pour le moment

De délicieuses odeurs flottaient dans l'air. Des plateaux de délicats petits fours s'alignaient sur le plan de travail, tandis que de la vaisselle sale s'empilait dans l'évier.

Chelsea était dans son élément. Cela se voyait à ses yeux brillants et à ses joues rosies.

— Il faut que nous parlions, dit-il, avant de goûter une crevette marinée à l'ail.

— Ce sont les hors-d'œuvre test. Aimee va venir tout à l'heure faire son choix.

Adam chipa une autre crevette, puis lui parla de Ballard.

— Mort ? murmura-t-elle. Heureusement que Whip était là.

— Il faut que nous partions immédiatement.

— Non. Pas ce soir. Pas avant la réception.

— Mais...

— Ce n'est pas parce que Ballard est mort que tu es hors de danger. Notre projet, c'était de découvrir la vérité. Je sais que ça peut sembler stupide, mais j'ai un pressentiment pour demain. Quelque chose va se passer durant la réception. Quelque chose qui va te permettre de découvrir qui se cache derrière tout ça.

Il avait le même pressentiment.

Après tout, Whip ne savait pas où il se trouvait. S'il ne se faisait pas remarquer d'ici samedi, tout devrait bien se passer.

— D'accord, dit-il.

Elle lui tendit un petit feuilleté au saumon. Un vrai délice.

— Tu as vu Dennis ? Je suis impatiente de savoir ce qu'il y a dans la boîte.

— Je l'ai raté.

— Mince ! Et alors, Aimee ? Qui a-t-elle rencontré ?

— Tom Nolan. Et dans un motel, rien que ça ! Probablement à cause de sa femme.

— Je l'ai entendue au téléphone un peu plus tôt. Elle parlait avec son père, et lui demandait de l'argent. Elle a dû y aller un peu fort sur les dépenses.

— Ce qui explique le retard de paiement des ouvriers.

— Et à en juger par la façon dont elle a jeté son téléphone après avoir raccroché, son père n'a pas dû dire oui.

— En parlant de téléphone...

Il sortit de sa poche l'appareil qu'il avait acheté pour elle.

Au même moment, une porte claqua quelque part dans la maison.

— Va-t'en, dit-elle. J'entends des bruits de pas.

— Appelle-moi.

— Je ne connais pas ton numéro.

— Je l'ai enregistré pour toi. Appelle-moi. Tu me manques.

— Toi aussi, tu me manques, murmura-t-elle.

Adam faisait sa ronde, quand son téléphone sonna. S'attendant à un appel de Whip, il fut ravi d'entendre la voix de Chelsea.

Ce qu'elle ne savait pas, car elle ne pouvait pas s'en souvenir, c'est qu'ils avaient échangé des centaines d'appels au début de leur relation. Ils n'arrêtaient pas de s'appeler, avides d'entendre la voix de l'autre, parlant de leurs journées, et rêvant de leur avenir.

Parfois, ils passaient toute la journée ensemble, et trouvaient encore des choses à se dire lorsqu'ils s'appelaient pour se souhaiter une bonne nuit.

Et c'était la même chose ce soir.

Était-ce trop espérer qu'elle tombe à nouveau amoureuse de lui, même si sa mémoire ne revenait jamais ?

Quant à lui, le simple son de sa voix suffisait à le transporter à côté d'elle.

Lorsqu'il entendit un véhicule s'approcher, il mit fin à la communication. Puis il se leva et prit le téléphone de Diego.

Et si ce n'étaient pas les vandales, mais le début d'une nouvelle attaque contre Chelsea et lui ?

Se déplaçant sans bruit, et en évitant de se trouver en plein sous le clair de lune, il s'approcha du chantier.

Il entendit des portières s'ouvrir et se fermer, puis des voix d'hommes adultes, et il se crispa.

— Où est-ce ? demanda quelqu'un.

— Je pense que nous avons tourné trop tôt. Ils avaient dit la deuxième à droite. C'est plus loin sur la route.

— On est sacrément en retard.

— Ce n'est pas notre faute si nous avons eu un problème avec le moteur. Au moins, on peut encore tenir le délai d'aujourd'hui si on livre avant minuit. N'oublie pas le bonus.

— Mais il faut encore décharger.

— Arrête de te lamenter. C'est juste un peu plus loin, j'en suis sûr. Regarde, on voit de la lumière.

— Ça me barbe de retourner à Phoenix ce soir.

Des portières s'ouvrirent et se fermèrent à nouveau, puis le véhicule continua vers la maison principale. D'après la position des phares, il s'agissait d'un camion.

Il devait s'agir de la livraison du réfrigérateur, et le bonus devait être important vu les horaires.

Adam se rendit à pied à la maison, et prit appui contre un mur, d'où il pouvait observer la route.

Trente minutes plus tard, le camion repartait en cahotant, livraison faite.

De retour sur le chantier, Adam fit plusieurs fois le tour de la nouvelle maison.

Où étaient passés ces fichus gamins ? C'était la dernière nuit qu'il avait prévu de passer là.

Quarante minutes passèrent avant que les basses d'un rap et des crissements de frein annoncent de nouveaux visiteurs.

Adam se tint à nouveau en alerte pour quelque chose de plus grave que du vandalisme.

Des portières claquèrent. Des rires haut perchés explosèrent. Un bruit mat annonça que quelqu'un était tombé. La mise en garde pâteuse et incohérente des autres confirma à Adam qu'il avait affaire à des ivrognes.

Est-ce que le conducteur au moins était sobre ?

De lourds bruits de pas se dirigèrent vers la maison, ralentissant au moment où les vandales atteignirent le perron et entrèrent dans la structure encore inachevée.

D'après les silhouettes, ils étaient trois, et ils pouvaient à peine tenir debout.

L'un d'eux brandit une bombe aérosol et la secoua, le son de la bille à l'intérieur dérangeant le silence de la nuit.

Le gamin commença à déambuler en titubant et tagua au hasard, bientôt imité par les autres.

Adam prit quelques photos à travers l'ouverture d'une future fenêtre, où on voyait nettement les bouteilles de bière ouvertes qu'ils tenaient à la main.

Ils étaient si occupés qu'ils ne remarquèrent même pas le flash.

S'éloignant discrètement, Adam alla inspecter le véhicule des vandales, en s'aidant de la lampe du téléphone. Puis il ouvrit le capot, arracha la tête de distribution pour empêcher la voiture de démarrer, et le referma.

Prenant soin d'aller se cacher derrière un épais buisson, il appela Diego Diaz.

L'entrepreneur décrocha à la troisième sonnerie.

— Quoi ? dit-il, d'un ton abrupt, qui indiquait qu'Adam venait de le réveiller.

— C'est Adam. Viens tout de suite sur le chantier.

— Maintenant ?

— Ouais. Les gamins sont là, et ils sont trop ivres pour conduire. J'ai mis leur voiture en panne. Mais il faut que ce soit toi qui appelles la police.

— Je suis là dans dix minutes.

Adam attendit l'arrivée du pick-up noir de l'entrepreneur. Phares et moteur coupés, le lourd véhicule, emporté par la descente, finit tout doucement sa course en bas du chemin.

Diego sortit comme une ombre, et Adam le rejoignit.

— Ils ont des packs de bière avec eux, expliqua-t-il. De temps en temps, j'entends du verre se briser.

Il tendit à Diego la tête de distribution et le téléphone.

— À toi de jouer maintenant.

— Merci. Tu ferais mieux d'y aller. La police ne va pas tarder à arriver.

Adam lui donna une tape sur l'épaule et s'éloigna au pas de course.

Il avait réglé le problème de Diego.

Si seulement le sien pouvait être résolu aussi facilement…

15

Chelsea se leva de bonne heure, et en pleine forme pour attaquer cette journée, qui s'annonçait chargée. Elle avait préparé la veille le plus de choses possible pour la réception, mais il restait encore du travail.

Maria était là pour l'aider, et c'était appréciable, mais comme la jeune femme ne parlait quasiment pas un mot d'anglais, l'interaction habituelle dans ce genre de tâches lui manquait.

Mais comment savait-elle ce qui était normal en cuisine ? Et pourtant, elle se rappelait les plaisanteries, les rires, les énervements parfois, le brouhaha constant qui régnait au sein de la brigade d'un restaurant.

Elle reprit espoir.

Il y avait d'abord eu sa réaction à l'incendie, et maintenant cela… Était-ce le signe que sa mémoire commençait à se réveiller ?

Aimee se montra vers 10 heures, et Maria cessa immédiatement d'aider Chelsea pour lui servir un café et un muffin toasté.

— Emportez ça dans le patio, dit Aimee en espagnol, d'un ton impatient. Mais… Attendez ! Où sont mes fruits ? Franchement, Maria…

— Pardon.

Aimee leva les yeux au ciel.

— Daisy, est-ce que cette fichue organisatrice de réceptions a enfin daigné arriver ?

Chelsea, qui était occupé à mettre des framboises dans une coupelle, s'interrompit brusquement. Elle n'était pas supposée comprendre l'espagnol.

Mais Aimee continuait à se lamenter, et ne lui prêtait pas attention.

— Daisy ? Je vous parle ! La décoratrice ? Je me demande à quoi je vous paye.

— À cuisiner pour la réception, répondit Chelsea, en tendant la coupelle à Maria. Et, non, à ma connaissance la décoratrice n'est pas arrivée.

Aimee se leva et quitta la pièce, suivie de Maria avec son plateau. À son retour, l'employée de maison remercia Chelsea pour son aide, et engagea la conversation avec elle dans un anglais parfait.

— Mais, vous avez menti ? s'étonna Chelsea.

Maria hocha la tête.

— Sofia a commencé à travailler ici avant moi. C'est elle qui m'a parlé du poste. Mais elle a précisé que Mme Holton ne voulait pas engager du personnel qui comprenait ou parlait trop bien l'anglais. Alors, j'ai prétendu que je venais d'arriver de mon village au Mexique, alors que je suis née et que j'ai grandi à Portland, dans l'Oregon. Mon vrai nom est Mary Louise mais dans cette maison je suis Maria.

Elle gloussa.

— Bon sang ! J'ai failli me trahir quand vous avez rembarré la patronne, en lui disant exactement pourquoi elle vous avait engagé. Elle est tellement arrogante.

— À qui le dites-vous ! Mais, on pourrait se tutoyer, non ?

— Avec plaisir. Je suis contente de pouvoir parler avec toi. Le mari de Sofia en a assez qu'ils vivent séparément. Il veut partir. En semaine, je dors avec elle dans la maison et si elle s'en va, je vais être toute seule. Tu pourrais peut-être t'y installer.

— Je ne reste pas après ce soir. Je suis juste là pour la réception.

— Mince !

— Tu sais qui vient ?

— D'après Miguel, elle aurait invité une star de la télé. La dernière fois, elle avait organisé la réception pour un politicien. Elle adore s'entourer de beau monde.

— Tu étais là quand M. Holton...

— Non ! Je n'aurais jamais voulu travailler pour un type comme lui. C'est déjà bien assez difficile d'être au service de sa femme.

— Maria, j'ai une question. J'ai croisé une adolescente ici, qui s'appelle Mariana.

— Je ne connaissais pas son prénom.

— Donc, tu l'as rencontrée ?

— Je l'ai vue quand Mme Holton l'a fait venir pour laver les verres en cristal, en prétendant que j'étais trop maladroite pour m'en occuper.

Elle soupira.

— En neuf mois de service, je n'ai cassé que trois verres. Il n'y a quand même pas de quoi en faire toute une histoire. Enfin, bref... Quand j'ai essayé de parler à la gamine, Mme Holton m'a dit de la laisser tranquille. Elle est un peu timide, à ce que j'ai vu.

— Je pense qu'elle avait peur, et à raison. Ça pourrait être une enfant battue, mais je n'en suis pas sûre. J'aimerais lui parler. Tu sais où elle est allée quand Aimee l'a renvoyée ?

— Aucune idée. Mais je peux demander à Sofia.

— Je lui ai déjà demandé. Elle n'en sait pas plus que toi.

— Elle est peut-être rentrée chez elle.

— Ce n'est pas forcément une bonne nouvelle, si sa famille la bat. Et toi ? Pourquoi travailles-tu ici, si ça te déplaît autant ?

Maria haussa les épaules.

— J'ai trente-trois ans, et je suis veuve. Mes deux enfants vivent avec les parents de mon mari, à Phoenix. Je suis des cours de droit par correspondance, et je vais bientôt passer mon diplôme d'assistante juridique. Dès que j'aurai trouvé un emploi, je pourrai reprendre mes enfants. Ils me manquent terriblement.

Elle essuya discrètement une larme et se ressaisit.

— Aimee Holton est juste le moyen de parvenir à mes fins.

— Pareil pour moi, rétorqua Chelsea.

Comme il s'était couché à 4 heures du matin, Adam ne fut pas opérationnel avant 10 heures.

Il appela Dennis mais tomba à nouveau sur son répondeur. Sans doute son ami était-il déjà au travail, où il ne pouvait pas prendre d'appel personnel.

Sachant que Chelsea était occupée par la préparation de la réception, il décida de se rendre à l'ancien Stop and Shop, pour voir s'il pourrait intercepter Dennis pendant sa pause déjeuner.

Cela signifiait qu'il devait retourner dans la ville qu'il avait promis d'éviter. Mais il voulait absolument récupérer cette boîte. Et puis, il avait son casque, ce qui le rendait plus ou moins invisible, non ?

La rénovation de l'ancienne boutique battait son plein. Des camionnettes d'artisans étaient garées le long du trottoir, et des hommes transportant du matériel et de l'outillage s'activaient aux abords du chantier.

Adam se gara et attendit.

À midi, l'activité commença à ralentir, mais il n'avait toujours pas aperçu Dennis.

Descendant de moto, il se résolut finalement à aborder un ouvrier.

— Excusez-moi, dit-il, en enlevant son casque. Je cherche Dennis Woods.

— Vous êtes un de ses amis ?

— Oui. J'essaye de le joindre, mais il ne répond pas au téléphone.

— Il a appelé tout à l'heure. Stacy a accouché à 2 heures du matin. Je pense qu'elle et le bébé vont bien, mais ils vont rester quelques jours à l'hôpital, car la naissance a eu lieu deux semaines plus tôt que prévu.

— Où sont les autres enfants ?

— Chez la sœur de Stacy, à Phoenix.

— Merci.

Tandis qu'il enfourchait sa moto, Adam se demanda ce qu'il

ressentirait au moment où Chelsea donnerait naissance à leur enfant.

Ce serait extraordinaire, sans doute, mais est-ce que toute son existence en serait bouleversée ? Dans quelques mois, il allait devenir père, et il saurait.

Si le destin n'en décidait pas autrement…

La moto le conduisit sans encombre jusqu'à Tucson et, aux environs de 14 h 30, Adam se gara devant l'hôpital.

S'étant renseigné sur le numéro de chambre de Stacy, il prit l'ascenseur jusqu'au deuxième étage, et s'engagea dans un long couloir.

Au passage, il découvrit Dennis affalé sur une des chaises de la salle d'attente, la tête en avant, le menton touchant la poitrine, et les yeux fermés.

— Salut, dit-il.

Dennis sursauta et se redressa.

— Salut.

— Tu as une sale tête.

Dennis grimaça un sourire.

— La nuit a été longue.

— Garçon ou fille ?

— Garçon.

— Félicitations !

— Merci.

— Stacy va bien ?

— Très bien. Elle dort. Je suis venu prendre un café, et je me suis plus ou moins effondré.

Adam alla lui chercher un café au distributeur et s'assit à côté de lui.

Dennis but une longue gorgée.

— Ça fait du bien.

Il resta pensif un moment.

— Tu te souviens de notre ancien projet ?

— Tu veux dire, la taverne ?

— Mouais. On voulait ouvrir un endroit sympa avec de la musique, de la bière artisanale, et engager un cuisinier pour faire des tapas...

— Chelsea est chef. Elle est très douée.

— Vraiment ? Eh bien, pourquoi on ne se lancerait pas ?

— Peut-être un jour...

Adam resta silencieux quelques secondes, avant d'ajouter :

— J'ai quelque chose à te dire.

Dennis faillit s'étouffer avec sa gorgée de café.

— Oh ! mince ! La boîte. J'ai complètement oublié. Désolé, mon vieux. Je ne t'ai même pas rappelé.

— Non, non, ne t'inquiète pas pour ça. La bonne nouvelle, c'est que je vais être papa dans quelques mois. Chelsea est enceinte.

Le visage de Dennis s'illumina.

— C'est formidable. Alors, c'est sérieux, vous deux ?

— Très. Nous sommes même fiancés.

— La paternité, c'est merveilleux. Stacy et les enfants sont tout pour moi.

— Ça se voit.

— Je parie que Whip est fou de joie.

— Je ne lui ai encore rien dit. Mais tu as raison. Il sera heureux pour moi. Et maintenant, parlons de cette fameuse boîte. Si tu me prêtes la clé de ton box de stockage, je peux aller la chercher moi-même.

— Inutile. Elle est dans ma voiture, et ma voiture est sur le parking.

— Super. Je vais la chercher, et je rapporte ta clé.

— Je crois que ça me ferait du bien de prendre l'air.

Dennis se leva et s'étira.

— Je t'accompagne.

La porte de l'hôpital franchie, Dennis respira à pleins poumons, puis se dirigea vers l'endroit où il avait garé sa voiture.

La conversation à bâtons rompus des deux amis cessa quand il découvrit que la vitre de sa Chevrolet vintage avait été fracturée.

Dennis se précipita pour ouvrir la portière et jura.

— On m'a volé l'autoradio. Merde ! Il était tout neuf.

Il se pencha vers la banquette arrière.

— Oh ! ce n'est pas vrai ! Ta boîte a disparu.

— Tu ne l'avais pas mise dans le coffre ?

— Non. Le coffre est plein de cadeaux pour l'anniversaire de notre aîné.

Il ouvrit quand même le coffre, exposant des sacs d'accessoires festifs et des boîtes de jouets.

— Je suis désolé, se lamenta Dennis.

— Ce n'est pas ta faute.

— Peut-être, mais on peut dire que je joue de malchance. D'abord ma maison, et maintenant ma voiture ! Ce sera quoi, la prochaine fois ?

Observant la vitre brisée, Adam se posait exactement la même question.

— Elle a vraiment disparu ? Comme ça ?

Chelsea jonglait avec deux plateaux de petits fours. La réception battait son plein, et Adam venait de rentrer de Tucson.

Il avait passé l'après-midi à faire remplacer la vitre et l'autoradio de Dennis, afin que celui-ci puisse rester à l'hôpital avec sa femme et son bébé.

— Malheureusement, répondit-il, en prenant un des plateaux pour la soulager.

— Tu dois être déçu.

— Oui. Il a déjà été cambriolé récemment. Ça me paraît bizarre. Demain, nous aurons des décisions à prendre tous les deux, et je voudrais retourner à l'hôpital pour que tu rencontres Stacy pendant que j'interroge Dennis sur cette boîte.

Chelsea accepta, ravie qu'il l'inclue dans sa vie.

S'ils devaient se marier et fonder une famille, Adam devait cesser de vivre comme un loup solitaire.

— À part ça, qu'est-ce que j'ai manqué ? demanda-t-il.

Chelsea n'eut pas le temps de répondre. Maria et Sofia venaient d'entrer dans la cuisine.

— Adam ! s'exclama cette dernière. Miguel sait que tu es là ?

— Non. Je suis ici incognito.

— Fais attention que Mme Holton ne te voie pas.

— Ne t'inquiète pas, dit-il, en lui tendant son plateau.

Elle hocha la tête, et se pressa pour rattraper Maria.

— Ton espagnol est excellent, dit Chelsea, fière d'avoir compris toute leur conversation.

— Ma grand-mère est née à Mexico City.

— J'allais dire que je ne le savais pas, mais c'est un peu l'histoire de ma vie, non ?

Il se pencha soudain et déposa un baiser sur son front.

— Bien, dis-moi ce que j'ai manqué.

— Alors… D'après Aimée, l'entrepreneur a jeté un coup d'œil au réfrigérateur livré hier, et a dit que ce n'était pas le bon modèle. Elle a appelé le magasin, furieuse, et a exigé qu'ils viennent le reprendre, car elle ne veut pas s'encombrer avec en attendant qu'ils lui livrent le bon.

— Comme si c'était la place qui manquait ici ! Autre chose ?

— La décoratrice n'est arrivée qu'à 16 heures, avec une équipe réduite. Mais ils ont fait du bon travail. Le patio ressemble maintenant à une jungle tropicale. À ce propos, ils ont oublié un carton plein d'accessoires de décoration dans le couloir qui mène au bureau : lanternes en papier, chemises hawaïennes, chapeaux de paille et tongs. Comme c'est sur le chemin que les invités doivent emprunter pour aller aux toilettes, ce serait bien si tu pouvais mettre le carton ailleurs…

— Pas de problème. Tous les invités sont arrivés ?

— L'acteur de série télévisé est venu avec des groupies, et l'alcool coule à flots. Tom Nolan est là aussi, avec un grand type baraqué, mais sans sa femme.

— Et Davy ?

— Je ne l'ai pas encore vu. Je ne sais pas s'il doit venir. J'attends toujours que quelque chose se produise, qui pourrait nous aider à comprendre qui Devin Holton a désigné pour orchestrer ton assassinat.

— Moi aussi.

— Je crois que c'est Aimee. Je la sens fébrile. J'ai l'impression que quelque chose se prépare. Et de ton côté ? Tu as des nouvelles de Whip ?

— Il croit que nous sommes en route pour la Floride, donc je ne m'attends pas à en avoir.

— Écoute, il faut que je te laisse, maintenant. J'ai du travail.

Réfugié dans le bureau, qui offrait une vue imprenable sur le patio, Adam fit discrètement coulisser la porte-fenêtre. La musique était trop forte pour entendre les conversations, mais Tom et Aimée se tenaient sous une guirlande lumineuse, et ils étaient donc bien visibles.

Repérant un type musclé en retrait, il l'identifia immédiatement comme le garde du corps de Nolan.

Son attention fut détournée un instant quand Chelsea traversa le patio avec deux plateaux, qu'elle déposa dans un comptoir réfrigéré près du barbecue. Sous son tablier, son ventre rond commençait à se voir, et il s'émut à la pensée du petit être qui grandissait en elle.

Elle échangea quelques mots avec Miguel, puis retourna à la cuisine.

Adam changea de place pour avoir une meilleure vue sur le patio, tout en sachant que le seul moyen d'en savoir davantage était de se mêler à la foule.

Remarquant que certains invités avaient adopté le style hawaïen, il eut soudain une idée.

Retournant chercher le carton d'accessoires, dans le placard où il l'avait rangé, il choisit une chemise et des tongs à sa taille, ainsi qu'un chapeau de paille. Il se changea et se glissa discrètement sur le patio, saisissant au passage un verre à cocktail garni de tranches de fruits, d'une paille et d'un petit parasol en papier.

Le tout était maintenant de ne pas se faire repérer par le garde du corps de Nolan.

Il se rapprocha de Miguel, qui était occupé à retourner sur le gril des pièces de poulet marinées au piment.

— Besoin d'aide ?

Miguel jeta un coup d'œil par-dessus son épaule.

— Non, merci.

Puis une lueur d'étonnement passa dans ses yeux.

— Adam ? C'est bien toi ?

— Chut ! Je suis ici incognito.

— C'est de la folie. Tu dois savoir qu'il y a plus d'un type armé ici qui serait prêt à t'abattre en un clin d'œil. Tu ferais mieux de partir.

— Je ne peux pas. Je surveille Tom Nolan. Qu'est-ce que tu sais de sa relation avec Aimee ?

— Ils sont très proches. Je pense qu'il a remplacé Devin.

— Dans le lit de sa femme, tu veux dire ?

— Et aussi professionnellement.

— Tu crois qu'Aimee sait que Nolan a repris les affaires de son mari ?

— Probablement. Ils sont peut-être même associés.

Le téléphone d'Adam vibra soudain dans sa poche, et il s'éloigna pour répondre.

— Salut, mon vieux. C'est Diego. Je ne t'ai pas vu, aujourd'hui.

— J'avais des choses à faire. Écoute, je suis occupé. Je peux te rappeler plus tard ?

— Pas de problèmes. Je voulais juste te dire que les gamins et leurs parents sont venus me voir cet après-midi pour s'excuser. C'était un vrai défilé chez moi. Je te suis reconnaissant pour ce que tu as fait.

— Je t'en prie. On dirait que tu as eu une sacrée journée, en plus de cette histoire de réfrigérateur.

— Quel réfrigérateur ?

— Celui d'Aimée.

— On m'a dit que le modèle qui a été livré la nuit dernière n'était pas le bon.

— On a livré un réfrigérateur cette nuit ? Qu'est-ce que c'est que cette histoire ? Ça fait quelques jours seulement qu'on l'a commandé, et il était en rupture de stock. Il ne peut pas déjà être là.

— J'ai peut-être mal compris.

— Ce n'est pas grave. J'éclaircirai ça demain.

Adam savait qu'il n'avait pas mal compris. Cette histoire de réfrigérateur devait être une diversion pour une livraison de drogue ou quelque chose.

Il devait parler à Chelsea.

Retournant à la cuisine, il n'y trouva que Maria et Sofia.

— Où est Daisy ?

— Elle est partie avec Mariana.

— Mariana ? La gamine avec un hématome sur la joue ? Qu'est-ce qu'elle faisait ici, à cette heure de la nuit ?

— Je ne sais pas. Elle était toute pomponnée, mais très angoissée. Elle a parlé une minute à Daisy, et elles sont parties ensemble.

— Il y a combien de temps ?

— Quinze minutes, environ.

— Où sont-elles allées ?

— Aucune idée.

— Daisy nous a demandé de te dire qu'elle était allée voir les moutons. Mais, je ne sais pas ce que ça veut dire.

L'ancienne bergerie !

Adam se débarrassa de son déguisement, et fila à travers le jardin.

Une brise légère soufflait, semblant psalmodier une malédiction.

Quelqu'un s'était-il servi de Mariana pour piéger Chelsea ?

Devin Holton avait-il finalement organisé sa nouvelle attaque ?

16

Chelsea tira sur la main de Mariana pour la faire ralentir, alors qu'elles dévalaient toutes deux la colline.

Au loin, grâce au clair de lune, elle pouvait apercevoir la lumière extérieure d'un nouveau bâtiment, et une forme plus sombre à côté, qui devait être l'ancienne bergerie.

— Mariana, dis-moi ce qui ne va pas, insista-t-elle.

— Chut ! Il va entendre.

— Qui ?

— Le garde.

— Que se passe-t-il ? Où as-tu eu cette robe ?

— L'homme l'a achetée.

L'adolescente portait la même robe rose que Chelsea avait essayée. Elle essaya de se rappeler ce que lui avait dit la vendeuse.

— Qui est cet homme ?

— Ce n'est pas important. S'il vous plaît...

— D'abord, dis-moi où tu es allée, après avoir cassé les verres. Et où nous allons maintenant.

— On m'a envoyée à la grange, dans la vallée. Puis le feu a pris et en a brûlé une partie. Alors, on m'a ramenée ici. La nuit dernière, le camion a amené plusieurs filles. Lucia – elle fait partie du nouveau groupe – elle est enceinte. Un type l'a frappée. J'ai entendu son nom : Davy. Elle est tombée, et depuis elle ne fait que gémir, et elle saigne. Je crois qu'elle va mourir. Il faut l'aider.

— Comment on va faire pour éviter le garde ?

— Suivez-moi.

Les deux femmes contournèrent le bâtiment, puis Maria se faufila à travers une étroite fenêtre dont le verre avait été brisé.

Au même moment, Chelsea entendit du bruit sur sa gauche.

— C'est moi, murmura Adam. Tout va bien ?

— Oh ! Adam ! Dieu merci, tu es là.

Elle désigna la fenêtre.

— Tu peux m'aider ?

— C'est peut-être un piège. Je vais passer le premier.

— Non, tu vas faire peur à Mariana. Ce n'est pas un piège. Quelqu'un a besoin d'aide.

Il prit son visage entre ses mains et déposa un baiser sur ses lèvres. Puis il lui tendit son revolver.

— Non, protesta-t-elle.

— S'il te plaît.

Elle glissa l'arme dans sa ceinture, et se faufila à l'intérieur.

Après avoir échangé quelques mots avec Mariana, elle fit signe à Adam de la rejoindre et fit les présentations.

Au fond de la pièce, une dizaine d'adolescentes, blotties les unes contre les autres, tournèrent vers eux des visages terrifiés.

Elles s'écartèrent pour laisser Chelsea approcher une jeune fille recroquevillée au sol, le visage tuméfié, et la jupe couverte de sang.

— Qu'est-ce qu'elle a ? demanda Adam.

— Elle s'appelle Lucia et, d'après ce que j'ai compris, Davy l'a frappée violemment ce matin. Je crois qu'elle est en train de perdre son bébé.

— Quoi ?

— Elle faisait partie de la « livraison » qui est arrivée cette nuit. Celle du prétendu réfrigérateur. Un camion doit venir ce soir pour les emmener à Denver. Aimee est forcément au courant. Elle n'a pas arrêté de raconter n'importe quoi à propos du réfrigérateur.

— Ça explique sa nervosité. Elle attend qu'on la « débarrasse » des filles.

— Quelle garce ! Lucia a besoin d'un médecin.

— Tu as appelé la police ?

— Je n'ai pas eu le temps.

— Je m'en occupe.

Tout en attendant que quelqu'un décroche au standard, Adam posa une autre question :

— Pourquoi les autres filles ne se sont-elles pas enfuies par la fenêtre, comme Mariana ?

— Je ne sais pas. Je pense qu'elles étaient trop effrayées. Certaines ont l'air d'avoir été droguées. Et puis, elles ne voulaient peut-être pas abandonner Lucia.

Son appel fut pris en compte, et Adam expliqua qu'il avait besoin d'une ambulance en plus de la police.

— Comment Mariana s'est-elle retrouvée dans cette histoire ? Tu l'as rencontrée avant que ces pauvres filles arrivent ici.

— C'est une fugueuse. Elle a été trouvée par « un vieil homme aux cheveux blanc » – peut-être Tom Nolan. Elle ne s'est pas laissée faire quand il l'a obligée à porter cette robe et a essayé de la vendre à ses amis. Du coup, il l'a confiée à Aimée, en attendant de l'expédier avec les autres. Quand Mariana a cassé les verres, Aimee l'a abandonnée dans une vieille grange, dans la vallée. Je pense que c'est là que leurs transactions avaient lieu habituellement. Mais le feu a tout ravagé, et Mariana a été ramenée ici.

— Mais, comment Mariana s'est-elle retrouvée à nouveau avec cette robe ? Elle ne la portait sans doute pas quand tu l'as vue pour la première fois dans la cuisine.

— Non. J'ai remarqué que son jean et son T-shirt étaient trop grands. Mais c'étaient des vêtements de marque. Ils devaient appartenir à Aimee. Quand elle l'a renvoyée, elle a dû l'obliger à remettre cette robe. C'est vraiment un monstre.

— Je ne serais pas étonné qu'elle ait repris les affaires de Devin.

— Avec son « ami » Davy.

— Ce doit être un recruteur.

— Comment cela ?

— C'est un type chargé de trouver des filles un peu perdues, des fugueuses, des sans-abri... De devenir ami avec elles, puis de les vendre à des réseaux d'esclavage domestique ou de prostitution.

— Quelle horreur !

— Écoute, il est bientôt minuit. Je ne pense pas qu'il nous reste beaucoup de temps avant l'arrivée du camion. Et la police ne sera pas là avant vingt minutes. Il faut que je m'occupe du garde.

— Prends le revolver.

— Non. Garde-le. Si quelqu'un passe cette porte, sers-t'en.

— Mais, Adam...

— Je ne peux pas vous laisser, toi et les filles, sans protection. Je prendrai l'arme du garde, ne t'inquiète pas. Je t'aime, Chelsea.

— Moi aussi, je t'aime.

Adam approcha le bâtiment par la route, et se présenta à l'entrée principale.

Le garde se leva dès qu'il le vit approcher.

— Qui êtes-vous ?

Adam improvisa.

— Davy m'envoie vous dire que le camion sera là dans quelques minutes.

— Je sais. Le conducteur vient de m'appeler.

Avant même que le garde ait eu le temps de s'interroger davantage sur sa présence, Adam lui assena un coup rapide à la mâchoire, qui le fit tomber.

Récupérant son arme, il tira l'homme sur le côté du bâtiment, se servit de ses menottes pour l'attacher à une descente de gouttière, et le bâillonna avec sa cravate.

Satisfait, Adam enfila la veste de l'homme. Elle était un peu juste, mais ça allait.

Il ne lui restait plus maintenant qu'à ouvrir la porte et à faire sortir les filles.

Un bruit de moteur et le grincement de vieux amortisseurs lui apprirent qu'un véhicule approchait, sans éclairage. Il vit sa silhouette sombre s'arrêter et manœuvrer pour positionner l'arrière devant la porte du bâtiment.

Courant vers le poste de garde, Adam revint en pleine lumière, juste au moment où le conducteur sautait du camion.

Le passager s'activait déjà à l'arrière pour ouvrir les portes.

— Où diable étiez-vous passé ? demanda le conducteur, d'un ton de reproche.

— Mon collègue est malade. Davy m'a envoyé pour le remplacer.

Tout en parlant, il avait jeté un coup d'œil dans le camion. Des bancs étaient fixés de part et d'autre. Pas de fenêtres. Rien pour se tenir. Quand il pensa à ces pauvres filles transportées à l'intérieur tel du bétail, il sentit son cœur se serrer.

— Ouvrez le bâtiment, dit le conducteur. On n'a pas toute la nuit.

Adam tâtonna pour trouver la bonne clé.

— Une des filles est malade. Elle a besoin de voir un médecin.

— Ils s'en occuperont à Denver.

— Elle sera peut-être morte à l'arrivée.

L'homme haussa les épaules.

— Dépêchez-vous. Nous avons une longue route à faire.

Ne pouvant plus faire traîner plus longtemps, Adam ouvrit la porte.

Le conducteur et son passager entrèrent d'autorité dans la pièce, braquant de puissantes torches sur un groupe de visages effrayés, incluant celui de Mariana, mais pas celui de Chelsea.

Le conducteur s'avança près de Lucia, puis jeta un regard par-dessus son épaule :

— Bennie, fais monter les filles dans le camion.

— OK, Lou.

Bennie se mit à crier en espagnol, et les jeunes prisonnières commencèrent à sortir, tandis que Lou s'accroupissait à côté de Lucia.

Dès que Bennie regarda ailleurs, Adam lui assena un coup de crosse à l'arrière de la tête, puis le rattrapa avant qu'il heurte le sol. Il récupéra ensuite son arme, et se faufila vers Lou, jusqu'à ce qu'il soit assez proche pour appuyer le canon de son revolver sur sa nuque.

— Posez votre arme par terre, et poussez-la au loin.

L'homme s'empressa d'obtempérer.

— Relevez-vous.

— Qui êtes-vous ? maugréa Lou, tout en se redressant.

— Certainement pas un de vos amis.

Adam récupéra l'arme, puis il releva Bennie, encore sonné, et poussa les deux hommes vers la porte.

Les jeunes filles s'écartèrent pour les laisser passer.

Soudain, un autre homme sortit de l'ombre, un bras passé autour du cou de Chelsea et un revolver pointé sur sa tempe.

Davy a finalement fait son apparition.

— Ne bougez plus, dit-il. Si vous tentez quoi que ce soit, je la tue.

Adam ne s'en laissa pas compter.

— Vous n'allez pas prendre le risque qu'on entende un coup de feu depuis la maison, alors qu'il y a des invités.

— Vous plaisantez ? Pourquoi croyez-vous que la musique est si forte ?

— La police est en route, dit Chelsea.

— Qu'est-ce que vous voulez que ça me fasse ? Lou, prends-lui ses armes. Bennie, fais monter les filles dans le camion.

Mariana fermait la triste cohorte. En passant devant Adam, elle murmura :

— Dans le tablier.

Il ne comprit pas ce qu'elle voulait dire, et n'eut pas le temps d'y réfléchir davantage. Davy venait de pousser Chelsea dans sa direction. Il la rattrapa avant qu'elle tombe.

— Vous deux. Retournez à l'intérieur.

Les portes du camion se refermèrent, et Lou les sécurisa avec un gros cadenas.

Passant un bras autour de la taille de Chelsea, Adam fit ce qu'on lui demandait. Cela ressemblait à une marche funèbre.

— Je suis désolée, murmura Chelsea. Je pensais pouvoir être utile à l'extérieur, mais Davy m'a surprise en train de me pencher sur le garde que tu as assommé.

— Ne t'inquiète pas. Ça va aller.

Il déposa un baiser dans ses cheveux.

— Je crois que nous devrions nous marier ici et maintenant. Pour toujours. Je t'aime, Adam.

Il lui donna un baiser chargé de désespoir, comme si c'était le dernier.

— C'est bon, les amoureux, ricana Davy. Vous pouvez vous arrêter là.

Son attention fut immédiatement détournée par la vue de Lucia, qui gémissait et s'agitait sur le lit de vieux cartons que Mariana lui avait fait.

Machinalement, Adam remarqua qu'il y avait une espèce de chiffon blanc taché de sang à proximité de sa main.

— Qu'est-ce que c'est que ça ? s'exclama Davy.

— La fille que vous avez frappée ce matin, répliqua Chelsea. Elle a besoin d'un médecin.

— Je crois que ce n'est plus vraiment votre problème.

Adam réalisa que le chiffon n'était autre que le tablier de Chelsea. Pourquoi Mariana l'avait-elle mentionné ?

— Vous ne me facilitez vraiment pas les choses, se lamenta Davy. Qu'est-ce que je vais faire de vos cadavres ?

— J'ai une idée, dit Adam. Ne nous tuez pas.

— C'est trop tard.

Il agita son arme pour leur indiquer la direction de Lucia.

— Allez vous asseoir à côté de la gamine, le temps que je réfléchisse.

Adam s'arrangea pour s'asseoir de façon à pouvoir attraper le tablier. La poche était tournée du côté de Lucia mais, d'après son renflement, il devait y avoir quelque chose à l'intérieur.

Davy faisait les cent pas, le front plissé par un effort de réflexion, les articulations blanches à force de serrer les doigts autour de la crosse de son revolver.

Apparemment, il n'était pas habitué à faire le sale travail. Il était juste bon à intimider de malheureuses jeunes filles.

Profitant de sa distraction, Adam tira le tablier à lui, surpris par le poids de l'objet dissimulé dans la poche. Il glissa la main à l'intérieur et comprit.

C'était l'arme qu'il avait donnée à Chelsea. Cette dernière avait dû la confier à Mariana avant de sortir, et l'adolescente l'avait cachée dans le tablier.

Sans hésiter, Adam leva l'arme et tira.

Davy s'effondra, mortellement touché.

L'ignorant, Adam s'empressa de prendre Chelsea dans ses bras.

Au même moment, des phares éclairèrent l'entrée du bâtiment.

Les secours sont enfin arrivés.

Cette pensée à peine formulée, Adam réalisa qu'il n'y avait ni sirène ni gyrophare.

À quoi devaient-ils s'attendre, à présent ?

Il se déplaça prudemment vers l'avant du bâtiment, prêt à faire feu.

Une silhouette familière sortit d'une voiture de police, une arme à la main.

— Whip ? appela-t-il.

— Bon sang ! C'est toi, Adam ? Tu es blessé ?

— Non. Tout va bien. Je suis tellement content de te voir. Il faut prévenir les autorités. Il y a un camion plein de mineures kidnappées qui roule vers Denver.

Il s'avança et donna son revolver à Whip.

— C'est l'arme qui a tué le type à l'intérieur. Elle appartenait au garde, mais c'est moi qui ai tiré.

Il remarqua vaguement que Whip n'avait pas baissé son arme, mais ne s'en formalisa pas plus que ça.

— Où est Chelsea ?

— À l'intérieur, avec une blessée. Il nous faut une ambulance.

— Alors, c'est là que vous vous cachiez ? Je t'avais pourtant demandé de partir.

— J'avais quelque chose à faire.

— J'ai toujours su que tu reviendrais, marmonna Whip.

— Il fallait que je découvre qui essayait de me tuer, et pourquoi.

— Quand ton ami Dennis m'a dit qu'il avait trouvé une boîte, j'ai su que tu voudrais la récupérer. J'ai essayé de la voler chez lui, mais il l'avait déjà mise ailleurs.

Adam eut soudain le sentiment qu'il se passait quelque chose d'anormal, et il recula de quelques pas.

— Qu'est-ce que tu racontes ? Qu'y a-t-il dans cette boîte ?

— Je voulais t'empêcher de continuer à fouiner partout, dit Whip entre ses dents, presque pour lui.

Adam se sentait de plus en plus mal à l'aise. Il avait l'impression de ne pas reconnaître l'homme qui se tenait devant lui – son mentor, le meilleur ami de son père.

— Écoute, dit-il, d'un ton conciliant, chaque chose en son temps. Nous avons besoin d'aide pour cette fille.

— Quelle fille ?

— Le type que je viens de tuer, Davy, il a violemment battu une gamine. Elle est en train de mourir.

— Elle porte une robe rose ?

— Non, c'est une nouvelle. Mais… Attends… Comment connais-tu Mariana ?

Adam sentit un frisson courir le long de sa colonne vertébrale. Se pouvait-il que le tourmenteur de Mariana ne soit pas Tom Nolan, mais…

— Quel imbécile, ce Davy ! grommela Whip. Il croyait tout savoir. J'ai bossé pendant dix ans avec Holton, et tout se passait bien. Mais Aimee est complètement à côté de la plaque. Depuis qu'elle a fait venir Davy, plus rien ne tourne rond.

Adam écarquilla les yeux. Son esprit lui disait des choses que son cœur refusait d'entendre.

Au bout de quelques secondes, la vérité le frappa de plein fouet.

— Tu es impliqué dans tout ça ? dit-il, d'une voix blanche. Et Ballard ? C'était ton complice ?

— Ballard ? Cet imbécile ?

Whip ricana.

— Non, j'ai trouvé quelqu'un d'autre, au sein du programme de protection des témoins, qui avait besoin d'argent. Quand Ballard a découvert le nom de celui qui avait grillé ta couverture, il est venu me voir. Il n'avait rien de concret contre moi. Juste des soupçons. Mon complice n'avait pas lâché le morceau. Mais ça aurait fini par arriver, un jour ou l'autre.

— C'est pour ça que tu l'as tué ?

— Et vous allez bientôt le rejoindre six pieds sous terre, toi et ta copine.

Adam l'observa avec stupéfaction.

— Tout chez toi n'est donc que mensonge ?

Whip haussa les épaules.

— On peut dire ça.

— Depuis quand ?

— Depuis toujours.

Adam eut soudain une illumination.

— Tu as cherché la boîte après la mort de mon père. C'est pour ça que tu voulais rénover la maison. Mais qu'est-ce qu'il y a dedans, bon sang ?

Whip secoua la tête.

— Retourne à l'intérieur. Ce ne sera pas long.

— La police est en route.

— Personne ne viendra. J'ai tout annulé. C'est fini, Adam. Il faut t'y résigner

— Jamais ! s'exclama Chelsea dans le dos d'Adam.

Adam se retourna et la vit dans l'embrasure de la porte, tenant l'arme de Davy à deux mains.

— Donnez votre arme à Adam, Whip. Je me suis servie du téléphone de Davy pour appeler la police.

Whip ne broncha pas.

— Vous êtes l'homme dont Mariana m'a parlé. Vous avez une âme diabolique et dépravée. C'est fini pour vous. Donnez votre arme à Adam.

Whip ne réagit toujours pas.

— Écarte-toi, Adam.

Il découvrit qu'il ne pouvait pas bouger. Ses pieds étaient comme collés au sol.

Le silence s'étira, jusqu'à ce que Whip secoue la tête et reprenne la parole, d'une voix emplie de renoncement.

— Elle a raison. C'est fini.

Levant son arme vers sa propre tempe, il répéta :

— Fini.

Adam ferma instinctivement les yeux au moment où Whip appuya sur la détente.

Épilogue

Une semaine plus tard

— Je suis prêt à l'ouvrir, dit Adam.

Puis il trancha le large ruban adhésif à l'aide d'un couteau.

Chelsea s'était demandé quand il aurait le courage de le faire.

Refusant que quiconque voie ce qu'il y avait dans le carton récupéré dans la voiture de Whip, Adam l'avait caché dans leur camionnette avant l'arrivée de la police.

Tout s'était ensuite enchaîné. Lucia avait été conduite à l'hôpital, et avait pu être sauvée de justesse. Aimee Holton et Tom Nolan avaient été arrêtés, ce dernier étant à la tête d'un trafic de drogue dans lequel – sans surprise – était aussi impliqué l'acteur de télévision.

À dire vrai, les derniers jours avaient été fantastiques. Sans vendetta contre eux, ils avaient eu le temps de profiter l'un de l'autre. D'autant plus que Chelsea avait miraculeusement retrouvé la mémoire.

Adam aimait plaisanter, en disant que son ange gardien avait fini par se réveiller.

Quoi qu'il en soit, elle avait désormais un passé. Sa mère et son père, ses sœurs, son frère Bill, le visage de sa grand-mère, son beau petit food-truck, son chat, son appartement, le livre qu'elle avait oublié de retourner à la bibliothèque… Elle avait tout ça.

Et grâce au bébé qui grandissait dans son ventre, et à l'homme assis à côté d'elle, elle avait aussi un avenir.

Toute la peine et la colère qu'elle imaginait ressentir après le retour de sa mémoire ne s'étaient pas manifestée.

Sans s'en rendre compte, elle avait déjà probablement assimilé ces sentiments car, tandis que Steven se transformait en Adam, elle s'était aussi transformée. C'était un peu comme si elle était deux personnes différentes à la fois, mais tout à fait, pas vraiment...

Sa nouvelle mission était d'aider Mariana à découvrir la même chose sur elle-même.

La police avait arrêté le camion avant qu'il franchisse la frontière de l'État, et les adolescentes avaient été confiées à la protection de l'enfance. Mariana ne pouvait pas retourner chez ses parents maltraitants, et Chelsea avait demandé à s'occuper d'elle. Cela signifiait qu'elle devrait venir habiter en Arizona. Mais Adam et son ami Dennis projetaient d'ouvrir une taverne, et elle était ouverte à tout pourvu qu'ils soient ensemble.

De toute façon, ce qui comptait, c'était que Mariana comprenne qu'elle avait survécu grâce à sa volonté et à sa force de caractère, qu'elle était forte et unique, et que le futur n'était pas forcément une répétition du passé.

Adam était tout aussi déterminé qu'elle à aider Mariana. Ainsi, avant d'élever leur propre enfant, ils allaient devenir les parents adoptifs de Mariana.

Adam écarta les rabats du carton, et en sortit une vieille boîte de conservation en plastique. À l'intérieur se trouvait le journal intime de sa mère, avec son prénom écrit sur la couverture.

Lorsqu'il l'ouvrit, des feuilles retenues par un trombone en tombèrent.

— C'est l'écriture de papa, dit-il. Je vais commencer par ça.

Chelsea s'installa confortablement sur le canapé tandis qu'il commençait à lire en silence, contente d'être là s'il avait besoin d'elle, et consciente aussi qu'il allait avoir besoin de temps pour assimiler tout ça.

Chelsea s'était presque endormie quand Adam reposa les papiers et tourna les yeux vers elle.

— Je suppose que je devrais être abasourdi, mais après tout ce qui s'est passé...

Il soupira.

— Au moins, je connais la vérité maintenant.

Elle attendit qu'il ait fini de rassembler ses pensées.

Quand il parla enfin, sa voix était douce.

— Ma mère soupçonnait Whip d'avoir séduit son étudiante et de l'avoir tuée. Lorsqu'elle lui en a parlé, il lui a dit qu'elle se trompait. Elle s'est alors confiée à mon père, mais il n'a pas voulu la croire. Il a dit que ses accusations détruiraient leur amitié. En clair, il a pris le parti de Whip. Et en plus, il a dit à Whip que maman tenait un journal.

Chelsea ne fit pas de commentaire. Qu'aurait-elle pu dire ?

— Donc, maman a pris rendez-vous avec le chef de la police, pour lui demander son aide. Whip l'a découvert, et a décidé de voler son journal. Mais elle l'a surpris et, sous le coup de la panique, il l'a tuée. Ensuite, il a cherché le journal, mais n'a pas réussi à le trouver. Tout cela, mon père ne l'a appris que plus tard, bien sûr.

— Seigneur ! Whip a tué ta mère ?

Adam hocha la tête.

— Et il m'a incité à croire que c'était mon père qui l'avait fait.

— Oh ! Adam...

— Papa s'est senti coupable de ne pas avoir soutenu maman. Puis il a trouvé son journal et l'a lu. Apparemment, après sa confrontation avec lui, Whip a commencé à suivre maman partout. Elle se sentait menacée. Papa a posé la question à Whip, en espérant que tout cela était faux. Mais Whip a tout reconnu. Il a dit que ce serait parole contre parole, et que le chef ne croirait jamais un ivrogne. C'est là que mon père a mis toutes leurs lettres d'amour, le journal et ces quelques feuilles dans une boîte hermétique, qu'il a cachée sous la maison. Je crois que je ne saurais jamais s'il s'est suicidé, ou s'il est mort de culpabilité.

— C'est sans importance, tu ne crois pas ? dit gentiment Chelsea.

— Il aurait pu montrer le journal au chef. Il aurait pu combattre Whip et sauver je ne sais combien d'autres jeunes filles. Mais il ne l'a pas fait. C'était un lâche.

— Mais toi, tu ne l'es pas, dit Chelsea. Et tu peux maintenant essayer de faire la paix avec le passé. Tu vas en avoir besoin pour t'occuper de notre enfant et de Mariana.

— Je sais.

Il fixa la boîte, puis Chelsea, la faisant fondre avec son regard tendre.

— Je regarderai le reste plus tard, puis je déciderai quoi en faire.

Elle se blottit contre lui.

— Ça me semble une bonne idée.

— J'ai une idée encore meilleure, dit-il.

La main d'Adam glissa sous son menton, et il lui releva gentiment la tête, avant de déposer sur ses lèvres un baiser impatient.

NICO ROSSO

La marque du soupçon

Traduction française de
DOMINIQUE TRUFFANDIER

BLACK ROSE

HARLEQUIN

Titre original :
UNDERCOVER JUSTICE

Ce roman a déjà été publié en 2020.

1

Stephanie Shun n'était pas une voleuse de voitures. Son père lui avait toujours dit que, si elle voulait un véhicule que son propriétaire ne souhaitait pas vendre, il pouvait engager quelqu'un pour la voler. Mais elle avait cessé de l'écouter des années plus tôt, quand elle avait décidé qu'elle n'avait aucune envie d'hériter de son empire criminel niché dans un coin de Chinatown, à San Francisco.

Et pourtant, accroupie contre l'aile d'une voiture, dans un parking, elle s'employait à détacher le cache en plastique du rétroviseur de droite. Quiconque l'aurait surprise aurait pensé qu'elle était en train de voler cette voiture. Mais personne ne pouvait deviner que c'était sa propre voiture qu'elle volait, dans le seul but d'infiltrer une équipe de transporteurs qui passaient des contrats avec les pires criminels de la côte Ouest.

Quand elle eut suffisamment écarté le cache pour distinguer tout un faisceau de fils électriques, elle y glissa une cale en plastique et prit la pince multifonctions accrochée à sa ceinture. Elle sélectionna l'un des fils et le dénuda, en prenant soin de causer le minimum de dommages extérieurs. Elle avait acheté la Mercedes racée grâce aux bénéfices tirés de ses divers investissements, et abîmer la carrosserie lui aurait semblé criminel.

Elle s'arrêta net en entendant un bruit de pas. Même s'il était plus de 3 heures du matin, elle n'était pas seule au premier étage du parking privé. C'était l'un des désagréments rencontrés par ceux qui se livraient à une activité criminelle dans une ville aussi peuplée que San Francisco : il y avait de l'activité à toute heure du jour et de la nuit. Elle se recroquevilla contre la roue avant, au cas où l'inconnu aurait regardé sous le châssis de la voiture. Les caméras de surveillance ne pouvaient pas détecter sa présence, les néons qui bourdonnaient au plafond de béton projetaient des ombres épaisses dans lesquelles elle pouvait se dissimuler, mais elle n'était pas invisible pour autant, bien qu'elle soit entièrement vêtue de noir.

Le rythme rapide des pas apaisa ses craintes. Il ne s'agissait certainement pas d'un vigile, mais d'une personne qui était seulement venue récupérer sa voiture et n'avait aucune intention de s'attarder dans le parking. Une portière claqua et un moteur démarra. Stephanie en profita pour attraper un appareil électronique dans son sac. Quand des phares s'allumèrent, trois rangées de voitures plus loin, elle ramena ses jambes contre son corps, dans l'ombre projetée par la roue contre laquelle elle se plaquait.

Mais l'autre voiture ne bougea pas. Peut-être que le conducteur consultait son téléphone ou attendait que le chauffage se mette en marche. La nuit était glaciale. Pourtant, ce fut un froid intérieur qui fit frissonner Stephanie. À sa montre, il était 3 h 21. Les instructions données par le patron de l'équipe de transporteurs spécifiaient qu'elle devait être au volant d'une voiture volée à 3 h 30, heure à laquelle il lui enverrait par texto les consignes suivantes. Si elle ratait ce boulot, cela anéantirait ses chances d'infiltrer la bande… et sa véritable cible lui glisserait entre les doigts.

Elle ne pouvait pas laisser passer cette occasion de traquer l'organisation criminelle qui se livrait à la traite des êtres humains depuis bien trop longtemps en se jouant des forces de l'ordre. Comme tous les autres membres de Frontier Justice, le groupe de justiciers auquel elle appartenait, Stephanie avait accès aux ressources de la police. C'était d'ailleurs grâce aux communications entre les membres de la police et le FBI, ainsi qu'aux rumeurs qui couraient dans la pègre, que l'organisation avait appris que l'équipe de transporteurs qu'elle s'apprêtait à infiltrer collaborait avec le Seventh Syndicate. Mais comme Frontier

Justice n'avait rien d'une organisation officielle – tout comme sa version du XIXe siècle, dont son aïeul avait été un cofondateur –, ses membres n'étaient pas tenus d'agir dans la légalité.

Le conducteur de l'autre voiture passa enfin une vitesse. Le véhicule hoqueta et s'éloigna lentement. Comme l'horloge tournait, Stephanie prit le risque de se remettre au travail. Elle fixa une petite pince métallique au fil qu'elle avait dénudé et la relia à l'appareil électronique qu'elle tenait à la main. Sur l'écran faiblement éclairé commencèrent à défiler des informations provenant de l'ordinateur central du coupé. Elle pressa quelques boutons pour affiner la recherche de données jusqu'à repérer et télécharger les codes d'usine de la voiture.

Elle actionna un interrupteur sur le côté du boîtier, appuya sur un autre bouton pour émettre le code qu'elle venait de pirater, et les portières de la Mercedes se déverrouillèrent. Elle serait parvenue au même résultat avec la clé électronique qui se trouvait dans son appartement de Pacific Heights, mais il fallait que le vol semble parfaitement authentique.

Après avoir ôté la pince métallique du fil et replacé le cache du rétroviseur, elle ouvrit la portière et posa son sac sur le plancher. Ensuite, elle passa par-dessus le siège pour se mettre au volant. Une pression sur le bouton du tableau de bord suffit à faire ronronner le moteur de la Mercedes.

Cette voiture était vraiment agréable à conduire... Elle allait lui manquer. Quand elle l'aurait livrée à l'équipe de transporteurs, ils falsifieraient sans doute son numéro d'identification avant de la revendre au marché noir. Mais rien ne pourrait éveiller leurs soupçons : tous les papiers de la voiture étaient reliés à une société écran qui lui appartenait et par laquelle il était impossible de remonter jusqu'à elle.

L'élégant coupé deux portes quitta souplement la place de parking et s'engagea dans l'allée. Stephanie consulta sa montre : elle était encore dans les temps. Tout juste. En descendant la rampe circulaire, elle se demanda si elle aurait mieux fait de voler son Audi, qui était garée un étage plus loin, ou la Subaru gonflée pour les courses de rue qui dormait dans le garage de sa résidence. Mais même si elle adorait conduire la Mercedes, elle était prête à s'en séparer. L'un de ses derniers passagers avait été un entrepreneur en technologie avec lequel elle sortait pour la première fois. Le rendez-vous galant était tombé à l'eau quand le type, les yeux brillants, lui avait demandé de lui parler de son père. Comme beaucoup d'autres avant lui, il ne l'avait vue que comme la fille d'Eddie Shun, et pas comme Stephanie Shun, tout simplement.

C'est aussi bien comme ça, pensa-t-elle en soupirant. Elle avait eu sa dose de frissons récemment, en contribuant à reformer Frontier Justice et en se retrouvant au cœur d'une fusillade contre des vigiles armés dans une propriété d'une valeur de plusieurs millions de dollars à San Jose, au cours de leur toute première mission – la première de ce siècle, du moins.

Et jamais elle n'aurait pu demander à un type de ce genre de faire le guet pendant qu'elle volait sa propre voiture.

La barrière du parking s'ouvrit automatiquement devant elle. Elle leva la main d'un geste désinvolte pour masquer son visage aux caméras de surveillance. Toute la manœuvre devait être irréprochable, parce que les hommes du Seventh Syndicate ne négligeaient aucun détail.

À une rue du parking, le téléphone qu'elle avait acheté et configuré en vue de ce travail vibra, annonçant l'arrivée d'un texto du chef de l'équipe de transporteurs. Ronald Olesk. Elle s'était mise en rapport avec Olesk par l'intermédiaire de l'ami d'un ami d'un ami, mais ne l'avait encore jamais rencontré. Le message était simple. Une heure et un lieu.

— Fils de...

La tension vibrait le long de son épine dorsale. Elle avait dix minutes pour se rendre à l'adresse indiquée. À cette heure de la nuit, elle y parviendrait sans peine. Le vrai problème, c'était que l'adresse était celle d'un entrepôt qui appartenait à son père.

La dernière fois qu'Arash Shamshiri avait commis un vol, des années plus tôt, il s'était dit qu'il allait mourir. Peut-être pas cette nuit-là mais, s'il ne changeait rien à sa vie, il finirait avec une balle dans le corps. Et pourtant, il s'employait à forcer la serrure d'un bureau, au premier étage d'un entrepôt.

Il avait déjà repéré le circuit de la ronde des vigiles depuis une fenêtre située en hauteur, qu'il avait ouverte en profitant d'une rafale de vent qui avait fait gémir tout le bâtiment. Grimper entre des poutres métalliques et descendre le long de piliers en acier avait été la partie la plus facile. Mais trois des vigiles arpentaient le niveau auquel il maniait maintenant ses vieux crochets de cambrioleur. Des cris pouvaient résonner à tout instant, suivis d'une fusillade.

Heureusement, il n'avait pas complètement perdu la main et la serrure céda alors que les vigiles étaient à l'autre bout de l'entrepôt. Il entrebâilla la porte et se glissa dans la pièce. En respirant lentement pour calmer les battements effrénés de son cœur, il s'accroupit entre les bureaux et les meubles classeurs. Quelque part dans ce fouillis se trouvait la feuille de papier qu'on l'avait chargé de trouver.

Dès que les directives étaient arrivées dans un texto envoyé par Ronald Olesk, il avait su qu'il ne s'agissait que d'un test. Mais il devait le réussir. Arash savait comment fonctionnaient ces gangs : si l'on faisait ses preuves, on en passait la porte. Si l'on continuait à se montrer à la hauteur, on gagnait leur confiance.

Il fallait que ces assassins pensent qu'il était l'un des leurs. Alors, il pourrait frapper.

Mais avant de pouvoir penser à se venger, il devait trouver les horaires des camions de livraison d'Eddie Shun. Les plus récents devaient être tout en haut d'une pile... Mais laquelle ? À en juger par l'odeur que dégageaient les brocolis et les choux de Bruxelles stockés dans l'entrepôt, il était grand temps de les emporter. Les chauffeurs arriveraient sans doute dans deux heures.

Il jeta un regard vers l'horloge accrochée au mur. Bon sang ! Il lui avait fallu plus longtemps que prévu pour s'introduire dans ce bureau. Il ne lui restait plus que quatre minutes pour trouver ce papier et regagner la rue. Les consignes d'Olesk étaient claires : la voiture qui l'emmènerait de l'entrepôt arriverait à 3 h 40 et repartirait à 3 h 41.

Il ne fallait surtout pas qu'il cède à la panique. Il se concentra et examina la pièce. Pour avoir été chauffeur poids lourds pendant ses études de commerce, il savait que les manifestes d'expédition et les emplois du temps passaient toujours par les bureaux. Le papier qu'il cherchait se trouvait forcément sur la grande table qui occupait le centre de la pièce. Il rampa jusque-là et tendit le cou pour regarder sur le plateau.

La première chose qu'il vit fut la silhouette de l'un des vigiles, qui passait devant le mur vitré qui constituait tout un côté de la pièce. Il ne pouvait pas s'écarter trop vivement sous peine d'attirer son attention. Il s'immobilisa donc, le sang bourdonnant à ses oreilles. L'homme poursuivit son chemin sur la passerelle et disparut derrière le coin du mur.

Arash souffla, posa les yeux sur le bureau et avisa un porte-bloc maculé de graisse. En surveillant les vitres du coin de l'œil, il tendit le bras et s'en empara.

Le contenu de la feuille était illisible dans l'obscurité. Il avait bien une lampe-torche dans la poche de sa veste, mais il ne pouvait pas s'en servir sans se faire repérer. Il rampa donc vers le mur vitré afin de déchiffrer le texte à la lumière de l'entrepôt. La date inscrite en haut de la feuille était celle du jour, et des heures d'expédition étaient indiquées dans une grille, accompagnées des numéros des camions et de la nature du chargement.

Arash prit la feuille, la plia et la mit dans sa poche. Il reposa le porte-bloc sur le bureau et retourna vers la porte en jetant un regard vers l'horloge murale. Il lui restait deux minutes pour retrouver son chauffeur devant l'entrepôt. Pas assez de temps pour remonter discrètement sur le toit. Zut, il n'en avait même pas assez pour passer par la porte !

Il se leva et ressortit du bureau. Il allait devoir courir, en passant devant les vigiles.

Stephanie n'avait pas mis de bagues, afin de ne pas être trahie par le reflet de la lumière sur le métal pendant qu'elle volait sa voiture, mais elle regrettait maintenant de ne pas en porter au moins une. Elle aurait pu canaliser sa nervosité en la faisant tourner autour de son doigt.

Sa mère avait toujours eu cette habitude en horreur. Elle avait tenu à ce que Stephanie choisisse un bijou unique et ne porte que celui-là, afin de définir sa place dans le monde. Si Stephanie ne l'avait jamais écoutée, ce n'était pas parce qu'elle était une adolescente qui cherchait à se libérer d'une famille et d'un style de vie qu'on lui avait imposés, mais parce que changer régulièrement de bague l'aidait à conserver son équilibre. Chaque bague offrait une sensation différente sur ses doigts, ce qui l'amenait à se concentrer sur ses mains.

3 h 40. Si son passager n'était pas là dans la minute, elle allait devoir partir. Pourquoi diable n'était-il pas en avance ? Chaque seconde qu'elle passait garée dans la pénombre, près de l'entrepôt de son père, offrait au destin une occasion supplémentaire de frapper. Si son père la trouvait là, sa couverture serait grillée. Et il ne fallait surtout pas qu'Olesk et sa bande sachent qui elle était.

Une porte s'ouvrit soudain sur le côté de l'entrepôt. Elle sursauta, surprise, mais se ressaisit aussitôt et embraya. Maintenant qu'elle avait volé la voiture, son boulot était donc de transporter un fuyard. Quand elle s'approcha, la silhouette qui s'était s'élancée sur le trottoir obliqua vers elle. Les ombres qui l'enveloppaient empêchaient Stephanie de distinguer ses traits. L'homme atteignit la voiture et ouvrit vivement la portière de droite.

Deux autres hommes sortirent alors de l'entrepôt, tous deux armés d'un revolver. L'un d'entre eux boitait. Le passager de Stephanie bondit dans la voiture et claqua la portière.

— Sors-nous de là, intima-t-il d'une voix pressante.

Elle n'avait pas besoin qu'il le lui dise. La présence des deux vigiles armés était assez inquiétante pour qu'elle accélère vivement et passe devant eux avant qu'ils aient eu le temps de lever leurs armes. La voiture négocia parfaitement le virage suivant et fut bientôt à bonne distance de l'entrepôt.

Le passager de Stephanie s'était retourné sur son siège pour surveiller ce qui se passait derrière eux. Quand il se tourna vers l'avant, elle put enfin regarder rapidement son visage. Ses yeux sombres au regard intense étaient fixés droit devant lui. Ses cheveux noirs étaient rassemblés en une courte queue-de-cheval qui faisait ressortir ses pommettes bien dessinées et son nez aquilin. Au-dessus de son bouc bien taillé, sa bouche esquissait une moue grave. Elle aurait volontiers passé plus de temps à détailler les traits de son passager, mais la route décrivait un nouveau virage devant elle. Et l'homme appartenait à une bande de transporteurs criminels qu'elle était décidée à détruire.

Il se retourna de nouveau pour regarder sur le côté, puis vers l'arrière. Son épaule et son torse puissant s'approchèrent d'elle. Ses vêtements noirs masquaient entièrement son corps, mais les tendons de son cou et l'énergie qui se dégageait de lui laissaient deviner sa force.

— Bon sang..., gronda-t-il.

— Est-ce que tu as trouvé ce que tu étais venu chercher ?

S'il avait échoué, ses chances d'approcher Olesk pouvaient être réduites à néant.

— Bien sûr que oui, répliqua-t-il. Pourquoi est-ce que je m'enfuyais, d'après toi ?

— Alors, quel est le problème ?

— Le problème, c'est que trois voitures nous suivent, tous feux éteints.

Il montra du doigt une rue parallèle à celle qu'ils suivaient. Deux petites voitures au moteur gonflé et une berline haut de gamme rôdaient à un carrefour. Elles accélérèrent soudain et se dirigèrent droit vers Stephanie et son passager.

— Super, dit-elle en ricanant.

Et elle enfonça la pédale d'accélérateur. Son passager attacha sa ceinture de sécurité et se cala contre la portière. Ils filèrent à travers les rues plates du quartier de Dogpatch, mais sans parvenir à semer leurs poursuivants.

— Comment tu t'appelles ? demanda-t-elle, les mâchoires serrées.

— Arash.

— Très bien, Arash. Dans la poche latérale de mon sac, à tes pieds, il y a un émetteur-récepteur.

Si cet homme était assez doué pour voler quelque chose à Eddie Shun – même s'il n'avait pas pu ressortir de l'entrepôt sans se faire repérer –, il devait être capable de se servir de l'appareil.

Il posa le sac sur ses genoux et plongea la main dans la poche latérale.

— Je l'ai.

En soulevant l'appareil, il commenta, impressionné :

— Ces trucs valent cher.

— Qui a dit que je l'avais payé ?

En fait, elle l'avait bien acheté, au marché noir, par l'intermédiaire d'une connaissance.

— Joli.

Il la regarda longuement, et l'éclair de désir qu'elle crut déceler dans ses yeux emplit sa poitrine d'une chaleur inattendue. Lancée avec cet homme dans une course folle dans les rues de San Francisco, elle se sentit soudain pleine d'audace, pour la première fois depuis bien longtemps. Elle chassa aussitôt cette pensée pour se concentrer sur la route. Arash aussi sembla se reprendre et reposa les yeux sur l'appareil qu'il tenait dans ses mains. Ses doigts puissants suivirent le fil de plomb relié à la pince métallique.

— C'est avec ça que tu as volé la Mercedes ? En piratant le code d'ouverture du bus CAN dans l'ordinateur central ?

— Est-ce que tu sais t'en servir ?

Elle n'avait pas le temps de lui expliquer le fonctionnement de l'émetteur. Les autres voitures gagnaient du terrain et, si elle continuait à rouler, ils allaient finir dans la baie d'ici quelques rues.

— Rapproche-moi d'eux.

Il alluma l'appareil. Elle lui jeta un rapide regard et comprit qu'il le réglait pour attribuer un faux code d'accès à la berline. Comme s'il avait lu dans ses pensées.

— Prêt ?

Elle décéléra suffisamment pour que leurs poursuivants les rattrapent.

— Une seconde, dit-il en continuant à régler l'émetteur.

Les bras de Stephanie étaient baignés d'une sueur froide. Les voitures étaient trop proches. Si l'un de ces vigiles la voyait, il la reconnaîtrait. Et si elle ratait ce boulot, ses chances d'infiltrer la bande d'Olesk seraient réduites à néant.

— Nous n'avons plus de temps.

— Je suis prêt.

Arash leva l'appareil et regarda par la lunette arrière.

— Plus près. Nous devons être à…

— Un mètre, acheva-t-elle à sa place. Je sais.

— Alors, amène-nous au point idéal, lâcha-t-il sèchement.

L'une des voitures de sport s'écarta de la formation pour se porter à sa hauteur. L'autre resta près de la berline, qui se rapprochait. Elle ralentit, le cœur battant, jusqu'à ce que le capot de la berline touche presque son pare-chocs arrière.

— Pas encore ! cria-t-elle.

Avant qu'Arash ait pu lui demander pourquoi, elle braqua brusquement sur la droite et ordonna :

— Maintenant !

Arash pressa le bouton au moment où la berline faisait une embardée pour s'ajuster à sa brusque manœuvre. Les phares de la berline s'allumèrent et son moteur s'arrêta net. La voiture de sport qui roulait à côté d'elle ne put s'écarter à temps et s'encastra dans son aile. Les deux voitures s'arrêtèrent et Arash laissa échapper un rire rauque de victoire.

— Il faut que je trouve un de ces trucs.

— Ne vole pas le mien.

Elle échangea un regard avec lui, et fut une fois de plus choquée par la chaleur de ce bref contact visuel. Elle ne pouvait pas être troublée par cet homme. C'était un criminel.

La troisième voiture était toujours à leurs trousses. Arash remit l'émetteur dans son sac et commenta :

— Cet appareil ne marchera pas sur la voiture tunée. Le système de sécurité est totalement différent.

Elle reprit de la vitesse et continua à foncer dans les rues tout en cherchant des yeux un moyen d'arrêter l'autre voiture, qui gagnait du terrain. Arash plongea la main dans sa poche et en sortit un objet métallique. Le sang de Stephanie se glaça dans ses veines.

— Nous n'avons pas besoin d'un revolver, gronda-t-elle.

La personne qui les pourchassait était un employé de son père. Même si ses affaires n'étaient pas légales à cent pour cent, il ne faisait de mal à personne. Il ne se livrait pas à la traite des êtres humains, par exemple.

Pour appuyer ses dires, elle bifurqua rapidement dans une ruelle et reprit de l'avance sur la dernière voiture.

— Je ne suis pas armé pour ce boulot.

Elle vit alors que l'objet qu'il tenait était une lampe-torche.

— Mais je peux quand même me défendre.

Il descendit sa vitre, laissant entrer une bouffée d'air froid et saumâtre, se pencha à l'extérieur et tendit la lampe-torche vers l'arrière. La ruelle s'emplit d'une vive lumière blanche.

Stephanie braqua pour s'engager dans une autre rue, sur sa gauche. Son poursuivant, aveuglé par les éclats lumineux, tourna trop tôt. L'avant de la voiture s'encastra dans un mur, dans un fracas de métal et de plastique écrasés. La dernière voiture était hors course.

Stephanie ne ralentit pas pour autant. Ce ne fut que quand ils furent sortis du quartier pour s'engager sur une rue où circulaient quelques voitures qu'elle adopta une allure plus sage. Arash remonta sa vitre et lui adressa un hochement de tête approbateur.

— Bon boulot, conductrice.

— Bon boulot, passager.

Il était bien trop facile de flirter avec cet homme. Ce criminel.

Le demi-sourire d'Arash s'effaça quand son téléphone se mit à vibrer.

— Un texto d'Olesk.

L'attention de Stephanie s'aiguisa et ses nerfs se tendirent. Ils avaient passé le premier test haut la main. Qu'est-ce qui les attendait maintenant ?

— C'est l'adresse où nous devons le retrouver, poursuivit gravement Arash, à mi-voix. Nous avons deux heures pour arriver à Sacramento.

Stephanie sentit un frisson de peur la parcourir. Sa mission pour Frontier Justice avait véritablement débuté. Olesk et sa bande l'attendaient, et elle se dirigeait droit vers eux, avec l'un des leurs assis à ses côtés. Maintenant, elle ne pouvait plus reculer.

Elle prit la direction de l'autoroute, consciente d'avoir passé le point de non-retour.

2

Les mains d'Arash le démangeaient et son pied, par réflexe, pressait le plancher de la Mercedes. C'était toujours lui qui conduisait, d'habitude, mais il reconnaissait volontiers que cette femme savait manier un volant. Elle avait manœuvré la voiture comme si elle ne faisait qu'une avec elle.

Son pouls était toujours aussi rapide, bien qu'ils aient semé leurs poursuivants depuis longtemps et roulent maintenant dans la nuit sur l'autoroute qui menait à Sacramento. Bon sang... Mais qu'il l'avait trouvée sexy pendant la course-poursuite, avec ses jolies lèvres tordues en un sourire méprisant et ses yeux noirs qui estimaient calmement la meilleure route à prendre et surveillaient leurs poursuivants. Et sa coupe au carré aux angles souples lui allait à merveille.

Il n'avait pensé à rien de tout ceci pendant que les hommes d'Eddie Shun fondaient sur eux. Mais dès qu'ils avaient été hors de danger, il avait été grisé par son habileté au volant et la qualité de leur association. Ils travaillaient bien ensemble. Trop bien.

— Je n'ai pas saisi ton nom.

L'apparence de la jeune femme, qui semblait avoir à peu près le même âge que lui, ne lui apprenait rien. Elle ne portait ni bijoux ni vernis à ongles. Sa veste noire, de style militaire, était dépourvue de logo ou de marque.

— Stephanie.

Elle garda les deux mains sur le volant.

— Ravi de rouler avec toi.

Il se renfonça dans son siège, mais sans parvenir à vraiment se détendre. La voiture fonçait dans la nuit, vers un combat qu'il avait hâte de commencer. Mais sans savoir comment ni quand, puisque c'était cette femme pugnace qui se trouvait au volant, cette inconnue qui – il ne devait pas l'oublier – faisait partie du gang qu'il allait détruire. Il dut prendre sur lui pour parler d'une voix neutre.

— Ça fait longtemps que tu roules pour Olesk ?

— C'est mon premier boulot.

Elle lui jeta un regard méfiant avant de reposer les yeux sur la route cernée par les ténèbres.

La réponse lui fit l'effet d'un coup de tonnerre. Il voulut utiliser l'information pour mieux comprendre Stephanie, mais il avait encore trop peu de pièces à assembler. Et d'ailleurs, peut-être qu'elle lui mentait. En ce cas, il le découvrirait dès qu'ils arriveraient chez Olesk. Comme il ne voyait aucune raison de ne pas le faire, il décida de lui dévoiler lui aussi une parcelle de vérité.

— Comme moi.

Cette fois, quand elle tourna la tête vers lui, ce fut pour le dévisager d'un air étonné.

— Tu as déjà rencontré Olesk ?

— Jamais en personne, non.

Arash était tendu. Il ne savait pas comment il allait réagir quand il se trouverait enfin face à l'homme qui était responsable de la mort de Marcos.

— Nous sommes donc tous deux à l'essai.

Elle le dévisagea de nouveau. Son regard était tellement perçant qu'il eut l'impression qu'elle lisait en lui, comme si elle était dotée d'une vision à rayons X.

— Pourquoi est-ce qu'ils t'ont envoyé dans cet entrepôt ?

Il prit la feuille de papier dans son manteau et la déplia.

— Pour voler les ordres d'expédition du jour d'Eddie Shun. Rien que ça.

Elle fit claquer sa langue et hocha la tête, impressionnée.

— Tu as réussi à le faire.

— Et toi, tu m'as sorti de là, répondit-il en remettant le papier dans sa poche. Nous avons réussi le test.

Stephanie se dirigeait donc elle aussi vers l'inconnu. Son visage, faiblement éclairé par le tableau de bord, était indéchiffrable.

— Olesk aura de la chance de t'avoir dans son équipe, reprit-il. Où est-ce que tu as appris à pousser un V 8 comme ça ?

— J'ai fréquenté une école privée, avec plein de gosses de riches.

Un sourire rusé traversa son visage.

— Cela faisait beaucoup de belles voitures à abîmer, poursuivit-elle sans quitter la route des yeux. Mais leurs parents ne les surveillaient pas vraiment.

Quand elle se tourna enfin vers lui, ce fut pour cligner lentement des yeux. Elle souriait toujours. Son attitude était tellement désinvolte qu'elle ne pouvait que dire la vérité. Mais dans les profondeurs de ses yeux, il vit autre chose : ce qu'elle avait vu et vécu existait toujours en elle. Il s'aperçut qu'il était attiré vers ces profondeurs, qu'il voulait découvrir ce qu'elle avait appris de son côté de la vie.

Il fallait qu'il arrête de la dévisager. Il passa une main sur le tableau de bord.

— Tu as choisi une championne.

— Elle n'avait pas quitté sa place de parking depuis deux jours, répondit-elle en tapotant le volant. Une machine comme celle-là a besoin de rouler.

— Et elle est propre.

Il ouvrit la boîte à gants, qui ne contenait que les papiers habituels. Il n'y avait pas une serviette de fast-food en vue, et les tapis de sol, à l'arrière, semblaient ne jamais avoir été touchés par la semelle d'un soulier.

— Quelle que soit la propriétaire de cette voiture, elle était… méticuleuse.

— Comment sais-tu que c'était une femme ? demanda-t-elle sur un ton de défi.

— À cause du parfum.

Les effluves sombres et épicés l'avaient frappé dès qu'il avait pu respirer normalement après la course-poursuite.

— Il est différent du tien, expliqua-t-il.

— Je n'en porte aucun.

— De ton savon, alors.

L'habitacle de la voiture sembla soudain particulièrement étroit. Intime. Comme si son visage était tout près de la peau de Stephanie, au creux de son cou.

Lentement, elle frotta du pouce le côté de son index en un geste méditatif, mais s'arrêta brusquement et reposa les deux mains sur le volant. Elle regardait toujours droit devant elle.

— Expert en effraction, en vol, en parfums... Que sais-tu faire d'autre ?

— Je peux conduire tout ce qui a des roues, ainsi que le démonter et le remonter.

Est-ce qu'il se vantait, ou est-ce qu'il flirtait ?

— Je peux faire chanter tout ce qui a un moteur.

Contente-toi de te vanter, s'exhorta-t-il. Il n'y avait pas de place pour une aventure d'un soir avec cette femme dans le sort qu'il réservait à Olesk et à sa bande.

— Je parie que ce n'est pas dans une école privée que tu as appris tout ça.

— Je baigne dans le cambouis depuis que j'ai quinze ans.

Et Marcos y avait baigné avec lui, jusqu'à ce que la drogue et le besoin d'argent facile l'éloignent pour le mener jusqu'à Olesk. Et jusqu'à sa mort.

— Quand je pourrai me permettre de m'offrir une de ces voitures..., dit-elle en tapotant le levier de vitesses, je t'appellerai pour travailler dessus.

Il éclata de rire, et la voiture lui sembla de nouveau plus exiguë. Le lourd rideau que semblait tisser le petit matin autour d'eux ajoutait encore à l'intimité de ce moment, en compagnie de cette femme mystérieuse.

— Le garage où je bosse ne répare jamais d'aussi belles voitures. Seuls des mécaniciens en combinaison blanche munis de pieds à coulisse en acier chromé sont qualifiés pour régler ces moteurs.

— Donc si nous tombions en panne au milieu de nulle part, tu ne saurais pas la réparer ?

— Bon sang, bien sûr que si !

Aussi longtemps que le problème ne venait pas de l'ordinateur central.

— Et je parie que tu saurais, toi aussi, conclut-il.

Il sortit l'émetteur-récepteur de la poche latérale de son sac. Il avait déjà entendu parler de ces appareils d'une valeur de plusieurs milliers de dollars, utilisés pour s'introduire dans des voitures bourrées de technologie, mais c'était la première fois qu'il en avait un dans les mains. L'appareil était de fabrication artisanale, mais il avait fait ses preuves.

— Je m'y connais en combustion, répondit Stephanie en haussant les épaules.

Elle passa un ongle sur sa joue pour lisser le bord de son carré.

Maintenant, il avait envie de la voir penchée sur un bloc-moteur, en train d'essuyer ses mains couvertes de cambouis sur un chiffon. Son cœur se mit à tambouriner sur le même rythme que les pistons du moteur imaginaire jusqu'à ce qu'il remette l'émetteur-récepteur dans le sac et chasse l'image de son esprit.

— Qu'est-ce que tu as d'autre comme matériel là-dedans ? Un brouilleur d'ondes radio ? Un drone d'attaque ?

Il posa le sac sur ses genoux. Elle le lui prit aussitôt et le posa sur la banquette arrière.

— Des habits de rechange... et des affaires personnelles.

La fragile intimité se fissura.

— Tu savais donc que nous allions faire de la route ?

Elle avait dit que c'était la première fois qu'elle travaillait pour Olesk, mais peut-être qu'elle était plus proche que lui de cet homme et de ses complices.

— Non. Je me suis préparée à plusieurs éventualités.

Quand elle le regarda, elle semblait un peu déçue.

— Mais pas toi.

Il rajusta sa veste et croisa les bras. Il avait une lampe-torche, un couteau, une pince multifonctions, le portable qu'il avait configuré spécialement pour rester en contact avec Olesk… et c'était à peu près tout.

— Je me concentrais sur d'autres choses.

Comme la meilleure façon de se faire accepter au sein du gang sans que personne ne devine qu'il avait pour seul but de l'anéantir.

Elle se carra dans son siège. Même si elle ne roulait plus comme s'ils étaient pourchassés, elle était toujours aussi vigilante.

— Tu devrais être plus prévoyant, dit-elle.

Le père d'Arash avait essayé de lui apprendre les échecs, mais il avait toujours été nul à ce jeu. Il préférait jouer au backgammon avec sa mère. Le facteur chance était plus important et la réflexion se faisait sur l'instant. Mais Stephanie avait raison : pour diriger une bande pendant aussi longtemps sans se faire prendre, Olesk devait être intelligent. Il allait donc devoir se montrer plus malin que lui.

— Les fameux huit coups d'avance, commenta-t-il.

Il ne leur restait plus qu'une heure de route avant d'atteindre Sacramento, et il devait être prêt à affronter Olesk et tout ce qui se présenterait. Autrement dit, il ne devait pas s'empêtrer dans l'attirance que cette femme exerçait sur lui. Même s'ils avaient géré la situation à San Francisco avec autant d'habileté que deux danseurs qui évoluent sur le même rythme, Stephanie demeurait son ennemie.

Ces deux heures de route au petit matin, dans une voiture « volée » avec Arash comme passager, avaient fissuré les défenses de Stephanie. La course-poursuite dans les rues de San Francisco l'avait moins troublée que la façon prudente dont ils avaient essayé d'apprendre à se connaître. Elle savait qu'Arash ne lui disait pas toute la vérité, qu'il passait autant de choses qu'elle sous silence, même s'il était peu probable qu'il soit en mission secrète pour le compte d'un groupe de justiciers. Mais elle ne devait pas oublier que cet homme, malgré tout l'intérêt avec lequel il l'écoutait, faisait partie intégrante du mal qu'on l'avait chargée de vaincre.

D'une voix basse et rauque, qui aurait été plus à sa place dans une chambre à coucher, il dit :

— La prochaine à droite.

C'est en suivant ses indications qu'elle avait quitté l'autoroute pour se diriger vers un faubourg sans charme de Sacramento. À la lumière de son téléphone, elle voyait combien ses traits étaient tirés. Il inspira longuement, se redressa pour inspecter les environs et sembla gagné par un regain d'énergie.

Stephanie fit appel à toute sa concentration. Une nouvelle journée allait débuter. Elle allait rencontrer Olesk. Dorénavant, la moindre erreur pouvait lui être fatale.

Le soleil n'était pas encore levé, mais la journée de travail avait déjà commencé pour les habitants de Sacramento. Voitures, camions et fourgonnettes étaient déjà sur la route. Par contre, le quartier dans lequel elle s'engagea semblait encore endormi. Lumières éteintes, voitures froides. Elle essaya de deviner quelle était la maison où on les attendait, mais les habitations lui semblaient toutes aussi innocentes les unes que les autres. Olesk était rusé… mais pas parfait.

— Je la vois.

Elle ralentit en arrivant à la hauteur d'une maison à un étage, couverte de stuc couleur taupe. Le pick-up garé devant la maison avait un profil plus large qu'à sa sortie de l'usine. Arash ricana et rangea son téléphone.

— Bien vu ! Le propriétaire de ce pick-up a posé quelques spacers sur ses roues.

— C'est le seul véhicule transformé de toute la rue, ajouta-t-elle.

Elle tourna pour s'engager dans l'allée. À peine eut-elle passé le trottoir que la porte du garage s'ouvrit. Une fine ligne de lumière blanche apparut et grandit jusqu'à ce que l'intérieur du garage soit entièrement visible. Une petite voiture de sport étrangère occupait l'un des deux emplacements.

— J'espère qu'ils ont un vrai atelier où travailler, commenta Arash avec une grimace désapprobatrice.

Elle se gara à côté d'un établi mal rangé, où elle ne vit que quelques outils basiques et des bidons d'huile de moteur et de produits de nettoyage. Si Olesk et sa bande démontaient des voitures, ils le faisaient ailleurs. Rien dans ce garage ne semblait illégal. Des cartons empilés, un portant à roulettes où étaient accrochés des habits dans des housses en plastique... Aucun détail de nature à éveiller les soupçons d'un éventuel passant, qu'il soit à pied ou en voiture.

La voiture s'arrêta en ronronnant et elle coupa le moteur. La porte du garage se refermait déjà derrière eux. Arash descendit lestement de la Mercedes. Malgré le long trajet, son corps ne semblait pas engourdi.

Sans se presser, elle attrapa son sac sur la banquette arrière et descendit du coupé.

Une porte s'ouvrit, au fond du garage, et un homme d'une trentaine d'années aux cheveux blonds en bataille apparut. Il était grand et son corps puissant emplissait l'embrasure. Il inclina la tête sur le côté, comme un homme qui examine une œuvre d'art qu'il comprend déjà. Son sourire était assez amical, bien qu'un peu froid, mais son regard était dur. Quand il descendit les quelques marches qui menaient dans le garage, Stephanie vit qu'une femme se tenait derrière lui. Elle approchait de la trentaine et avait une queue-de-cheval d'un noir de jais et une frange droite teinte en bleu marine. La femme resta là où elle était et se contenta de les dévisager longuement, les lèvres pincées.

— Arash, Stephanie..., dit l'homme en s'approchant, la main tendue. Ronald Olesk.

Arash s'avança et lui serra la main. Quand Stephanie fit de même, elle fut heureuse que la poignée de main soit sèche, sans contact prolongé. Olesk consulta sa montre.

— Juste à l'heure.

Son sourire se fit plus distant.

— J'ai entendu dire que vous aviez laissé un peu de gomme sur la route ?

Arash balaya sa remarque.

— On s'en est sortis.

Stephanie releva le menton. Elle refusait de se laisser intimider.

— Juste assez pour faire circuler le sang.

La première phase de sa mission avait débuté. Maintenant qu'elle connaissait ce lieu, elle pouvait garder Olesk dans sa ligne de mire. Mais ce n'était pas en le neutralisant maintenant qu'elle atteindrait son but. Ce jeu létal n'était pas près de se terminer.

— Tu as bon goût, remarqua Olesk.

Les mains sur les hanches, il contemplait la Mercedes.

— En effet.

Elle donna un petit coup de hanche à la voiture, soudain triste de devoir s'en séparer.

La femme tendit le cou pour regarder dans le garage.

— Est-ce que tu as piqué la télécommande ?

Elle avait un accent anglais et un sourire à la fois critique et narquois. Stephanie répondit aussi sèchement qu'elle le put.

— J'ai récupéré le code de clé d'usine sur le bus CAN.

— Elle a le matos qu'il faut, intervint Arash en la désignant du pouce, un sourire aux lèvres. De toute beauté.

L'énergie qui émanait de lui était aux antipodes de celle des deux autres. Il était parfaitement détendu, et n'avait pas besoin de se donner des airs pour prouver qu'il était un dur.

Sans lui prêter la moindre attention, la femme continua de dévisager Stephanie, les yeux étrécis. Olesk partit d'un petit rire et dit :

— Il faudra que tu montres ce truc à Ellie.

— Quand j'aurai un peu dormi.

Ce n'était pas parce que Olesk était le chef de la bande qu'elle allait ramper devant lui.

— Bien sûr, répondit l'homme.

D'un geste de la main, il les invita à entrer dans la maison. La femme s'écarta pour les laisser passer. Stephanie se dirigea vers la porte la première. Arash la suivit mais, quand il passa devant Olesk, l'homme tendit la main.

— Tu as mes papiers ?

Arash sortit la feuille pliée en deux de sa poche et la plaqua dans sa paume avec une certaine brusquerie. Peut-être qu'il était tout simplement fatigué après avoir passé des heures sur la route, mais Stephanie trouva quand même son geste assez agressif. Si Olesk eut la même impression, il n'en montra rien. Il déplia la feuille et la lut, en hochant la tête.

— Tu fais du bon boulot.

En passant devant l'établi, Arash prit un bidon d'huile de moteur vide.

— J'espère que tu ne m'as pas fait venir jusqu'ici pour faire des vidanges.

Il laissa retomber le bidon, qui heurta les autres et les renversa. Le garage résonna d'un bruit bien trop fort pour une heure aussi matinale.

Olesk s'arrêta net et Stephanie se retourna, parcourue par un frisson d'alerte. La porte à laquelle Ellie se tenait quelques instants plus tôt était maintenant dans son dos. Olesk se passa une main dans les cheveux, en un geste dont il semblait coutumier.

— Nous sommes les Slick Track Racers, expliqua-t-il. Ceux qui nous connaissent savent que personne mieux que nous ne peut voler une voiture, la démonter, la réparer ou la déplacer sans se faire prendre.

Il marqua une pause théâtrale avant de reprendre :

— Il nous arrive de faire des vidanges. Et parfois, des clients nous payent très cher pour transporter leurs marchandises d'un endroit à un autre sans le moindre incident et sans que personne n'en sache rien.

Stephanie se composa un visage neutre, mais le sang bouillait dans ses veines. Les marchandises dont parlait Olesk étaient les êtres humains qui étaient l'objet de la traite à laquelle se livrait le Seventh Syndicate.

— C'est pour tout ça que je suis ici, dit Arash.

Son hochement de tête appréciateur le fit baisser dans l'estime de Stephanie.

— Bien, dit Olesk.

D'un geste, il les invita à passer la porte, qui donnait dans un débarras.

— Parce que nous avons besoin de gens de confiance pour un boulot très important.

Une fois passé le débarras, ils traversèrent une buanderie avant d'entrer dans la cuisine. Les plans de travail étaient couverts d'emballages vides de plats surgelés. Aucune odeur de cuisine ne flottait dans la pièce.

— Nous avons déjà eu des problèmes parce que l'un de nos hommes s'était découvert une conscience, reprit Olesk.

Du doigt, il traça une ligne horizontale devant lui, comme pour délimiter une frontière.

— Et nous ne voulons pas que cela se reproduise.

Ellie les rejoignit dans la cuisine, portant deux enveloppes blanches qu'elle tendit à Stephanie et à Arash, sans cesser de les dévisager d'un air méfiant. Olesk tendit le doigt vers les enveloppes.

— Travaillez bien et vous serez payés.

Stephanie entrouvrit l'enveloppe et compta rapidement les billets de cent dollars. Il y en avait quatre-vingts. Elle bouillait toujours d'une rage silencieuse. L'argent du sang... Le gros boulot dont parlait Olesk était ce qui l'intéressait. Ensuite, le STR et le Seventh Syndicate pourraient être anéantis.

Sur les pas d'Olesk, ils traversèrent un salon au sol garni d'une moquette brun clair, meublé de façon assez confortable pour y passer quelques heures.

— Thom et Hector dorment encore. Vous les rencontrerez demain, après leur prochain boulot.

Olesk s'engagea dans un couloir vide, aux murs nus, et s'arrêta devant une porte ouverte.

— Voilà ta chambre, dit-il en tendant le doigt vers Stephanie. La salle de bains est au bout du couloir. Et en face, c'est la chambre d'Arash.

Il passa un bras autour des hanches d'Ellie et l'entraîna vers un escalier aux marches recouvertes de moquette.

— Nous sommes à l'étage. Reposez-vous, prenez votre matinée, et préparez-vous. Vous allez devoir bouger.

Il leur fit un dernier signe de la main, mais Ellie les ignora complètement.

Debout devant la porte de sa chambre, Arash suivit le couple des yeux pendant un instant avant de se tourner vers Stephanie.

— Bonne nuit.

— Bonne matinée, répliqua-t-elle d'un ton narquois.

Une fois dans sa chambre, elle fut soulagée de découvrir que la porte fermait à clé. Mais, par mesure de précaution, elle cala le dossier d'une petite chaise sous la poignée. Les derniers mots d'Arash flottaient autour d'elle, l'enveloppant comme l'aurait fait une épaisse couverture. Cet homme semblait si bien s'accorder avec elle qu'elle ne pouvait s'empêcher de se demander où les aurait menés leur rencontre si elle s'était produite ailleurs qu'au sein d'une bande de criminels. Dans une autre vie, où il n'aurait pas été l'un des leurs.

Elle s'assit sur le lit et prit son téléphone, qui était vide de tout détail en rapport avec sa vraie identité. Elle aurait pu envoyer un texto à Ty, Mariana et Vincent, trois des autres membres de Frontier Justice, pour leur dire où elle était et leur annoncer qu'elle avait posé un pied dans la bande d'Olesk. Juste pour se rappeler qu'elle n'était pas seule. Mais si quelqu'un dans cette maison découvrait qu'elle les avait contactés, elle était morte.

L'étroit matelas grinça quand elle s'y allongea, sans ôter ses chaussures. Elle mit son téléphone à charger et le posa sur la petite table de nuit, à côté de son pistolet automatique.

L'unique fenêtre était orientée au nord, et masquée par d'épais rideaux qui suffiraient sans doute à bloquer la lumière du jour. Mais elle savait qu'elle ne pourrait dormir que deux heures. Cette maison n'était pas destinée à faire de longues pauses, et il lui avait suffi de sentir l'énergie qui émanait d'Olesk pour deviner qu'il y avait des plans en gestation.

Son corps alourdi par la fatigue s'enfonça un peu plus profondément dans le matelas. Au lieu de penser aux heures de sommeil qui allaient lui manquer, elle préféra se concentrer sur l'impression de repos qu'elle avait, tout en réfléchissant à sa situation. Pour le moment, elle était seule. Même si Arash et elle faisaient du bon travail ensemble, elle ne pouvait pas lui accorder sa confiance. Quant aux membres de Frontier Justice, ils étaient à des kilomètres de là et elle ne pouvait pas les contacter avant d'avoir approché sa véritable cible.

Elle risquait sa vie pour aider les autres, tout comme l'un de ses aïeuls, du côté de sa mère, l'avait fait au XIXe siècle. Li Jie avait émigré de Chine pour s'installer dans l'Ouest américain. Il avait travaillé dans les mines et survécu aux effondrements, à la dynamite et au racisme. Bien que beaucoup de gens ne le considèrent même pas comme un être humain et que la loi lui interdise de témoigner contre un Blanc devant une cour, il avait trouvé la force d'être l'un des membres fondateurs de la première version de Frontier Justice et de se battre pour tous ceux qui étaient victimes de la même oppression que lui.

Li Jie avait survécu, et elle devait en faire autant pour empêcher d'innombrables victimes de tomber entre les griffes d'Olesk et du Seventh Syndicate.

Arash avait besoin de dormir, mais il avait une telle envie de faire sauter la maison dans laquelle il se trouvait qu'il ne parvenait pas à trouver le sommeil. Dans la chambre voisine de la sienne, un homme ronflait paisiblement. Il ne pourrait atteindre un tel degré de calme et de sérénité que quand Olesk et le STR auraient été rayés de la surface de la terre.

Marcos avait-il occupé cette même chambre ? S'était-il allongé sur ce matelas posé à même le sol entre deux missions pour la bande ? Quand Olesk avait évoqué les ennuis causés par un homme qui s'était découvert une conscience, Arash avait tout de suite su qu'il parlait de son ami. Le corps sans vie de Marcos avait été retrouvé dans une voiture accidentée, sur l'autoroute, au sud de Livermore. Arash ne l'avait pas vu, mais il avait pu examiner l'épave de la voiture et retrouvé l'endroit où s'était produit l'accident – qui n'en était pas un. C'était un meurtre. L'aile de la voiture de Marcos portait des traces de peinture provenant d'un autre véhicule. Quant aux traces de freinage, sur l'asphalte, elles indiquaient que l'impact avait été calculé pour que la voiture de Marcos aille s'encastrer dans le pilier en béton d'un pont routier.

Le cœur d'Arash s'emplit de colère quand il repensa à l'ultime tentative de son ami pour recouvrer sa liberté. Cette nuit-là, il lui avait envoyé un véritable appel à l'aide, par texto. Il cherchait enfin un moyen de sortir de la spirale infernale dans laquelle il s'était fourré... Mais après ce texto, ce dernier contact, il n'y avait plus rien eu, sinon le silence.

Ressasser toute l'histoire n'était pas le meilleur moyen de trouver le sommeil. Alors, Arash inspira longuement et concentra son esprit sur l'image des doigts fuselés de Stephanie et l'assurance dont elle avait fait preuve pendant la course-poursuite. Le souvenir de ses gestes posés l'emplit d'une sorte de calme hypnotique. Il savait qu'il ne devait pas s'attacher à elle, qu'il ne pouvait pas lui faire confiance. Mais son sens moral ne cadrait pas avec celui d'Olesk et du reste de sa bande. Elle n'était pas impitoyable. Elle avait refusé d'utiliser une arme contre les vigiles, à San Francisco. Puisqu'elle était nouvelle, il ne pouvait pas non plus la tenir pour responsable de la mort de Marcos. Mais il ne savait pas quel camp elle choisirait quand il supprimerait Olesk et ses transporteurs.

3

Stephanie se redressa, le pistolet à la main. Son sommeil avait été troublé par toutes sortes de sons, mais c'était un bruit de pas dans le couloir qui l'avait réveillée en sursaut et amenée à s'emparer de son automatique. Le froid du métal imprégnait son corps, la glaçant jusqu'aux os. Tel était le monde dans lequel elle évoluait maintenant : à tout instant, elle pouvait devoir décider d'appuyer sur la gâchette.

Les pas bifurquèrent vers la salle de bains et elle entendit bientôt couler de l'eau. Un regard à sa montre lui apprit qu'il était 8 heures passées. Elle n'avait pas assez dormi, mais son bien-être passerait au second plan jusqu'à ce qu'elle en ait fini avec cette mission.

Elle reposa son revolver et passa rapidement des habits propres avant de refaire son sac, dans lequel elle rangea son arme, et de se préparer pour la journée. La chaise qu'elle avait glissée sous la poignée de la porte était toujours en place : personne n'avait essayé d'entrer. Elle l'ôta et sortit dans le couloir vide.

Une seconde plus tard, Arash ouvrit la porte de la salle de bains. Ses cheveux détachés, qui effleuraient ses épaules, étaient luisants d'eau. Il portait un débardeur qui dévoilait des bras musclés et une peau basanée. La poitrine de Stephanie fut traversée par un courant chaud : malgré le manque de sommeil, son corps était toujours opérationnel. Elle se composa un visage neutre et dit :

— Bonjour.

Il lissa ses cheveux des deux mains, faisant jouer les muscles de ses épaules, et se fendit d'un petit sourire peiné.

— Pourquoi me faire souffrir ainsi ?

Sa voix basse, terriblement sensuelle, évoqua aussitôt dans l'esprit de Stephanie des images de chambre à coucher. Elle imaginait parfaitement ses yeux perçants étincelant dans la lumière de l'aube, son corps reposant sur un lit en pagaille... Elle se racla la gorge pour chasser la vision.

— La vérité est douloureuse.

Mi-riant, mi-gémissant, il se dirigea vers sa chambre sans se presser.

— Quelles sont les chances pour qu'il y ait du café ici ?

Ellie apparut dans l'escalier, au bout du couloir. En guise de réponse à sa question, elle lui lança un porte-clés.

— Prenez la voiture qui est dans le garage, dit-elle. Emportez vos affaires. Soyez prêts à filer.

Elle passa devant eux sans un mot de plus et sortit. Quelques instants plus tard, ils entendirent un moteur rugir et s'éloigner. Stephanie se retrouva seule avec Arash dans la maison silencieuse.

— Deux minutes, lui dit-elle avant de refermer la porte de la salle de bains derrière elle.

Quand elle en ressortit, il était dans la cuisine. Il portait les mêmes vêtements que la veille et ses cheveux étaient toujours détachés, ce qui le faisait paraître plus accessible, différent de l'homme qui avait fui une scène de crime la nuit précédente.

Il fit tinter les clés de voiture dans sa main et dit :

— C'est moi qui conduis.

Une fois dans le garage, Stephanie vit que la Mercedes était déjà partie. Elle se consola un peu en se disant que la voiture était morte en héroïne, puisqu'elle lui avait permis d'infiltrer la bande d'Olesk. Arash, que la disparition de la Mercedes semblait laisser de marbre, monta dans la seule voiture qui restait dans le garage, une étrangère puissante et surbaissée. Stephanie jeta son sac sur la banquette arrière et s'installa à côté de lui.

Les mains d'Arash planèrent pendant quelques instants au-dessus du volant et du levier de vitesses. Elle comprenait ce besoin de jauger un véhicule avant de nouer une relation avec lui. L'intérieur de la voiture était spartiate : elle avait été équipée de sièges baquet et de jauges analogiques, et il n'y avait pas de tapis. Mais quand Arash mit le contact, elle sentit toute sa puissance dans le rugissement rapide du moteur. Elle pressa le bouton qui commandait l'ouverture de la porte, sur le pare-soleil, et la lumière du jour pénétra dans le garage. Arash passa la marche arrière et sortit lentement.

— Comment elle est ?

Dès qu'ils furent assez loin, elle referma la porte du garage.

— Bien, répondit-il, sans grande conviction. Mais je pourrais l'améliorer.

Il passa la première et ils s'éloignèrent de la maison.

— Trouve-nous un endroit où prendre un petit déjeuner et une galerie marchande. J'ai besoin de vêtements.

À en juger par la façon dont il plissait les yeux, il avait aussi besoin de lunettes de soleil.

Elle chaussa les siennes et sortit son téléphone pour chercher ce qu'il avait demandé. Une fois de plus, l'envie de contacter les autres membres de Frontier Justice lui fit marquer un temps d'arrêt avant d'allumer le GPS. Mais elle était encore loin d'être en lieu sûr. Arash ne remarqua pas son hésitation, et ce fut sans mot dire qu'il se dirigea vers une galerie marchande en suivant ses indications.

Le manque de sommeil donnait un aspect mousseux à la journée claire et fraîche. Le monde qui l'entourait lui parut un peu plus normal quand ils entrèrent dans un petit *coffee shop*, en lisière de la galerie marchande. Les clients étaient encore nombreux, et la conversation d'Arash et Stephanie se réduisit au strict minimum. Ce n'était pas ici qu'ils pouvaient comparer leurs impressions sur leur première nuit au sein d'une bande criminelle.

Quand Stephanie eut mangé et bu quelques gorgées de son café crème, elle se sentit presque redevenue humaine. Arash enserra sa tasse de café des deux mains et regarda subrepticement les clients attablés autour d'eux avant de demander :

— Qu'est-ce que tu conduis, en temps normal ?

Prise de court par la question, elle frissonna, comme si une frontière intime avait été franchie.

— Une Datsun 260Z de 1974.

Jamais elle n'aurait fait semblant de voler cette voiture pour Olesk.

Il se renfonça dans son siège et la dévisagea. Dans ses yeux, elle lut de la surprise et une ombre de tristesse, qui disparut avant qu'elle ait pu pleinement l'explorer. Ses lèvres bougèrent sans émettre le moindre son, comme s'il se parlait à lui-même.

— Pas mal, dit-il enfin.

— J'ai modifié la distribution et le taux de compression pour gagner des chevaux.

Elle passa le bout du doigt sur sa joue pour lisser ses cheveux.

— Et j'ai monté une suspension basse et raide, juste comme je les aime.

Il laissa échapper un gémissement sensuel qui lui valut quelques regards surpris de la part des autres clients. Après s'être passé la langue sur les lèvres, il hasarda :

— Couleur ?

— Rouge brique. Mat.

— Bon sang, oui !

Il frappa du poing sur la table. Une énergie sexuelle grandissante émanait de lui, qui se propagea à elle. Son souffle se fit brûlant, et ses doigts et ses orteils furent traversés par un picotement effervescent, qui disparut aussi vite qu'il était venu. Arash reposa les yeux sur sa tasse de café. Quand il parla, son visage était redevenu neutre.

— J'aimerais la voir un jour.

Elle se pencha et chuchota :

— Tout ce que je te demande, c'est de ne pas la voler.

Une partie d'elle regrettait la disparition de la brève connexion charnelle qu'ils avaient partagée, mais elle savait qu'il valait mieux éviter ce genre de contact.

— Je ne te promets rien.

Il se leva et désigna la porte d'un mouvement de la tête. Elle se leva aussi et ils furent bientôt de retour sous le soleil éclatant, mais qui ne dispensait aucune chaleur. Ils n'avaient parcouru qu'une trentaine de mètres quand une voiture démarra non loin d'eux. Arash s'arrêta net.

Stephanie fut aussitôt en alerte. Des décharges électriques traversèrent ses jambes. Elle avait laissé son pistolet dans son sac, dans la voiture, sachant qu'ils se trouvaient dans un lieu trop fréquenté pour qu'elle le porte, mais elle avait un couteau à cran d'arrêt dans sa poche.

— Qu'est-ce qu'il y a ? souffla-t-elle en cherchant la menace du regard.

— Tu entends ça ? Un problème mécanique.

Il se dirigea vers une berline d'une vingtaine d'années dont le moteur tournait au ralenti dans une place de parking et salua la conductrice de la main. La femme, une Hispano-Américaine aux vêtements classiques, le dévisagea avec méfiance. Il s'arrêta à bonne distance de la voiture et tendit le doigt vers le capot.

— Je n'essaie pas de vous vendre quelque chose. J'ai seulement entendu un petit problème.

La femme baissa sa vitre et les regarda tour à tour.

— Je vais au travail et je n'ai pas le temps...

Arash leva les mains et hocha la tête.

— Je ne vais pas vous retenir longtemps. Promis. Si vous pouviez seulement accélérer pendant une seconde...

La femme garda la main sur le levier de vitesses, prête à passer la première et à fuir, mais accéléra quand même un peu. Arash inclina la tête, comme pour mieux entendre, puis la hocha de nouveau avant de se tourner vers Stephanie.

— Tu as entendu ?

Elle écouta le moteur sans rien entendre d'anormal pour une voiture de cet âge et de cette marque. Mais quand la femme relâcha la pédale d'accélérateur, un léger bruit métallique attira son attention.

— Je crois que je l'entends, oui.

Arash se tourna de nouveau vers la conductrice.

— Il y a un bruit, un double cliquètement, qui disparaît

quand vous accélérez, mais que j'entends au ralenti. Amenez votre voiture chez un garagiste en qui vous avez confiance et dites-lui que vous avez peut-être un axe de piston défaillant. Il le localisera. Occupez-vous-en vite, avant que le problème s'aggrave.

La femme accéléra de nouveau, les yeux plissés, et se concentra en revenant au ralenti. Stephanie entendit de nouveau les deux cliquètements, mais sans pouvoir dire si la conductrice les avait perçus, elle aussi. Néanmoins, elle semblait moins sceptique. Elle se fendit d'un petit sourire et dit :

— Merci. Je m'en occuperai.

Elle passa la première et s'éloigna. Avant de s'engager sur le boulevard, elle leur fit un petit geste de la main.

Quand elle fut partie, Arash reprit le chemin de la galerie marchande. Stephanie marchait à ses côtés, scrutant son visage du coin de l'œil, essayant de deviner ce qui l'avait poussé à agir ainsi. Il ne semblait même pas fier de lui.

— Tu as une bonne oreille, dit-elle enfin.

Il fourra ses mains dans les poches de sa veste de travail noire, en coton épais.

— J'ai passé assez de temps au milieu des moteurs.

— Mais tu as bon cœur.

Elle n'arrivait vraiment pas à le comprendre.

— Pas en affaires.

Son regard se durcit et il inclina la tête dans la direction où était partie la femme.

— Il n'y avait pas d'argent en jeu. Je n'allais pas réparer cette voiture, la voler, la démonter, faire une virée avec ou l'utiliser pour fuir. Cette femme voulait seulement aller travailler, et je connais beaucoup de gens comme elle.

Il semblait sincère, mais savait-il qu'en acceptant de travailler avec Olesk il allait être amené à transporter des garçons et des filles pour le compte de certains des pires criminels du pays ? Des gens qui ne demandaient qu'à vivre leur vie, eux aussi ? La poitrine de Stephanie se comprima à leur pensée. Avant d'être engloutie par la colère et de s'en prendre à Arash, elle demanda simplement :

— Et toi, qu'est-ce que tu as comme voiture ?

— Une Mazda RX-7 Turbo II de 89.

— Je vois.

La voiture de sport surbaissée devait lui convenir à merveille, et elle était facile à transformer en véritable fusée des rues, facile à manœuvrer.

— Blanche, avec un toit turquoise ?

Après tout, c'était une voiture des années 1980.

Il gloussa de rire.

— Entièrement noire. Peinture noire mate, vitres teintées.

Une lueur de tendresse traversa son visage aux traits durs.

— Cette voiture... C'est celle que mes parents auraient conduite s'ils avaient eu assez d'argent quand ils se sont installés aux États-Unis, à la fin des années 1970.

Elle gardait toujours à l'esprit qu'elle devait haïr cet homme, ou du moins qu'elle ne pouvait pas lui faire confiance. Mais quand sa voix s'adoucit à l'évocation de ses parents, et qu'elle se rappela comment il s'était mis en quatre pour aider la femme du parking, elle fut contrainte de s'avouer que sa quête de justice risquait d'être encore plus compliquée qu'elle l'avait redouté.

Arash s'en voulait d'avoir aidé la femme dans le parking. Il ne pouvait plus commettre ce genre d'erreurs en présence de Stephanie ou de tout autre membre de la bande d'Olesk. Elle lui avait dit qu'il avait bon cœur, ce qu'il aurait pris comme un compliment en temps normal, surtout après tout ce qu'il avait vu pendant son enfance. Mais c'était parce qu'il avait bon cœur que Marcos était mort, et Arash devait rester en vie pour le venger.

D'ailleurs, qu'est-ce qui se cachait derrière cette remarque ? Il n'y avait senti aucun mépris, mais Stephanie ne l'avait pas non plus félicité. Décidément, le sens moral de cette femme demeurait un mystère pour lui. Dans d'autres circonstances, il aurait cherché à mieux la connaître. Jusqu'ici, ils n'avaient eu aucun désaccord, et elle ne cherchait pas plus que lui à prendre l'ascendant. Mais s'ils entamaient un petit jeu de séduction, leurs relations allaient changer.

Quand ils passèrent les portes coulissantes de la galerie marchande, il eut envie de prendre sa main. Peut-être qu'ils pouvaient fuir ensemble, loin d'Olesk et de tout ce bazar. À moins qu'il parvienne à la convaincre de fuir seule pendant qu'elle le pouvait encore. Il la retrouverait quand tout serait fini… Mais il garda les mains dans ses poches. Cette envie était impossible à satisfaire. Puisqu'elle avait rejoint Olesk de son plein gré, comment aurait-il pu la convaincre de changer d'avis ? Un seul mot de travers et elle le dénoncerait. Sa seule chance de réussir était de surprendre la bande quand tous ses membres seraient réunis, pour la grosse opération à laquelle Olesk avait fait allusion. Il devrait la descendre, elle aussi. Et il détestait cette idée.

Les clients de la galerie marchande vaquaient à leurs occupations. Personne ne regardait Arash et Stephanie comme s'ils étaient des criminels. Il naviguait dans le monde ordinaire, un monde auquel il n'avait pas l'impression d'appartenir.

Stephanie tendit le doigt vers un magasin qui s'étendait sur plusieurs niveaux, sur l'un des côtés de la galerie.

— Un grand magasin. Tu devrais y trouver tout ce qu'il te faut. J'ai besoin de quelques affaires, moi aussi.

Elle s'arrêta et le regarda, comme si elle l'attendait. Comme il clignait des yeux, elle regarda ostensiblement un panneau, à leur droite, et dit lentement :

— Vêtements pour hommes. Le café ne fait pas encore effet ?

— Il m'en faudrait un litre de plus.

Mensonge. Il était parfaitement réveillé, et son esprit bourdonnait de pensées, oscillant entre la culpabilité et la soif de vengeance.

— Reprends-toi, dit-elle. Olesk peut nous contacter à tout instant et nous devons être prêts à filer.

— Je pète le feu.

Il fit jouer ses épaules pour faire circuler le sang.

— Est-ce que je dois t'attendre devant la cabine d'essayage ? railla-t-elle.

— Tu peux m'aider à choisir entre slips et caleçons.

Il était à un doigt de l'inviter à le suivre dans la cabine d'essayage pour voir jusqu'à quel point ils pourraient s'entendre.

Lentement, longuement, elle le regarda de la tête aux pieds et il eut l'impression que l'eau fraîche d'une rivière glissait sur son corps. Un frisson le traversa et il eut soif de plus. Enfin, elle le regarda dans les yeux et battit lentement des paupières.

— Coupe la poire en deux. Prends des boxers.

Elle tourna les talons avant qu'il ait pu répondre ou scruter son regard pour savoir s'il avait imaginé l'éclair de désir qu'il avait cru y voir. Elle monta tranquillement sur l'escalier roulant et il la suivit des yeux - un peu trop longtemps. Elle le savait, parce qu'elle lui fit un signe de la main, sans même se retourner.

Il se dirigea vers le rayon des vêtements pour hommes d'un pas dégagé au cas où Stephanie l'aurait observé. Mais à l'intérieur de lui, la tempête faisait rage. Sans vraiment les regarder, il attrapa des T-shirts, un jean, des sweat-shirts, tous dans des teintes sombres. Le bras chargé de vêtements, il se mit en quête de chaussettes et de sous-vêtements. Sans se laisser démonter par sa provocation, Stephanie avait visé juste : si elle avait vu les lots de boxers qu'il posa sur les autres vêtements, elle se serait rengorgée.

Il passa ensuite dans le rayon sport, où il choisit un sac à dos. En temps normal, il aurait regardé les prix de plus près, mais il avait dans sa poche une enveloppe pleine d'argent sale dont il avait hâte de se délester.

Il sortit quelques billets de cent dollars de l'enveloppe et les mit dans sa poche avant de se diriger vers une caisse tenue par un jeune homme au visage jovial. Après avoir échangé les banalités d'usage avec lui, Arash lui tendit les billets neufs, que le caissier prit sans sourciller avant de lui rendre sa monnaie.

Il rangea ses vêtements dans le sac à dos en regardant la galerie marchande par les vitres du magasin. Stephanie sortit d'une boutique de téléphones portables, un niveau plus haut, et disparut sur la passerelle. Elle ne se pressait pas, ne regardait pas par-dessus son épaule, mais c'était quand même louche. Il finit de ranger ses achats, remercia le caissier et sortit du magasin.

Il gagna la passerelle de la galerie marchande, mais sans voir Stephanie. Il monta au niveau supérieur par l'escalier, en se demandant ce qu'elle avait pu faire dans cette boutique. Si elle manigançait quelque chose qui aille contre les intérêts d'Olesk et de sa bande, devait-il les alerter ? L'enchevêtrement se resserrait autour de lui.

— Alors, tu as trouvé tes petites culottes ? lança soudain la voix de Stephanie, derrière lui.

Il fit volte-face. Comment avait-elle pu arriver jusqu'ici sans qu'il la voie ? Il se reprit aussi rapidement que possible.

— J'ai décidé de ne pas en porter.

Elle partit d'un petit rire et l'enchevêtrement se transforma en une véritable toile d'araignée, encore plus mortelle. Il tendit le doigt vers son sac noir.

— Tu as trouvé ce qu'il te fallait ?

— Oui, dit-elle, plus gaiement qu'il s'y attendait. J'avais oublié mon chargeur.

Elle ouvrit son sac et lui montra un chargeur marqué du logo de la boutique qu'elle venait de quitter. L'alibi était inattaquable… peut-être même trop.

— Je suis étonné qu'une femme aussi prévoyante que toi n'ait pas pensé à ça, dit-il d'un ton détaché.

— Pas à un chargeur pour la voiture.

Elle prit le chemin de la sortie et il lui emboîta le pas.

— Je ne savais pas que nous bougerions autant.

— Bien vu.

Il n'avait même pas pensé à prendre un chargeur mural.

— Ne t'en fais pas : il peut charger deux téléphones à la fois.

— Tu penses vraiment à tout.

Il n'était toujours pas entièrement convaincu qu'elle dise la vérité. Mais après tout, il n'était pas plus sincère qu'elle.

— J'ai même eu le temps d'acheter des bijoux, reprit-elle.

Elle leva la main pour lui montrer les deux fines bagues en or qu'elle portait. L'une formait un X, l'autre un motif entrecroisé, comme les traces d'une planète orbitant autour d'elle.

— Et...

Avant qu'il ait fixé sa main pendant trop longtemps, elle la fourra dans son sac.

— J'ai trouvé quelque chose pour toi.

Elle lui tendit une boîte, qui contenait une montre de sport robuste.

Il prit la boîte, mais sans l'ouvrir. Cette montre était tout à fait son style, mais il ne voyait pas où elle voulait en venir. Le geste suscita quand même une petite bouffée de plaisir en lui.

— Je ne peux pas accepter.

Elle écarta sa main pour signifier qu'elle refusait de reprendre la boîte.

— Ce n'est pas moi qui te l'offre, expliqua-t-elle. C'est la femme à l'axe de piston défaillant. Même si je sais que tu n'attendais rien en échange de ton aide.

Une lueur plus chaleureuse étincela dans ses yeux, et il fut irrésistiblement attiré vers elle.

— Merci, dit-il après quelques instants de silence.

Il ouvrit la boîte et mit la montre à son poignet.

Stephanie recula d'un pas, et le lien qui les unissait se rompit. Il eut envie d'essayer de le renouer, mais il ne savait pas si ce lien était fiable. Elle lissa ses cheveux et reprit :

— En plus, Olesk nous a fixé un emploi du temps serré. Je ne veux pas que tu regardes l'heure sur ton téléphone pendant que tu conduis.

— Toujours aussi prévoyante.

— Exactement.

Elle plongea de nouveau la main dans son sac et en sortit une paire de lunettes noires, qu'elle lui tendit. Il recula d'un pas en secouant la tête.

— Je n'ai pas d'autre bonne action à mon actif.

Elle avait pris le temps de remarquer qu'il n'avait pas de lunettes de soleil. Mais la complexité du labyrinthe dans lequel il progressait à l'aveuglette tuait le plaisir que lui procurait sa prévenance.

— C'est un cadeau de ma part, répondit-elle en avançant vers lui. Si je suis à la place du mort, je ne veux pas que mon chauffeur soit ébloui par le soleil.

Son visage était grave, sa voix dépourvue d'ironie.

Le labyrinthe dans lequel il était piégé tourbillonnait autour de lui. Il s'était armé d'une résolution impitoyable avant d'entreprendre ce voyage dont le but était la vengeance, et ne s'était pas attendu à croiser le bien sur son chemin. Mais Stephanie ne représentait pas le bien. Il devait sans cesse se le remémorer pour combattre l'impression de légèreté qui naissait dans sa poitrine au moindre de ses gestes.

— Puisque je suis ton chauffeur...

Il prit les lunettes.

Pendant un moment, il eut l'impression qu'ils étaient tous deux à nu. Libre de tout mensonge et de tout crime, il la regardait comme un homme regarde une femme, et elle lui rendait son regard sans fausse pudeur ni artifice. Dans ses yeux, une étincelle de chaleur reflétait son envie de se rapprocher d'elle. Ses lèvres s'entrouvrirent sur un souffle, et il eut envie de savoir quel était leur goût. Ce qu'il ressentirait si elle était plaquée contre lui.

Le moment s'enfuit quand son téléphone se mit à vibrer dans sa poche arrière. Elle recula d'un pas et le prit.

— Olesk, expliqua-t-elle d'une voix un peu rauque.

Toute chaleur disparut de ses yeux.

— On y va. Il nous dit de faire le plein et de partir vers l'est en attendant d'autres instructions.

Les murs du labyrinthe se dressèrent de nouveau tout autour d'Arash. Tandis qu'ils regagnaient le parking, il chaussa ses lunettes noires et dit :

— Je suis ton chauffeur.

Et il devait s'interdire tout sentiment parce que la mort pouvait le guetter au détour de n'importe quel virage.

4

Stephanie fit tourner l'une de ses bagues autour de son doigt et chercha à résister à la nervosité croissante qui menaçait de l'étouffer. Assise dans la voiture de sport compacte, elle attendait qu'Arash ait fini de faire le plein. Son téléphone portable était posé sur sa cuisse, prêt pour la prochaine phase de leur mission. Elle ne pouvait pas déchiffrer le regard d'Arash derrière les lunettes de soleil qu'elle lui avait achetées, mais elle voyait que sa mâchoire était crispée. Comme elle, il savait que quelque chose se préparait.

Elle ignorait vers quoi elle se précipitait, mais elle se sentait un peu plus en confiance maintenant que Frontier Justice était au courant de sa situation. Au prix d'une ruée folle, elle avait traversé le grand magasin pour disparaître dans la boutique de téléphones avant qu'Arash en ait fini avec ses achats. Heureusement, la jeune vendeuse avait rapidement mis le téléphone en service, permettant à Stephanie de signaler le « vol » de sa voiture auprès de son assurance, au cas où Olesk se serait intéressé de trop près à la provenance de la Mercedes.

Debout dans un couloir de service de la galerie marchande, elle avait ensuite envoyé par texto le flot de renseignements qu'elle avait recueillis jusqu'ici à Ty et aux autres membres de Frontier Justice. Son sang-froid avait été mis à rude épreuve. Certains mots devaient être mélangés ou mal orthographiés par le correcteur automatique, mais il fallait qu'elle leur donne tous les renseignements en sa possession avant d'envoyer un ultime message :

Téléphone prépayé.

Elle avait ensuite ouvert le téléphone pour en retirer la batterie et la carte SIM, qu'elle avait frottée contre le mur jusqu'à ce qu'elle soit inutilisable, et jeté le tout dans une poubelle, derrière Arash, avant qu'il la repère.

Mais cet homme était futé. Dès qu'il avait posé les yeux sur elle, elle avait compris qu'il l'avait vue dans la boutique de téléphones. Elle lui avait servi le prétexte qu'elle avait préparé, mais sans parvenir à endormir sa méfiance. Tout comme elle, il cherchait encore son équilibre.

Elle s'était sentie encore plus déstabilisée après lui avoir offert ses cadeaux. Elle n'avait été mue que par le désir sincère de le récompenser d'avoir aidé la femme dans le parking – et le besoin égoïste de savoir qu'il n'emboutirait pas un poteau parce qu'il avait le soleil dans l'œil –, mais le geste était devenu bien trop intime. Elle ne s'était pas attendue à être à ce point touchée par sa gratitude.

Elle avait l'impression qu'ils fonçaient l'un vers l'autre, tels deux bolides dénués de freins. Elle avait parfois envie qu'une collision de ce genre se produise... Mais celle-ci pouvait avoir des conséquences létales. Le texto d'Olesk était arrivé au bon moment.

Arash finit de faire le plein et se pencha vers la vitre de gauche, qui était ouverte.

— Du nouveau ?

— Toujours rien.

— Des allergies alimentaires ?

— Non, mais je déteste la noix de coco.

— Quelle honte.

Il se dirigea sans hâte vers la supérette de la station-service, sans cesser de secouer la tête.

Deux secondes plus tard, le téléphone de Stephanie vibra. Olesk leur indiquait une adresse, à un carrefour, et une heure. Elle allait se glisser derrière le volant quand Arash revint, d'un pas plus vif. Il jeta deux bouteilles d'eau et une poignée de barres chocolatées sur la banquette arrière et se hâta de s'asseoir au volant. La voiture avait déjà regagné la rue quand il demanda :

— Où on va ?

Elle lui indiqua l'itinéraire et regarda l'heure.

— On a sept minutes.

— Je t'ai vue te pencher vers le volant. Je n'allais pas te laisser t'amuser toute seule.

Si son sourire avait quelque chose de sauvage, sa conduite restait sage, mais elle savait qu'il aurait suffi d'un rien pour qu'il passe la vitesse supérieure. Il sortit son téléphone de la poche de sa veste et le lui tendit.

— Est-ce que tu peux le mettre à charger ?

Elle brancha le téléphone et continua à le guider. Leur destination était proche et, pour une fois, ils étaient en avance. La fierté que lui inspirait ce travail bien fait mourut quand elle se rappela qu'elle œuvrait pour le compte de criminels. La même remarque s'appliquait à l'excitation qu'elle ressentait devant la coordination parfaite qui l'unissait à Arash. Que ce soit elle ou lui qui conduise, ils faisaient leur boulot et s'encourageaient mutuellement. Elle pensa à ce qui aurait pu exister entre eux, dans un monde bien différent de celui-ci, et fut emplie d'une profonde sensation de perte.

Dès qu'il atteignit une ligne droite, Arash prit un élastique dans sa poche et attacha ses cheveux, dévoilant entièrement ses traits sculpturaux.

— Merci pour les lunettes noires.

Il la regarda pendant une seconde avant de reposer les yeux sur la route.

— Elles sont très bien.

Stephanie avait hésité entre plusieurs modèles et se félicitait d'avoir choisi celui-ci, qui donnait à Arash un air à la fois sévère et sexy.

— Tu as bon goût, ajouta-t-il en faisant jouer son poignet.

La montre aussi lui allait à la perfection.

— Sauf en matière d'hommes.

Sinon, elle n'aurait pas senti de petites décharges électriques la traverser à chaque fois qu'elle regardait ce criminel dont les mains puissantes étaient posées sur le volant et le levier de vitesses.

Au lieu de se renfermer comme elle l'avait espéré, il partit d'un petit rire et sourit de plus belle. Quand il accéléra encore, faisant gémir le moteur, elle comprit qu'il savait qu'elle était incapable de détourner les yeux de lui.

Elle repensa à sa mission et s'exhorta au calme.

— Prends la prochaine à droite, dit-elle d'une voix neutre. Nous arriverons au carrefour avec une minute d'avance. Tourne en rond jusqu'à ce que j'aie les instructions suivantes.

Il devait avoir deviné que ce n'était pas le moment de la provoquer, parce qu'il répondit sur le même ton.

— Compris.

Un nouveau texto arriva, qu'elle lut à voix haute :

— « Créez une diversion pour éloigner les flics d'une camionnette blanche avec des plaques du Nevada. »

— Je vois la camionnette.

Il inclina la tête vers la gauche. Un petit fourgon sortait lentement du parking d'un entrepôt.

— Tu les connais ?

Elle observa le conducteur et le passager.

— Non, mais voilà Olesk et Ellie.

Le couple était dans une Subaru sport qui semblait avoir le plus grand mal à conserver une allure modérée, à quelques dizaines de mètres derrière la camionnette. C'était Olesk qui conduisait. Ellie, qui tenait un téléphone portable à la main, adressa un rapide signe de tête à Arash et Stephanie avant de balayer le secteur du regard. Stephanie fit de même.

— S'ils ont besoin de nous pour faire diversion, remarqua-t-elle, c'est parce qu'ils savent que quelqu'un est au courant de ce transfert.

Frontier Justice avait effectivement intercepté quelques communications entre les forces de l'ordre au sujet de la bande d'Olesk. Ils avaient installé chez Mariana un véritable centre de contrôle qui leur permettait de capter des signaux radio, des échanges sur Internet et des conversations entre indics et forces de l'ordre. Autant de renseignements qui leur permettaient de traquer les organisations criminelles qui s'en prenaient aux personnes sans défense – dont le Seventh Syndicate. Aux yeux de Stephanie, il était logique que le centre névralgique de leur organisation se trouve dans la ferme où Frontier Justice était né, plus d'un siècle plus tôt.

Et cette ferme était maintenant entre de bonnes mains. Ty n'aurait pu rêver meilleure compagne que Mariana qui, tout comme lui, mettait toute sa force de caractère au service de son prochain. Dans ce monde, un tel altruisme était rare.

— Voiture banalisée à 7 heures, dit soudain Arash.

Stephanie s'arracha à ses pensées, se retourna et vit une voiture marron foncé, avec des plaques gouvernementales. Devant les pare-soleil, son gyrophare éteint était presque invisible.

— Vu comment il conduit, il ne plaisante pas.

La voiture banalisée dépassa vivement la Subaru d'Olesk et d'Ellie. Au lieu d'être soulagée de voir la police, Stephanie sentit croître sa nervosité. Il ne fallait pas qu'Olesk et le reste du STR soient arrêtés avant qu'elle soit remontée jusqu'au Seventh.

— Appâte-le.

— Olesk s'en occupe.

Arash continua à rouler à la même allure tandis que la Subaru déboîtait et prenait de la vitesse. Olesk doubla la voiture banalisée, se rabattit sèchement devant elle et s'engagea à toute vitesse dans une rue adjacente. Incapables de résister à la tentation, les policiers mirent le gyrophare en marche et s'élancèrent aux trousses de la Subaru dans un hurlement de pneus.

— Aucune discipline. Ces flics auraient dû rester derrière leur cible.

— Dans quel camp es-tu ? lança-t-elle malicieusement.

Pourvu que personne ne lui pose jamais cette question...

— Celui qui paie.

Il pinça les lèvres et elle grava cet instant dans sa mémoire, pour y repenser à chaque fois qu'elle se sentirait attirée vers cet homme.

La camionnette poursuivait tranquillement sa route sur le large boulevard.

— Ils se dirigent vers l'autoroute, dit-elle.

Une voiture de patrouille s'engagea rapidement sur la rue.

— Patrouille.

Olesk et la voiture banalisée n'étaient en vue nulle part.

— Je m'en occupe.

Arash changea de voie, mais laissa deux voitures entre eux et les policiers. Stephanie se pencha vers l'avant et pressa le plancher du pied, comme si elle avait son propre accélérateur. Mais Arash secoua la tête.

— Nous devons découvrir ce qu'ils savent. S'ils sont après la camionnette, faire diversion ne servira à rien. Hélicoptères, barrages routiers, police de la route... Ils les auront.

Il avait raison. Mais les informations dont disposait la police devaient être vagues, parce que, même quand la voiture de patrouille avait la possibilité de s'insérer derrière la camionnette, elle restait en arrière.

Arash fit jouer ses épaules et se cala dans le siège baquet.

— Ils ne savent pas ce qu'ils cherchent ? Eh bien, on va leur donner quelque chose à chasser.

Il rétrograda et la puissante voiture bondit vers l'avant. Ensuite, il passa la vitesse supérieure mais, au lieu de doubler la voiture de patrouille, il tourna brusquement dans la première rue qui se présenta. La voiture de police poursuivit sa route sur le boulevard.

— On dirait que tu souffres d'accélération précoce, commenta-t-elle.

Il éclata de rire et ralentit.

— Ne t'inquiète pas, ils nous ont vus. Mais je ne voulais pas qu'ils se doutent que j'essayais d'attirer leur attention.

— Comme Olesk l'a fait.

— Exactement.

Il tendit le doigt vers le rétroviseur. Elle se retourna et vit la voiture de patrouille, derrière eux.

— Ils sont trop sûrs d'eux.

Il accéléra et les flics les prirent aussitôt en chasse. Ils passèrent en trombe devant des voitures en stationnement et des platanes dénudés par l'hiver, mais la police était tellement proche que les éclairs de lumière bleue et rouge lancés par le gyrophare coloraient l'intérieur de la voiture. Entre deux coups de sirène, une voix s'éleva du haut-parleur.

— Stoppez la voiture et rangez-vous sur la droite.

Arash n'était qu'en troisième.

— Arrêtez-vous immédiatement !

Arash attendit encore une seconde avant de mettre le pied au plancher. La voiture bondit vers l'avant, distançant le véhicule de la police si rapidement que les paroles relayées par le haut-parleur ne furent bientôt plus qu'un méli-mélo incompréhensible. La voiture de patrouille accéléra, mais Stephanie entendait que son moteur commençait à forcer. Elle se retourna et vit que le passager parlait dans la radio.

— Les renforts ne vont pas tarder.

— S'ils veulent se faire ridiculiser, ils sont les bienvenus.

Arash rétrograda pour négocier un virage et mit un pâté de maisons entier entre eux et la voiture qui les pourchassait. Quand ils revinrent sur le boulevard, elle dit :

— Ton vœu est exaucé.

Deux voitures de patrouille supplémentaires arrivaient sur les lieux, et les prirent immédiatement en chasse.

— Est-ce que tu vois la camionnette ?

Arash accéléra, mais sans se départir de son calme. Stephanie remarqua qu'ils approchaient d'une rampe d'accès.

— Non. Elle doit être sur l'autoroute.

— Qu'est-ce qu'on fait maintenant, bon sang ?

Les mâchoires serrées, Arash braqua pour s'engager dans une autre rue résidentielle. Les deux voitures de patrouille les suivirent, mais l'étroitesse de la rue les obligeait à rouler l'une derrière l'autre, ce qui limitait leurs options tactiques.

Stephanie consulta la carte affichée sur son téléphone, cherchant un endroit où ils pourraient distancer leurs poursuivants.

— Il y a une voie ferrée dans quatre rues, sur la gauche. Si elle mène à des entrepôts, on arrivera peut-être à les semer.

Son téléphone vibra dans sa main.

— Un texto d'Olesk, poursuivit-elle. Ils se sont débarrassés des flics. On doit en faire autant et prendre l'autoroute vers l'est. La police va envoyer un hélico.

Arash tourna brusquement à droite en lâchant, les dents serrées :

— Tout se passerait bien mieux si le cerveau de la bande nous avait informés de son plan.

— Non ! Pas par là ! s'écria-t-elle. C'est un cul-de-sac !

— Je peux faire avec.

Il ralentit suffisamment pour que les voitures de police les rattrapent.

— J'aurais tenté une approche différente.

Elle se raidit sur son siège et, d'une main, se cala contre la portière.

— Nous ne pouvons pas être toujours d'accord sur tout.

Il accéléra de nouveau avant de tirer le frein à main d'un coup sec, tout en braquant à fond. L'arrière de la voiture décrivit un demi-cercle dans un hurlement de pneus. Quand ils furent face aux voitures de police qui roulaient vers eux, Arash relâcha le frein et appuya sur l'accélérateur.

— Ce serait monotone, conclut-il.

Les policiers, qui étaient trop raisonnables pour entrer dans ce petit jeu, s'arrêtèrent en leur coupant toute issue. Arash fonça en avant, un petit sourire aux lèvres, et Stephanie s'agrippa à la poignée en serrant les dents. Ils roulaient assez vite pour que l'impact vers lequel ils se précipitaient soit mortel. Arash tourna brusquement le volant à la toute dernière seconde. La voiture bondit par-dessus le trottoir et atterrit sur une allée parallèle à la rue. Les voitures de police passèrent aussitôt la marche arrière.

Arash braqua de nouveau et la voiture revint sur la rue, entre les deux voitures de patrouille. L'une s'arrêta net, mais l'autre alla emboutir une voiture en stationnement, barrant ainsi la route à la première. Arash quitta de nouveau la rue pour rouler sur le trottoir jusqu'à ce qu'ils soient ressortis de l'impasse.

Quand ils furent débarrassés des policiers, Arash adopta une allure plus modérée. Le moteur se calma, mais le cœur de Stephanie battait encore la chamade. Il lui fallut reprendre son souffle avant d'indiquer à Arash le trajet à suivre pour gagner la rampe d'accès de l'autoroute. Enfin, ils furent de nouveau à l'abri dans le flot de voitures, mais le répit ne dura pas bien longtemps : une voiture de la police de la route roulait à cinq cents mètres devant eux.

— Sers-toi de ce poids lourd comme écran, dit-elle en tendant le doigt.

Arash glissa la voiture le long du semi, entre eux et la police de la route, et adopta la même allure que lui.

— Ça va à l'encontre de tout ce que j'ai appris sur la conduite à adopter à proximité d'un camion, grommela-t-il.

Stephanie gardait toujours ses distances avec les semis, elle aussi.

— Je compatis. Mais ça marche.

Quand elle ne vit plus la voiture de la police de la route, elle déduisit qu'ils étaient arrivés à sa hauteur.

— Je crois qu'on peut le dépasser, maintenant.

Arash accéléra et se rabattit devant le semi-remorque. La voiture de police était toujours invisible.

Ils roulèrent ainsi, avec le camion comme écran, pendant quatre kilomètres. Ensuite, Arash passa sur la voie rapide. Sans relâcher sa vigilance, Stephanie autorisa son corps à se détendre graduellement. Ses pieds avaient repoussé le plancher de la voiture avec tant de force que ses jambes lui firent mal quand elle les bougea. Enfin, son cœur se remit à battre sur un rythme à peu près normal, et elle fut gagnée par une douce euphorie. Bon sang... C'était aussi bon que du sexe !

Arash était plus détendu, lui aussi. Il tenait le volant d'une seule main et le pli de sa bouche était moins sévère. Elle contempla son profil pendant bien trop longtemps, en se demandant si son pouls battait au même rythme que le sien. Sans quitter la route des yeux, il tendit le poing vers elle.

— Bon boulot.

Mais il y avait dans sa voix une intonation indéfinissable.

— Je dirais que tu sais conduire, répliqua-t-elle.

Elle frappa son poing du sien, et il se fendit d'un sourire narquois.

— Demande à ces flics ce qu'ils en pensent.

Sous la bravade, elle perçut ce courant sombre qu'elle essaya de suivre, mais qui lui échappa avant qu'elle ait pu percer son mystère. *C'est mieux comme ça*, se dit-elle. *Garde-le à distance.* Mais elle avait toujours autant envie de savoir ce qui se cachait sous les apparences.

Son téléphone vibra, l'informant qu'elle avait reçu un texto.

— Olesk, annonça-t-elle. Prochain arrêt : Reno.

Elle s'éloignait encore plus de toute sécurité pour s'enfoncer vers le cœur du danger, là où elle devait être. Mais elle était troublée d'avoir Arash pour compagnon dans cette aventure. Elle ne reculerait devant rien pour aider les victimes qui avaient besoin d'elle, mais elle se demandait maintenant qui elle devrait devenir pour mener sa mission à bien, et jusqu'où l'entraînerait le désir que lui inspirait Arash.

5

— C'est magnifique, dit Arash.

Mais il ne ressentait rien. Il aurait pourtant dû respirer plus facilement maintenant qu'il roulait parmi les montagnes, sous le soleil de la mi-journée qui faisait étinceler la Truckee River, en contrebas. Il avait déjà pris cette route, juste pour le plaisir de suivre la bande d'asphalte qui serpentait entre les arbres. Mais le danger qui pouvait l'attendre derrière chaque virage lui ôtait toute sérénité.

— C'est vrai, répondit Stephanie.

Derrière les verres miroir de ses élégantes lunettes de soleil style aviateur, ses yeux étaient invisibles.

C'était la première fois qu'il avait un passager sur cette route, qu'il empruntait parfois pour échapper à la ville, l'espace d'un jour ou deux. S'il n'avait pas été au volant de l'une des voitures d'Olesk, s'ils ne venaient pas tout juste d'échapper à la police dans le cadre d'une mission pour le STR, si Stephanie n'avait pas fait partie de ce gang, il aurait apprécié de faire ce trajet en sa compagnie.

Ils avaient parcouru beaucoup de kilomètres dans un silence attentif. La police de la route ne s'était pas manifestée, et Olesk ne leur avait envoyé aucune directive de dernière minute. Comme ils n'avaient pas le temps de s'arrêter pour déjeuner, Arash avait mangé ses barres chocolatées et bu son eau, uniquement pour empêcher son moral de flancher.

— Tu as l'air de savoir où tu vas, commenta Stephanie.

— Je connais la route, dit-il simplement.

S'il en avait eu l'occasion, il aurait amené Marcos ici, peut-être après les premières neiges, pour lui montrer que le monde ne se réduisait pas au châssis d'une Chevrolet ou au compartiment moteur d'une Honda. Mais Marcos ne verrait jamais ces montagnes, même si c'était à cause de lui qu'Arash roulait maintenant sur cette autoroute.

— Tu as passé la frontière de l'État avec de la marchandise ? demanda-t-elle sèchement.

La question lui transperça les côtes et s'y accrocha. Elle le prenait pour un criminel. Mais pourquoi en aurait-il été autrement ?

— Je ne bosse qu'en Californie. Les fédéraux ne m'ont jamais repéré.

C'était une semi-vérité. Sa carrière de criminel avait pris fin avant son dix-huitième anniversaire. Les rares faits pour lesquels il avait été arrêté avaient été effacés de son casier judiciaire. Mais pourquoi se souciait-il de ce qu'elle pensait de lui ? Elle était une criminelle, elle aussi.

— Est-ce que ma passagère est sous le coup d'un mandat d'arrêt ?

Elle le regarda. Elle souriait.

— Tu crois vraiment que je me suis déjà fait prendre ?

— Jamais, répondit-il en secouant la tête.

Elle se tourna de nouveau vers sa vitre et demanda :

— Alors, comment est-ce que tu connais cette route ?

— Quand je travaille sur une voiture, c'est là que je viens pour tester la tenue de route et les suspensions.

— C'est plutôt loin de la ville.

— C'est le but.

Un jour, il pourrait peut-être se permettre de descendre dans un hôtel dans les montagnes, au lieu de se contenter d'une chambre bon marché à Reno.

— Je l'ai fait à moto, dit-elle.

Elle inclina la tête au rythme de la longue courbe dans laquelle la voiture venait de s'engager.

— Sexy.

Il aurait aimé pouvoir cesser de flirter avec elle, mais ils s'accordaient trop bien l'un avec l'autre. Il l'imagina assise derrière lui sur une moto, ses bras encerclant son torse, l'intérieur de ses cuisses pressé contre ses hanches... L'air se raréfia aussitôt dans la voiture, et l'altitude n'était pas en cause.

— J'ai fait cette route à moto, précisa-t-elle avec un regard noir. De San Francisco à Tahoe, par la I-80.

— J'avais très bien compris.

Il se forçait à regarder droit devant lui pour ne pas que ses yeux s'égarent sur ses jambes gainées de jean noir.

— Et c'est quand même sexy.

— Je pourrais être mariée, reprit-elle. Que penserait mon mari s'il t'entendait ?

Il ralentit pour traverser un petit village.

— Je n'empiète pas sur le territoire d'autrui. Disons que je suis désolé et qu'à partir de maintenant nous ne parlerons plus que de la météo et de la façon de déceler l'origine d'un manque d'efficacité du mélange air/essence grâce au diagnostic embarqué.

— Voilà qui est sexy.

Parfois, elle était tellement pince-sans-rire qu'il était incapable de dire si elle plaisantait ou non.

Elle croisa les bras.

— Je ne suis pas mariée.

Il fut bien trop heureux de l'apprendre.

— Et toi ? demanda-t-elle.

— Je suis trop couvert de cambouis pour ça.

Il venait tout juste d'être engagé dans un nouveau garage et pensait que sa vie sociale allait s'épanouir quand Marcos avait entamé sa descente aux enfers. Il n'avait pas eu le temps de sortir avec des filles. Après la mort de son ami, il lui avait fallu des semaines avant de pouvoir supporter la moindre compagnie.

— Quand une fille essaie de t'attraper, tu lui glisses entre les doigts ? demanda-t-elle en jouant avec l'une de ses bagues.

— Tu as vu comment je prenais la fuite, répliqua-t-il.

Et bien sûr, la première femme vers laquelle il était attiré faisait partie du problème dans lequel il était fourré.

Elle gloussa.

— C'est donc comme ça que tu quittes tes copines au petit matin. En fonçant plein pot et en faisant des tête-à-queue.

— Je n'attends pas le matin, railla-t-il. Elles pourraient relever ma plaque d'immatriculation.

La route s'incurva et une chaîne de montagnes déchiquetées apparut devant eux. Bien que l'hiver vienne à peine de commencer, certaines crêtes étaient déjà couvertes de neige, dont la blancheur créait un contraste frappant avec la roche sombre. Le silence se fit dans la voiture. Les montagnes étaient bien plus grandes que ses ennuis, et elles étaient immortelles – contrairement à sa soif de vengeance, qui s'éteindrait s'il mourait. Il fut pris d'une sensation de vertige, comme si une force invisible le précipitait vers les arêtes rocheuses.

Quand ils eurent passé le col, la route entama sa longue descente vers Reno. Stephanie brisa le silence.

— Nous devons nous débarrasser de cette voiture.

— Elle est trop repérable, convint-il.

Dans une grande ville, la présence policière serait plus importante et ils ne savaient pas jusqu'où la description de la voiture avait été diffusée.

— Et je ne dirais pas non à un repas chaud.

— Je connais une bonne pizzeria à Tahoe City.

— Et à Reno, qu'est-ce que tu connais ?

— Rien.

Elle fit défiler l'écran de son téléphone.

— J'ai mangé quelques burgers potables là-bas, dit-il.

Mais la ville était assez grande pour que leur destination puisse se trouver à des kilomètres des endroits qu'il connaissait.

— Olesk n'a pas encore envoyé d'adresse ?

Elle souffla, irritée.

— Tu sais comment il aime procéder.

— On dirait presque qu'il ne veut pas de nous dans le STR, répondit Arash.

L'agacement lui vrillait le crâne comme une migraine,

effilochant sa patience. Stephanie agita la main avec dédain, refusant de se laisser affecter par les facéties d'Olesk.

— Il veut seulement nous mettre à l'épreuve.

Arash crispa les mains sur le volant.

— Ce n'est pas professionnel. Et je suis un professionnel.

Son nom était connu dans les garages de San Francisco et d'Oakland. Il travaillait dur et on le respectait. Mais il avait peut-être tout gâché quand il avait demandé un congé pour se lancer aux trousses d'Olesk. Dès qu'il avait répondu au premier texto de l'homme, il avait su qu'il ne reviendrait sans doute jamais.

La silhouette menaçante des montagnes se dressait maintenant derrière eux, et les bâtiments de Reno apparurent bientôt. Le semblant de calme que la nature avait fait naître en lui céda devant une angoisse croissante. En ville, il y avait plus d'yeux pour les regarder. Le trafic était plus dense. Des caméras de surveillance étaient fixées aux poteaux électriques et la police patrouillait.

Arash resta sur l'autoroute. Certes, il aurait plus de mal à échapper à d'éventuels poursuivants, mais il y jouissait d'une meilleure visibilité. Stephanie s'était redressée sur son siège, le téléphone toujours à la main, et balayait sans relâche les environs du regard.

Il réfléchit à la topographie de la ville et dit :

— Si nous n'avons pas de nouvelles, je vais traverser la ville d'ouest en est et faire demi-tour.

— Bonne idée, répondit-elle d'une voix tendue. J'ai regardé les infos locales pendant que nous roulions, mais personne ne parle d'une course-poursuite avec la police.

La frustration lui usait les nerfs. Était-ce ainsi que tout allait finir ? Est-ce qu'Olesk le mettait sur la touche maintenant qu'il avait obtenu ce qu'il voulait de lui ? Non. Il refusait que l'histoire se termine ainsi. Le téléphone de Stephanie vibra soudain et il sursauta, manquant quitter sa voie. Elle poussa un soupir de soulagement et annonça :

— Olesk. Pas trop tôt.

Elle lut une adresse à haute voix et commença à le guider vers les faubourgs nord-est de la ville.

Ils durent bientôt quitter l'autoroute pour une route à deux voies. Après avoir traversé la banlieue, ils arrivèrent dans un secteur moins peuplé, où les services publics étaient rares. Le quartier devait être prisé des exploitants agricoles et des survivalistes. Les maisons étaient posées en retrait de la route, tout au fond de grandes parcelles de terre nue. Stephanie observa les énormes citernes de propane, les antennes télé surdimensionnées et les serres recouvertes de plastique opaque, et commenta, impassible :

— J'espère qu'ils auront de quoi manger.

Mais Arash ne pensait qu'à la façon de garder ces fameux huit coups d'avance. Il ne savait pas s'il devait continuer à réprimer la colère et la frustration qui raidissaient les muscles de son cou et de ses épaules, ou les laisser s'exprimer.

Les propriétés qui bordaient la route étaient de plus en plus vastes. Maintenant, plusieurs centaines de mètres séparaient les boîtes aux lettres.

— Deux kilomètres, dit Stephanie. Sur la droite.

Quand la parcelle suivante apparut, Arash s'engagea dans un long chemin en terre qui se terminait devant une grande maison au revêtement en stuc. Des voitures et des motos, dont certaines étaient en bon état et d'autres apparemment en panne, étaient garées dans la cour. Derrière la maison, il distingua deux hangars métalliques dont les portes étaient fermées. Des squelettes de voitures et de camions étaient éparpillés autour des bâtiments, comme autant d'animaux morts de soif avant d'avoir pu atteindre une oasis.

Ils n'étaient plus qu'à une cinquantaine de mètres de la maison quand Olesk et Ellie apparurent à la porte d'entrée. Ils descendirent les marches de la terrasse et Olesk fit signe à Arash de se diriger vers les hangars.

Stephanie les salua de la main avant d'attraper son sac sur la banquette arrière et de le poser sur ses genoux. Elle semblait gagnée par un surcroît de tension. Est-ce qu'elle avait un revolver, dans ce sac ? Il n'était armé que de son couteau à cran d'arrêt et de sa lampe de poche. Si Olesk comptait les faire disparaître, il n'aurait pu choisir meilleur endroit.

Arash contourna la maison et vit la camionnette blanche de Sacramento près de l'un des hangars. Les deux hommes qu'il avait vus dans la cabine, un Blanc et un Hispano-Américain, les fixèrent pendant quelques instants avant d'ouvrir les portes du hangar.

L'intérieur lui apparut comme un rectangle que la luminosité extérieure faisait paraître encore plus sombre. Il avança lentement, le ventre noué, en se concentrant pour assimiler les détails importants. Le mur du fond semblait solide, mais il pouvait le traverser en donnant suffisamment de vitesse à la voiture. Il pouvait aussi s'échapper par les fenêtres percées en hauteur dont les vitres avaient été obstruées par de la peinture – à condition d'avoir le temps d'escalader les étagères métalliques garnies d'outils et de pièces automobiles.

Il coupa le moteur et échangea un regard avec Stephanie. Ses yeux étaient toujours invisibles derrière ses verres miroir, mais sa méfiance était palpable. Il lui adressa un petit signe de la tête, prit son sac à dos, descendit de voiture et se tourna vers la porte du hangar. Stephanie fit de même.

Olesk, Ellie et les deux inconnus ne lui apparaissaient que comme des silhouettes sombres. Il surveilla leurs mains : si l'un d'eux esquissait le moindre geste, il se jetterait sur lui sans un instant d'hésitation. Les probabilités qu'il puisse éliminer la bande sur son territoire étaient proches de zéro, mais il était prêt à mourir en tentant sa chance.

— Il y a de quoi manger dans la maison, annonça Olesk d'un ton léger.

Arash sentit s'effilocher le peu de patience qui lui restait.

— De quoi manger ?

Il avança d'un pas raide et les deux inconnus se redressèrent aussitôt, prêts à se battre. S'ils ne sortaient pas d'arme, il ne demandait pas mieux que de se défouler en leur tapant dessus. Il reprit, d'un ton cinglant :

— Et une carte, ou un plan ? Ou des renseignements pour que nous sachions au moins pourquoi nous risquons notre peau ?

Olesk balaya la question d'un mouvement désinvolte de la tête.

— Vous avez parfaitement géré la situation.

— Mais on a bien failli se faire prendre.

Arash ne prêtait aucune attention aux deux autres hommes qui posaient sur lui un regard lourd de menace.

— Si tu veux que je fasse mon boulot sans courir au désastre, il me faut plus d'informations.

Comme Olesk se bornait à hausser les épaules, Arash souhaita que les deux hommes le provoquent. Il mourait d'envie de coller son poing dans la figure de quelqu'un.

— Je viens jusqu'ici, reprit-il, je fais une livraison pour toi, et tu n'as toujours pas l'air de me faire confiance. Tu penses que je vais te balancer ?

Il avait sans doute tort de défier le chef de la bande, mais il avait une fierté et des principes à défendre. Et d'ailleurs, s'il entrait trop facilement dans le jeu d'Olesk, il risquait plus d'éveiller ses soupçons qu'en se rebiffant comme il le faisait.

Olesk regarda Stephanie, qui se tenait derrière lui, et demanda calmement :

— Est-ce qu'il parle aussi pour toi ?

Quand elle répondit, ce fut d'une voix tellement glaciale qu'il eut presque l'impression de sentir une bouffée d'air froid envelopper ses épaules.

— Je parle toujours pour moi-même.

Elle était autonome, et c'était tant mieux. Il n'avait pas besoin de son soutien et ne voulait pas la mêler à ce conflit. Elle poursuivit :

— Que je sois au volant ou pas, la connaissance est synonyme de puissance.

Il l'entendit avancer. Quand elle fut à sa hauteur, il la regarda du coin de l'œil et vit qu'elle était parfaitement calme.

— Si tu me tiens au jus, je ferai un meilleur boulot.

Ellie serra les dents et plissa les yeux, mais Olesk ne broncha pas.

— Oui, dit-il. Vous avez raison, tous les deux. Cette opération était assez délicate... Nous avons tous été un peu pris de court, mais ça ne se passe pas toujours comme ça.

Il inclina la tête vers la maison.

— Votre argent vous attend à l'intérieur. J'espère que vous aimez la pizza surgelée.

Ce n'étaient pas vraiment des excuses, mais Arash choisit de s'en contenter. Il passa son sac à dos sur son épaule.

— Du moment que vous avez un four.

Il avança d'un pas, mais les deux hommes lui barraient toujours le chemin, les poings serrés. Ellie leva les yeux au ciel et Olesk partit d'un petit rire.

— Thom, Hector, je vous présente Arash et Stephanie.

En voyant le regard tourmenté du dénommé Thom, Arash sut que l'homme était un toxico. Il avait vu la même expression sur le visage de Marcos quand il avait commencé à prendre de la méthamphétamine, juste avant que la bande ne l'élimine. Les cheveux d'un blond sale de Thom étaient gras et ses lèvres bougeaient sans cesse, comme s'il était toujours sur le point de dire quelque chose.

Hector, qui avait la vingtaine et semblait passer l'essentiel de son temps à la salle de sport – du moins quand il n'entretenait pas sa chevelure –, inclina la tête à contrecœur.

— Quoi de neuf ?

Il détailla lentement Stephanie de la tête aux pieds.

— Il n'y a pas de quoi, répondit-elle.

Thom plissa le front.

— De quoi tu parles, chérie ?

Elle hésita pendant une fraction de seconde, comme si elle cherchait à garder son calme, avant de répondre :

— De la façon dont nous vous avons débarrassés des flics.

Avec un sourire radieux, elle passa à côté des deux hommes et sortit du hangar. Hector répliqua :

— Dans la voiture qu'on a réglée.

Arash railla :

— Celle dont le turbo perd de l'huile et dont la seconde passe mal ?

Le regard tourmenté de Thom se reposa sur lui.

— Vous ne vous en êtes pas rendu compte ?

Les deux hommes ne répondirent pas.

— Moi si, dit Stephanie.

Olesk partit d'un rire sonore et agita un doigt dans leur direction.

— Aucun doute, vous êtes à votre place dans le STR.

Il passa un bras autour des hanches d'Ellie et l'entraîna vers la maison. Thom et Hector lui emboîtèrent le pas. Arash et Stephanie fermaient la marche. Malgré le soleil, le froid hivernal lui mordait le cou, au-dessus du col de sa veste. Mais son torse était aussi bouillant qu'une chaudière. Maintenant qu'il faisait partie intégrante de la bande, il devait réfléchir à un moyen de les éliminer. Il savait déjà que le dénouement se jouerait sur une autoroute, où il conduisait mieux que n'importe lequel d'entre eux. Mais peut-être qu'il épargnerait Stephanie. Il n'avait pas envie de la tuer en même temps que les autres.

Elle pressa le pas pour rejoindre Thom et dit à mi-voix :

— Appelle-moi « chérie » une fois de plus et je te fais sauter une rotule.

— C'est ça, railla Thom.

Elle s'arrêta net et ôta ses lunettes de soleil. Quand l'homme se tourna vers elle, elle planta son regard dans le sien.

— Qu'est-ce que tu attends ?

Son défi résonna dans l'air glacial. Arash observa les autres. L'attitude de Hector était redevenue belliqueuse. Quant à Olesk et Ellie, ils ne perdaient pas une miette de la scène. Si Thom relevait le défi et que Stephanie devait se battre contre l'ensemble de la bande, Arash pouvait se jeter sur Hector avant qu'il s'en prenne à elle. Après trois longues secondes, Thom cligna des yeux, se mordilla la langue… et ne dit rien. Stephanie remit ses lunettes de soleil et reprit la direction de la maison. Arash resta à ses côtés. Il savait que Hector et Thom, derrière eux, ne les quittaient pas des yeux.

Chacun de ses pas le rapprochait un peu plus de la vengeance. Jusqu'ici, Stephanie était la seule à lui avoir témoigné un peu de confiance. Il venait de se rendre compte qu'il était prêt à se battre pour elle. Mais il ne pouvait pas se permettre d'espérer qu'elle choisirait son camp quand elle comprendrait quelles étaient ses intentions. Quand ce moment viendrait, il ne serait plus en sécurité nulle part. Et le lien qu'il avait formé avec elle, et qu'il commençait à apprécier, se romprait.

6

Maintenant qu'elle s'était glissée jusqu'au cœur de la bande d'Olesk, Stephanie devait faire semblant d'y être à sa place. Même si elle avait pu informer Frontier Justice du lieu où elle se trouvait, il aurait fallu des heures avant que quelqu'un n'arrive. Elle allait donc devoir tout affronter seule, bien qu'Arash ait semblé prendre son parti pendant sa petite altercation avec Thom. En le voyant prêt à en découdre, les poings serrés, le visage sombre, elle avait ressenti une bouffée de gratitude bien plus forte qu'elle ne voulait l'admettre. Mais vers qui irait sa loyauté quand les lignes de front seraient enfin tracées ?

Inutile de se poser cette question. L'échéance était encore lointaine et, pour le moment, elle devait se contenter de survivre et de glaner le plus de renseignements possible. Au moins, Olesk sortait un peu de sa réserve. Après leur avoir montré leurs chambres, au premier étage de la grande maison, il les avait invités à se joindre au reste du STR dans la cuisine ouverte carrelée de blanc.

Une pizza surgelée réchauffait dans le four. L'estomac de Stephanie grondait d'impatience, mais ses papilles auraient préféré quelque chose de plus savoureux. Malgré la douce chaleur qui régnait dans la maison, elle avait gardé son blouson pour masquer le pistolet qu'elle avait glissé à sa ceinture dès qu'elle avait été seule dans sa chambre.

Thom et Hector étaient assis à une petite table nichée dans une fenêtre en saillie qui donnait sur la cour en terre battue et les hangars. Hector sirotait une bière et Thom une boisson énergétique. De temps à autre, ils échangeaient quelques mots à voix basse.

Arash discutait avec Olesk à l'autre bout de l'espace repas, debout devant une deuxième fenêtre qui donnait elle aussi sur l'arrière de la maison. Mais Stephanie ne se sentait pas mise à l'écart pour autant. Elle avait prouvé sa valeur et savait qu'Olesk ferait appel à elle pour toute opération d'envergure.

Elle s'adossa au plan de travail, à côté du réfrigérateur, avec une bouteille d'eau gazeuse. Ellie attrapa une bière et la décapsula, sans se départir de son expression critique. Au lieu de quitter la cuisine pour une autre pièce de la maison, comme Stephanie s'y attendait, elle s'adossa elle aussi au plan de travail et prit une gorgée de bière. Quand elle parla, ce fut à voix basse, les lèvres contre le goulot.

— J'aurais aimé que tu remettes Thom à sa place une bonne fois pour toutes.

— Ça peut encore arriver. Tout dépendra de ses manières.

Ellie se fendit d'un petit sourire, mais reprit aussitôt son sérieux.

— Ne t'inquiète pas si tu n'es au courant de rien. Ce n'est qu'une petite phase d'initiation.

Elle heurta la bouteille d'eau de Stephanie avec sa bière.

— C'est moi qui ai déplacé la Merco que tu as amenée. Tu as passé le test haut la main.

— Cette voiture va manquer à son propriétaire.

Elle regrettait déjà les moments passés à rouler au volant du coupé le long de la côte, jusqu'au sud de la baie de Monterey. Tout était tellement simple, alors. Sans aucun danger ni course-poursuite. Sans Arash pour tout embrouiller.

— Je ne l'ai conduite qu'une fois et elle me manque déjà.

Ellie lampa la moitié de sa bière et posa les yeux sur Arash, qui parlait toujours avec Olesk.

— Il est réglo ?

— Il prend des risques, répondit Stephanie.

Ce qu'elle avait trouvé bien trop excitant.

— Mais il fait le boulot.

— C'est tout ce qu'on lui demande.

Ellie posa sa bouteille vide sur le plan de travail et en prit une autre dans le réfrigérateur.

— Ceux qui roulent bien sont payés.

Elle sortit une épaisse enveloppe blanche de sa poche arrière et la tendit à Stephanie.

— Et toi, est-ce que tu roules ? demanda Stephanie.

Elle feuilleta la liasse de billets. Tout l'argent qu'elle recevrait d'Olesk servirait à renforcer Frontier Justice.

Les lèvres couleur prune de la jeune femme esquissèrent un sourire narquois.

— Seulement sur le côté gauche de la route.

Elle s'éloigna pour se diriger vers Arash et Olesk, sortit une autre enveloppe de sa poche et leva sa bouteille à l'intention d'Arash. Il la remercia d'un petit hochement de tête et prit l'enveloppe.

— Tu ne m'as pas apporté de bière ? demanda Olesk d'une voix un peu trop autoritaire.

— Pardon, chéri.

Ellie porta la bouteille à ses lèvres et en but une longue gorgée, sans rompre le contact visuel avec Olesk. Arash préféra fuir l'interaction et s'éloigna tout en glissant un regard dans l'enveloppe. Si les huit mille dollars l'impressionnèrent, il n'en montra rien. Une ombre rageuse traversa furtivement son visage, mais elle avait disparu quand il rejoignit Stephanie à côté de la cuisinière.

— Est-ce que la pizza est bientôt prête ?

— Est-ce que c'est important ? répliqua-t-elle en consultant sa montre.

Il ouvrit le four.

— Non. J'ai besoin de manger quelque chose de chaud.

Il enveloppa ses mains d'un torchon de cuisine pour sortir la pizza. Le fromage faisait des bulles, la sauce tomate giclait… Cette pizza avait somme toute meilleure allure qu'elle l'aurait cru. Arash la posa sur le dessus de la cuisinière, referma le four et attrapa deux assiettes en carton sur l'îlot central.

— Vous avez une roulette à pizza, les gars ?

Thom éclata de rire.

— On n'est pas sophistiqués à ce point.

— Une roulette à pizza n'a rien de sophistiqué, rétorqua Arash en inspectant les tiroirs.

— Prends donc un couteau, lança Hector.

Stephanie éteignit le four et prit un couteau à dents dans un bloc de boucher posé sur le plan de travail. Arash se tourna aussitôt vers elle. Il regarda tour à tour la lame et son visage en se balançant légèrement sur les talons. Ses yeux brillaient à nouveau d'un éclat sombre.

— Tu sais te servir de ça ? demanda-t-il.

— Je sais cuisiner.

— Ce n'est pas ce que je voulais dire.

Il prit le couteau, découpa la pizza et fit glisser les parts sur les assiettes en carton. Plutôt que d'aller s'attabler en compagnie de Hector et de Thom, ils restèrent debout, près de l'îlot central.

Ellie réapparut, attrapa deux bières dans le réfrigérateur et en apporta une à Olesk, qui trinqua avec elle avant d'annoncer, à la cantonade :

— Voilà le plan : Hector et Thom vont commencer à poser les pièces que nous avons apportées de Sactown sur les camionnettes.

Stephanie frissonna. Ces camionnettes étaient destinées à transporter des êtres humains.

— Arash et Stephanie, vous allez démonter la voiture avec laquelle vous êtes arrivés ici.

— À quel point ? demanda Arash entre deux bouchées.

— Entièrement, répondit Olesk en agitant sa bière. Elle est grillée, maintenant. Il ne doit pas en rester de trace.

Arash lui jeta un regard malicieux.

— Prête à te couvrir de cambouis avec moi ?

Son corps réagit en s'emplissant d'une faim dévorante, lovée au creux de son ventre. Elle avait beau faire appel à tout son bon sens, elle était incapable de rester de marbre devant cet homme.

— Nous allons avoir beaucoup de travail à faire ici, reprit Olesk. Installez-vous et ne vous inquiétez pas de devoir filer en vitesse. Cette fois, je vous préviendrai.

Il traversa sans hâte le coin cuisine en ajoutant :

— Quand la voiture sera en pièces détachées, Arash et Steph travailleront aussi sur les camionnettes.

— Stephanie, corrigea-t-elle.

Du coin de l'œil, elle vit Ellie sourire pour elle-même.

— Stephanie, répéta Olesk.

Il entraîna Ellie vers une autre pièce, sans doute l'un des deux salons où elle avait vu d'immenses écrans plasma.

Quand ils furent partis, Stephanie prit une bouchée de pizza et découvrit qu'elle avait bien trop faim pour se soucier de son goût. Hector finit sa bière, posa sa bouteille vide sur la table et frappa sur l'épaule de Thom. Les deux hommes se levèrent. Avant de quitter la pièce, Hector tendit le bras vers une porte.

— Il y a des combinaisons jetables dans le débarras.

— Tous les outils nécessaires sont dans le hangar ? demanda Stephanie.

— Oui. Il y a aussi du courant et un compresseur. Si le boulot devient trop compliqué pour vous, venez nous trouver.

— Et n'oubliez pas, ajouta Thom avec un sourire narquois. Vers la droite on visse, vers la gauche on dévisse.

Arash se fendit d'un simulacre de sourire, mais son regard était d'une froideur mortelle et chargé de la noirceur dont elle ne parvenait toujours pas à comprendre l'origine. Thom jugea plus sage de ne pas insister et s'éloigna, les épaules légèrement voûtées. Arash marmonna :

— Je pourrais le briser comme un os de poulet.

— Ce n'est pas ton chouchou ?

Elle jeta les dernières croûtes de sa pizza à la poubelle.

— Je ne l'inviterai certainement pas à mon anniversaire.

Stephanie partit d'un rire franc, qui résonna dans la cuisine. Quand Arash la regarda, il n'y avait plus aucune trace de méchanceté dans son sourire, mais une chaleur vers laquelle elle se sentit trop fortement attirée. Pour rompre le charme, elle se détourna et se dirigea vers la porte que Hector leur avait indiquée. Mais elle sentait toujours le lien qui s'était établi entre Arash et elle, bien qu'il la suive à quelques pas, sans avoir cherché à la retenir.

Le débarras était équipé d'une machine à laver et d'un

sèche-linge, ainsi que d'un évier rempli de chiffons. Plusieurs bouteilles d'eau de Javel étaient posées par terre. La pièce était tellement propre qu'elle devina qu'on y avait fait disparaître les traces d'activités très illégales. Le visage fermé, Arash ouvrit les placards jusqu'à trouver deux combinaisons en Tyvek. Il en tendit une à Stephanie avant d'ouvrir une porte plus lourde, qui donnait sur l'extérieur.

Une bouffée d'air froid et sec s'engouffra aussitôt dans la pièce. Le climat rude de ce désert d'altitude était à peu près aussi inhospitalier que la compagnie des criminels impitoyables qui se trouvaient dans la maison. Elle sortit la première et Arash referma la porte derrière eux.

Hector les prenait peut-être de haut, mais il n'avait pas menti au sujet des outils. À leur arrivée, elle était trop concentrée sur le seul fait de se trouver dans ce lieu pour recenser le matériel. Maintenant, elle voyait qu'il y avait tout ce dont elle pouvait avoir besoin pour démonter entièrement une voiture.

— J'ai bossé dans des garages où il y avait moins de matos, commenta Arash.

L'une de ses mains planait au-dessus des outils, comme pour ressentir leur aura.

— Tu n'en as pas besoin. Tes oreilles et ton nez te suffisent.

Elle enfila la combinaison par-dessus ses vêtements et dut en retrousser les manches et les jambes. Arash attacha ses cheveux avant de s'habiller, lui aussi.

— Ne me dis pas que tu n'as pas senti l'odeur de ce turbocompresseur mal réglé.

L'intissé blanc soulignait la puissance de son torse et la largeur de ses épaules.

— Tu parles que je l'ai sentie !

Elle alluma tous les plafonniers et conclut :

— On aurait dit que quelqu'un faisait frire des beignets.

Arash éclata de rire et traîna deux rampes devant la voiture. Quand il se pencha pour les aligner avec les pneus, elle eut une vue parfaite sur ses fesses musclées. Elle détourna les yeux et réfléchit à l'ordre correct de démontage dans l'espoir de remettre son esprit sur la bonne voie. Il tapota le capot.

— Tu veux la monter ?

Elle se mit au volant et démarra. Il lui fit signe d'avancer, et elle monta doucement la voiture sur les rampes. Il se baissa pour observer la position des roues. Quand il serra le poing, elle mit le frein à main et coupa le moteur.

Il poussa du pied un chariot de mécanicien vers le pare-chocs avant et retourna chercher les outils nécessaires. De son côté, elle trouva une baladeuse au milieu de tout un assortiment de lampes-torches et de lampes frontales. La lueur verdâtre lui rappela les premières nuits qu'elle avait passées sous une voiture, dans l'atelier de la concession automobile du père de son amie Julie. Arash prit la lampe et s'allongea sur le chariot. Sur son torse, il avait posé plusieurs outils et un bidon d'huile vide. La lumière fluorescente de la baladeuse le découpait en deux parties, l'une claire, l'autre sombre. Elle se concentra sur la seconde pour se rappeler qu'elle ne devait pas se fier à lui.

D'un coup de talon, il disparut sous le châssis et se mit au travail. Stephanie connaissait la marche à suivre, mais il lui fallut un moment pour trouver un siphon et un bidon d'essence vide dans cet atelier qui ne lui était pas familier.

Pendant qu'elle siphonnait le carburant de la voiture, la voix d'Arash lui parvint, métallique.

— Il y a des ateliers de mécanique, dans les écoles privées ?

— Le père de ma meilleure amie, Julie, avait une concession automobile. On travaillait sur sa Civic pendant que les vrais mécaniciens finissaient leur journée de boulot.

— Ça a l'air bien mieux que de faire des vidanges pour les voisins dans le jardin de la maison.

Il poussa un grognement d'effort et elle entendit de l'huile se déverser dans le bidon.

— Je suppose que Julie gonfle des moteurs de voitures de luxe maintenant, elle aussi ? lança-t-il d'une voix sonore. Ta meilleure amie est devenue ta plus grande rivale.

— Elle est marchande d'art, et elle parcourt le monde.

Pendant ce temps, elle avait fini de siphonner le carburant. Elle reboucha le dernier bidon et le rangea avec les autres.

— Aux réunions d'anciens élèves, tu es donc la seule dont la photo porte en légende : « Activité inconnue. »

Il bougea sous la voiture, et il y eut de nouveaux bruits métalliques.

— Il y avait beaucoup de gamins issus de familles louches, dans cette école, riposta-t-elle. Nous ne nous réunissons que sur le dark web.

En laissant les affaires de son père derrière elle, Stephanie avait aussi renoncé à beaucoup de ses amis. Elle était restée en contact avec ses informateurs, mais n'avait plus aucune affinité avec eux. Julie était l'une des rares personnes à être restées proches d'elle. Elle aurait été déçue d'apprendre que Stephanie avait de nouveau basculé du mauvais côté de la barrière des années après avoir pris un nouveau départ, en entrant à l'université – même si elle avait fréquenté bon nombre d'escrocs dans le département d'économie.

— Quelques-uns de mes amis tiennent une réunion d'anciens du lycée permanente à Solano.

Arash sortit de sous la voiture, se releva et alla ranger les outils et le bidon qu'il venait de remplir d'huile.

Solano était une prison californienne… Parce que cet homme était un criminel. Stephanie se remit au volant, mit la voiture au point mort et posa le pied sur la pédale de frein. Quand elle fut prête, elle fit un signe de la tête à Arash, qui posa les mains sur l'avant de la voiture et s'apprêta à pousser. La lumière de la baladeuse posée par terre sculptait ses traits, lui donnant l'apparence d'un démon. Quand il banda ses muscles, elle l'imagina au-dessus d'elle, entre ses jambes ouvertes.

Elle inspira vivement et détourna les yeux. Ensuite, elle desserra le frein à main et relâcha doucement la pédale de frein. Quand la voiture fut descendue des rampes, elle remit le frein à main. Arash frappa le capot des phalanges pour attirer son attention. Elle passa une main sous le tableau de bord et tira sur la manette qui commandait l'ouverture du capot.

Elle revint aux côtés d'Arash, qui soulevait déjà le capot. Quand elle libéra le support, elle effleura son corps ferme de l'épaule. Et quand elle le leva pour le mettre en place, elle se rendit compte que leurs visages étaient très proches l'un de l'autre. Assez proches pour qu'elle pose les yeux sur ses lèvres sensuelles et se demande si le fait de les goûter lui vaudrait la damnation éternelle.

Il lui rendait son regard. Dans ses yeux brûlait un feu intense, mêlé à la noirceur qu'elle y avait déjà remarquée. À moins qu'il ne s'agisse que d'un jeu de lumières ?

Elle mit le support en place, il relâcha le capot, et ils s'écartèrent rapidement l'un de l'autre. Son corps était baigné d'une chaleur suffocante, mais la combinaison en Tyvek n'y était pour rien. Les vrais responsables étaient le corps d'Arash, tellement solide contre le sien, et le désir brûlant qu'elle avait lu dans ses yeux.

Quand il dévissa le bouchon du radiateur, l'odeur douceâtre de l'antigel monta jusqu'à elle. Mais ces effluves suaves étaient trompeurs : tout comme Arash, l'antigel était d'une toxicité mortelle. Elle lui tendit un bidon vide pour qu'il siphonne le liquide et, plutôt que de regarder ses muscles jouer à chacun de ses gestes, accrocha la baladeuse sous le capot et se pencha sur le bloc-moteur.

Des tuyaux et des câbles se suivaient et se croisaient, comme lancés dans une course statique. Des pièces de deuxième monte avaient été boulonnées sur le moteur de série. Elle se souvint des jours que Julie et elle avaient passés à contempler le casse-tête qui se trouvait sous le capot de la voiture de son amie, sans plus savoir l'une que l'autre à quoi servaient les différentes pièces. Mais grâce à leur assiduité, à Internet et aux mécaniciens qui les faisaient parfois profiter de leurs connaissances, le moteur avait bientôt perdu tout son mystère.

— Voilà d'où vient l'odeur d'huile, dit-elle en tendant le doigt.

Arash se pencha.

— Ces idiots ont mal monté le turbocompresseur. La durite de retour est trop haute.

La pièce pouvait être montée de différentes façons, mais la seule orientation correcte était celle où l'huile s'écoulait par le bas.

Il secoua la tête avec un soupir de déception.

— Il n'y avait aucune chance pour que ça marche.

Il revint vers Stephanie et tendit les mains vers elle. Il tenait tout un assortiment de clés à pipe et de tournevis.

— Sexy.

Bon sang, elle n'avait pas voulu parler à voix haute. Elle espéra qu'il penserait qu'elle parlait des outils, et non de ses mains, mais le regard brûlant qu'il posait sur elle lui fit comprendre que la mécanique n'était pas sa préoccupation première. Sa respiration était aussi lente et profonde que la sienne. Elle tendit la main vers lui, il fit un pas vers elle. Ils étaient tellement proches qu'elle inclina légèrement la tête.

Elle se passa la langue sur les lèvres et prit une clé à pipe. Il referma les doigts sur les autres outils. Au lieu de se renfrogner comme elle l'aurait cru, il lui décocha un sourire intime et compréhensif, se pencha sur le compartiment moteur et murmura :

— Si j'avais mon garage, je t'engagerais.

— Je serais trop chère pour toi.

En espérant que le travail manuel la calmerait, elle s'attaqua aux écrous les plus proches d'elle.

— Je ne te confierais que les cas les plus compliqués, reprit-il. Les bruits bizarres, les équilibrages erratiques, les pièces qui ne devraient pas s'adapter l'une à l'autre et qui sont pourtant assemblées tellement étroitement qu'on dirait qu'elles sont faites pour être ensemble...

Sous l'effort qu'il fournissait pour dévisser chaque boulon, il ébranlait la voiture tout entière. Et elle.

— Et tu accepterais, uniquement pour pouvoir dire que personne d'autre que toi n'aurait pu comprendre d'où venait le problème. Tu accepterais pour le plaisir.

Elle laissa tomber sa clé à pipe et lui prit la clé à molette des mains.

— Arrête, dit-elle d'une voix plus hachée qu'elle l'aurait voulu. Arrête de parler.

Son visage devint grave, mais il ne bougea pas.

— Arrête de faire ça.

Quand elle avait effleuré sa peau, une étincelle l'avait traversée, diffusant sa chaleur sur sa poitrine, dans son cou et jusqu'à ses joues. Les lèvres d'Arash étaient entrouvertes, dévoilant ses dents, et son regard la transperçait. Est-ce qu'elle pouvait vraiment le forcer à arrêter ?

— Arrête de me regarder comme ça. Et embrasse-moi.

7

Arash s'approcha de Stephanie, et elle tendit son visage vers lui. Dès que leurs lèvres se rencontreraient, elle saurait à quel point elle avait tort. Elle avait tout fait pour se convaincre qu'elle devait prendre ses distances avec cet homme, mais elle avait besoin d'une preuve tangible de son erreur. Un baiser l'éjecterait de son système.

Elle avait menti à Olesk et à sa bande. Elle avait menti à Arash. Et maintenant, voilà qu'elle se mentait à elle-même...

Elle referma ses doigts sur le poignet d'Arash. Il posa une main sur sa hanche et la fit glisser jusqu'au creux de ses reins. Leurs bouches s'unirent en un baiser intense qui lui coupa le souffle. Elle se plaqua contre lui et sentit une force égale à la sienne émaner de lui.

Bien qu'ils soient séparés par des couches de vêtements, le contact de ses mains faisait fuser des étincelles sur sa peau. Elle aurait aimé qu'elles consument tous les mensonges et la laissent nue avec son désir. Elle aurait voulu s'abandonner entièrement à cet instant, comme si plus rien n'existait sinon Arash et elle, à la poursuite d'un seul but : leur plaisir.

Il la plaqua contre lui et elle enfonça les ongles dans son poignet. Il émit un grondement sourd, dans sa bouche, et elle fut traversée par un long frisson. Elle tira la langue pour le tester, le taquiner, et il lui répondit aussitôt, de la même façon. Quand elle sentit la langue d'Arash caresser la sienne, elle crispa son autre main sur son torse pour l'attirer encore plus près d'elle. La langue d'Arash pénétra plus profondément dans sa bouche. Elle aurait pu déchirer ses habits, sentir sa peau, sa chair...

Elle recula vivement la tête et tendit le bras pour le repousser. La main d'Arash glissa de son corps, mais la chaleur qu'elle avait imprimée sur sa peau demeura. Par contraste, tout le reste de son corps lui sembla bien trop froid. Il respirait avec force, le regard brûlant, mais il ne chercha pas à s'approcher d'elle, même quand elle laissa retomber son bras. Un mélange de doute et de colère assombrit son visage, mais il se reprit aussitôt.

Elle parvint à maîtriser la tempête qui se déchaînait en elle, juste assez pour ramasser ses outils d'une main ferme et se remettre au travail. Arash l'imita, en prenant garde de maintenir une certaine distance entre eux.

Elle avait eu tort. Tellement tort. Loin d'éteindre le désir que lui inspirait Arash, ce baiser l'avait attisé.

C'était mal. Arash n'avait pas mis en danger sa position au sein de la bande d'Olesk, mais il était maintenant certain que, quand il assouvirait enfin sa vengeance, ce serait dans un terrible chaos. Et qu'il en aurait le cœur déchiré.

Il avait eu beau prolonger sa douche plus que de raison, la chaleur de l'eau n'avait pas chassé le souvenir de celle du corps de Stephanie. Et maintenant, vêtu de ses habits neufs, il était planté au milieu de sa chambre et se demandait comment il allait négocier la prochaine étape. La bande ne se poserait aucune question s'il fréquentait Stephanie qui, de son côté, n'avait pas semblé douter de ses motivations quand ils étaient pressés l'un contre l'autre. Mais lui ? Qu'était-il en train de faire au juste ?

Dès qu'il l'avait vue dans cette combinaison ridicule, il avait su qu'il voulait la tenir dans ses bras et goûter sa bouche. Le vêtement blanc dissimulait son corps, mais elle se déplaçait avec une telle assurance, ses poignets fins et ses mains délicates émergeaient des manches trop longues avec une grâce tellement inattendue... Quand il avait vu ses mains couvertes de cambouis travailler habilement sur la voiture, il n'en avait été que plus excité.

Mais il ne pouvait pas passer à l'acte, bien que cela le déchire. Flirter au-dessus du bloc-moteur aurait dû atténuer la tension qui l'habitait, et non l'accroître. Quand elle lui avait dit de l'embrasser, elle avait exaucé ses vœux.

Leur baiser avait été ardent, torride, et il ne lui avait pas suffi.

Et voilà pourquoi il s'interdisait de sortir de sa chambre avant d'avoir repris ses esprits. Il vérifia que son couteau, qu'il avait aiguisé avant de partir pour le boulot dans l'entrepôt, était dans la poche de son jean, ainsi que son téléphone – bien qu'il n'ait personne à contacter. C'était un téléphone prépayé, dont seul Olesk avait le numéro. Aucun de ses amis actuels n'avait connu Marcos, et il ne voulait pas les entraîner dans ce guêpier. Ses parents chercheraient sans doute à le joindre d'ici un jour ou deux, mais ils appelleraient un téléphone éteint et rangé dans le tiroir de sa table de nuit.

Il ouvrit enfin la porte de sa chambre et longea le couloir désert jusqu'à l'escalier. À chaque marche qu'il descendait, sa volonté se renforçait. La bande ne lui ferait rien. Et si Stephanie voulait prendre ses distances avec lui, tant mieux. Même s'il voulait toujours faire brûler cette maison autour d'Olesk et de ses hommes et entraîner Stephanie vers la liberté.

Mais elle n'avait pas besoin qu'on vienne à son secours. Elle était plus débrouillarde que tous ces clowns mis ensemble.

Il trouva la bande dans l'un des salons. Installés sur le canapé, Hector et Ellie jouaient à un jeu vidéo sur la télé grand écran. Assis à une table, Olesk partageait son attention entre le jeu et son téléphone. Thom était juché sur l'accoudoir du canapé, agitant les doigts comme s'il tenait une manette.

Stephanie se tenait derrière eux, les bras croisés, l'air troublé. Elle aussi s'était douchée et changée, et semblait aussi fraîche que si elle s'apprêtait à passer la soirée à siroter du vin et à grignoter des amuse-gueules. Pourtant, quand leurs regards se croisèrent, Arash vit une tempête naître dans ses yeux. Le reste de son corps ne trahissait rien de son agitation. Si c'était d'elle que venait la foudre qui risquait de s'abattre sur lui, il ne verrait rien venir. Elle fit mine de tourner les talons, mais se ravisa et resta là où elle était.

Après le baiser, ils avaient fini de démonter la voiture en silence. Pendant des heures, ils n'avaient échangé que les paroles indispensables. Ils connaissaient assez bien leur travail pour que les outils parlent à leur place.

— Vous avez dîné ? demanda-t-il.

Il sentait une odeur de nourriture mais n'en voyait aucune.

— Oui, pendant que vous en finissiez avec le démontage, répondit Olesk sans lever les yeux de son téléphone. Joli travail, au fait.

— Merci.

Même les sièges de la voiture avaient été démontés. Ils avaient ensuite rangé les pièces dans des caisses, qu'il avait étiquetées avec des gestes mécaniques, comme s'il avait été sur pilote automatique.

— Il y a de quoi manger dans le congélateur, reprit Olesk.

— Est-ce que personne ne cuisine, ici ?

La pizza avait permis à Arash de tenir tout au long de la journée, mais il lui fallait quelque chose de plus consistant après des heures passées à faire de la mécanique.

Olesk leva les yeux au ciel.

— Tu peux cuisiner si ça te chante. Tu peux aussi faire la vaisselle et le ménage. Ou prendre un plat, le faire réchauffer et t'épargner toute cette peine.

Arash se tourna vers Stephanie.

— Et toi, tu as mangé ?

— Pas encore.

Elle secoua la tête, les lèvres pincées.

Il quitta la pièce alors qu'Ellie poussait un cri de victoire et Hector une exclamation indignée, et Stephanie lui emboîta le pas. Dans la cuisine, il vit des emballages vides de plats cuisinés empilés sur un coin du plan de travail. Stephanie ouvrit le frigo et grommela :

— Ces types sont peut-être les meilleurs dans leur domaine mais, en dehors de ça, ils ne valent pas grand-chose.

Il sortit un plat basique, mais copieux.

— Ce n'est pas parce qu'ils savent conduire qu'ils ont bon goût. Alors que, si tu me donnes un steak et un oignon, je saurai quoi en faire.

— Voilà qui me plairait, dit-elle en continuant à recenser le contenu du congélateur. Avec des pâtes couvertes de parmesan et une salade. Comme si c'était difficile de faire une salade !

— Alors que le souvenir du bœuf Stroganov infect dont je vais devoir me contenter va m'empêcher de dormir.

Il lut les instructions sur l'emballage avant de le déchirer et posa la barquette dans le micro-ondes. Tandis que le minuteur tournait, il sentit son agacement croître.

Après avoir elle aussi choisi un plat, Stephanie ouvrit le réfrigérateur.

— Une bière ?

Il prit la bouteille qu'elle lui tendait et jeta un regard appuyé vers le salon. Elle leva sa bouteille à son intention et ils burent tous deux. Mais que se passait-il ? Il n'avait pas l'impression qu'ils étaient revenus à leur point de départ, mais ils ne se précipitaient certainement pas non plus vers le prochain baiser. Pourtant, c'était ce qu'il voulait. Il la voulait, elle. Et c'était une très mauvaise idée. Cette camaraderie détendue était l'attitude à adopter, mais il savait qu'il ne pourrait pas tenir bien longtemps. Bientôt, il allait être taraudé par l'envie de lui parler de Marcos et de lui avouer les vraies raisons de sa présence.

Quand le micro-ondes tinta, il en sortit son plat, qu'il posa sur une assiette en carton. Elle lui lança un regard de détresse et mit à son tour son plat dans le four. Pendant que le bol en plastique tournait, Ellie entra dans la cuisine, Thom et Hector dans son sillage.

La jeune femme prit une bière dans le réfrigérateur et la posa sur l'îlot central. Thom attrapa deux autres bouteilles en marmonnant :

— Quand on va se chercher une bière, il est d'usage d'en rapporter à ses amis. Vous ne faites pas ça, en Angleterre ?

— Pour nos amis, si.

Elle ouvrit sa bière, en prit une gorgée et planta son regard dans celui de Thom. L'homme marmonna quelques mots à voix basse et tendit l'une des deux bières à Hector. Ellie sortit deux épaisses enveloppes de la poche de sa veste à capuche et les posa devant Arash et Stephanie.

— Pour le démontage, expliqua-t-elle.

Arash prit l'enveloppe et compta rapidement les billets. Encore huit mille dollars.

— Thom et Hector devraient en payer une partie, lança-t-il. Ce sont eux qui ont mal monté le turbocompresseur.

Stephanie regarda froidement Thom, dont le cou virait à l'écarlate. Ellie sourit sans se cacher. Thom posa sa bière si brusquement que de la mousse s'échappa du goulot et lui coula sur la main.

— Écoute un peu, espèce de petite fouine, dit-il à Arash, les lèvres retroussées. Je me fiche pas mal de ce que tu as fait pour arriver jusqu'ici. Tu es nouveau dans l'équipe, et tu vas me traiter avec respect.

Arash se redressa et avança vers Thom. L'homme était plus grand que lui, mais il avait plus de muscles, et ne demandait qu'à les laisser s'exprimer. Il regarda Thom droit dans les yeux.

— Tu ne devrais pas t'en moquer. J'ai vu beaucoup d'endroits.

Comme celui où on avait fait quitter la route à Marcos, ne lui laissant aucune chance de s'en sortir.

— Et je sais beaucoup de choses, Thom.

Entre autres, qu'il allait faire mordre la poussière à tous ces fumiers dès que l'occasion se présenterait.

— Si tu veux mon respect, tu dois le gagner. Comme je gagne mon fric.

La bouche de Thom se tordit et, d'un geste vif, il saisit sa bouteille sur l'îlot central. Sa main décrivit un arc de cercle vers la tête d'Arash, qui bloqua son bras du sien et le frappa sèchement au sternum, de la paume de sa main libre. L'homme partit en arrière et s'écroula lourdement au sol en lâchant sa bouteille, qui vola en éclats derrière lui.

Arash se tourna vers Hector pour voir s'il allait prendre le parti de son ami, mais Hector se borna à hausser les épaules et à tendre une main à Thom. Stephanie observait la scène, en lisière de l'action, mais pas complètement en retrait. Son corps était tendu, prêt pour le combat, mais quel camp choisirait-elle ? Il espérait que Hector allait tenter quelque chose, ou encourager Thom à riposter. Il se balançait sur les talons, prêt à les démonter tous les deux en même temps.

Quand Thom se fut relevé, écarlate et hors d'haleine, il semblait prêt à en découdre. Mais il regarda par-dessus l'épaule d'Arash et se dégonfla. Arash tourna la tête et vit Olesk, à l'entrée de la cuisine. Il semblait parfaitement détendu, mais un automatique noir était glissé à la ceinture de son jean.

— Ne frappe jamais un autre membre de l'équipe, Thom. Passe l'éponge et réconcilie-toi avec Arash. Demain, vous allez devoir travailler ensemble sur les camionnettes. Et ça ne sera peut-être pas la dernière fois.

Arash prit son assiette et sa bouteille d'eau, et passa à côté d'Olesk pour aller dans l'autre salon. Il s'assit à la table et contempla tristement le Stroganov qui refroidissait. Des murmures et le tintement du verre brisé qu'on balayait provenaient de la cuisine. Il y eut un bruit de pas et Stephanie posa son bol sur la table avant de s'asseoir en face de lui.

Il inspira longuement dans l'espoir de se calmer et chargea sa fourchette de nourriture, mais il n'avait pas faim.

— Tu surveillais mes arrières ?

— Comme tu l'as déjà fait pour moi avec lui ?

Stephanie lissa les bords de sa coupe au carré et sourit discrètement.

— Aucun doute.

Bon sang, pourquoi devait-elle faire partie de cette bande d'ordures ?

— Aucun doute, répéta-t-il.

Son sourire s'élargit avant de disparaître complètement.

Maintenant, c'était dans l'autre salon que les voix résonnaient, mêlées aux bruitages du jeu vidéo. Marcos faisait partie de cette bande depuis deux mois quand il avait été assassiné. Il avait peut-être séjourné dans cette maison et joué à ce même jeu. Arash pouvait dire tout de suite à Stephanie quel avait été le sort de son ami. Peut-être qu'elle changerait d'avis sur Olesk et le STR, et partirait d'ici avant qu'il soit trop tard. À moins qu'elle sache déjà que les types pour lesquels elle travaillait étaient des assassins. Il refusait de croire qu'elle se moque de savoir que cette bande pouvait tuer, mais il ne pouvait pas non plus compter sur les lambeaux d'éthique qu'elle lui avait dévoilés pour être sûr de pouvoir s'attacher sa loyauté.

Sans mot dire, ils mangèrent leurs plats surgelés. Celui d'Arash perdit toute saveur après les premières bouchées, mais il se força à le terminer. Ensuite, il alla jeter les assiettes dans la poubelle pleine à ras bord et entreprit de fouiller dans les placards de la cuisine. Quand Stephanie le rejoignit, il fit glisser un paquet de petits gâteaux vers elle sur le plan de travail.

— Le dessert, dit-il.

Mais il avait plus envie d'elle que de petits gâteaux.

Elle en prit un et il détourna les yeux pour ne pas la voir mordre dedans. Mais comme il fallait qu'il teste la force de la tentation qu'elle représentait, il reposa les yeux sur elle. Sa bouche aurait été tellement douce, tellement sucrée. Elle arborait un petit sourire, qui vacilla quand elle vit qu'il la dévisageait. Il prit une poignée de gâteaux dans le paquet et avança vers elle.

— La prochaine fois que tu as envie de m'embrasser, dit-il, fais-le.

Oui, l'attirance que Stephanie exerçait sur lui déformait les choses, d'une façon bien trop complexe pour qu'il puisse les distinguer. Mais il pouvait faire comme si de rien n'était.

— Et fais en sorte d'avoir quelques heures devant toi.

Elle le dévisageait toujours. Derrière son apparence de calme, il voyait scintiller la chaleur de son désir. Sans s'approcher de lui, elle hocha lentement la tête. Il baissa les yeux vers ses mains, posées sur l'îlot central. La caresse de ces doigts aurait été tellement douce, dans son cou, dans ses cheveux. Il aurait pu la prendre dans ses bras, la soulever et la serrer contre lui...

Mais il se borna à hocher la tête, lui aussi, avant de sortir de la cuisine. Il traversa le salon sans que personne ne lui adresse la parole, monta l'escalier et regagna sa chambre.

Quand il eut refermé la porte, il écouta le sang tambouriner dans ses oreilles. La bagarre avec Thom ne lui avait pas suffi. Mais ce qui changeait tout, c'était l'arme qu'Olesk leur avait montrée. C'était un point qu'il devrait prendre en compte quand il passerait enfin à l'action, ainsi que toute autre variable encore inconnue de lui.

Et de toutes ces variables, la plus mortelle, celle qui pouvait le détruire quand il foncerait vers la vengeance, était Stephanie.

8

Stephanie s'était préparée à devoir passer la nuit sous le même toit qu'une bande de criminels. Elle avait son pistolet et son couteau, et savait comment coincer la poignée de sa porte avec la boucle de la bandoulière de son sac. Cela faisait partie de sa mission. Mais elle ne s'était pas préparée à devoir dormir sous le même toit qu'un homme qu'elle venait d'embrasser. La chaleur des mains d'Arash persistait sur sa peau, là où elles l'avaient touchée, et le reste de son corps vibrait d'un désir inassouvi.

Bien qu'Olesk ait dit qu'ils allaient rester ici pendant quelque temps, elle fit son sac avant de descendre l'escalier le lendemain matin. Il fallut quelques pas avant que ses mouvements soient vraiment coordonnés. Elle avait assez dormi pour être opérationnelle, mais ne se sentait pas reposée pour autant. À chaque fois qu'un bruit l'avait réveillée, elle s'était souvenue qu'Arash dormait à l'autre bout du couloir et des pensées fiévreuses avaient traversé son esprit. Dans un monde meilleur, elle n'aurait pas eu un pistolet pour compagnon de lit.

La cuisine était déserte. Elle repoussa les bouteilles vides qui encombraient l'îlot central pour avoir la place de préparer son petit déjeuner, mais s'arrêta pour regarder par la fenêtre. Le soleil était masqué par un épais voile de nuages couleur d'étain. On aurait dit un couvercle métallique posé sur l'ensemble du monde, interdisant toute fuite.

Ce fut un bruit de pas, assourdi par la moquette tendue sur les marches, qui l'arracha à ses pensées. Elle mit de l'eau et du café dans la cafetière, dont elle rinça la carafe pour en ôter le marc desséché. Arash apparut, les cheveux détachés, vêtu d'un jean et d'un sweat-shirt.

Les flammes dévorantes qui avaient gardé Stephanie éveillée pendant une bonne partie de la nuit repartirent de plus belle quand il approcha. Sur son visage maussade, son regard était empreint de douceur. Un sourire narquois tordit ses lèvres.

— La prochaine fois, je rentrerai dans un gang de décorateurs d'intérieur et de chefs cuisiniers.

Elle prit deux bols dans un buffet et les posa sur l'îlot avant d'attraper une brique de lait de soja dans le réfrigérateur.

— C'est très avant-garde de dormir par terre sur un matelas.

— C'est surtout sacrément pénible, rétorqua-t-il.

Il s'étira, lui offrant une vue bien trop alléchante des muscles de son torse et de ses épaules, avant d'attraper deux tasses et de les poser sur le plan de travail.

— Merci d'avoir préparé le café.

— Attends de l'avoir goûté pour me remercier.

Elle choisit les céréales qui contenaient le moins de sucre. L'odeur qui s'élevait de la cafetière était assez alléchante pour qu'elle ait envie d'en boire une tasse.

— Tu t'es couchée tard ? demanda Arash en se servant des céréales.

En le regardant monter l'escalier la veille, elle s'était infligé une forme de torture très particulière. Elle s'était sentie comme attirée par son champ magnétique, incitée à s'élever avec lui vers un espace clos où ils auraient pu explorer plus que leurs bouches. Son corps avait essayé de la convaincre de céder à cette attraction, mais son esprit s'y était opposé. Sa mission n'en aurait été que plus compliquée. Alors, elle avait bandé tous ses muscles et enraciné ses pieds dans le sol.

— J'ai regardé Ellie battre ces crétins pendant un moment.

— Il vaut mieux que j'évite de jouer contre elle.

— Tu es plus malin que je le croyais.

Ellie apparut à son tour, déjà coiffée et maquillée, vêtue d'un T-shirt de concert d'un groupe punk.

— La plupart des dames pensent que je ne suis qu'un mécano sans cervelle, lança Arash.

Il se servit une tasse de café et traversa la cuisine en bombant le torse pour aller s'asseoir à la table, près de la fenêtre. Même à cette distance, et bien qu'elle lui tourne le dos pour se servir son café, l'attraction qu'il exerçait sur Stephanie ne faiblit pas.

— On a un grille-pain, dit Ellie en s'affairant près d'elle. J'irai acheter du pain et du beurre aujourd'hui.

Stephanie leva sa tasse de café à ces paroles.

— Enfin de la nourriture civilisée.

— Nous n'avons que le meilleur, chérie.

Pendant qu'Ellie mangeait son bol de céréales, Stephanie regarda les nuages, qui étaient toujours du même gris uniforme. Elle tourna la tête vers l'entrée de la cuisine quand Thom et Hector arrivèrent, et remarqua qu'Arash cessait de manger. Comme les deux hommes commençaient à préparer leur petit déjeuner sans lui accorder la moindre attention, il se remit à manger. Ellie annonça, à la cantonade :

— Aujourd'hui, je vais vous exposer la prochaine étape du travail sur les camionnettes.

— Est-ce qu'on va modifier le moteur, ou la carrosserie ? demanda Stephanie.

— Aujourd'hui, la carrosserie, répondit Ellie. Mais toi, tu as autre chose à faire.

Comme Olesk entrait dans la cuisine à son tour, la jeune femme leva les yeux vers lui.

— Stephanie conduit, c'est bien ça ?

Stephanie sentit son ventre se nouer, mais garda un visage impassible.

— Quel genre de boulot ?

Maintenant, Arash posait sur eux un regard intense. Olesk se servit un café, le remua et jeta la cuillère en plastique à la poubelle avant de se tourner vers Stephanie.

— L'un de nos clients a besoin d'un chauffeur pour un trajet en ville. Je t'emmènerai prendre la voiture après le petit déjeuner.

Elle savait que le STR faisait ce genre de travail, et elle s'y était préparée. Mais la perspective de laisser Arash seul ici était étonnamment douloureuse. Le conflit qui l'opposait à Thom n'était pas réglé et pouvait dégénérer rapidement. En outre, elle allait devoir plonger dans l'inconnu sans pouvoir compter sur le soutien de son seul allié.

— Est-ce que c'est pour un braquage ? Est-ce que je dois m'attendre à des événements imprévus ? Semer des poursuivants, par exemple ?

— Non, répondit Olesk. Le contrat que nous avons passé ne couvre pas ce genre d'incidents. Si les choses devaient en arriver là, tu es libre de négocier un nouveau prix.

— Très bien.

Au moins, elle semblait avoir gagné sa confiance.

— Parfait. On part dans cinq minutes.

Quand il fut ressorti de la cuisine, Ellie sur les talons, Hector demanda à Thom :

— Est-ce que tu aimes bosser sur la carrosserie ?

— Encore plus que j'aime ta mère, grommela Thom.

Comme Hector se dirigeait vers la table, Arash se leva et s'approcha de l'évier. Quand il fut à côté de Stephanie, il chuchota :

— Fais attention, là-bas.

Le pistolet était déjà dans son étui, et dissimulé par sa veste. Elle hocha la tête et répondit, sur le même ton :

— Et toi, fais attention, là-dedans.

Il se retourna et leurs regards s'unirent. Le danger jaillit aussitôt, dans un crépitement électrique semblable à un éclair annonciateur d'une tornade, comme avant leur baiser. Il lui aurait suffi de faire un pas pour le toucher afin de s'assurer qu'il veillait sur elle et de lui faire comprendre qu'elle ne voulait pas qu'il soit blessé. Mais elle ne bougea pas, et lui non plus. Il lui adressa un clin d'œil et un sourire plein de malice et d'assurance, et se dirigea vers la porte du débarras.

— Bon, on se met au boulot, ou pas ?

Hector continua à manger et Thom lui fit un bras d'honneur. Arash les ignora et disparut dans le débarras.

Quelques instants plus tard, Stephanie le vit passer devant la fenêtre de la cuisine. Le vent rabattait ses cheveux vers l'arrière et il crispait les doigts d'une main sur son col. Hector agita le bras avec un enthousiasme ironique et Thom se borna à ricaner. Arash poursuivit son chemin vers les deux camionnettes blanches qui étaient garées près du hangar où ils avaient démonté la voiture.

Ellie traversa la cuisine d'un pas vif.

— Plus tôt nous en aurons fini avec la carrosserie, plus tôt nous pourrons passer aux moteurs.

Ces paroles poussèrent Hector et Thom à se lever. En laissant leurs bols sales sur la table, ils la suivirent dans le débarras. Olesk apparut à l'autre bout de la cuisine.

— Prête ?

Il fallait qu'elle le soit. Quelle que soit la tâche qui l'attendait, elle la rapprochait de son but.

— Allons-y.

Le vent était glacial et les nuages qui oblitéraient toujours la lumière du soleil tamisaient les ombres et adoucissaient le paysage. Olesk se dirigea vers une berline à quatre portes d'aspect banal. Elle n'était pas encore installée dans son siège qu'il avait déjà démarré. Il regarda sa montre et dit :

— Nous avons vingt minutes.

Olesk accéléra et la voiture bondit en avant, dans une gerbe de graviers et de terre. Stephanie n'aurait pas dû être étonnée qu'un moteur surpuissant se cache sous le capot de la berline. Tandis qu'ils fonçaient vers la route, elle ne put s'empêcher de penser qu'elle ne reviendrait peut-être jamais ici – et que, même si elle y revenait, Arash n'y serait peut-être plus. Parce qu'elle évoluait dans un monde où la mort pouvait frapper plus rapidement que ne jaillissait l'étincelle d'une bougie d'allumage.

Olesk s'engagea sur la route. Il conduisait avec une précision presque mécanique, qui contrastait avec la désinvolture habituelle de son attitude. Il était perpétuellement en alerte, regardant les rétroviseurs, maniant le volant, vérifiant le levier de vitesses, bien que la berline ait une boîte automatique. Son visage était impassible, comme s'il n'avait aucun besoin d'établir une interaction humaine quand il conduisait.

Pour le tester, elle tendit le bras vers l'autoradio.
— Un peu de musique ?
— Non.
Il leva un doigt, comme pour la mettre en garde, et régla le rétroviseur. Mais elle avait glané un nouveau détail d'importance : le besoin que cet homme avait de tout contrôler pouvait être son point faible. Si jamais elle devait l'affronter, le meilleur moyen de lui faire perdre son calme serait d'agir de façon complètement inattendue et irrationnelle.
— Est-ce que je peux savoir qui est mon passager, ou est-ce que c'est encore une surprise ?
La pire surprise aurait été de découvrir qu'il s'agissait de son père, mais il avait ses propres transporteurs.
Olesk lui jeta un coup d'œil impatient, comme s'il était agacé de devoir penser à autre chose que la conduite.
— Grant Hemmings.
Un frisson glaça le dos de Stephanie. Elle connaissait ce nom.
— Il appartient à un groupe très important qui fait partie de nos clients : le Seventh Syndicate.
— J'ai entendu parler d'eux.
Et elle était prête à les toucher en plein cœur.
— Mais je n'ai jamais travaillé pour eux, reprit-elle.
— Bien sûr que non, railla Olesk. Si c'était le cas, j'aurais entendu parler de toi. Tu joues dans la cour des grands, maintenant.
— J'espère que vous savez à quel point j'en suis heureuse.
Elle grimaça intérieurement, agacée de devoir se montrer affable.
— Je le sais, oui, répondit-il avec un sourire forcé. Ceux qui n'apprécient pas nos activités ne tiennent pas aussi longtemps que toi.
Sa voix était lourde de menaces. Pourtant, si le STR était connu pour l'habileté avec laquelle il volait et modifiait des véhicules – et échappait aux forces de l'ordre –, Stephanie n'avait jamais entendu dire qu'il leur arrivait également de commettre des meurtres. La peur qu'elle ressentait pour Arash redoubla d'intensité.

Le visage d'Olesk se ferma, la dissuadant de poursuivre la conversation. De toute façon, elle ne comptait pas insister. Les informations devaient être extraites avec une précision chirurgicale, sans que personne ne se rende compte de ce qu'elle faisait. Une curiosité trop franche lui serait fatale.

Quand ils furent enfin dans le centre-ville, Olesk engagea la berline dans un parking, situé à côté d'un petit immeuble de bureaux. Il se gara au second niveau, à côté d'une autre berline à quatre portes aux vitres teintées. Dès qu'ils furent arrêtés, un homme d'une cinquantaine d'années en sortit. Il portait un jean et une doudoune mais, quand elle vit ses cheveux bruns impeccablement coupés et son visage rasé de près, Stephanie devina qu'il passait l'essentiel de son temps en costume sur mesure.

Olesk descendit vivement de voiture, la main tendue.

— Grant.

— Ronald.

Grant Hemmings lui serra la main avec une efficacité toute professionnelle avant de poser les yeux sur Stephanie.

— C'est mon chauffeur ?

Olesk acquiesça poliment.

— Elle s'appelle Stephanie. Pas Steph : Stephanie.

Sans lui tendre la main ni même s'approcher, l'homme du Syndicate la regarda lentement, de la tête aux pieds, comme quelqu'un qui a l'habitude de prendre tout ce qui lui fait envie et de le déballer selon son bon plaisir. Elle soutint crânement son regard. Elle voulait bien être polie, mais pas se rabaisser. Sans la quitter des yeux, Hemmings dit à Olesk :

— Tu ne m'avais pas dit qu'elle était armée.

— Elle ne l'est pas, regimba Olesk.

Hemmings se tourna vers lui avec un sourire lénifiant.

— Bien sûr qu'elle ne l'est pas.

L'homme du Syndicate posa une main sur l'épaule d'Olesk et l'entraîna vers un coin du parking. Il s'arrêta le temps de dire à Stephanie :

— Faites donc le guet. Faites semblant d'être au téléphone, par exemple.

Elle inclina la tête et sortit son téléphone en s'éloignant dans la direction opposée. Grant et Olesk se remirent en marche et furent bientôt hors de portée de voix. Stephanie s'adossa à un pilier pour s'abriter du vent glacial et prit discrètement plusieurs photos d'Olesk et de Hemmings.

Les deux hommes semblaient assez détendus. Aucun conflit donc, mais une discussion d'affaires, cela ne faisait aucun doute. Grant désigna sa montre et compta quelque chose en appuyant ses doigts au creux de la paume de son autre main. C'était la grosse opération. La traite des êtres humains à laquelle elle devait mettre un terme. Olesk recevait les premières directives. Elle pouvait enfin commencer à planifier son action.

Mais elle ne pouvait envoyer ni les photos ni les informations qu'elle avait recueillies aux autres membres de Frontier Justice. Olesk la surveillait encore trop étroitement pour qu'elle puisse prendre le risque de passer des appels depuis son téléphone. Elle était toujours complètement isolée, ce qui lui nouait la base de la nuque en permanence.

Grant donna une tape sur le bras d'Olesk et les deux hommes revinrent vers les voitures. Quand Stephanie les rejoignit, Olesk était plongé dans ses pensées.

— Je viendrai te chercher en fin de journée, dit-il. Pas la peine d'établir un contact.

Sur ces mots, il remonta dans sa voiture et s'éloigna sans un mot de plus. Hemmings partit d'un petit rire.

— Ce type sait organiser une opération à la perfection. Et il suit son plan avec la précision d'une horloge atomique.

Pendant qu'elle réglait son siège, il s'installa confortablement sur la banquette arrière.

— Je n'ai jamais vu de meilleur conducteur que lui mais il ne sait pas tout. Vous voyez ce que je veux dire ?

— Je pense que oui.

Depuis qu'elle avait infiltré le STR, personne n'avait vu qu'elle était armée. Hemmings, par contre, s'en était immédiatement aperçu.

Il se pencha vers l'avant et posa un bras sur le dossier de son siège. Son visage était tellement proche qu'elle pouvait sentir son after-shave. Il demanda, d'une voix un peu trop onctueuse :

— Et vous ? Est-ce que vous ne faites que conduire ?

Elle aurait aimé lui balancer le coude en plein visage pour effacer son sourire mielleux.

— C'est pour ça que je suis payée, répondit-elle d'un ton ferme.

— C'est bon à savoir.

Il se renfonça dans son siège. Sans se départir de son sourire, ce fut d'une voix neutre qu'il dit :

— Ma journée va se partager entre le travail et les loisirs. Nous allons commencer par le travail.

Il prit son téléphone et y lut une adresse, qu'elle entra dans son application GPS.

Elle démarra et rassembla toutes ses facultés mentales. Le moindre détail recueilli au cours de cette journée l'aiderait à accomplir sa mission… et la moindre bévue pourrait lui coûter la vie. Pendant les heures à venir, elle allait devoir partager une voiture avec l'un des monstres qu'elle s'était juré de supprimer.

9

Arash avait l'impression de suffoquer sous le poids des épais nuages qui masquaient toujours le soleil. Dans l'atmosphère lourde de danger qui le cernait, il travaillait aussi efficacement que possible sans cesser de surveiller ses arrières. Et il était taraudé par la pensée qu'il ne savait ni où était Stephanie ni ce qu'elle faisait.

Pour entamer la journée de travail, on lui avait demandé de percer les planchers des deux camionnettes afin de pouvoir y fixer quatre rangées de sièges. Maintenant, il savait que des personnes seraient transportées dans le cadre de l'opération à venir, des personnes qui devaient soit rester invisibles, soit ignorer où elles se trouvaient – voire les deux.

Le sifflement d'un poste à souder s'éleva à l'extérieur. Hector et Thom fabriquaient les banquettes en marmonnant derrière leurs masques et en traînant les pièces derrière eux d'un air excédé, mais ils faisaient du bon travail. Quand Arash eut percé le dernier trou dans le plancher, il sortit de la camionnette.

— Et après ?

Ellie, qui se tenait à proximité pour surveiller la progression du travail, consulta une liste sur son téléphone.

— Est-ce que tu sais souder ?

— Je me débrouille.

Sans être un expert, il en savait assez pour effectuer des réparations.

— Pas question, lança Hector. Il n'y a que moi qui soude.

Thom arracha son masque, dévoilant une moue boudeuse.

— Hé, je vais...

— Non, coupa Hector en se tournant vers lui. Tu n'es pas qualifié pour ce boulot, et lui non plus. Vous allez rater une ligne de soudure et au premier virage un peu sec tout va foutre le camp.

Il tendit le doigt vers Ellie et asséna :

— Personne ne soude ici, sauf moi.

— Très bien. Ils assemblent, et tu soudes.

Elle tendit le bras vers une pile de plaques d'acier peintes en noir sur laquelle était scotché un schéma, et dit à Arash :

— Dispose les pièces dans l'ordre indiqué sur ces tréteaux.

— Mais ne fixe rien, ajouta Hector.

Il baissa son masque et se remit à souder. Deux banquettes avaient déjà été assemblées. Arash remarqua les anneaux que Hector avait soudés aux montants métalliques, et qui semblaient destinés à accueillir des chaînes. Quelles que soient les personnes qu'ils allaient transporter, ce n'étaient pas des VIP.

Il souleva une plaque d'acier en masquant son dégoût sous une grimace d'effort. Comme la plupart des autres, elle était pleine, perforée sur les quatre côtés, et de la dimension parfaite pour créer une séparation entre l'avant et l'arrière des camionnettes. Il ravala la bile qui lui montait dans la gorge et demanda à Ellie :

— Alors, est-ce que tu sais en quoi consiste ce boulot ?

Le moindre détail l'aiderait à trouver un moyen de faire tomber Olesk et le STR. Si plusieurs véhicules – et donc plusieurs conducteurs – étaient impliqués, sa tâche serait plus compliquée. Mais si les véhicules étaient dispersés, il pourrait affronter les membres de la bande l'un après l'autre.

— Oui, répondit-elle évasivement. Pour le moment, notre boulot est de faire ce travail.

Il consulta le schéma pour s'assurer que toutes les pièces étaient correctement disposées et demanda :

— Vous avez une meuleuse d'angle ?

Hector arrêta de souder mais garda son masque.

— Qu'est-ce que tu vas bousiller, encore ?

Arash serra et desserra lentement le poing. Pendant combien

de temps encore allait-il devoir danser au milieu de ces tarentules avant de pouvoir poser le pied dessus ? Au moins, rien ne le forçait à être gentil. Il s'approcha de Hector.

— J'allais poncer la peinture à l'endroit où tu vas souder, mais si tu veux faire du mauvais boulot, ça te regarde.

Hector releva son masque et pointa le fer à souder vers lui.

— Je ne fais jamais de mauvais boulot.

— Donc, tu ne soudes pas sur de la peinture, répliqua-t-il, inflexible. Je me trompe ?

Les muscles du cou de Hector tressaillirent et sa mâchoire se crispa. Thom s'était redressé, prêt à se battre. Arash décida qu'il commencerait par s'occuper de Hector. Thom avait l'air de frapper fort, mais il était tellement maigre qu'il devait mal encaisser les coups. La tension s'accrut en même temps que son envie de briser quelques os.

— Si ce travail n'est pas fini à temps, dit Ellie d'une voix tranchante, l'opération n'aura pas lieu et personne ne sera payé. Les plus chanceux seront tués. Les autres passeront le reste de leur vie à regarder par-dessus leur épaule.

Arash n'avait pourtant jamais entendu dire que le STR ait l'habitude d'en arriver à de telles extrémités. L'assassinat de Marcos tranchait avec leur façon de procéder habituelle. C'était donc leur client qui les contraignait à adopter une ligne de conduite impitoyable. Il secoua les bras pour les détendre et se tourna vers Ellie.

— Vous avez une meuleuse d'angle ? répéta-t-il.

— Tu en trouveras une dans l'atelier.

Il se dirigea vers le hangar. Il avait hâte de ne plus entendre un seul bruit, sauf le crissement de la terre sous ses bottes. Comme s'il s'éloignait des débris fumants qui étaient tout ce qui restait d'Olesk et de sa bande. Dans son imagination, d'autres pas accompagnaient les siens. Ceux de Stephanie, enfin libre de tout danger.

Le grincement électrique du poste à souder s'éleva derrière lui, effaçant l'image triomphale de son esprit. La sécurité n'était qu'une illusion. Il était coincé ici, il devait faire semblant d'appartenir à ce gang, tout en construisant des prisons sur roues pour le compte d'un client qu'il ne connaissait pas. Quant à Stephanie, elle était partie vers l'inconnu, et il ne pouvait rien pour elle.

Pour y avoir grandi, Stephanie connaissait bien le milieu. Elle avait vu les enveloppes blanches que l'on remettait à son père et les réunions improvisées organisées à l'arrière du restaurant pendant le dîner, elle avait ressenti la tension qui n'avait rien à voir avec celle qui découle d'une vie normale, et elle avait vu les forces de l'ordre faire respecter la loi. Assise au volant de la berline de Hemmings, elle attendait que son deuxième rendez-vous d'affaires de la journée se termine en se demandant combien de passants ou d'automobilistes soupçonnaient ce qui se passait tout près d'eux. Parce que, même si elle n'avait pas su que son passager appartenait à l'une des pires organisations criminelles du pays, elle aurait deviné que quelque chose de louche se tramait. Ils avaient décrit de larges cercles, ponctués de brusques demi-tours destinés à semer d'éventuels pisteurs, pour s'arrêter enfin devant un immeuble en briques quelconque, dont le rez-de-chaussée était occupé par des magasins aux vitrines vides et un cabinet de dentiste.

Pourtant, personne ne la dévisageait avec insistance, et elle savait qu'ils n'avaient pas été suivis. Elle se renfonça dans son siège et fit défiler l'écran de son téléphone. N'importe qui, Grant Hemmings compris, aurait pensé qu'elle regardait des photos sans intérêt sur un réseau social, mais en réalité il s'agissait de messages codés. Frontier Justice avait ouvert un compte pour chacun de ses membres, avec un fruit en guise de photo de profil. Parce que c'était dans la pommeraie de Mariana Balducci que les deux versions de Frontier Justice avaient vu le jour, la sienne était une photo de pommes. Ty avait choisi des pommes de terre, Vincent des raisins et Javier, bien sûr, une banane. Mais aucune de ces images n'apparaissait sur son fil d'actualité. Il n'y avait qu'une photo de pêches, le fruit qu'elle avait choisi comme photo de profil, suivie de ce commentaire : « L'hiver me déprime. Je ne sais pas où trouver des pêches. »

Les membres de son équipe ne savaient pas où elle était, et elle ne pouvait pas le leur dire. Si quelqu'un fouillait dans son téléphone et découvrait qu'elle avait donné sa position en réponse à ce commentaire, il saurait qu'elle jouait un double jeu.

Hemmings sortit du cabinet de dentiste et inspecta le trottoir avant d'avancer vers la voiture. Il semblait préoccupé. Cette réunion devait avoir eu pour but de continuer à régler les détails de l'opération à venir. Stephanie éteignit et rangea son téléphone, sans se presser afin de ne pas éveiller ses soupçons.

— Et maintenant ? demanda-t-elle quand il fut remonté dans la voiture.

Il ne répondit pas tout de suite. Toujours plongé dans ses pensées, il tapa quelque chose sur son téléphone avant de le laisser tomber à côté de lui et de la regarder dans le rétroviseur.

— Je meurs de faim.

Elle démarra et s'inséra dans la circulation.

— Est-ce que vous préférez un restaurant en particulier ?

Elle sentait son taux de sucre baisser en flèche, mais elle devait rester professionnelle. Et ce, bien que la perspective de tourner en rond dans une ville qui lui était étrangère, à la recherche d'un restaurant qui convienne au sociopathe assis sur la banquette arrière, mette sa patience à rude épreuve.

Hemmings se frotta les mains.

— Le Sonny's Steak and Seafood. C'est toujours là que je vais quand je suis en ville.

Il lui indiqua l'adresse, qu'elle rentra dans son GPS au premier feu rouge. Pendant qu'elle se dirigeait vers leur destination, en faisant de nombreux détours, Grant se pencha de nouveau sur son téléphone. Il faudrait qu'elle envoie également l'adresse de ce restaurant à Frontier Justice, mais pour le moment elle devait prendre son mal en patience.

Il ne lui fallut que quelques minutes pour arriver en vue d'un bâtiment de plain-pied qui semblait dater des années 1960, annoncé par une discrète enseigne gravée dans un panneau de bois délavé par les intempéries. Un toit à deux pans était posé sur la façade aveugle en pierre de lave. Près des portes massives en bois, une grosse lanterne en verre couleur ambre se balançait doucement au gré du vent. Hemmings se pencha en avant, un billet de cinquante dollars entre les doigts.

— Allez chercher un repas à emporter et restez dans le coin. Vous pouvez prendre la voiture.

— D'accord.

Elle prit le billet et le porta à sa tempe en guise de salut. Hemmings hocha la tête avec un sourire narquois, descendit de voiture et s'engouffra dans le restaurant. Elle était enfin seule, mais Hemmings n'était pas Arash : dans la galerie marchande, elle avait réussi à éviter Arash assez longtemps pour acheter un téléphone prépayé et envoyer deux messages, et il avait cru l'histoire qu'elle lui avait racontée. Mais Hemmings, elle le savait, ne tolérerait aucune brèche dans sa sphère de sécurité. En attendant de trouver un moyen sûr de contacter Frontier Justice, elle devait tenir son rôle de parfaite conductrice appartenant au crime organisé.

Elle redémarra et décrivit des cercles de plus en plus grands jusqu'à trouver un restaurant qui ne soit pas une succursale d'une chaîne de restauration rapide, dans un petit centre commercial. Elle suivit les effluves épicés des empanadas qui flottaient jusque dans le parking et poussa la porte de l'établissement. Seules deux tables étaient occupées, mais de nombreux clients attendaient que leur commande à emporter soit prête.

La caissière, une Latino-Américaine aux cheveux noirs, l'accueillit avec un sourire chaleureux.

— Bienvenue.

C'était sans doute ainsi qu'elle saluait la plupart de ses clients, mais elle semblait tellement sincère que Stephanie en eut presque les larmes aux yeux. Ses dernières interactions s'étaient déroulées dans une telle atmosphère de danger qu'elle avait oublié combien il pouvait être agréable d'échanger un regard et un sourire avec un autre être humain. Elle avait parfois eu des échanges de ce type avec Arash, mais dans un environnement trop chargé de menace pour qu'ils nourrissent son âme autant que le faisait cette conversation banale. La femme poursuivit :

— Qu'est-ce que je peux vous proposer ?

Stephanie consulta le menu accroché au-dessus du comptoir et faillit lui dire de prendre contact avec Frontier Justice pour les informer que Grant Hemmings du Seventh Syndicate était à Reno et que le STR se préparait pour une grosse opération dans leur camp de base, au nord-est de la ville.

— Un bœuf et un poulet. À emporter.

— Excellent choix.

La femme enregistra sa commande et tendit le bras vers la vitrine réfrigérée, à côté d'elle.

— Une boisson ?

Stephanie fit son choix et décida de prendre aussi deux paquets de gâteaux à la confiture de lait. La femme sourit d'un air entendu et lui annonça le montant de sa commande. Stéphanie la régla avec le billet de cinquante dollars, et la femme lui rendit toute une poignée de monnaie. Elle glissa quelques billets dans le bocal à pourboires et fourra le reste dans la poche de sa veste.

Ensuite, elle alla se mêler à la foule des clients. Elle n'attendit que quelques minutes avant que son numéro soit appelé. Quand elle ressortit du restaurant, la caissière s'était occupée d'une bonne demi-douzaine de personnes de plus, et avait sans doute déjà tout oublié des quelques mots qu'elles avaient échangés. Si Stephanie disparaissait de la surface de la terre avant la fin de la journée, personne ici ne se souviendrait d'elle.

Quand elle ressortit, un vent glacial la transperça. Plus rien ne restait des ondes positives qu'elle avait reçues dans le restaurant, sinon la chaleur de la boîte en carton qu'elle tenait entre ses mains. Elle monta dans la berline, démarra le moteur, mais resta où elle était. La voiture était puissante, et son réservoir presque plein. En roulant pied au plancher, elle aurait pu filer de Reno à toute vitesse. Mais elle devait rester. Sa mission n'était pas finie. Et elle avait beau se répéter qu'Arash n'était qu'un membre comme les autres de cette bande de criminels, elle ne pouvait pas partir avant d'avoir découvert si la bonté qu'elle croyait voir en lui était réelle.

Arash était en train de construire une cage. Les banquettes avaient été fixées au plancher des camionnettes, et il positionnait maintenant une cloison d'acier où persistait la chaleur du fer à souder, juste derrière la cabine. Une cloison sans porte. Quiconque entrerait dans cette fourgonnette y serait pris au piège.

Depuis leur algarade, Hector gardait ses distances avec lui. Thom, par contre, ne se privait pas de le regarder de travers. Les deux hommes ne semblaient pas perturbés par l'usage qui serait fait de ce qu'ils étaient en train de construire. Pour eux, ce n'était qu'un travail, qu'ils effectuaient comme ils auraient monté un système d'attelage sur un pick-up. Arash n'avait pas oublié ce qu'avait dit Olesk sur ceux qui se découvraient une conscience. Quand Marcos avait compris en quoi consistait le travail qu'on lui demandait d'accomplir, il n'avait pas pu supporter d'y prendre part. Mais l'opération était trop importante pour qu'Olesk accepte une défection. Pour rester au sein du STR, Arash devait mettre son sens moral en veilleuse, et sa santé mentale en souffrait.

La visseuse cliquetait dans sa main tandis qu'il vissait, l'un après l'autre, les boulons qui maintiendraient la cloison en place. Elle était assez solide pour résister à un bon coup d'épaule. Bien que la porte latérale soit ouverte, il commença à respirer plus rapidement, comme s'il était enfermé et manquait d'air. Mais il continua à visser les boulons dans les brides que Hector avait soudées aux plaques d'acier. À chaque coup de visseuse, sa panique s'accroissait. Il faudrait qu'il parle de ces cages à Stephanie quand elle reviendrait.

Si elle revenait.

Quand il eut fini de fixer la cloison, il descendit d'un bond de la camionnette, le souffle court. Stephanie était peut-être déjà au courant de l'existence de ces cages. S'il exprimait ce qu'il en pensait, elle pouvait le dénoncer à Olesk. Pourtant, il ne comprenait toujours pas comment le sens moral qu'il devinait en elle pouvait s'accommoder du travail qu'ils étaient en train de faire. Était-elle aveuglée par l'argent ? Mais après tout, il n'était pas complètement innocent, lui non plus. Il avait passé la journée à fixer ces banquettes et à poser ces cloisons. À cause de lui, les personnes qui seraient enfermées dans ces camionnettes n'auraient aucun moyen d'en sortir. Était-ce le prix qu'il devait payer pour assouvir sa vengeance ?

10

La petite bulle de sérénité dont Stephanie s'était enveloppée en mangeant ses empanadas et en puisant dans les ondes positives transmises par la caissière vola en éclats quand Hemmings sortit du restaurant d'un pas alerte. Il se glissa sur la banquette arrière, accompagné par l'odeur âcre du gin. Ses yeux larmoyaient et tout son visage était crispé par un sourire qui se voulait détendu.

— Le meilleur steak de la ville, dit-il d'une voix pâteuse. Vous avez mangé ?

— Oui, merci.

Elle sortit les billets de la poche de sa veste.

— Voilà votre monnaie.

Hemmings se pencha vers l'avant. Son regard passa de l'argent à sa main, puis remonta le long de son bras pour se poser sur sa poitrine. Il se passa la langue sur les lèvres.

— Gardez-le. De toute façon, vous ne me rendez pas tout.

Il avait raison : elle avait prélevé un billet de dix. Le regard de l'homme s'attarda sur son corps avant de monter jusqu'à son visage.

— Est-ce que vous jouez ?

Elle connaissait ce regard lubrique pour l'avoir vu dans les yeux d'innombrables hommes. C'était le regard d'un homme qui se croyait intouchable et pensait avoir le droit de s'approprier tout ce qu'il voulait, qu'il s'agisse d'objets ou d'êtres humains. Un homme qui croyait que toutes les femmes le désiraient.

— Je conduis, répondit-elle simplement.

Si elle avait pu laisser libre cours à sa répugnance et à sa colère, elle l'aurait frappé à la gorge du tranchant de la main.

Il souffla, déçu.

— Et je parie que vous conduisez très bien.

Il se renfonça dans son siège, l'air boudeur.

— C'est le cas. Ne vous inquiétez pas.

Elle passa une vitesse pour lui faire comprendre qu'ils devaient partir.

— Vous obtiendrez ce pour quoi vous avez payé.

— En ce cas, roulez, lâcha-t-il d'un ton maussade.

Elle s'engagea sur la chaussée et, quand elle regarda dans le rétroviseur, elle vit ses paupières lourdes et sa tête qui ballottait d'un côté sur l'autre. Comme elle se moquait qu'il arrive ou non à l'heure à son prochain rendez-vous, elle se rapprocha du centre de la ville, sans oublier de faire demi-tour de temps à autre ou de s'engager dans une rue adjacente au dernier moment pour semer tout pisteur éventuel.

Après de longues minutes de silence, Hemmings sortit son téléphone et lui dicta une adresse, qu'elle rentra dans son GPS.

— Nous sommes en retard, ronchonna-t-il. Dépêchez-vous.

C'était donc à elle de rattraper le temps qu'il avait perdu en s'octroyant un bon déjeuner bien arrosé. Elle accéléra.

— Est-ce que je dois attendre dehors ?

— Ouais, cracha-t-il. Et ensuite, vous me conduirez jusqu'au prochain rendez-vous. C'est pour ça que vous êtes payée, non ?

— Vous aurez le meilleur des services, comme prévu dans le contrat.

Plus il se renfrognait et plus elle devait puiser dans ses réserves de patience. Quand ils eurent atteint leur destination, elle se gara et regarda droit devant elle. Hemmings prit une profonde inspiration qui n'effaça pas sa moue boudeuse et descendit de voiture sans mot dire. Il claqua la portière et, d'un pas mal assuré, marcha vers un immeuble de bureaux à un étage à la façade en verre teinté.

Encore une réunion d'affaires, encore une adresse qu'elle devait communiquer à Frontier Justice. Le Seventh Syndicate n'avait laissé filtrer aucun renseignement concernant la traite des êtres humains à laquelle il se livrait. Ni leurs informateurs ni les contacts que Vincent avait au sein du FBI n'avaient entendu parler de rien. Depuis qu'elle avait infiltré le STR, Stephanie avait déjà recueilli plus d'informations qu'ils n'en avaient auparavant. Mais tant qu'elle ne pouvait pas les transmettre, elles étaient inutiles. Elle chercha une cabine téléphonique du regard, en vain. Les gens du coin devaient savoir où se trouvaient les derniers de ces téléphones en voie de disparition, mais loin de son secteur habituel, à San Francisco, elle était perdue.

Elle fit tourner sa bague autour de son doigt et inspira lentement. Pour le moment, elle devait conduire Hemmings là où il le demandait et recueillir autant de détails que possible. Quand il remonta en voiture, quelques minutes plus tard, son sourire suffisant avait été remplacé par une expression grave.

— Je ne peux pas me permettre d'arriver en retard au prochain rendez-vous. Il y a environ une heure de route.

Il lui donna une adresse à Incline Village, un quartier huppé planté sur la rive nord du lac Tahoe. Des amis de sa famille y possédaient des résidences secondaires d'une valeur de plusieurs millions de dollars, qui restaient vides pendant la majeure partie de l'année.

— Vous y serez à l'heure.

Elle prit la direction de l'autoroute qui filait vers le sud. Comme Hemmings regardait le paysage sans mot dire, elle devina qu'on lui avait reproché d'arriver un peu pompette à la réunion. Autrement dit, la personne qui possédait un bureau dans l'immeuble à la façade vitrée était l'un de ses supérieurs hiérarchiques.

Ils sortirent rapidement de la ville et roulèrent bientôt entre les montagnes. Tout en conduisant, elle classa les informations qu'elle avait recueillies par ordre d'importance afin de transmettre les plus significatives à ses coéquipiers si elle ne pouvait établir qu'une courte communication avec eux. Ils auraient beaucoup d'éléments sur lesquels travailler mais, pour sa part, elle avançait toujours à tâtons, surtout avec Arash. Elle avait envoyé son nom à Vincent et à Ty par texto depuis le téléphone prépayé, mais sans aucun moyen de recevoir une réponse. Elle n'avait pas besoin d'un dossier sur Olesk et ses comparses pour savoir dans quel camp ils étaient, mais il lui fallait des informations sur Arash. Parce qu'elle l'avait embrassé, mais aussi parce qu'elle ne comprenait toujours pas comment un homme tel que lui pouvait appartenir à ce gang. C'était parce qu'elle avait senti son sens moral et sa sensibilité qu'elle avait pu l'embrasser... Et ce baiser la remuait encore, comme une vague qui aurait reflué et pris de la force avant de déferler sur elle à nouveau.

Plus ils approchaient du lac, plus Hemmings devenait nerveux. Il consultait son téléphone sans arrêt et tournait la tête de tous côtés. Elle était certaine que personne ne les avait suivis, que ce soit sur terre ou dans les airs, mais il tordit le cou pour regarder le ciel pendant deux kilomètres. Elle fit de son mieux pour ne pas se laisser gagner par sa nervosité. S'il allait vers de gros ennuis, elle pouvait en faire les frais. Si les hommes du Seventh étaient prêts à abattre l'un des leurs, ils n'hésiteraient pas à se débarrasser également de son chauffeur.

Mais s'ils avaient voulu éliminer Hemmings, ils ne lui auraient pas fait enchaîner les réunions pendant toute une journée. À moins qu'ils veuillent un compte rendu de toutes les informations qu'il détenait avant de se débarrasser de lui.

Il annonça, d'une voix tendue :

— La prochaine à gauche.

Elle s'engagea sur une petite route à flanc de colline, à travers un paysage ratatiné par le froid hivernal. Le lac étincelait en contrebas, semblable à une nappe d'acier poli sous les nuages gris.

La voiture passa devant quelques immenses propriétés avant de s'engager dans une longue allée pavée qui gravissait la colline. Après avoir passé un bosquet de pins, ils arrivèrent en vue d'une maison à deux étages, bâtie en partie dans la roche. Verre, bois blond et béton poli s'assemblaient pour composer une structure angulaire qui surplombait le lac et les collines les plus basses.

Elle entra dans un parking en arc de cercle, au niveau du premier étage de la maison, et se gara. À côté de chacun des véhicules déjà présents – trois SUV et une autre berline – se tenait un chauffeur.

— Nous sommes un peu en avance, dit-elle.

Hemmings se fendit d'un sourire bref.

— Pour ces gars, on n'arrive à l'heure que si on est en avance. Bon boulot.

Sans un mot de plus, il descendit de voiture et s'éloigna. La porte de la maison s'ouvrit à son approche et il disparut à l'intérieur.

L'air vif de la montagne emplissait la voiture par la portière qu'il avait laissée ouverte, mordant la peau nue des mains et du visage de Stephanie. Elle descendit de voiture pour refermer la portière. À chacun de ses pas, le parfum des aiguilles de pins montait jusqu'à elle.

Le lieu aurait été magnifique sans les regards durs des quatre autres chauffeurs. Ils avaient tous moins de trente-cinq ans et portaient des habits décontractés, mais tout droit sortis du pressing, qui laissaient deviner des musculatures impressionnantes. À la façon dont ils laissaient pendre leurs bras, elle devina qu'ils dissimulaient tous au moins une arme de poing. L'un de ces types portait un manteau tellement ample qu'il aurait pu cacher un pistolet-mitrailleur.

Elle soutint calmement leur regard, pour leur faire comprendre qu'ils ne l'intimidaient pas et qu'elle était tout autant qu'eux à sa place. L'affrontement silencieux fut de courte durée. Les hommes retournèrent à leurs méditations, et elle réprima un rire. Ils auraient été moins désinvoltes s'ils avaient su qui elle était. Certains d'entre eux lui avaient peut-être même récemment tiré dessus dans un quartier chic de San Jose, au cours d'une mission pour laquelle elle portait une cagoule. Après cette mission, par contre, tout le monde pourrait la reconnaître, mais c'était sans importance. Elle attendait avec impatience le jour où les hommes du Seventh Syndicate trembleraient en la voyant.

Tout comme son ancêtre, Li Jie, elle tenait un bâton de dynamite dans une main et une allumette dans l'autre, prête à allumer la mèche. Ce n'était qu'une question de temps.

En attendant de pouvoir tout faire sauter, elle grava les voitures et les visages de leurs conducteurs dans sa mémoire, ainsi que l'adresse de la maison, qu'elle mit en tête de liste. Elle aurait aimé pouvoir prendre des photos, mais elle risquait d'éveiller les soupçons en attrapant son téléphone, même pour faire mine de passer le temps. Elle aurait également adoré fouiller les deux poubelles posées au bord de l'allée, mais elle devrait laisser cette tâche aux ours et aux ratons laveurs du coin.

Elle se tourna vers le lac, sans cesser de surveiller les hommes et la maison du coin de l'œil. Une grande terrasse courait sur toute la longueur de l'étage supérieur. Si quelqu'un apparaissait pour lui tirer dessus, elle aurait le temps d'aller se cacher dans les arbres qui bordaient l'allée. Par contre, comme le soleil ne se coucherait pas avant encore deux bonnes heures, elle ne pourrait pas espérer profiter de l'obscurité pour fuir. Si les choses tournaient mal, il faudrait qu'elle se batte pour sauver sa peau.

À mesure que le temps passait, les silhouettes des quatre hommes s'affaissaient sous le poids de l'ennui. Deux d'entre eux fumaient, un troisième faisait des pompes contre le flanc de sa voiture. Elle ramassa une petite branche sèche et la fit rouler entre ses doigts, étudiant la topographie minuscule dessinée par les parcelles d'écorce qui étaient restées accrochées au bois. Si elle avait été seule, elle aurait sorti son couteau pour en tailler l'une des extrémités. Mais elle n'avait pas vraiment envie d'être seule au sommet de cette colline. Cette vue était de celles que l'on partage. Qu'en aurait pensé Arash ? Elle savait qu'il avait déjà passé ce col, mais ignorait s'il avait quitté l'autoroute pour s'aventurer dans les contrées sauvages.

La porte d'entrée de la maison s'ouvrit soudain et tous les chauffeurs, y compris elle, se redressèrent. Elle laissa tomber la branche et alla se poster à côté de la portière arrière de la berline. Le premier homme qui sortit était grand. Elle ne le reconnut pas, mais mémorisa son apparence – une calvitie prononcée, les doigts chargés de bagues en or. Il s'installa dans l'un des SUV, qui quitta aussitôt la propriété.

Malheureusement, Hemmings fut le second à sortir, ce qui l'empêcha de voir les autres participants à la réunion. Elle lui ouvrit la portière et il s'installa rapidement à l'arrière en regardant droit devant lui, prêt à partir. Elle se remit au volant et démarra. Tandis qu'ils longeaient l'allée pavée, il se pencha en avant. Toute sa nervosité avait disparu, et ce fut avec un sourire mielleux qu'il dit :

— Il y a un très bon hôtel par ici, avec une vue incroyable sur le lac. Nous pourrions y descendre. Qu'en dites-vous ?

— Je peux vous y emmener et attendre dans la voiture.

— Vous êtes dure, lâcha-t-il en se renfonçant dans son siège. Je ne pensais pas qu'à moi, vous savez. Vous passeriez un bon moment. Un très bon moment. Vous comprenez ? Et vous auriez envie de revenir.

— J'en serais ravie, si jamais vous avez de nouveau besoin d'un chauffeur.

L'homme était à la limite de l'agression sexuelle. Elle devait redoubler de prudence.

— C'est ce que je fais le mieux, compléta-t-elle.

— Avec moi, vous pourriez apprendre à faire autre chose, grommela-t-il.

Et il tourna la tête vers sa vitre.

À l'ouest, le soleil s'était glissé sous la chape de nuages pour baigner les montagnes d'une lumière dorée, que l'arrière-plan d'un noir de jais rendait encore plus éclatante. Quand Stephanie eut regagné l'autoroute, Grant lui donna une nouvelle adresse, qu'elle entra dans son GPS – et grava dans sa mémoire.

Les nuages s'enflammèrent pendant quelques instants avant que les ténèbres ensevelissent le paysage. Quand ils approchèrent de Reno, la circulation devint plus dense. Comme les voitures étaient réduites à la lueur de leurs phares, elle devait faire preuve d'encore plus de vigilance pour s'assurer que personne ne les suivait. Cette journée avait entamé ses réserves d'énergie, et elle devait fournir un effort pour rester concentrée. Si elle avait pu manger, elle aurait été un peu revigorée, mais elle ne savait pas ce qu'il allait se passer maintenant, ni pendant combien de temps encore elle allait devoir se retenir de tordre le cou de Grant pour lui extorquer tous les renseignements qu'il possédait sur les activités du Seventh Syndicate.

Quand ils furent à destination, elle fit descendre l'adresse de plusieurs lignes sur sa liste mentale. Le bâtiment de plain-pied était une boîte de strip-tease, le Gold Rush. Elle se gara dans le grand parking à l'asphalte craquelé. Des ampoules jaunes clignotaient autour de l'enseigne et sous l'auvent pour guider les clients jusqu'à l'entrée, que ne gardait aucun videur. C'est à l'intérieur que l'on devait encaisser les entrées et vérifier les identités.

Grant sortit une liasse de billets de sa poche.

— Vous voulez voir le spectacle ? Je vous offre l'entrée, mais vous paierez vos *lap dances* vous-même.

— J'aime trop les dames de North Beach pour leur faire des infidélités.

Une seconde passée à regarder danser ses amies valait cent fois une soirée en compagnie de Hemmings.

— Peut-être une autre fois, ajouta-t-elle. Merci quand même.

Déçu, il fit claquer sa langue et secoua la tête.

— Au moins, vous conduisez bien. Restez dans le coin.

Il sortit de la voiture en soupirant, mais son abattement fut de courte durée. Ce fut d'un pas bondissant d'excitation qu'il se dirigea vers l'entrée de la boîte.

Quand il eut disparu à l'intérieur, les sangles métalliques qui enserraient la poitrine de Stephanie se relâchèrent un peu. Elle inspira profondément et fit tourner sa bague autour de son doigt. Il y avait un téléphone public sur le mur du bâtiment, mais elle ne pouvait prendre le risque de l'utiliser. Hemmings pouvait ressortir à tout moment.

Pour passer le temps, elle sortit son portable. Olesk ne lui avait envoyé aucun message. Une nouvelle bouffée d'angoisse la traversa. Que pouvait-il se passer en ce moment dans le camp de base, au nord de la ville ? Thom avait un tel don pour énerver Arash que le pire pouvait être arrivé.

Elle connaissait assez bien le nord de Reno maintenant pour pouvoir regagner le camp à toute vitesse sans l'aide du GPS. Arash avait-il besoin d'elle ? Même si elle refusait de croire qu'il était à sa place dans ce gang, il voulait en faire partie. Il tenait tête à Thom, mais il était aussi assez intelligent pour ne pas aller trop loin et risquer sa place au sein du STR.

Elle ouvrit l'application du réseau social. Les faux comptes de Frontier Justice continuaient à laisser des commentaires qui parlaient tous de pêches. Elle avait tellement de choses à leur dire ! Ils avaient bien un autre moyen de communiquer en langage codé, sur un forum de fan fiction, mais elle ne pouvait pas s'y connecter avant d'avoir trouvé un téléphone qui ne permette pas de remonter jusqu'à elle.

Maintenant que le soleil était couché, elle commençait à perdre toute notion du temps. Les ampoules clignotaient, le parking se remplissait... Il aurait tout aussi bien pu être 3 heures du matin que 21 heures Elle jeta un coup d'œil à sa montre. À peine plus de 18 heures.

Mais les trois hommes qui venaient vers elle – corps sculptés à la salle de sport et chaussés de tennis de marque – titubaient déjà. Elle les regarda se bousculer en riant trop fort et en échangeant des insultes bon enfant. L'un d'eux, qui portait la réplique du maillot d'un ancien footballeur, répliquait aux bousculades par des coups de poing dans l'épaule. Si celui de ses amis qui portait un blouson de cuir esquivait les coups, le troisième homme, en blouson matelassé, le menaça du poing.

Maillot de foot voulut plonger sur Blouson matelassé, qui perdit l'équilibre et vint heurter la portière de Stephanie. Les deux autres partirent d'un rire moqueur, et elle inspira longuement pour garder son calme. Quand Blouson matelassé vit que la voiture était occupée, il leva les mains et bafouilla :

— Désolé, désolé !

Il la regarda un peu mieux et écarquilla les yeux.

— Il vaudrait mieux vérifier que je n'ai rien abîmé.

— Ce n'est rien, dit-elle en agitant la main. Passez une bonne soirée, les gars.

Maillot de foot approcha.

— On ne peut pas vous laisser toute seule ici. On va vous escorter jusqu'à la porte.

— C'est gentil, mais je reste où je suis.

Elle devait faire appel au peu de patience qui lui restait.

— Vous ne dansez pas ce soir ? demanda Blouson de cuir.

— Pas ce soir, non. Désolée.

Ils étaient maintenant tous trois massés près de sa portière.

— Mais vous trouverez des dames tout à fait charmantes à l'intérieur.

Blouson matelassé posa le coude sur le toit de la voiture.

— Aucune d'entre elles ne sera aussi jolie que vous.

Il souriait comme s'il était le plus gentil garçon du monde. Maillot de foot sortit une liasse de billets de sa poche.

— Vous pourriez danser rien que pour nous. Je vous paierais.

— Je suis en train de travailler, dit-elle d'une voix aussi égale que possible. Mon patron n'aimerait pas ça du tout.

Elle aurait pu sortir son pistolet, mais ces idiots seraient tellement vexés d'avoir été éconduits qu'ils s'empresseraient d'aller le dire au responsable de la sécurité du club.

Blouson de cuir balaya l'objection d'un geste de la main.

— On ne lui dira rien. Voyez ça comme votre second boulot, pour gagner un peu de fric.

Quand il sortit lui aussi une poignée de billets, d'un dollar pour la plupart, elle entrevit un éclat métallique dans la poche de son jean. Il avait un couteau.

— Dansez ici, sur le parking.

— Ouais, allez-y ! s'enthousiasma Blouson matelassé.

Les trois types n'avaient pas l'air de vouloir laisser tomber. Maillot de foot frappa lentement à sa vitre.

— Si vous ne le faites pas pour le fric, faites-le pour vous venger de votre papa. Vous avez toutes des problèmes avec votre papa, non ?

Stephanie ouvrit sa portière d'un geste brusque. L'arête métallique heurta violemment la tempe de Blouson matelassé, qui bascula sur le côté et tomba sur Maillot de foot, lui permettant d'ouvrir complètement la portière et de descendre de voiture.

Quand elle fut face à Blouson de cuir, il lança, furieux :

— Quel est ton problème, espèce de tarée...

Elle le fit taire d'une claque. Surpris, il vacilla et cligna des yeux avant de lui décocher un coup de poing, qu'elle esquiva. Elle lui donna un coup de pied dans le tibia, un autre au genou, et il s'écroula avec un glapissement de douleur. Mais Maillot de foot s'était redressé et fonçait vers elle, les bras grands ouverts, comme pour l'enlacer.

Elle se baissa en projetant la paume de sa main vers le haut pour l'atteindre sous le menton. Tout son corps vibra sous la force de l'impact. La tête du type fut projetée en arrière et il s'effondra contre le flanc de la berline. Quand il se redressa en toussant, appuyé sur l'aile de la voiture, elle avança et lui décocha un coup de poing à l'aisselle. Il poussa un cri de douleur et plaqua son bras contre son flanc.

Elle fit volte-face pour voir où étaient les deux autres. Elle avait senti le téléphone portable de Maillot de foot dans la poche arrière de son jean, mais elle allait devoir attendre pour s'en emparer. Blouson matelassé fonçait vers elle, l'épaule en avant. Son autre main était plaquée sur sa tempe, qui avait été entaillée par la portière de la voiture. Elle libéra toute la tension qui s'était accumulée en elle au cours de la journée en un coup de pied latéral fouetté qui l'atteignit à l'estomac. Blouson matelassé hoqueta et, entraîné par son élan, s'effondra contre le dos de Maillot de foot.

Déséquilibrée par le coup de pied, Stephanie fit quelques pas vacillants vers les deux hommes, mais reprit son équilibre et s'empara du téléphone de Maillot de foot, qu'elle glissa dans la poche de sa veste. Ensuite, elle se redressa et s'éloigna des deux corps enchevêtrés sur le sol.

Blouson de cuir, qui ne s'était pas mêlé à la bagarre, posait maintenant sur elle des yeux larmoyants et haineux. Il fonça vers elle en boitillant. Elle voulut esquiver son attaque, mais Maillot de foot l'en empêcha en agrippant sa cheville.

Elle se pencha, mais pas suffisamment. Le poing de Blouson de cuir effleura son épaule. Bouillant littéralement de rage, elle fit pivoter le haut de son corps et projeta son coude dans la mâchoire de son agresseur qui s'effondra lourdement au sol, à demi-inconscient.

Elle grinça des dents, leva son pied libre et abattit le talon de sa botte sur le poignet de Maillot de foot. Elle entendit ses os se briser et il poussa un hurlement. Blouson matelassé se releva péniblement, se fendit d'un sourire méprisant et sortit son couteau à cran d'arrêt de sa poche. La lame jaillit, étincelante dans la lumière jaune de la boîte de strip-tease.

L'homme fendit l'air de sa lame, comme s'il pensait pouvoir l'intimider. Elle endigua ses émotions et se concentra sur le danger. Le type était à quelques pas d'elle, assez loin pour qu'elle ait le temps d'esquiver une éventuelle attaque. Avec un sourire méchant, elle sortit son propre couteau. La lame jaillit du manche et se verrouilla avec un claquement sec.

L'homme perdit aussitôt toute envie de se battre. Il baissa son couteau et dit :

— Je croyais que tu voulais danser.

Elle fit un pas vers lui et il détala, sans un regard pour ses amis, qui étaient toujours au sol. D'une main tremblante, elle rentra la lame de son couteau. Sous l'effet de l'adrénaline qui courait dans ses veines, son corps était traversé de décharges électriques. Quand elle vit une silhouette marcher vers elle, elle se prépara à devoir livrer une nouvelle bataille.

Mais la silhouette était celle de Grant Hemmings, qui souriait comme s'il venait de décrocher le gros lot.

— Vous m'avez dit que vous ne faisiez que conduire.

— Pour de l'argent, précisa-t-elle.

Elle lui ouvrit la portière. Quand il fut monté, elle contourna les deux hommes qui étaient toujours au sol, pour reprendre sa place derrière le volant.

— Ça, c'était gratuit.

Grant gloussa de rire.

— Je regrette de ne pas avoir assisté au début.

Donc, il ne l'avait pas vue empocher le téléphone de Maillot de foot.

— Partons d'ici, reprit-il. Votre journée est finie. Nous allons retrouver Olesk au parking.

Il se pencha en avant et lui tendit une carte de visite, qu'elle fourra dans la poche de son blouson sans même la regarder.

— Vous avez déjà entendu parler du Seventh Syndicate ?

— Oui, répondit-elle d'une voix égale.

— Quand vous en aurez assez de travailler pour Olesk, ce qui ne devrait pas tarder...

Il se renfonça dans son siège et posa ses bras tendus sur le dossier de la banquette.

— Passez-moi un coup de fil. Je vous donnerai un vrai travail.

Elle tapota sa poche et le salua d'un hochement de tête.

— Merci.

Il se tourna vers sa vitre tandis qu'ils quittaient le parking. Il n'aurait pas souri avec autant de suffisance s'il avait su que son autre poche renfermait le téléphone de Maillot de foot, et qu'elle avait fait un pas de plus vers l'instant où elle allumerait la mèche de son bâton de dynamite.

11

La réserve de patience d’Arash diminuait avec la lumière du jour. Après avoir mis la dernière touche aux cages destinées à accueillir les marchandises humaines, Thom, Hector et lui avaient commencé à modifier les moteurs. L’excitation et la satisfaction qu’il ressentait d’habitude quand il travaillait sur une voiture pour améliorer ses performances étaient étouffées par l’usage qui serait fait de ces véhicules. Il ne parvenait pas à comprendre comment Hector, Thom et Ellie pouvaient rester indifférents. Il lui suffisait de jeter un regard à l’arrière des camionnettes pour imaginer la terreur des personnes qui allaient s’y retrouver prisonnières.

C’est parce qu’il avait une conscience que Marcos avait été tué. Pour survivre, Arash devait dissimuler sa colère et son dégoût, et se comporter comme si seul l’argent l’intéressait. Mais cela ne faisait qu’accroître sa tension nerveuse et il savait que, tôt ou tard, il allait craquer.

Il posait un kit d’entrée d’air sur l’une des camionnettes quand le soleil perça les nuages pendant quelques secondes avant de plonger derrière les montagnes. La journée s’achevait et Stephanie n’était toujours pas revenue. Ellie n’avait pas une seule fois parlé d’elle, comme si elle n’avait jamais existé. Malgré lui, il posait sans cesse les yeux sur les voitures et les motos garées dans la cour. Il aurait tout donné pour pouvoir foncer jusqu’à la ville et se mettre à sa recherche. Mais il était coincé ici, autant que s’il avait été enchaîné à cette banquette, dans la camionnette.

Les ombres projetées par sa baladeuse le contraignaient maintenant à se déplacer sans cesse pour inspecter son travail. Jugeant, en bonne manageuse, que les conditions n'étaient plus assez bonnes pour travailler, Ellie sortit de la maison et vint vers eux, quatre bières à la main.

— Fini pour aujourd'hui. On continuera demain.

Au lieu d'aller à sa rencontre, Hector s'approcha de la camionnette sur laquelle travaillait Arash.

— Laisse-moi regarder ça.

— Tu n'es pas mon contremaître.

Il referma le capot avant que Hector ait eu le temps de jeter un coup d'œil au moteur et s'y adossa pour bien lui faire comprendre qu'il ne céderait pas.

— Je suis là depuis plus longtemps que toi, rétorqua Hector en bombant le torse.

Thom ouvrit du bout du pied un carton posé à côté de la camionnette sur laquelle travaillait Arash, en inspecta le contenu et s'exclama :

— Il n'en est même pas arrivé au même point que nous ! Pourtant, ce n'est pas bien compliqué, comme boulot. C'est seulement de l'assemblage.

Arash ne se laissa pas démonter.

— Boucle-la, Thom. Et toi, Hector, ne remets jamais mon travail en question.

Hector serra les poings et se ramassa sur lui-même. Ellie se glissa entre Arash et lui.

— Bon sang, les gars ! Buvez un coup et calmez-vous.

Mais elle n'avait ni la carrure ni l'autorité nécessaires pour arrêter Hector, qui lui fonça dedans. Elle tomba à genoux en lâchant les bouteilles.

Entraîné par son élan, Hector percuta violemment Arash, qui voulut pivoter pour lui échapper. Mais Thom bondit, les poings en avant, et le frappa sous la clavicule. Son muscle se tétanisa aussitôt, mais il parvint à projeter Hector sur la trajectoire du second coup de poing de Thom. Atteint à la tempe, Hector poussa un hurlement dans l'oreille d'Arash.

Pendant que Hector cherchait à reprendre son équilibre, Arash lui enfonça un genou dans les côtes. Le souffle coupé, Hector s'agrippa à ses épaules pour ne pas tomber. Comme Thom cajolait ses doigts endoloris sans plus s'occuper d'eux, Arash tendit le bras par-dessus l'épaule de Hector, le saisit par la nuque et tira brusquement. Le visage de Thom s'écrasa sur l'arrière du crâne de son ami. Arash détacha les doigts de Hector de ses épaules, et les deux hommes s'effondrèrent côte à côte.

Ellie s'éloigna d'eux à quatre pattes avant de se relever.

— Quels crétins, lâcha-t-elle en époussetant son jean.

— Dorénavant, vous ne douterez plus de mon travail.

Arash écumait de rage. C'étaient ces hommes qui avaient assassiné Marcos. Il les aurait volontiers achevés sur-le-champ, soit avec son couteau, soit avec l'un de leurs outils mais, s'il les éliminait, il devrait quitter le STR. Et il voulait tous les avoir, à commencer par Olesk.

Thom et Hector se relevèrent en se soutenant mutuellement. Ils clignaient lentement des yeux pour essayer de reprendre leurs esprits.

— Ça suffit, lança Ellie, les dents serrées. Ne faites pas un pas de plus. Si vous retardez l'opération d'une seule seconde, vous êtes morts. On est tous morts.

Elle tendit le doigt vers la maison.

— Et maintenant, rentrez et buvez vos bières.

Hector et Thom décochèrent à Arash un regard qui se voulait menaçant, mais qui était trop hagard pour avoir l'effet escompté – d'autant qu'ils se soutenaient toujours mutuellement, alors qu'Arash n'avait pas besoin d'aide pour tenir debout. Il lui suffit de poser les yeux sur eux pour qu'ils tournent les talons et se dirigent vers la maison d'un pas lourd. Comme il ne les suivait pas, Ellie l'interrogea du regard. Il inclina la tête vers les motos garées à côté de l'un des hangars.

— Est-ce qu'on peut les conduire ?

— Toutes, sauf les routières. Si tu en trouves une qui marche, prends-la.

Il tourna les talons et se dirigea vers les motos. Il choisit un trail dont les pneus étaient gonflés et l'enfourcha. Le moteur démarra après deux coups de talon sur le kick starter. Quand il accéléra, un nuage de carbone jaillit du pot d'échappement. Il passa une vitesse, relâcha l'embrayage, et la machine bondit en avant avec un hurlement strident.

Il vit que Hector, Thom et Ellie s'étaient arrêtés pour le regarder et accéléra encore. La luminosité était tellement faible maintenant qu'il ne voyait qu'à quelques mètres devant lui, ce qui le forçait à se concentrer. Il ne tenait pas à mordre la poussière alors qu'il ne portait pas de casque. Il roulait depuis quelques secondes quand la clôture apparut devant lui. Il braqua au dernier moment et fut enveloppé d'un nuage de terre au goût sec et minéral. Il aurait pu se calmer en buvant une bière comme les autres, mais il s'éclatait bien plus en fonçant le long de la clôture.

La moto était bien réglée, malgré des suspensions un peu molles. Il passa sur une plaque de sol plus meuble et dérapa. Son pouls battait à une vitesse folle, qui rivalisait avec celle de la machine. En prenant un peu plus de vitesse, il aurait pu passer par-dessus la clôture et laisser tous ces psychopathes derrière lui. Mais s'il renonçait maintenant, l'instant resterait à jamais gravé dans sa mémoire, comme l'image de la tache sur l'asphalte où se mêlaient sang et liquides de moteur.

Une autre clôture, perpendiculaire à celle qu'il longeait, apparut soudain devant lui. Il s'arrêta en dérapant, baissa les yeux vers la maison et vit que les autres étaient rentrés. Son regard se porta plus loin, sur la route qui traversait les faubourgs avant de plonger dans la ville étincelante. Stephanie était là-bas, quelque part... Il espérait qu'elle était encore en vie. Il n'aurait pas supporté qu'un second fantôme vienne l'implorer de le venger.

Stephanie adorait conduire, mais elle fut ravie qu'Olesk prenne le volant pour les ramener au camp. Hemmings ne lui avait plus dit un seul mot après lui avoir tendu sa carte. Elle l'avait ramené dans le parking où il avait échangé quelques mots avec Olesk avant de remonter dans sa voiture et de partir. Elle avait profité de ces quelques instants de solitude pour couper le son du téléphone volé. En revenant vers elle, Olesk lui avait seulement dit que Hemmings était satisfait de son travail. Ensuite, il était redevenu la machine à conduire qu'elle commençait à connaître.

Quand elle fut revenue au niveau de tension avec lequel elle vivait depuis qu'elle était entrée dans le STR, elle posa quelques questions banales sur le travail que faisaient les hommes sur les camionnettes. Olesk se borna à lui répondre qu'il n'était pas retourné au camp de toute la journée. Son inquiétude redoubla quand elle pensa à Arash, qui était en minorité. Olesk s'exprimait toujours sur un ton tellement neutre quand il conduisait qu'elle ne savait pas ce qui les attendait : des bonnes nouvelles, ou un désastre ?

Ils laissèrent les lumières de la ville derrière eux et traversèrent une banlieue paisible. Devant eux, les collines se rapprochaient. Olesk dit – pour elle, ou pour lui-même, elle n'en savait rien :

— À l'origine, les Slick Track Racers étaient une bande d'adolescents idiots qui faisaient la course sur une piste de karting. Maintenant, à la place de cette piste, il y a un magasin d'ameublement, un bar et une animalerie. Nous étions devenus assez bons pour décrocher des contrats et rouler dans de vraies rues. Mais seul le meilleur a survécu. C'est-à-dire moi.

Son visage restait de marbre.

— J'ai monté cette équipe pour qu'elle mène à bien toutes les opérations qu'on lui propose. Tu es rapide, et ça me plaît.

Et ce fut tout. Il continua à conduire en silence, sans lui prêter la moindre attention. Au loin, des lumières minuscules apparurent, signalant la présence de maisons blotties dans la campagne. Elle chercha à repérer celles du camp. Comme si elle savait vers quoi elle fonçait.

Quand Olesk s'engagea dans le chemin de terre, elle fut soulagée de voir qu'aucun bâtiment n'était en flammes et qu'aucun cratère fumant n'était apparu dans la cour. Ellie descendit les marches de la terrasse pour venir à leur rencontre. Dès qu'Olesk descendit de voiture, il retrouva toute son assurance et sa désinvolture. Il planta un rapide baiser sur les lèvres d'Ellie et se dirigea vers la maison.

Ellie avança vers Stephanie et lui tendit une enveloppe.

— Du bon boulot, d'après ce que j'ai entendu dire.

Stephanie prit l'enveloppe et compta les billets. Encore une journée à huit mille dollars.

— Est-ce que tu attendais autre chose que la perfection ?

— Pas du tout, répondit Ellie avec un sourire.

Le moteur d'une moto hurla derrière la maison. Ellie inclina la tête dans cette direction et commenta :

— Je crois que tu lui as manqué.

Et elle rejoignit Olesk d'un pas souple.

Le bruit s'amplifia et une silhouette à moto déboula devant la maison dans un nuage de poussière. Quand Arash vit Stephanie, il posa un pied par terre et tourna brusquement en dérapant. Il s'arrêta juste devant elle en la dévorant des yeux et demanda, d'une voix juste assez forte pour qu'elle l'entende malgré le bruit du moteur :

— Tu vas bien ?

— Je vais bien.

Elle se mit à respirer un peu plus vite. Elle était soulagée de le voir, mais ce qu'elle ressentait surtout, c'était un besoin impérieux d'être pressée contre lui.

— Et toi ?

— Maintenant, oui.

Il hocha la tête, le regard sombre. Il semblait pris de folie, proche du point de rupture. Il fit vrombir le moteur.

— Tu veux faire un tour ?

Elle perçut un petit grondement, sans pouvoir dire si c'était elle qui l'avait produit ou s'il ne s'agissait que de l'écho du bruit du moteur dans sa poitrine.

— Emmène-nous loin d'ici.

Elle enfourcha la moto et se blottit contre son dos. Son esprit essaya de lui rappeler ce qu'il était, et ce qu'il faisait dans ce gang, mais l'attraction que son corps exerçait sur elle était bien plus puissante. Il semblait tellement solide et sûr de lui, le lien qui les unissait semblait tellement vrai… Elle s'occuperait des conséquences le moment venu. Pour le moment, elle ne voulait penser qu'au contact de ses hanches entre ses cuisses.

— Vas-y, pressa-t-elle.

La moto bondit vers l'avant, et elle s'agrippa à lui de plus belle. Elle sentait ses muscles se tendre sous ses paumes. Ils passèrent à toute vitesse devant la maison. Comme les suspensions du trial n'étaient pas conçues pour deux personnes, ils étaient secoués en tous sens, ce qui les obligeait à trouver un équilibre commun, à vivre pleinement ces instants. Il fila dans la cour, derrière la maison. Les ténèbres se précipitèrent vers eux et, l'espace d'un instant, elle eut l'impression qu'ils allaient s'envoler pour atterrir dans les collines dont la masse sombre se dressait devant eux. Elle respirait à pleins poumons, comme si elle n'était pas cernée de mystères et de dangers, comme si la journée qu'elle venait de vivre et l'ensemble de sa mission ne lui pesaient pas. Comme si Arash et elle étaient enfin libres, et qu'elle pouvait l'embrasser aussi longuement qu'elle le désirait.

Il freina brusquement et elle vit la clôture en fil de fer qui leur barrait la route. Non, ils n'étaient pas libres. Il tourna la tête vers la maison, les hangars et les deux camionnettes entourées de boîtes et d'outils. Ses yeux noirs étincelaient dans la faible lueur projetée par le phare de la moto.

— Est-ce que tu sais en quoi consiste ce boulot ?

— Non.

En réalité, elle le savait. Mais comme ce n'était pas Olesk qui le lui avait dit, elle ne pouvait pas l'admettre sans risquer de griller sa couverture.

— Est-ce que c'est important pour toi ?

Sa voix trahissait un léger doute.

— L'argent ne paie pas tout, répondit-elle évasivement.

Elle pensa d'abord qu'il testait sa loyauté envers le STR, mais se ravisa. Il semblait trop préoccupé. Il posa un long regard méfiant sur la maison avant de se tourner vers elle. Son visage était grave.

— On construit des cages sur roues. Pour y mettre des gens.

Son cœur se mit à tambouriner dans sa poitrine. Elle ne s'était pas trompée : Arash avait une conscience, et il n'avait rien à faire dans ce gang. Elle avait peut-être un allié. Le lien qu'elle sentait entre eux devint encore plus réel.

— Donne-moi vingt minutes, chuchota-t-elle à son oreille. On va sortir d'ici pour trouver un peu d'intimité.

Il acquiesça, mais la méfiance était revenue dans ses yeux. Il prit la direction de la maison, et elle se plaqua contre lui. Si l'homme qu'elle tenait dans ses bras n'avait pas changé, elle en savait plus sur lui, maintenant. Pourtant, ce qu'elle venait d'apprendre ajoutait encore à son mystère.

Il arrêta la moto derrière la maison et, quand elle fut descendue, la fit basculer d'un côté sur l'autre. L'essence clapota dans le réservoir.

— Il en reste un peu.

Il regarda sa montre, planta ses yeux dans les siens pendant un moment, redémarra et disparut dans les ténèbres.

Quand elle entra, la cuisine était vide. Elle passa devant l'un des salons, où les bruitages d'un jeu vidéo se mêlaient aux bavardages, et monta l'escalier sans que personne lui prête la moindre attention. Elle passa par la salle de bains avant d'aller s'enfermer dans sa chambre, dont elle bloqua la porte avec la boucle de la sangle de son sac.

Elle s'assit par terre, adossée au mur, et laissa son corps se détendre graduellement. Quand elle fut certaine que personne ne l'avait suivie, elle prit le téléphone volé dans sa poche. À l'heure qu'il était, Maillot de foot était certainement à l'hôpital. Il ne devait pas avoir eu le temps de constater qu'il n'avait plus son téléphone, ni de faire résilier la ligne. Mais il fallait maintenant qu'elle devine son code PIN. Elle essaya le 6969, qui semblait s'accorder avec sa mentalité, mais sans succès. Elle envisagea ensuite d'essayer de deviner son année de naissance, qui devait se situer dans les années 1990 – mais décida d'entrer d'abord le numéro du maillot qu'il portait : 7575. L'écran se déverrouilla.

Elle se redressa vivement, ouvrit le navigateur web et y tapa l'adresse du forum sur lequel les membres de Frontier Justice communiquaient parfois. Là, elle tapa rapidement le scénario d'une série télé fictive dont l'action se déroulait à Reno. Elle mentionna toutes les adresses dont elle se souvenait, mais en prenant soin d'augmenter tous les nombres de quatre au cas où le Seventh Syndicate les aurait recherchées sur Internet. Elle décrivit les personnes qu'elle avait rencontrées, mais en s'abstenant de mentionner leurs noms, et précisa la marque et le modèle des voitures qu'elles conduisaient.

Quand elle avait contacté Ty et Vincent pour leur demander de se renseigner sur Arash, elle avait précisé qu'il semblait être mécanicien. Un post sur le fil où elle venait d'intervenir disait que « Le Mécanicien » n'avait pas de casier judiciaire. Ce qui cadrait avec le Arash qu'elle connaissait, mais n'expliquait pas ce qu'il faisait avec Olesk.

Elle vida le cache et l'historique du navigateur, et éteignit le téléphone, qui n'était plus chargé qu'à 25 % et pour lequel elle n'avait pas de chargeur compatible. Maillot de foot pouvait faire résilier la ligne avant que la batterie soit entièrement déchargée. Elle devait donc partir du principe que ce téléphone était désormais inutilisable.

Par contre, elle avait peut-être un allié. Elle fourra le téléphone dans sa poche, ressortit de sa chambre et retourna au rez-de-chaussée. Arash l'attendait, adossé au mur, entre le salon et la cuisine. Son torse et ses épaules étaient couverts de poussière et ses cheveux décoiffés par le vent. Il émanait de lui une méfiance sauvage, comme s'il venait de descendre de ses collines pour s'aventurer dans le monde civilisé – dans le seul but de la voir, à en juger par la façon dont son regard étincela quand il remarqua sa présence.

Olesk était assis à la table, penché sur son téléphone. Ellie et Hector jouaient à un jeu vidéo, et Thom faisait les cent pas en les regardant. Stephanie remarqua qu'il avait un œil au beurre noir. Elle annonça, à la cantonade :

— Ce soir, il va me falloir autre chose que du poulet en caoutchouc.

— Il y a un supermarché à cinq kilomètres au sud, répondit Olesk. Pas de restaurant. Nous devons rester discrets.

Ellie mit le jeu en pause et Hector s'exclama :

— Je gagnais !

— Prenez aussi des bières et des nems surgelés.

La jeune femme sortit quelques billets de cent dollars de sa poche. Stephanie prit l'argent et demanda :

— Où sont les clés du monospace gris acier garé devant la maison ?

— Dans le garage, répondit Olesk sans quitter son téléphone des yeux. Mais ne le poussez pas trop. Nous allons nous en servir et il n'est pas encore réglé.

Stephanie agita la main, mais Ellie avait déjà relancé le jeu et personne ne la regardait. Elle rejoignit Arash.

— Un steak et des oignons ?

Noyée dans les bruitages du jeu, sa voix avait des accents plus intimes qu'elle s'y attendait.

— C'est moi qui cuisinerai, dit-il.

Il semblait toujours aussi méfiant, bien que le désir palpite toujours entre eux.

— Viens faire les courses avec moi, proposa-t-elle.

Il fit un pas vers elle, et elle eut l'impression qu'ils étaient seuls au monde. L'intensité qui émanait de lui imprimait sa peau comme l'aurait fait une brûlure. Elle aurait aimé savoir jusqu'à quelle profondeur cette brûlure pouvait s'étendre, mais il se reprit vivement. Ce fut en ce bref instant qu'elle entrevit toute sa force de caractère : l'intensité qu'il venait de réprimer aurait pu abattre cette maison, et elle l'aurait volontiers abattue avec lui.

Mais trop de questions demeuraient encore sans réponse. Elle recula d'un pas et l'arc électrique qui semblait les relier fut réduit au grésillement constant qu'elle ressentait toujours en sa présence. Ils passèrent dans le garage, où elle vit trois voitures, dont l'une n'était guère plus qu'un châssis avec des roues, et des cartons d'outils électriques empilés dans un coin, à côté d'une étagère garnie de pièces électroniques.

Arash attrapa les clés du monospace et demanda :

— Tu veux conduire ?

— Vas-y. J'ai passé ma journée au volant.

Ils sortirent du garage et furent aussitôt transpercés par un froid glacial. Pour y échapper, ils coururent jusqu'au monospace. Arash mit le contact et le moteur modifié rugit. Elle sentait la puissance du couple, mais savait qu'il pouvait être réglé d'une façon encore plus optimale. Arash inclina la tête, les mains planant au-dessus du volant, et elle comprit qu'il avait senti la même chose qu'elle.

— Le système d'avance à l'allumage est mal réglé.

— Et j'entends un sifflement, ajouta-t-elle. Le mélange air/carburant se fait mal.

— Ils auraient dû mettre l'ordinateur central à jour pour y intégrer leurs modifications.

Il passa la première, sans relâcher la pédale de frein.

— On a du boulot.

Une gerbe de terre jaillit derrière le monospace. Quand les roues accrochèrent le sol, il bondit vers l'avant.

Stephanie espérait qu'il avait raison, et qu'ils pouvaient vraiment travailler ensemble. Elle espérait aussi ne pas se tromper à son sujet... Mais c'était un risque qu'elle devait prendre. Elle fonçait dans les ténèbres, seule avec cet homme enveloppé de mystères. La seule lumière était celle d'une mèche qu'elle venait tout juste d'allumer. S'ils étaient tous deux dans le même camp, l'explosion détruirait les fondations d'Olesk et du Seventh. Mais si elle se trompait... elle serait peut-être morte avant le lever du jour.

12

Sur un plan mécanique, ce monospace était un vrai désastre. Et Arash ne se sentait pas en meilleur état. Ses engrenages tournaient mal, son potentiel était bridé et il avait l'impression que tous ses boulons étaient sur le point de se dévisser pour le laisser allongé sur l'asphalte, brisé. Stephanie semblait sereine, mais il savait qu'elle lui cachait quelque chose. Tout pouvait arriver.

Ils entrèrent dans le supermarché comme un couple ordinaire, venu faire des courses pour la maisonnée. Les autres clients ne soupçonnaient pas qu'il avait passé sa journée à construire des cages dans des camionnettes. S'ils avaient deviné le monstre qu'il était, ils auraient hurlé en le montrant du doigt.

Stephanie et lui déambulaient dans les rayons en poussant leur Caddie. Elle demanda soudain, d'un ton léger :

— Est-ce que c'est à toi que Thom doit son œil au beurre noir ?

— Hector et lui ont parlé alors qu'ils auraient mieux fait de se taire, et ils ont été assez idiots pour essayer de frapper les premiers.

— Tu n'as rien ?

Son inquiétude semblait tellement sincère qu'il perdit encore plus pied.

— Rien qu'un steak ne puisse soigner.

— Tant mieux. Tu dois être prudent avec eux.

— Ce sont ces crétins qui doivent être prudents avec moi.

Il prit des oignons et des piments, et la regarda s'éloigner. Cherchait-elle à gagner sa confiance pour qu'il baisse sa garde ?

Quand elle revint vers lui, une question dans les yeux, il se prépara au pire. Mais elle laissa tomber un sachet de salade dans le Caddie et demanda :

— Des allergies ? Des préférences ?

— Pas de champignons crus, répondit-il.

Elle n'avait quand même pas voulu se retrouver seule avec lui pour parler de salade.

— Pareil pour moi, répondit-elle en plissant le nez. C'est trop... spongieux.

Tandis qu'elle allait chercher d'autres légumes, il continua à prendre ce dont il avait besoin pour préparer un repas simple. Quand elle revint, son visage arborait toujours la même expression inquisitrice.

— Quand as-tu commencé à faire de la mécanique ?

— Quand j'avais huit ou neuf ans.

Même si elle le répétait à Olesk, il ne risquait rien. Il n'avait rencontré Marcos que plus tard, au lycée.

— L'un de nos voisins était un mécanicien de la compagnie de bus. Je traînais avec lui après l'école et je le regardais s'occuper de sa Camaro.

— Donc tu n'as pas suivi la voie de tes parents ?

Ses parents n'avaient jamais eu honte de sa profession, mais il ne pouvait jamais parler boulot avec son père.

— Avant de venir aux USA, ils étaient tous deux avocats. Ici, mon père n'a trouvé que des emplois de livreur, ou dans la restauration. Ma mère est devenue secrétaire pour une agence immobilière. Ils ont tous deux travaillé dur pour qu'on s'en sorte.

Il mit quelques flacons d'épices dans le Caddie, mais Stephanie continuait à s'intéresser plus à lui qu'aux courses.

— Est-ce qu'ils sont encore parmi nous ?

Il ne pouvait pas trop en dire, de crainte de les mettre en danger. Il se borna à répondre :

— Oui, ils vont bien.

Elle s'arrêta et se tourna vers lui, le visage grave, et il eut l'impression de vivre le silence de mort qui précède un tremblement de terre. Elle dit, à voix basse :

— Tu n'as rien à faire dans le gang d'Olesk.

Un frisson le traversa, le glaçant jusqu'aux os. Il était certain que personne ne les avait suivis, mais un tireur pouvait déjà être posté dans le supermarché. Il chercha un moyen de fuir. Peut-être qu'en s'introduisant dans les réserves et en sortant par la zone de livraison… Ce baiser, ce besoin de le voir seule à seul… Rien dans son histoire avec Stephanie n'était vrai. Elle l'avait attiré dans un traquenard. Il avait été démasqué, et on allait le tuer.

Stephanie demeurait parfaitement sereine. Était-ce donc ainsi que tout allait se terminer ? Sans qu'elle batte une seule fois des paupières ? Mais il n'allait pas ouvrir sa chemise et attendre qu'elle le poignarde en plein cœur.

— Ce n'est pas à toi de le dire. Tu es aussi nouvelle que moi.

Elle avait choisi l'endroit idéal pour le mettre au pied du mur. Ils ne pouvaient pas hausser la voix, et il était dans l'impossibilité de se défendre avant d'être sûr qu'elle allait l'agresser. En les regardant, n'importe qui les aurait pris pour un couple en pleine querelle conjugale. Alors que cette discussion était un champ de mine, où il risquait sa vie à chaque pas. Elle posa sur lui un regard d'un calme absolu.

— Moi non plus, je n'ai rien à faire ici.

— Pourtant, tu es futée. Tu devais bien savoir dans quoi tu t'embarquais.

Il ne demandait qu'à la croire, comme il l'avait toujours fait. C'était d'ailleurs pour cela qu'elle avait pu le manipuler.

— Je savais exactement dans quoi je m'embarquais.

Elle s'approcha de lui mais garda les mains posées sur le rebord du Caddie afin qu'il les voie.

— Mais je pense que ce n'est pas ton cas, reprit-elle.

Ces mots n'avaient rien d'une menace, mais il cherchait toujours du regard l'arme qui pouvait être pointée sur lui. Il ne vit rien d'anormal, mais la situation pouvait basculer à tout instant. Il s'écarta légèrement d'elle, de façon à pouvoir la repousser d'une main tout en prenant son couteau de l'autre si nécessaire.

— Tu as tout compris.

— Non, dit-elle.

Elle recula d'un pas, les mains écartées devant elle.

— Je ne comprends toujours pas pourquoi tu bosses pour Olesk.

Cette journée atroce n'était donc pas finie. Il avait d'abord craint de ne jamais la revoir. Quelques heures plus tard, elle se serrait contre lui sur la moto, profitant avec lui d'un moment de liberté relative. Et maintenant, elle était à deux doigts de signer son arrêt de mort.

— Pour les mêmes raisons que toi, répliqua-t-il. C'est vert et rectangulaire, comme un billet de banque.

— Je crois que tu mens.

Sa voix lui entailla le cœur avec la précision d'un coup de scalpel. Quand elle le tuerait, il ne sentirait sans doute rien. Elle reprit, d'une voix chargée d'une émotion différente :

— Aucune somme d'argent ne pourra faire oublier les cages que tu as construites à ta conscience.

La conscience. Olesk avait utilisé le même mot. Marcos avait été tué parce qu'il avait une conscience, et le même sort l'attendait peut-être. Il pouvait mourir dès ce soir, assassiné par la femme à laquelle il voulait tellement faire confiance.

— Tu n'as aucune idée de ce dont je suis capable.

— Je sais que tu es capable de compassion, dit-elle en levant vers lui un regard brillant d'émotion. Plus que n'importe qui dans la bande d'Olesk.

— Y compris toi ?

Il n'avait jamais su quelle était son éthique mais, maintenant, il était complètement perdu, sans boussole.

— Je ne fais pas partie du gang d'Olesk, dit-elle à mi-voix en se rapprochant de lui. Est-ce que tu as déjà entendu parler du Seventh Syndicate ?

C'étaient des assassins, qui n'hésiteraient pas à abattre quelqu'un en public. Chaque client du supermarché représenta soudain une menace potentielle, y compris Stephanie. Comment pouvait-elle appartenir à cette organisation criminelle ? Il n'y avait pas pire qu'eux !

— Oui, répondit-il, les dents serrées.

Il attendit d'entendre le claquement de la balle qui allait le transpercer, et se prépara à devoir lutter pour prendre la fuite.

— Ce sont eux, nos clients. J'ai conduit l'un d'entre eux pendant toute la journée.

Elle serra le poing et conclut :

— C'est pour eux que tu as construit ces cages.

L'esprit d'Arash peinait à la suivre.

— Voilà pourquoi ils ont engagé le STR. Pour transporter des garçons et des filles qu'ils ont enlevés pour les vendre. Sans-abri, fugueurs, demandeurs d'asile... Des personnes que le système ne parvient pas à protéger. Je suis ici pour mettre un terme à leurs activités, mais je ne veux pas que tu fasses partie des victimes.

Il fit un pas vers elle et chuchota :

— Tu es flic ?

— Mon Dieu, non !

Un sourire narquois naquit sur ses lèvres. Elle regarda discrètement tout autour d'eux et poursuivit :

— Je fais partie d'une organisation non officielle, qui intervient quand la loi ne peut pas le faire. Nous nous appelons Frontier Justice.

— Jamais entendu parler.

Il ne parvenait pas à déterminer si elle le testait ou si elle disait la vérité.

— C'est une organisation récente...

Elle s'interrompit, pencha la tête et rectifia :

— Ou plutôt très ancienne. Elle a été fondée dans l'Ouest, il y a plus de cent cinquante ans, par des gens que la loi ne protégeait pas. Des immigrants, des femmes, des esclaves affranchis... L'un des membres fondateurs était mon ancêtre. Nous avons reformé Frontier Justice il y a peu pour intervenir quand il le faut, comme ils le faisaient à l'époque.

— Vous pensez pouvoir vous attaquer au Seventh ?

Elle semblait parfaitement sincère mais après tout elle avait déjà convaincu Olesk qu'elle était voleuse de voitures.

— Nous l'avons déjà fait.

Comme des clients s'engageaient dans le rayon où ils se trouvaient, ils s'éloignèrent en poussant le Caddie.

— Est-ce que tu as entendu parler d'une fusillade dans une pommeraie, sur la baie de Monterey ? Ou d'une autre, dans un manoir de San Jose ? C'était Frontier Justice. Nous traquions le Seventh.

Les médias avaient parlé de la fusillade de San Jose, en précisant qu'elle était liée au crime organisé, mais n'avaient pas mentionné l'intervention de justiciers tout droit venus du vieil Ouest sur leurs chevaux.

— Mais vous ne les avez pas éliminés.

— Ça prendra du temps, répondit-elle en s'arrêtant dans un rayon vide. Du temps, et beaucoup d'autres missions.

— Tu prends de gros risques en me parlant de tout ça.

Tout lui semblait maintenant parfaitement logique – peut-être même trop.

— Tu en vaux la peine.

L'arc électrique fusa de nouveau entre eux.

— Je le vois dans ton cœur et dans ton âme. Un homme qui aide une inconnue dans un parking ne construit pas des cages pour transporter des êtres humains. Si tu restes dans cette bande, tu vas être blessé, ou pire, et tu mérites bien mieux. Tu n'as rien à faire avec eux.

Comme ils étaient toujours seuls, il s'approcha d'elle et lui dit ce qu'il n'avait jamais dit à personne.

— Je suis là pour les tuer.

Elle le dévisagea, abasourdie, les lèvres entrouvertes.

— Explique-toi, dit-elle enfin.

— Je suis ravi de voir que je peux te surprendre, moi aussi.

Il lui sourit. Maintenant qu'ils avaient laissé tous leurs mensonges derrière eux, il se sentait revivre. Stephanie laissa échapper un petit rire.

— Tu ne cesses jamais de me surprendre.

Mais son regard était toujours aussi acéré.

— L'un de mes amis a fait partie du STR pendant quelque temps, reprit-il. Mais quand il a découvert en quoi consistait leur prochain boulot, il a voulu les quitter et m'a demandé de l'aider. Ils l'ont assassiné sur l'autoroute.

— Je suis désolée.

Une émotion sincère se lisait sur son visage. Malgré ce qu'elle venait de lui confier, elle était donc toujours la même. Il fut traversé par le besoin de poser la main sur son bras, mais il y avait encore trop de détails à éclaircir.

— Merci. Mais c'est pour Olesk et le STR que tu devrais être désolée, reprit-il. Ce sont eux qui vont être réduits en cendres.

— Nous pouvons nous entraider.

Ses lèvres s'incurvèrent en un sourire rusé et ses yeux étincelèrent d'une lueur sombre.

Il avait tout oublié de son premier instinct, qui avait été de se méfier d'elle. En lui parlant comme elle l'avait fait, elle avait remis sa vie entre ses mains. Comme il venait de le faire lui aussi. Si l'un d'eux disait un seul mot à Olesk, l'autre y laisserait la vie. Maintenant qu'il savait tout, il comprenait pourquoi son intuition lui avait toujours soufflé qu'elle pouvait être son alliée.

— Effectivement, répondit-il. Mais tu ne pourras pas m'empêcher de m'occuper d'Olesk.

— Je te le laisse. Je suis ici pour le Seventh Syndicate. Certains membres de Frontier Justice appartiennent à la police et au FBI. Ils peuvent nous aider et, le moment venu, ils mettront ces fumiers sous les verrous.

— S'il reste quelque chose à enfermer.

— Alors, nous pouvons vraiment nous entraider.

— Ce que tu m'as raconté… La façon dont tu as tout appris sur les voitures, les écoles privées, est-ce que c'était vrai ?

À chaque fois qu'il essayait de la comprendre, il avait l'impression de tomber dans un labyrinthe sans fin.

— Tout était vrai, oui. Je ne t'ai menti que sur les raisons de ma présence dans ce gang.

— Et quand tu m'as dit de t'embrasser ?

Son cœur se mit à battre plus vite. Il avait envie de la croire, de poser les mains sur sa taille pour l'attirer vers lui, mais il se retint. Elle regarda sa bouche, puis ses yeux.

— Tout était vrai.

— Et quand tu m'as repoussé ?

Cette femme était comme un territoire inconnu, dont il ne possédait pas de carte.

— Je croyais que tu étais un criminel.

Elle prit sa main dans les siennes et un courant régulier le traversa, plus puissant encore qu'auparavant. Elle n'était pas vraiment des leurs. Elle était de son côté.

— Je ne suis qu'un mécanicien, répondit-il.

Un simple mécanicien... qui voulait honorer la promesse faite à un ami disparu.

Elle pressa sa main et il l'attira contre lui. Il vivait toujours dans une atmosphère de peur et de danger mais, maintenant qu'il savait que cette femme merveilleuse était de son côté, tout lui semblait possible. Il pouvait survivre à toute cette histoire. D'ailleurs, il devait survivre, pour découvrir la vraie nature du sentiment qu'il éprouvait quand il était avec elle.

Elle lui tendit sa bouche, qu'il captura sous un baiser qui lui fit l'effet d'un soupir de soulagement. Maintenant que la vérité avait éclaté, ils étaient plus forts. Ils étaient ensemble. Il entrouvrit la bouche sous la caresse des lèvres de Stephanie et leur baiser s'emplit de passion.

Ils se séparèrent vivement en entendant un bruit de pas et adressèrent un sourire penaud à la femme qui passait à côté d'eux en faisant mine de ne pas les regarder. Mais Arash ne se sentait pas penaud, bien au contraire. Il se sentait plein d'audace, parce que le lien qui l'unissait à Stephanie était assez fort pour qu'ils fassent tomber Olesk et son entourage.

Stephanie se recoiffa et sortit un téléphone portable de sa poche. Il était protégé par un étui aux armes d'une équipe de football, qu'il voyait pour la première fois.

— Tu es fan de foot ?

Elle déverrouilla le téléphone avant de répondre :

— Je l'ai volé dans un parking, ce soir. À un admirateur qui voulait une *lap dance*.

La colère tendit aussitôt tous les muscles d'Arash.

— Quoi ?

— Il fallait que je le vole, répondit-elle. C'était le seul moyen de pouvoir communiquer avec mon équipe sans me faire prendre.

— Je me fiche que tu l'aies volé. Ce type te harcelait ?

— Oui. Avec deux de ses copains.

Elle agita la main avec désinvolture.

— Tu plaisantes ? demanda-t-il.

Il s'était douté qu'elle allait avoir des ennuis pendant cette journée. Et trois fumiers l'avaient agressée ? Il était presque aveuglé par la rage.

— Est-ce que tu vas bien ?

— Oui.

Elle poussa le Caddie dans un autre rayon et s'arrêta. Ses yeux étincelaient de tendresse.

— Ça va, je t'assure. J'ai à peine une égratignure. Mais le type qui m'a donné ce téléphone va passer au moins six semaines avec un poignet dans le plâtre.

— Ce n'est pas suffisant.

Il savait qu'elle pouvait se débrouiller seule, mais jamais elle n'aurait dû avoir à le faire.

Elle pressa son avant-bras et se fendit d'un grand sourire.

— Il va sans doute lui falloir des broches.

— C'est mieux.

Mais il avait toujours autant envie de démolir ces trois types. Elle lança le navigateur web et reprit :

— Et j'y ai gagné un téléphone. Je vais contacter mon équipe et leur donner les dernières nouvelles.

Soudain, il n'eut plus l'impression d'être seul dans les ténèbres.

— D'accord. Fais comme si tu t'ennuyais. Je vais chercher les bières.

Elle acquiesça et il s'éloigna. Quand il se retourna, il vit qu'elle avait adopté la posture parfaitement détendue d'une femme qui n'a d'yeux que pour son téléphone. Tout le monde dans le magasin s'y laisserait prendre, mais pas lui.

Quand il revint avec les bières, elle choisissait tranquillement des articles dans un autre rayon. Elle sourit en le voyant, et il sut que ce sourire était sincère parce qu'il contenait un soupçon de la surprise ravie qui s'épanouissait dans sa propre poitrine.

Ils continuèrent à faire tranquillement leurs courses, mais son esprit était assailli de milliers de questions. Il posa la première alors qu'ils choisissaient une poêle et une casserole.

— Est-ce que tu as vraiment volé cette Mercedes ?

— Dans les règles de l'art, répondit-elle avec un sourire narquois. Mais elle était à moi.

— Tu es incroyable.

Jamais il ne parviendrait à suivre tous les fils de la véritable toile d'araignée qu'elle avait tissés.

— Je n'ai pas toujours été quelqu'un de bien, reprit-elle.

— Moi non plus, avoua-t-il.

Ils se turent en arrivant à la caisse, où un magazine automobile attira leur attention. Ils commencèrent à parler de peinture et de carburateurs, mais Arash se sentait toujours aussi étranger au monde réel. La sensation s'accentua quand ils payèrent leurs courses avec l'argent du crime de la bande d'Olesk – et quand Stephanie désactiva le portable volé, le cassa et le jeta dans une poubelle, sur le parking, avant de se presser contre lui en chuchotant :

— Il était peut-être sur écoute.

Il acquiesça, et se raccrocha au contact de la tempe de Stephanie contre sa joue. Voilà qui était réel. Le seul lien de confiance qui existait dans ce paysage létal était celui qui les unissait. S'il avait imaginé un seul instant que quelqu'un pourrait l'aider dans sa mission, jamais il n'aurait pensé trouver une alliée de la trempe de Stephanie. Elle avait des innocents à protéger et lui, une vengeance à assouvir. Et pour elle, il se battrait jusqu'à la mort s'il le fallait.

13

Maintenant, Stephanie se sentait maîtresse des ténèbres. Elle avait joué le tout pour le tout en mettant Arash au pied du mur, mais jamais elle n'aurait cru y gagner un allié. Même s'ils se dirigeaient vers le camp d'Olesk, l'avenir lui paraissait moins sombre. Elle avait encore plus de secrets maintenant qu'au début de sa mission mais, grâce à Arash, elle était plus forte.

Pendant une minute, au supermarché, elle avait cru que tout allait lui exploser en plein visage. Bien sûr, elle ne s'était pas attendue à ce qu'il se confesse tout de suite. Elle n'avait pas été tout à fait franche avec lui, elle non plus. Mais la confiance mutuelle qu'ils se témoignaient avait grandi jusqu'à former comme un pont, qu'ils avaient pu emprunter pour se rejoindre enfin.

Elle le regarda conduire, les mâchoires serrées, parfaitement concentré. Maintenant, bien des choses lui semblaient logiques. Si elle ne s'était pas trompée en pensant qu'il n'avait rien à faire dans la bande d'Olesk, les raisons de sa présence l'avaient prise de court. La loyauté qu'il témoignait à son ami disparu éclairait certains des abîmes qu'elle avait devinés en lui. Elle aurait aimé en savoir plus, mais retint les questions qui se pressaient sur ses lèvres. Des micros pouvaient être dissimulés dans la voiture.

Alors, elle tendit la main vers lui. Il la prit sans hésiter et mêla ses doigts aux siens. Malgré tous les secrets et les mensonges au milieu desquels ils évoluaient, ce contact qui l'emplissait d'une chaleur constante était bien réel.

Mais il compliquait la situation. En lui parlant comme elle

l'avait fait, elle avait espéré le convaincre de quitter le gang pour ne pas se retrouver piégé sous le déluge de feu que préparait Frontier Justice. Mais elle savait maintenant qu'il avait sa propre mission, et devinait qu'il n'accepterait jamais d'y renoncer. Bien sûr, elle était rassurée de savoir qu'il veillerait sur elle… Mais s'il lui arrivait malheur, elle serait anéantie.

Il relâcha sa main pour tourner dans le chemin de terre. Dans la faible lumière qui filtrait par les fenêtres de la maison, les voitures et les motos ressemblaient à autant de monstres endormis, qui pouvaient s'éveiller pour tuer à tout moment.

Les bouteilles de bière tintaient dans leurs cartons sur le sol inégal. Ellie aurait sans doute pu entendre ce bruit à trois cents mètres pendant une tempête de grêle, parce qu'elle apparut sur la terrasse avant qu'Arash ait coupé le moteur. Elle ouvrit la portière arrière du monospace, attrapa les deux packs et regarda Arash et Stephanie prendre le reste des courses avec un sourire entendu. Quand leurs regards se croisèrent, Stephanie lui rendit son sourire. Certains de ses secrets étaient assez explosifs pour tuer, mais elle n'avait aucune raison de cacher la complicité qui la liait à Arash.

— Alors, elle roule bien ? demanda Ellie.

Le sous-entendu échappa à Arash, qui répondit avec le plus grand sérieux :

— Elle penche trop dans les virages. Il faut raidir les suspensions.

— Je suis sûre que tu es parfaitement capable de le faire.

Ellie décocha un dernier regard à Stephanie et retourna vers la maison, les bières à la main. Arash se tourna vers elle et demanda :

— Est-ce que je suis transparent à ce point ?

— Tu as honte d'être vu avec moi ? répliqua-t-elle.

Elle regretta aussitôt ces paroles provocantes. Son attitude était injuste. Elle était prête à laisser les hommes d'Olesk croire tout ce qu'ils voulaient sur eux et leur relation, mais elle n'avait pas avoué à sa propre équipe à quel point elle était attirée par Arash.

— Bon sang, non !

— Alors, roule un peu des mécaniques, rétorqua-t-elle en lui décochant un léger coup de la hanche.

— Oh ! mais je peux le faire.

Et il le lui prouva en se dirigeant vers la maison d'une démarche arrogante. Elle s'accorda quelques instants pour admirer la façon dont son corps souple se balançait avant de lui emboîter le pas, comme attirée par le courant sensuel qu'il laissait dans son sillage.

— Je préfère ça.

Quand ils entrèrent dans la cuisine, Ellie avait déjà sorti les bières de leurs emballages pour les ranger dans le réfrigérateur, et posé quatre bouteilles bien fraîches sur le plan de travail. Hector et Thom les rejoignirent et regardèrent Stephanie et Arash déballer leurs courses, mais sans les aider.

Hector examina le steak sous cellophane et demanda :

— Qu'est-ce que tu vas me préparer de bon ?

Arash jeta un plat surgelé sur l'îlot central, devant lui.

— Elle est la seule à avoir passé une commande.

Les deux hommes s'affrontèrent du regard pendant quelques instants. Hector capitula le premier.

— Je n'ai pas tellement faim, de toute façon.

— Moi, je vais prendre une salade, dit Thom en tirant le sachet de laitue vers lui.

— Mais pas la mienne.

Stephanie plaqua une main sur un coin du sachet et Thom se redressa en faisant la moue.

— Vous ne jouez pas en équipe, les gars.

Stephanie planta son regard dans le sien.

— Je ne suis pas ici pour te servir de mère ou te faire la cuisine. Je sais conduire, et je sais me battre. Et si tu veux que je te le prouve, vas-y, continue à parler.

Thom se passa la langue sur les lèvres et la dévisagea longuement avant de regarder derrière elle. Dans son dos, elle sentait l'énergie menaçante qui irradiait d'Arash. Ce fut Hector qui brisa la tension en faisant glisser une bière vers Thom avant de lui asséner une grande tape dans le dos.

— Tu ne manges même pas de salade, frangin.

Comme Thom ne bougeait toujours pas, Hector lui plaqua la bière contre le torse pour le forcer à la prendre avant de quitter la pièce, sa bouteille à la main. Thom le suivit à contrecœur.

Ellie prit les deux dernières bières.

— N'y allez pas trop fort, avec Thom. Il est nerveux.

— S'il ne veut pas danser, qu'il ne vienne pas sur la piste, répliqua Stephanie en continuant à ranger leurs courses.

Ellie haussa les épaules.

— En tout cas, ne lui cassez pas les doigts. Il a encore du travail à faire.

Arash gronda :

— Je ne te promets rien.

— Ah…, dit Ellie en reposant les bières. Donnez-moi la monnaie et le ticket de caisse.

Stephanie les sortit de son blouson et les lui tendit. Elle les empocha, leva l'une des bouteilles et lança :

— Santé !

Quand elle se fut éloignée, Olesk apparut. Il prit la seconde bière et jeta un regard désinvolte sur les courses étalées sur le plan de travail.

— Demain, dit-il à Arash, tu finiras le travail sur le moteur de la camionnette. Ensuite, tu iras aider Stephanie sur le monospace que vous avez pris ce soir.

— Ça me plaît, répondit-elle.

Arash hocha simplement la tête et posa une poêle sur la cuisinière.

— Ce monospace…, dit Olesk.

Son regard devint distant, chargé de la même concentration que quand il était au volant.

— C'est notre arme furtive secrète. Je veux que personne ne puisse se douter à quel point il est puissant. Et je veux que personne ne soit capable de le rattraper.

Arash sourit.

— Je sais exactement ce qu'il faut faire.

— Ce sera une vraie balle, ajouta Stephanie.

Olesk posa les yeux sur elle.

— Boum.

Il sourit, prit une gorgée de bière et alla rejoindre Ellie.

Stephanie et Arash restèrent seuls. Ils ne pouvaient pas parler pour autant, mais le regard qu'ils avaient échangé dès qu'Olesk avait eu le dos tourné était assez parlant. Elle comprenait maintenant que si Arash démarrait au quart de tour, c'était parce qu'il haïssait cet homme. Mais il était assez fin pour lui tenir tête uniquement pour lui montrer qu'il avait du caractère, tout en faisant le travail qu'on attendait de lui. La recherche de ce fragile équilibre devait le soumettre à une tension perpétuelle, semblable à celle qu'elle ressentait.

— Je ne t'ai toujours pas vue jouer du couteau, dit Arash.

Il posa un oignon et une planche à découper devant elle.

— L'un des types du parking a bien failli le faire.

Elle déballa l'un des couteaux de cuisine qu'ils venaient d'acheter et passa la lame sur son pouce pour juger de son tranchant. Arash prit un autre couteau et posa les steaks sur une seconde planche.

— J'aurais aimé être là.

Il ôta le gras de la viande, avec des gestes rageurs.

— Pour profiter du spectacle ?

Elle lança le couteau en l'air et le rattrapa par le manche. Elle pouvait rire de l'incident puisqu'elle avait mis les trois hommes en déroute, mais la remarque enflammée d'Arash la troubla. Il tenait à elle.

— Pour les démolir, répondit-il. Je sais que tu peux te débrouiller seule, mais j'aimerais que tu n'aies pas à le faire.

Chacun de ses mots allumait un nouveau feu, au plus profond de sa poitrine.

— Merci.

Dans le salon, des railleries bruyantes éclatèrent, se mêlant aux bruitages du jeu vidéo. Leur fragile bulle d'intimité vola en éclats. Stephanie trancha l'oignon et découpa les autres légumes, pendant qu'Arash finissait de préparer les steaks et posait la poêle sur la cuisinière.

Quand les oignons se mirent à grésiller dans l'huile, elle eut l'impression d'être dans la cuisine d'une maison comme les autres, où deux personnes préparaient un repas ensemble en s'interrogeant sur leurs goûts mutuels. Pendant quelques instants, elle s'autorisa à oublier le pistolet glissé sous sa ceinture, le couteau dans sa poche et la provenance de l'argent qu'elle avait reçu en échange de sa journée de travail – ainsi que la soif de vengeance d'Arash et les cages qu'il avait contribué à installer dans les camionnettes.

Elle ne pouvait rien oublier de tout cela, mais elle pouvait s'accorder un moment de réconfort. Elle regarda Arash repousser les oignons sur le bord de la poêle pour y déposer les steaks. La viande se mit à grésiller, et la pièce s'emplit d'un arôme plus réel que celui de n'importe quel plat surgelé.

Arash aussi était réel. Et leur relation lui avait rappelé qu'avant d'être un membre de Frontier Justice elle était une personne.

— J'ai le dessert, dit-elle.

Elle sortit les paquets de petits gâteaux de la poche de son blouson et vit qu'ils avaient été écrasés, sans doute pendant la bagarre.

— Ces abrutis, dans le parking...

Arash regarda les gâteaux et dit :

— Je n'aurais jamais cru ça possible, mais je leur en veux encore plus.

Quand leur repas fut prêt, ils allèrent s'installer à la table de la cuisine – côte à côte, de façon à tourner tous deux le dos au mur. Elle savoura sa première bouchée de steak, et Arash hocha la tête d'un air satisfait. Pendant quelques secondes, ils ne furent que deux êtres humains comme les autres. Elle aurait aimé qu'ils aient un peu d'intimité pour pouvoir lui demander comment son ami était entré dans ce gang, et comment il comptait l'anéantir – deux questions parmi des centaines d'autres. Il en avait sans doute autant à lui poser. Mais tout ce qu'elle demanda fut :

— Est-ce que tu peux reprogrammer l'ordinateur du monospace ?

Il but une gorgée d'eau à la bouteille avant de répondre.

— Avec un scanner, un ordinateur portable et le bon logiciel, pas de problème. Et je suis sûr que tu pourrais le faire, toi aussi.

— J'ai un peu d'expérience en la matière.

Mais tout son matériel était dans son appartement.

— Il va falloir entrer le changement de suspensions dans l'ordinateur, régler l'allumage...

— Ça va être du boulot, dit-il en pianotant sur la table. On doit aussi pouvoir l'alléger sans que ça se voie de l'extérieur.

— J'ai hâte de faire tout ça avec toi.

Si seulement ils avaient pu travailler ensemble pour le seul plaisir d'avoir les mains dans le cambouis...

— On va tout déchirer.

Ils trinquèrent avec leurs bouteilles d'eau et burent quelques gorgées. Elle comprit qu'il se reconcentrait sur leur mission, et qu'elle devait en faire autant. Au milieu de ces criminels animés des pires intentions, ce qu'ils faisaient était bien.

Le labyrinthe dans lequel progressait Arash était toujours aussi létal et tortueux, mais la présence de Stephanie à ses côtés éclairait un peu les recoins les plus sombres. Ils avaient fini de dîner en discutant des modifications à apporter au monospace. Les autres membres du STR pouvaient penser qu'ils entamaient une histoire d'amour, mais leurs vraies motivations demeuraient secrètes. Ce qui ne voulait pas dire que le lien qui l'unissait à Stephanie n'était pas réel.

Gravir l'escalier avec elle, à la fin de la soirée, avait été une véritable torture. Son corps brûlait pour elle, mais son esprit savait que leur position interdisait tout contact de ce genre. Ils se séparèrent pour regagner leurs chambres respectives sans s'embrasser, mais après un regard lourd de désir qui lui tint chaud pendant toute la nuit.

Quand il se réveilla, il se demanda si toutes les révélations incroyables de Stephanie n'avaient été qu'un rêve. Comment expliquer autrement l'existence d'un groupe secret de justiciers, que son aïeul aurait créé au cours du XIXe siècle ? Mais quand il descendit au rez-de-chaussée et croisa son regard, il sut que tout était réel. Cette femme était encore plus complexe et mystérieuse qu'il l'avait pensé.

Tout le monde se mit au travail sans tarder. Il faisait toujours aussi froid, et l'humidité avait flétri les cartons qui contenaient les pièces, mais Arash se réchauffa dès qu'il se mit à travailler. Stephanie amena le monospace derrière la maison et commença à dresser la liste des modifications à apporter sur un tableau blanc, d'une écriture soignée.

Hector et Thom avaient fini de modifier le moteur de la première camionnette et fouillaient maintenant dans des boîtes remplies de pièces électroniques et de câbles. Comme la vie de Stephanie et la sienne pouvaient dépendre du moindre détail, Arash releva la tête pour leur demander :

— Vous allez poser ça sur les deux camionnettes ?

— Ouais, grommela Thom en démêlant des câbles.

— D'accord. Deux minutes et celle-là est à vous.

Mais il ne savait toujours pas ce qu'ils faisaient. Stephanie s'approcha.

— Est-ce que je dois ajouter ça à ma liste ?

— Non, répondit Hector. Seules les deux camionnettes seront équipées d'une radio.

Il tenait un micro semblable à ceux qu'utilisait la police.

— D'accord.

Stephanie hocha la tête à l'adresse de Hector et décocha un rapide regard vers Arash avant de retourner à ses affaires.

Un moteur rugit, de l'autre côté de la maison, et Olesk apparut quelques instants plus tard au volant d'une Subaru sport. Ellie marchait à ses côtés. Olesk descendit, releva le capot et dit, les yeux fixés sur le moteur :

— Les camionnettes et la Subaru seront équipées d'une radio, mais personne ne doit soupçonner que le monospace a été modifié. Ses occupants recevront les ordres par téléphone.

Arash vissa le dernier boulon de la prise d'air et, d'un geste, invita Hector à approcher de la camionnette.

— À toi !

Hector porta deux boîtes de pièces électroniques jusqu'à la camionnette et Arash rejoignit Stephanie. Il se planta devant le tableau blanc et étudia sa liste.

— Il n'y a que dans une école privée qu'on apprend à écrire comme ça.

— Je parle aussi français, rétorqua-t-elle.

Elle plongea les mains dans le moteur du monospace et tira sur une durite de radiateur pour tester sa fixation. Il aurait adoré la regarder travailler, mais il se dirigea vers Olesk et demanda :

— Est-ce que vous avez un ordinateur portable et un scanner ? Il faut que je reprogramme les modules de commande pour y intégrer les modifications du monospace.

Tout en parlant, il regardait le moteur de la Subaru, qui avait un système bi-turbo et un châssis renforcé.

Sans mot dire, Olesk sortit un trousseau de clés de sa poche et le tendit à Ellie. D'un geste, elle invita Arash à l'accompagner dans le hangar où il avait démonté la voiture avec Stephanie. Elle déverrouilla une grande armoire métallique et en sortit un ordinateur portable maculé de cambouis et un scanner ODB2. Après avoir refermé l'armoire à clé, elle lui tendit le matériel.

— Ne t'amuse pas avec le Wi-Fi ou la 4G. Ne te sers que du programme. Je pense que l'ordinateur est chargé.

Ses yeux s'étrécirent.

— Tu es sûr d'être qualifié ?

Il gloussa de rire et sortit du hangar.

— Je peux faire ronronner n'importe quel moteur.

— L'orgueil est un péché, répliqua-t-elle.

— Le seul péché que je connaisse, c'est de conduire une voiture de sport avec une boîte automatique.

Quand il rejoignit Stephanie, elle avait ouvert la portière avant droite du monospace et levait les yeux au ciel. Il lui tendit le scanner et elle le brancha sous le volant.

— Tu vas aussi faire ronronner celui-là ? demanda-t-elle avec un sourire narquois.

Il alluma l'ordinateur portable et lança le programme de tuning. Debout près de lui, Stephanie regardait l'écran. L'arc électrique jaillit entre leurs corps, tellement puissant qu'il se demanda comment il pouvait ne pas court-circuiter le matériel.

— J'adorerais ça, gronda-t-il doucement.

Que ce boulot aille au diable. Il voulait la tenir dans ses bras pendant des heures, voire des jours, pour découvrir encore plus de ses forces et de ses mystères.

— Je parlais du moteur.

Mais elle posait sur lui un regard chargé d'une telle intensité qu'il devina qu'elle pensait à la même chose que lui.

S'il avait à peu près pu se contrôler jusqu'ici, c'était parce qu'il la tenait pour une criminelle. Mais maintenant qu'il savait qui elle était vraiment, et qu'elle mettait ses compétences au service des autres, il ne voulait plus résister au désir qu'elle lui inspirait.

— Pour le moment, lui dit-il. Mais on pourrait aller faire un tour, un soir. Juste pour tester la synchronisation de nos systèmes.

— C'est exactement ce que je veux.

Ses yeux étaient rivés à l'écran de l'ordinateur, qui affichait les réglages actuels du monospace, mais sa voix résonnait d'une faim primale.

Le corps d'Arash était ravagé par un désir tellement brûlant qu'il se demanda comment le réservoir du monospace pouvait ne pas exploser. Des images de leurs corps enchevêtrés tourbillonnaient dans son esprit. Il les chassa pour revenir à leur tâche et dit, les dents serrées :

— Démarre.

Elle alla s'asseoir au volant, mit le contact, et le moteur émit un grincement désagréable, révélateur de ses mauvais réglages. D'ailleurs, toute cette histoire n'était qu'une question de mauvais réglages. Pourquoi n'avait-il pas pu rencontrer Stephanie dans un garage ? Ils auraient travaillé sur leurs voitures côte à côte en échangeant des vannes, fait la course dans les rues en pleine nuit… Et que ce soit lui ou elle qui franchisse la ligne d'arrivée en vainqueur, cela n'aurait eu aucune importance. Ils auraient gagné tous les deux.

Mais ça aurait été trop simple, et une femme telle que Stephanie ne se trouvait pas dans des endroits simples.

— Fais-le ronfler, dit-il.

Elle fit vrombir le moteur et il chuchota :

— Je t'emmènerai loin des autres.

Le moteur grinça de plus belle.

— Promis ? répondit-elle sur le même ton.

Sa dernière promesse avait été pour le fantôme de son ami. Il regarda Stephanie droit dans les yeux.

— Promis.

Quand on fréquentait des gens comme Olesk, la mort guettait tout au long du chemin. Mais maintenant, Arash était investi d'une nouvelle mission : il devait lutter pour survivre.

14

Stephanie ne prenait jamais aucune promesse pour argent comptant et, pourtant, elle crut celle d'Arash. Les membres de Frontier Justice se protégeaient les uns les autres sans jamais s'en être fait la promesse. Ils s'exprimaient par leurs actes, parce que les mots étaient souvent vides de sens. Mais la voix et le regard d'Arash ne lui laissaient aucun doute : il tiendrait parole.

Ils avaient passé des heures à entrer les modifications apportées au moteur dans l'ordinateur central du monospace et à le mettre à jour. Un travail parfois fastidieux, émaillé d'impasses agaçantes, mais le tandem qu'ils formaient marchait toujours aussi bien. Et s'ils avaient échangé quelques paroles impatientes, elles n'avaient trait qu'à leur tâche, sans toucher le domaine de la vie privée.

Jamais le réglage d'un moteur n'avait été pour elle une expérience aussi charnelle. Leurs mains se touchaient souvent, sur une durite ou une courroie, et là où leurs peaux s'effleuraient le feu qui couvait en elle s'intensifiait. Le souvenir de la promesse d'Arash contribuait à alimenter les flammes.

Le déjeuner les ramena au sein du microcosme que formaient les autres membres du STR. Les discussions étaient aussi creuses que d'habitude. Thom ronchonnait et exigeait de travailler lui aussi sur le moteur du monospace. Heureusement que Stephanie s'était fait un sandwich : elle n'aurait pas pu supporter à la fois un plat surgelé et sa conversation.

Arash saisit l'occasion pour demander à Olesk :

— Tu nous fais bosser sur le monospace… Est-ce que c'est nous qui allons le conduire ?

— Oui.

Il leva la tête de son assiette pour pointer deux doigts vers Thom et Hector.

— Et eux conduiront les camionnettes.

Stephanie rajouta l'information à sa base de données tactique. Arash se tourna vers Thom.

— Si tu ne conduis pas le monospace, tu n'as pas à t'en occuper.

— Mais c'est nous qui avons commencé le boulot dessus.

Thom regarda Hector, mais n'obtint pas le soutien escompté.

— C'est gentil, mais c'est nous qui allons le terminer, dit Arash d'un ton qui n'admettait pas de réplique.

L'esprit de Stephanie analysait ces nouvelles informations. S'ils étaient ensemble dans le monospace, Arash et elle pourraient mieux coordonner leur action. Mais sans système de communication, ils risquaient d'être tenus à l'écart.

Elle continua à réfléchir à ce détail après le déjeuner, tout en finissant de reprogrammer l'ordinateur de bord du monospace avec Arash. Quand il montra du doigt la radio de série intégrée à la console, elle devina qu'il y réfléchissait, lui aussi. Elle hocha la tête pour lui dire qu'elle comprenait, mais il ne semblait pas avoir plus de solutions qu'elle. Si elle avait su quelle était la fréquence qu'utiliseraient les autres voitures, elle aurait détenu une arme décisive. Mais si elle fouinait et se faisait prendre, elle ne donnait pas cher de sa vie.

Dès qu'ils n'eurent plus besoin de l'ordinateur portable, Ellie alla le remettre sous clé, dans le hangar. Comme dans toute organisation criminelle, il ne régnait au sein du STR qu'une confiance limitée. Olesk ne leur communiquait que les informations nécessaires. Stephanie savait que Ty et Vincent avaient déjà entré toutes les adresses qu'elle leur avait envoyées dans les bases de données des polices locale et fédérale. Si leurs recherches renvoyaient des noms ou révélaient l'existence d'enquêtes en cours, ils s'appuieraient sur ces informations pour s'organiser. Mais il y avait toujours un vide dans ses informations, et il était de taille : elle ne connaissait pas la date de l'opération. Comme Olesk avait pour habitude de donner ses ordres au dernier moment, elle pouvait se dérouler n'importe quand. Avec un coup d'avance, Stephanie aurait pu rameuter les autres membres de Frontier Justice pour la seconder mais, une fois encore, elle devait se contenter de jouer le jeu tout en recueillant le plus d'informations possible sans mettre sa vie et celle d'Arash encore plus en danger.

En tout cas, Olesk n'avait aucune raison de douter de leur zèle. Quand ils en eurent fini avec l'électronique, ils se mirent à travailler sur la suspension et la direction. Le monospace commença à ressembler à un serpent lové sur lui-même, prêt à se détendre et à frapper.

Afin d'alléger le véhicule, Stephanie enleva la roue de secours et tous ses accessoires. Elle s'apprêtait à effacer cette tache de sa liste quand Arash posa la main sur son avant-bras. Il jeta un regard noir vers Hector et Thom.

— Non. N'efface pas les entrées. Raye-les pour que ces crétins voient tout le boulot que nous abattons.

— Si tu continues à les chercher...

Elle secoua la tête.

— Je ne peux pas céder maintenant. J'aurais l'impression de fuir.

— Et tu n'es pas du genre à fuir, c'est ça ?

Elle barra plusieurs entrées sur sa liste. Ils en avaient presque terminé.

— Il m'est arrivé de m'éloigner, mais jamais de fuir.

Elle saisissait la différence. Elle n'avait pas fui son père, elle non plus. Elle avait pris ses distances pour se détacher de ses affaires.

— Je ne sais pas de qui tu t'es éloigné, mais ce sont eux qui y ont perdu.

— Et comment !

Un sourire dansait dans ses yeux.

Elle tourna le tableau vers Thom et Hector, et rejoignit Arash à l'avant du monospace. Après une discussion enflammée sur la meilleure façon de monter les amortisseurs, ils parvinrent à un consensus et se mirent à l'œuvre. Elle se sentait de plus en plus proche de lui, tant par le corps que par l'esprit. Chaque fois qu'il mettait une pièce en place, une telle puissance émanait de son corps qu'elle sentait tous ses muscles se tendre, impatients de fournir un effort d'un tout autre genre. Ses bras voulaient s'agripper à lui pour lui rendre son étreinte, ses jambes brûlaient de s'enrouler autour des siennes...

Même quand ils eurent fini de travailler, son corps resta chargé de cette énergie sensuelle. Elle se doucha, et regretta qu'il ne soit pas ici, avec elle, nu sous le jet d'eau chaude. Mais Olesk et ses comparses étaient trop proches.

Arash prépara le même dîner que la veille, un repas dont elle ne se lassait pas parce qu'il était préparé de ses mains. Elle faillit lui parler du *hong shao rou* que préparait sa grand-mère, mais en fut empêchée par les autres habitants de la maison, qui allaient et venaient entre la cuisine et le salon. Ils n'auraient pas eu le temps de cuisiner ce ragoût à base de poitrine de porc, de toute façon. Il fallait au moins deux heures. Quand cette mission serait terminée, peut-être...

Mais elle devait ne penser qu'au présent, parce que leur destin pouvait basculer à tout instant. Aussi longtemps qu'ils ne savaient pas vers quoi ils se dirigeaient, elle devait savourer chacune des secondes qu'elle passait avec lui.

— Quelle est la première voiture que tu as bousillée ?

Arash se leva et porta leurs assiettes dans l'évier, tandis qu'elle se chargeait des casseroles. Elle grimaça au souvenir éveillé par la question.

— Une Acura NSX de 1997.

— Oh ! bon sang... La six vitesses ?

— Ouais. Ce n'était pas la mienne. J'avais dix-sept ans, il était minuit passé, je roulais trop vite sur Half Moon Bay... J'ai perdu le contrôle dans un virage et la voiture a fait un tonneau.

Ses amis, qui la suivaient dans une autre voiture, avaient hurlé en les voyant suspendues la tête en bas, sa passagère et elle. D'excitation plus que de peur.

— Tu as été blessée ?

— Quelques bleus, rien de grave.

Et ses parents lui avaient passé un savon.

— Et Hinata y a gagné une nouvelle voiture.

Elle se déplaça légèrement de façon à coller sa jambe contre la sienne.

— Et toi ? Ton premier accident ?

— Une Pontiac Fiero, année inconnue, propriétaire inconnu.

Il se passa une main dans les cheveux et secoua la tête avec un petit sourire.

— Je l'ai trop poussée. J'ai pété le collecteur d'échappement, quelques durites ont sauté et elle a pris feu avant d'aller percuter un poteau téléphonique. Je pense que le sol est encore noirci, à cet endroit.

— Je suis sans doute déjà passée devant ce poteau.

— Maintenant, tu pourras penser à moi en le voyant.

Il frotta sa jambe contre la sienne.

— Tu sais que je penserai à toi.

Mais ce poteau se trouvait quelque part dans la Bay Area, et elle ne repasserait pas devant avant la fin de cette mission. C'était encore bien trop loin pour qu'elle puisse y penser.

— Il reste des gâteaux ?

Il regardait sa bouche. Elle se passa la langue sur les lèvres.

— Ils sont tout écrasés.

— Attends-moi.

Il sortit de la cuisine et disparut pour revenir quelques instants plus tard, les clés du monospace à la main. Sans la quitter des yeux, il lança, à l'adresse d'Olesk et de ses comparses :

— On va sortir le monospace pour le tester.

Elle avança vers lui, et vit la flamme qui brûlait dans son regard gagner en force à chacun de ses pas. Olesk occupait sa place habituelle, à la table. Il leva les yeux de son téléphone.

— Bonne idée. Vous aurez le temps de faire les derniers réglages demain.

Ellie, qui regardait Thom et Hector jouer à un jeu vidéo, quitta l'écran des yeux pour sourire à Stephanie.

— Amusez-vous bien. Au fait... Il y a un lotissement en construction, à quelques kilomètres au nord. Il n'y a pas beaucoup de circulation, par là-bas.

Elle cligna de l'œil et ramena son attention sur la télé. Thom et Hector n'avaient pas bronché.

— Tu conduis, dit Arash.

Il lui lança les clés, et elle referma ses doigts sur le métal qui avait conservé la chaleur de sa main.

Elle dut prendre sur elle pour ne pas glisser ses doigts dans ses cheveux afin d'attirer sa bouche jusqu'à la sienne. Quand ils sortirent, une telle chaleur crépitait entre eux qu'elle ne sentit pas le froid de la nuit. Elle s'installa au volant du monospace et il monta à côté d'elle.

Le moteur prit vie, déployant beaucoup trop de puissance pour ce type de véhicule. Elle passa une vitesse avant de relâcher le frein et le monospace bondit en avant, sans qu'elle ait touché la pédale d'accélérateur. Quand elle accéléra, une gerbe de terre jaillit derrière eux et le monospace fusa sur le chemin. Stephanie tourna brusquement le volant pour s'engager sur la rue. La voiture négocia parfaitement le virage, aussi stable que si elle roulait sur des rails.

— Ellie a dit au nord, remarqua Arash.

— Il nous faut un dessert.

Elle lui décocha un sourire rusé et accéléra. Le monstre dissimulé sous le capot rugit et ils furent tous deux plaqués contre le dossier de leur siège.

— Il avance bien.

Arash était rayonnant.

— Comme une balle.

Elle accéléra encore, et ils filèrent encore plus vite. Et le monospace n'avait pas encore déployé toute sa puissance. Quand ils approchèrent d'une zone habitée, elle ralentit. Mais les réverbères filaient encore à toute vitesse à côté d'eux.

Elle se dirigea vers la partie du quartier qui était la plus brillamment éclairée et ils arrivèrent devant un petit centre commercial, avec une supérette ouverte vingt-quatre heures sur vingt-quatre. Un pick-up et une voiture étaient garés devant le bâtiment. Deux adolescents adossés au mur posèrent sur eux un regard qui trahissait un profond ennui. Elle inséra le monospace dans une place de parking et se demanda si le monstre dissimulé sous le capot allait accepter de s'arrêter. Quand elle coupa le moteur, un concert de craquements s'éleva alors que les soudures et les boulons commençaient à refroidir.

L'énergie déployée pendant leur course folle grondait toujours en elle. Peut-être que c'était elle, le monstre incontrôlable, et non cette voiture. Les yeux d'Arash brillaient de cette lueur folle qui ne peut naître que de la conduite, de la puissance et de la vitesse. Ils descendirent du monospace et le contemplèrent longuement. Elle chuchota :

— Tout le monde pourrait croire qu'on est seulement venus chercher du lait.

— Et des petits gâteaux.

La sensualité de son regard l'embrasa. Mais comme les choses qu'elle voulait faire avec lui ne pouvaient pas être faites sur le parking d'une supérette, elle étouffa son désir et entra dans le magasin. Arash lui emboîta le pas et demanda :

— On prend une bouteille d'eau ?

— Oui. Et c'est toi qui choisis les gâteaux.

Avec un rire profond, qui résonna en elle, il s'éloigna d'un pas nonchalant. Elle restait vigilante, sans jamais oublier le danger qui les cernait, mais elle s'autorisa quand même à se laisser envelopper par la douceur du lien qui l'unissait à Arash. Pour une fois, elle ne pensait qu'à ses propres besoins, au désir qui faisait battre son cœur un peu plus vite.

Elle se dirigea vers la sortie et demanda une boîte de préservatifs au jeune homme qui tenait la caisse. Il la lui tendit, le visage impassible. Arash la rejoignit quelques instants plus tard. Il posa deux bouteilles d'eau et deux paquets de petits gâteaux sur le tapis de caisse et régla l'ensemble de leurs achats.

Quand ils ressortirent de la supérette, il lui prit le sac de courses des mains, jeta un œil à l'intérieur et commenta :

— Je croyais que tu étais préparée à toute éventualité.

Elle avait déjà sorti les clés du monospace de sa poche mais, au lieu d'y monter, elle marcha vers lui. Sa respiration devenait un peu plus laborieuse à chaque pas. Quand ils furent face à face, partageant la chaleur de leurs corps, elle passa les doigts dans ses cheveux. Il pressa sa tête contre sa main et, à voix basse, elle lui avoua la vérité.

— Je n'étais pas préparée pour toi.

— Je regrette que...

Laissant sa phrase en suspens, il effleura ses lèvres des siennes. Elle crispa ses doigts dans le tissu de son blouson.

— Ne regrette rien. Ne pense qu'à l'instant présent et à ce que nous vivons. J'ai envie de tout ça.

Un frémissement naquit dans son ventre et gagna sa poitrine, puis ses bras.

— J'ai envie de toi, reprit-elle.

Il l'embrassa fougueusement, avidement, et se recula.

— Donne-moi les clés.

Elle obéit. Il s'installa au volant, démarra et passa la marche arrière.

— Comment il se comporte ?

Quand il se retourna pour reculer, elle eut envie de le saisir par le col de son blouson et de l'embrasser, encore et encore, jusqu'à en être rassasiée. Si c'était possible.

— Il est nerveux, mais il ne faut pas trop brusquer l'embrayage.

Son corps était toujours parcouru par ce frémissement.

— Si on le pousse trop et trop vite, le moteur va lâcher.

Il tendit la main vers elle pour lisser ses cheveux.

— Je conduis, tu me guides. Il ne nous arrivera rien.

Il passa la première et les pneus crissèrent. Le cœur de Stephanie se mit à battre sur un rythme encore plus effréné. Il sourit, et fonça dans la nuit.

15

Pour la première fois depuis qu'il avait plongé dans ce monde cauchemardesque de vengeance et de danger, Arash se moquait de ne pas savoir où menait la route sur laquelle il roulait. Pour tout dire, il adorait les ténèbres vers lesquelles il fonçait, parce qu'il était enfin seul avec Stephanie, cette femme qui le provoquait et le surprenait sans cesse.

Son cœur battait sur un rythme encore plus effréné que le moteur du monospace modifié. Stephanie avait raison : cette voiture était une balle. Dirigée dans la mauvaise direction, elle pouvait tuer. Il ne fallait pas qu'il se laisse déconcentrer. Il comprenait Stephanie, maintenant : espérer autre chose oblitérait le présent. Il devait s'agripper à ce qu'il avait. Vivre pleinement l'instant.

Ils filaient le long des collines, qui n'apparaissaient que comme des silhouettes noires et massives. Toujours aussi vigilante, Stephanie observait le paysage. Elle frappa sa vitre du dos de la main et lui jeta un rapide coup d'œil, qui suffit à l'électriser.

— Voilà le camp, dit-elle.

Bien que la maison soit assez loin de la route, il vit de petits carrés de lumière. Les membres du gang étaient encore debout. Même s'ils n'avaient trouvé aucune trace d'un quelconque système d'écoute dans le monospace, il n'avait pas l'esprit tranquille. Il ravala quelques jurons bien sentis et se borna à accélérer, laissant le monospace envoyer un rugissement sourd en guise de message.

Quand il vit Stephanie sourire de plus belle à côté de lui, son excitation s'accrut. Comme la route qui menait vers le nord était sinueuse, il en profita pour tester un peu plus la tenue de route de la voiture. Pour l'essentiel, le monospace négociait parfaitement les virages serrés. Mais à la sortie d'un nouveau virage, pris à pleine vitesse, une oscillation secoua l'arrière du véhicule.

— Tu as senti ça ?

Il zigzagua sur une portion de route droite, mais sans parvenir à reproduire le phénomène.

— Bien sûr, dit Stephanie en se tournant vers l'arrière. Il faudra qu'on remette la roue de secours. Elle fera contrepoids.

— Je pensais la même chose.

Elle se tapota la tempe du bout du doigt.

— C'est pour ça qu'on est bons.

Il tendit le poing vers elle et elle le frappa du sien.

— On est les meilleurs.

— Et on sait être méchants quand il faut.

Soudain, Arash eut un besoin irrépressible d'être tout contre elle.

Elle se pencha vers lui et dit :

— Va plus vite.

Il écrasa la pédale d'accélérateur et ils furent repoussés dans leurs sièges. Cela faisait longtemps qu'ils avaient laissé les lumières du camp derrière eux pour s'engager dans les collines inhabitées. La camionnette dévorait les kilomètres sans jamais sembler rassasiée. Ils approchèrent d'une vallée, et la route devint plus étroite et sinueuse, le forçant à ralentir. Quand ils sortirent de la vallée, le lotissement dont avait parlé Ellie apparut au loin. Stephanie se pencha en avant et commenta :

— On va se retrouver dans des petites rues.

Il s'engagea dans les rues tortueuses à toute vitesse pour tester la tenue de route. Le tremblement était toujours présent, mais la voiture négociait parfaitement les virages. Stephanie et lui étaient ballottés en tous sens. Il aurait préféré que le monospace soit équipé de harnais à quatre points, mais ils devraient se contenter des ceintures de sécurité de série.

Le lotissement s'étageait au flanc d'une colline. Les maisons les plus luxueuses devaient se trouver en hauteur pour profiter de la vue. La plupart des habitations n'étaient encore que des structures en bois, mais une maison terminée se dressait au-dessus des autres. Il se gara non loin, dans les ombres, là où l'asphalte disparaissait dans la terre dure des montagnes.

Quand il eut coupé le moteur, la voiture cliqueta pendant quelques instants avant que le silence se referme sur eux. Il y eut un bruit de tissu froissé quand Stephanie se tourna dans son siège, agrippa le blouson d'Arash des deux mains et l'attira vers elle. Ils échangèrent un baiser qui déployait encore plus de puissance que le moteur du monospace.

Ils se séparèrent et descendirent de la voiture, dans la nuit. Un vent froid glissait sur le flanc des collines, chargé de l'odeur minérale de la roche et de l'arôme des plantes de montagne. Ils marchèrent vers la maison. Stephanie portait le sac de la supérette. Les doigts de sa main libre se mêlaient aux siens, rapprochant leurs corps.

— On entre par effraction ? demanda-t-elle.

— Je n'ai pas fait ça depuis un moment.

Depuis qu'il avait bousillé la Pontiac Fiero, à peu près.

— Pareil.

Il ne doutait pas de son sens moral, surtout depuis qu'elle lui avait parlé de Frontier Justice, mais il ne savait pas encore grand-chose de son passé.

Au lieu d'approcher la maison par l'avant, ils la contournèrent en traversant une zone de terre nue où des tranchées attendaient d'accueillir le système d'arrosage. Une vaste terrasse s'étendait sur toute la largeur du rez-de-chaussée, desservie par des portes coulissantes qui donnaient dans la salle à manger. Arash essaya de les ouvrir, en vain.

Stephanie s'approcha d'une fenêtre, à quelques mètres de là, plaqua ses deux mains sur la vitre et poussa vers le haut. La fenêtre s'ouvrit sans bruit.

— Pas besoin d'effraction, dit-elle.

Arash passa la tête par la fenêtre, et ne vit ni lumières clignotantes ni clavier. S'il y avait un système de sécurité, il n'était pas encore branché. Il se glissa à l'intérieur et tendit la main à Stephanie, bien qu'il sache qu'elle n'avait pas besoin de son aide. Mais elle l'accepta quand même. Tout comme lui, elle saisissait la moindre occasion d'établir un contact physique. Il fut plus troublé qu'il l'aurait cru en sentant ses doigts mêlés aux siens, dans cette grande maison silencieuse. Enfin, ils étaient seuls, dans un lieu sûr.

— À l'étage.

Il l'entraîna dans l'escalier. Quand ils atteignirent le premier étage, Arash comprit pourquoi cette maison avait été choisie pour être la maison témoin du lotissement. Une immense chambre de maître surplombait la vallée étroite et le scintillement de Reno, au loin.

Mais le plus attirant était le grand lit plate-forme, vers lequel ils se dirigèrent d'un même mouvement, comme s'il était aimanté. Stephanie laissa tomber le sac de courses à côté du lit et se tourna vers Arash. Elle posa les deux mains sur son torse et les fit glisser dans son cou, puis dans ses cheveux. Chacune de ses caresses le brûlait et le ramenait à la vie. Il la prit par la taille et l'attira vers lui.

Ils s'embrassèrent sans que personne ne puisse les voir ni les entendre. Par ce seul baiser, il lui dévoila tout ce qu'il était, et en sut plus que jamais sur elle. Elle repoussa son blouson sur ses épaules et il l'ôta avant de lui retirer le sien. Mais quand il passa la main au creux de ses reins, il s'arrêta net. Elle avait un pistolet.

L'air de la chambre lui parut soudain glacial. Elle pinça les lèvres et dit :

— Tu sais aussi bien que moi que ça peut mal tourner.

— Tu as toujours été armée ?

— Depuis qu'on est arrivés à Reno, répondit-elle en le regardant de la tête aux pieds. Parce que, toi, tu...

— Je conduis mieux que je tire.

Quelle que soit l'issue de sa confrontation finale avec Olesk, il savait qu'elle se déroulerait sur une route.

— On est en sécurité ici pour l'instant.

Elle se rapprocha de lui et défit la fermeture Éclair de sa veste à capuche.

— Et quand je suis nue, je ne porte pas d'arme.

C'était la première fois qu'elle avait à ce point envie d'être nue, ce qui l'effrayait. Sans arme, sans faux-semblant, sans possibilité de fuite... Mais son désir était plus puissant que sa peur, suffisamment pour la pousser à faire face tant à Arash qu'à ses propres besoins.

Elle fit glisser ses mains sur son torse pour le libérer de sa veste à capuche, qui tomba par terre. Sous son T-shirt, elle devinait les contours fermes de son torse et de sa taille. Malgré la pénombre, elle vit l'étincelle ardente qui brillait dans ses yeux. Il empoigna le bas de son pull-over et le tira vers le haut. Elle l'aida à le lui retirer. Elle était de plus en plus près d'être nue.

Il s'assit sur le lit pour ôter ses bottes et ses chaussettes. Elle fit de même mais, avant qu'elle ait pu se relever, il l'attira dans ses bras et plaqua sa bouche sur la sienne. Leurs torses n'étaient plus séparés que par deux fines couches de coton, et la chaleur qu'ils partageaient augmenta encore. Les mains d'Arash se promenèrent sur son dos, sur ses épaules, sur sa nuque, et ses doigts se glissèrent dans ses cheveux. Elle soupira sous ses lèvres et s'autorisa à s'abandonner à sa force.

Mais ses mains s'activaient, elles aussi. Du bout des doigts, elle découvrit et suivit chaque courbe de ses bras nus avant de s'agripper à ses épaules pour l'attirer tout contre elle, pour que le baiser soit plus profond. Il l'enlaça et caressa sa langue de la sienne. Le chauffage central de la maison était éteint, mais elle avait quand même trop chaud pour rester habillée. Elle voulait sentir la peau nue d'Arash contre la sienne. Elle savait que ce contact la consumerait tout entière – et c'était ce qu'elle voulait.

Elle remonta son T-shirt en effleurant son dos du bout des ongles. Il lâcha une expiration sifflante et leva les bras. Quand elle lui eut ôté le T-shirt, il plaqua sa bouche dans son cou et elle fut traversée par un éclair de chaleur.

Il commença à remonter son T-shirt mais elle se recula pour l'en empêcher. Elle ôta prudemment le pistolet de son étui et le posa sur la table de chevet intégrée au lit, à portée de main. Quand elle se tourna de nouveau vers Arash, elle put voir tous les contours des muscles de son torse et de ses abdominaux dans la faible lueur qui entrait par les hautes fenêtres. Avec ses cheveux détachés et son visage à demi plongé dans l'ombre, il avait tout d'une créature mythique. Mais quand elle le toucha de nouveau, elle sut qu'il était bien réel, et qu'il l'attendait.

Quand elle se fut libérée de son T-shirt, les mains d'Arash glissèrent de part et d'autre de son torse, jusqu'à ses épaules. Il moula une main sur sa joue.

— Tu es si incroyablement belle.

— Parce que je suis presque nue.

Une rougeur brûlante naquit sur sa poitrine et se propagea à son cou.

— J'ai pensé la même chose en te voyant en combinaison, les bras plongés jusqu'aux coudes dans un moteur.

Sa voix vibrait d'une émotion brute.

— Tu mens.

Mais son corps le croyait. Une onde de chaleur se rassembla dans ses seins et ondoya entre ses jambes. Pourtant, son esprit refusait encore de la libérer.

— Non, gronda-t-il en lui caressant les bras. Et j'ai pensé que tu étais belle dès la première nuit, en te regardant foncer dans les rues.

Il se pencha pour l'embrasser de nouveau, avec une tendresse qui la surprit. Jusqu'ici, quand le désir les avait poussés à se presser l'un contre l'autre, il avait mis autant de fougue qu'elle dans leurs baisers. Mais cette fois, c'était différent. De ses lèvres, il confirmait ses paroles. Il la désirait, mais il voulait aussi prendre tout son temps pour la savourer.

Ses lèvres glissèrent sur sa joue, puis le long de sa gorge. À chaque fois qu'il relevait la tête, il disait un mot.

— Tu... es... belle.

Quand sa bouche atteignit le haut de sa poitrine, il la poussa vers l'arrière et l'embrassa entre les seins.

— Incroyable. Géniale. Merveilleusement... forte.

Sous le plus léger de ses baisers, sa peau était traversée de frissons. Quand sa bouche plana à quelques centimètres au-dessus de son ventre, elle se mit à trembler.

Elle arqua son corps pour se rapprocher de lui. Il posa ses lèvres sur sa hanche avant de la mordiller. Un rire haché lui échappa, et elle le sentit sourire contre sa peau. Il baissa rapidement la braguette de son jean, puis défit le bouton, et son cerveau chassa ses derniers doutes : oui, c'était ce qu'elle voulait.

Elle se tortilla d'un côté sur l'autre pour qu'il puisse lui retirer son jean, et se retrouva bientôt allongée en culotte et soutien-gorge.

— À toi, maintenant.

Quand il se leva, elle eut une sensation de vide.

— Dépêche-toi, ajouta-t-elle d'une voix pressante.

Quand il revint s'allonger auprès d'elle, seul son boxer l'empêchait d'être aussi nu qu'elle le voulait. Elle caressa son torse, puis ses hanches, et l'étincelle jaillit de nouveau, encore plus forte. Elle sentait ses muscles se contracter sous sa paume, comme s'il était traversé par les mêmes décharges électriques qu'elle.

Elle fit glisser une main jusqu'à son entrejambe et il se cambra brusquement. Quand elle sentit son excitation, son désir enfla. Elle se rapprocha de lui et emprisonna ses jambes des siennes. D'une main, il défit l'agrafe de son soutien-gorge et posa une paume brûlante sur l'un de ses seins. Son téton durcit aussitôt, et il commença à le caresser lentement de sa paume à la peau rêche. Une chaleur aveuglante l'enveloppa.

— Oui, lui dit-elle. Touche-moi.

Ils étaient enfin pressés l'un contre l'autre, partageant leur chaleur, se rapprochant encore à chacune de leurs inspirations. Elle sentait chaque aspérité de ses paumes sur sa peau, assimilait chacune des courbes de ses bras et de son dos du bout des doigts.

Leurs bouches s'unirent pour exprimer silencieusement le désir qui les poussait l'un vers l'autre. Il caressa sa langue de la sienne et elle mordilla sa lèvre inférieure en crispant les doigts dans son dos. Quand il lui pinça doucement le téton, elle gémit dans sa bouche.

Elle resserra l'étreinte de ses jambes autour de celles d'Arash pour se presser contre son sexe en érection. La pièce était sombre, elle fermait les yeux, mais tout lui semblait parfaitement lumineux. Comme si leurs corps étaient sur le point d'entrer en fusion. Arash s'écarta légèrement d'elle, mais le lien qui les unissait était devenu tellement fort qu'elle ne ressentit aucune absence. Il posa la main sur l'élastique de sa culotte et, quand elle eut hoché la tête, la glissa entre ses cuisses.

Au premier contact de sa main avec cette partie tellement sensible de son corps, elle fut traversée par une véritable onde de choc, encore plus violente que ce à quoi elle s'attendait. Saisie de panique, elle s'agrippa à lui. Sa main s'immobilisa jusqu'à ce qu'elle ondule des hanches pour lui faire comprendre qu'elle n'avait pas peur. Oui, ils couraient des risques, ils étaient en surchauffe, comme un moteur auquel on en demande trop... Mais c'était précisément ce dont elle avait besoin.

Leurs corps s'arquaient tandis qu'il la caressait. Il embrassa sa bouche, son visage et son cou. Elle crispa ses doigts dans ses cheveux en sentant la délivrance approcher peu à peu. Elle se concentra sur chaque sensation jusqu'à comprendre comment ses nerfs se raccordaient les uns aux autres pour que tout son corps savoure la caresse.

— Magnifique, gronda-t-il.

Et parce qu'elle le crut, ce fut ce mot qui la précipita dans un orgasme dévastateur. Les bras d'Arash se resserrèrent autour d'elle, créant une cage protectrice contre laquelle elle s'écrasa.

Ce ne fut que quand elle eut repris son souffle qu'elle se rendit compte qu'elle avait planté ses dents dans sa clavicule. Il ne tressaillit pas quand elle desserra la mâchoire et posa la tête sur son épaule. Les dernières vagues de l'orgasme refluèrent, laissant derrière elles une légère sensation de brûlure. Mais elle n'en avait pas fini avec lui.

Elle se redressa et, appuyée sur un coude, effleura le torse d'Arash de ses ongles jusqu'à atteindre l'élastique de son boxer.

— Ne t'arrête pas, lui dit-il d'une voix sourde.

Elle pressa sa chair durcie à travers le tissu, et tira sur l'élastique du boxer jusqu'à ce qu'il se soulève pour qu'elle puisse le lui retirer.

Quand il emplit sa main, elle s'émerveilla de voir combien cet homme, tellement fort et habile, était troublé par elle et bandait ses muscles pour s'accorder au rythme de ses caresses. Il gémit, ravivant son désir. Son cœur se mit à battre la chamade. Ils fonçaient de nouveau ensemble, à travers les ténèbres.

Il se redressa brusquement pour s'asseoir sur le lit, l'entraînant avec lui. Il la contempla longuement, le regard chargé de désir, avant de se pencher pour l'embrasser. Ensuite, il la força doucement à se lever. Quand elle fut debout devant lui, il glissa ses doigts sous l'élastique de sa culotte et la fit glisser le long de ses jambes. Elle était nue. Enfin.

Debout à côté de ce lit qui ne leur appartenait pas, dans cette maison où ils n'auraient jamais dû se trouver, elle s'exposa hardiment au regard qu'il promenait sur elle. Elle vit sa bouche esquisser un sourire malicieux avant qu'il courbe la tête pour embrasser son ventre, sa hanche, le haut de sa cuisse, tout en enserrant sa taille des deux mains.

Elle caressa ses cheveux et se demanda comment ses jambes pouvaient encore supporter le poids de son corps. Mais elle savait que leur force venait de son désir, qui n'avait pas encore été assouvi. Elle s'écarta de lui pour prendre la boîte de préservatifs. Elle lui en tendit un, et il l'enfila.

En plongeant son regard dans le sien, elle se mit à califourchon sur ses cuisses. Il l'enlaça, et elle posa les mains sur ses épaules. Ils étaient face à face, sans aucun moyen de fuir ou de se cacher. Elle descendit lentement sur son sexe et l'entendit prendre une grande inspiration, en même temps qu'elle.

Après avoir consacré quelques instants à découvrir la façon dont leurs corps s'harmonisaient, ils commencèrent à bouger. Quand elle s'élevait, il se retirait d'elle. Quand elle se laissait retomber, il l'attendait, tendu vers elle. Leurs gémissements se mêlaient. Dans son cou, dans son oreille, elle sentait la douce caresse de son haleine. Cet homme la bouleversait, émotionnellement autant que physiquement, et elle absorbait toutes les sensations qu'il éveillait en elle, attisant encore les flammes qui la dévoraient.

Les attisant trop, à tel point que le sang se ruait dans ses veines. Leurs forces et leurs désirs combinés la poussaient vers l'anéantissement, vers un abandon total, dans l'assurance qu'il veillerait sur elle comme elle veillerait sur lui. Son cri résonna dans la maison vide. Arash lui répondit par un rugissement qui la secoua tout entière, la précipitant vers la plus délicieuse des destructions.

— Stephanie, chuchota-t-il.

Un nouvel orgasme fondait sur elle. Elle se pressa avec plus de force contre Arash, qui resserra son étreinte autour de son corps. Elle sentit la caresse de ses lèvres sur sa gorge et de ses dents dans son cou. Elle se lova autour de lui et s'abandonna totalement. La délivrance la percuta de plein fouet, faisant trembler ses membres, lui coupant le souffle.

Quand elle eut repris suffisamment de forces pour griffer le dos d'Arash, il la souleva et la déposa doucement par terre, sur l'épaisse moquette. Il la libéra de son poids en posant les deux coudes au sol, et elle noua ses chevilles autour de ses jambes pour le presser de continuer. Il l'embrassa avec fougue et plaqua de nouveau son corps contre le sien.

Elle était dévorée de l'intérieur par une flamme qui dansait au rythme croissant des mouvements d'Arash.

— Oui, Arash, chuchota-t-elle.

Ses va-et-vient se firent plus sauvages. Elle le serra plus fort et cria son nom. Il retroussa les lèvres, s'enfonça en elle une dernière fois, et elle sentit tous ses muscles se tendre quand l'orgasme le balaya, tandis que son propre plaisir palpitait encore dans tout son corps. Ils restèrent ainsi unis pendant un moment qui lui sembla durer une éternité.

Arash finit par se redresser pour s'allonger sur le dos, à côté d'elle. Il prit sa main dans la sienne et ils restèrent ainsi pendant un long moment, les yeux rivés au plafond. Quand Stephanie eut repris son souffle, elle murmura :

— On n'a pas vraiment eu besoin du lit.

— Mais ça pourrait arriver.

Il l'attira vers lui et l'embrassa. Elle se demanda comment il pouvait avoir autant d'énergie avant de s'apercevoir que le goût du désir inassouvi d'Arash ravivait les braises du sien. Elle lui ouvrit un peu plus sa bouche pour le lui faire comprendre. Quand ils se séparèrent, son sourire sensuel lui apprit qu'ils étaient loin d'en avoir fini.

— Et après, nous nous occuperons de ces petits gâteaux.

Il l'aida à se relever et l'entraîna vers le lit. Quand ils retourneraient à leurs occupations létales, à quelques kilomètres de là, la sécurité qui l'enveloppait en ce moment ne serait plus qu'un souvenir... et les souvenirs pouvaient disparaître. Mais le désir qui l'unissait à Arash était bien réel, et elle allait le serrer contre elle de toutes ses forces jusqu'à ce qu'ils retournent au cœur du danger.

16

— J'ai volé des voitures.

Arash resserra la couverture autour de ses épaules et de celles de Stephanie, rapprochant leurs corps nus.

— Avant de m'acheter une conduite, j'ai aussi volé des vélos, des pièces auto, de la nourriture..., ajouta-t-il.

Ils étaient installés sur un grand canapé, face à la fenêtre de la chambre. Dehors, tout n'était que silhouettes noires et grises, comme un paysage fait de bouts de papier déchirés et superposés. Il n'y avait pas âme qui vive à des kilomètres à la ronde.

— Et en ce moment, j'essaie de trouver un moyen de voler une maison.

— Les riches volent des maisons, dit-elle en regardant par la fenêtre. Mais ceux qui détiennent le pouvoir s'emparent de la terre.

Sa voix était vibrante d'émotion.

— C'est ce qui a failli arriver à l'une de mes amies. Et c'est aussi la raison pour laquelle Frontier Justice a été créé au XIXe siècle. À l'époque, beaucoup de gens se faisaient tuer, uniquement pour l'argent. Il fallait que quelqu'un les protège. Et ce combat est toujours d'actualité.

— Je suppose que la maison de mes parents a un nouvel occupant, maintenant. Une fois arrivés aux États-Unis, ils ont dû tout reprendre de zéro.

— Je suis heureuse qu'ils soient en sécurité, dit-elle.

Elle passa la main sur son bras et saisit son poignet.

— Et heureuse qu'ils aient élevé un homme bien.

— Je n'ai pas toujours été un homme bien.

Il plongea une main dans le paquet de petits gâteaux.

— Mais mes parents avaient été avocats. Et même si j'étais borné, j'ai compris quand j'ai eu dix-huit ans que je ne pouvais pas continuer comme ça. Passé ce cap, les conséquences sont autrement plus graves.

— Je n'ai jamais eu ce genre de problème, dit-elle. Nous avions assez d'argent pour l'éviter.

— Alors, d'où te vient ta conscience ?

Il passa la main sur la cuisse nue de Stephanie pour ôter les miettes qu'il venait d'y faire tomber.

— J'ai commencé à bosser pour mon père. Il a été furieux, mais je voulais étudier tous les aspects des affaires familiales avant d'y entrer pour de bon.

Ses paroles flottèrent dans l'obscurité, comme pour lui permettre de distinguer les recoins les plus sombres de la personne qu'elle était.

— Un jour, j'ai rencontré un étranger qui m'a raconté l'histoire de mon aïeul, Li Jie, et de Frontier Justice. Cet étranger est devenu un ami, et toute ma vie s'est mise en place.

— Ton parcours a l'air d'avoir été sacrément agité.

— Il l'a été, oui.

Elle se rapprocha de lui et il passa sa jambe sur la sienne.

— Et il l'est encore.

— Mon ami – Marcos – n'est pas revenu dans le droit chemin en même temps que moi.

Aucune des personnes qu'Arash fréquentait maintenant n'était au courant de l'existence de Marcos. En dehors de ses parents, qui l'avaient rencontré quand il était encore adolescent, mais l'avaient toujours jugé indigne de confiance. Pourtant, Arash ne l'avait jamais laissé tomber.

— J'ai toujours cherché à le convaincre de changer de vie, de venir faire des études de commerce avec moi, ou de trouver un emploi stable dans un garage. Mais il était trop accro à la drogue, n'avait pas les moyens de suivre une cure de désintoxication, et ne cherchait qu'à gagner rapidement de l'argent. Il conduisait bien et trouvait toujours un client.

— Je suis vraiment désolée, dit Stephanie.

Elle caressa la nuque d'Arash lentement, d'un geste apaisant.

— J'avais l'intention d'ouvrir mon propre garage dès que j'aurais gagné assez d'argent, reprit-il. Il y aurait eu une place pour lui.

Mais tous ces projets étaient loin, maintenant.

— Et sur quoi est-ce que tu travailleras dans ton garage ? demanda-t-elle en posant la tête sur son épaule. Des voitures modifiées pour les courses de rue ?

— Je voulais que ce soit l'équivalent d'un dispensaire de quartier, sans rendez-vous, mais pour les voitures. Avec des tarifs adaptés à chaque client. Les gens ont besoin de leur voiture pour aller travailler. Je voulais seulement qu'ils puissent continuer à se déplacer.

— Comme cette femme, dans le parking.

— Exactement.

Il fut gagné par une profonde tristesse en pensant que ce rêve ne se réaliserait sans doute jamais. Il n'était même pas sûr de survivre aux prochains jours.

— J'aurais passé des accords avec les fournisseurs de pièces détachées pour obtenir des subventions et mis en place un programme d'apprentissage pour les jeunes…

— Pour former la prochaine génération de mécaniciens, dit-elle en embrassant son épaule. J'adore cette idée.

Elle leva vers lui un regard empli d'une telle chaleur qu'il aurait pu se passer de la couverture.

— Tu es incroyablement généreux.

— Ce ne sont que des rêves.

— Peut-être, mais certaines personnes ne rêvent que de faire souffrir les autres, uniquement parce qu'ils le peuvent.

— J'ai rejoint la bande d'Olesk pour le faire souffrir.

Son cœur était-il tellement pur ?

— Parce que c'est lui qui ne rêve que d'argent et de domination. Et tu as vu ce que ça le pousse à faire.

— Si mes ancêtres avaient créé un groupe de justiciers, j'en ferais partie.

Jamais il n'oublierait ces taches, sur l'asphalte et le béton.

— Rejoins le nôtre.

Il la dévisagea. Son expression était grave, déterminée, et il doutait bien moins de sa générosité que de la sienne. Elle faisait partie d'une équipe soudée et organisée, qui apportait son aide aux personnes qui en avaient besoin. Mais lui, à l'inverse, n'avait entrepris ce voyage que pour que son ami repose enfin en paix. Ses motivations lui paraissaient maintenant affreusement égoïstes. Mais comment pouvait-il oublier sa soif de vengeance alors qu'elle avait été son unique moteur ?

— Je vais continuer à t'aider et à veiller sur toi, mais je ne rejoindrai pas votre équipe, répondit-il. Vous suivez des règles complètement différentes des miennes.

Elle ne s'écarta pas de lui, ne chercha pas à le convaincre. Elle se contenta d'acquiescer. Elle ne le voyait pas seulement comme un atout potentiel dans le combat qu'elle menait, et ce n'était pas ainsi qu'il pensait à elle, lui non plus – même s'il ne savait pas ce qu'elle représentait pour lui au juste. Tout ce qu'il savait, c'était qu'un vide se comblait dans sa poitrine quand il la voyait, et que le sang se ruait dans ses veines quand elle était contre lui.

Mais cette soirée avec elle n'était qu'une brève bouffée d'air pur, un moment de répit avant qu'ils replongent tous deux dans un univers de menace et de danger dont le poids pouvait l'écraser à tout instant. Il devait veiller à ce que cela ne se produise pas. Pour Marcos. Et pour Stephanie, qui était autant en danger que lui, sinon plus.

L'atmosphère de la chambre lui parut soudain glaciale, malgré la couverture. Lentement, ils se séparèrent et se rhabillèrent. Stephanie remit son pistolet dans son étui, qu'elle dissimula sous son blouson. Il enfila son jean et ses bottes. Ses vêtements étaient froids, et il ne pouvait que se raccrocher à la chaleur que Stephanie avait insufflée au plus profond de son être.

Ils ramassèrent tout ce qui aurait pu permettre de les identifier, laissèrent le lit et le canapé en désordre et sortirent de la maison comme ils y étaient entrés. Quand ils marchèrent vers le monospace dans le silence de cette nuit d'hiver, parfaite pour les prédateurs, il eut l'impression que la nature indomptée se refermait sur eux.

Il tendit les clés du monospace à Stephanie. Son visage était indéchiffrable. Quand elle démarra, le rugissement du moteur déchira le silence jusqu'aux tréfonds de la vallée.

— Lâche les chevaux, dit-il en se calant contre la portière.

Elle passa une vitesse, appuya sur l'accélérateur et le monospace bondit vers l'avant. Elle fonça dans les rues sinueuses du lotissement sans se départir de son calme, bien que les pneus hurlent dans les virages. Il était toujours gêné par le ballottement qui déséquilibrait l'arrière du véhicule, mais ils savaient comment y remédier. Quand il pensa qu'ils allaient travailler sur cette voiture aux côtés d'Olesk et de ses complices, son estomac se retourna.

Ce travail n'était qu'une étape de plus vers un dénouement mortel.

— On est bons, dit Stephanie.

Un petit sourire dansait sur son visage.

— Oui, on est bons.

Ils étaient également condamnés, mais il ne voulait pas y penser. Stephanie allait survivre à cette mission, il le savait. Mais même s'il y survivait lui aussi, comment l'avenir pourrait-il les réunir ?

Le monospace ressortit de la petite vallée à toute vitesse. Arash aurait voulu qu'ils restent dans l'obscurité, qui les rapprochait et les protégeait comme l'avait fait la couverture qu'ils avaient drapée sur leurs épaules, mais les lumières du camp d'Olesk apparaissaient déjà devant eux.

Le temps qu'ils atteignent la maison, seule la lumière de la chambre de maître était allumée. Stephanie se gara à l'arrière, et ils entrèrent par la cuisine. L'air était immobile, chargé de silence. Arash remit les clés du monospace à leur place, dans le garage, et gravit l'escalier en compagnie de Stephanie.

Ils s'attardèrent dans le couloir, entre leurs deux chambres.

Maintenant, il la connaissait vraiment, et il s'était dévoilé devant elle – mais pour tous les autres, leur vraie nature demeurait un secret. Il lui prit la main, et ses doigts l'enveloppèrent de leur chaleur et de leur force. Ensuite, ils se rapprochèrent pour un baiser qui aurait pu sembler bref, mais qui dura juste assez longtemps pour qu'il lui fasse comprendre qu'il ne l'oublierait jamais.

Cette nuit solitaire fut une véritable torture pour Stephanie. Elle aurait pu s'assoupir sur le canapé, blottie contre Arash, mais ils n'avaient pas pu échapper à la réalité assez longtemps pour assouvir tous leurs désirs. Elle aurait aimé pouvoir s'imprégner du lien qui l'unissait à lui pour se rappeler qu'on pouvait trouver un peu de douceur dans ce monde, mais ce besoin n'avait pas pu être satisfait.

Elle n'avait aucune envie de finir la nuit seule sur ce matelas posé à même le sol. Elle repensa aux instants qu'ils avaient passés l'un contre l'autre, nus sous la couverture, et ralentit le rythme de sa respiration jusqu'à ce que le sommeil la gagne.

Quand elle se réveilla, il faisait encore nuit, et elle fut étonnée d'être transie de froid alors qu'elle aurait dû être au chaud, dans les bras d'Arash. Elle aurait aimé pouvoir forcer le soleil à se lever. Elle avait hâte de travailler sur le monospace, hâte que la grande opération débute, hâte d'en finir avec tout ça.

Quand le soleil effleura enfin les collines, elle avait déjà fait sa toilette et préparait le café, dans la cuisine. Arash apparut dans l'escalier, le visage dur, et une douleur douce-amère la poignarda. Cette matinée aurait dû être tranquille, paresseuse. Leur appartenir, et à eux seuls.

— Tu es debout de bonne heure, dit-il, les yeux plissés par un sourire.

— Toi aussi.

Il attrapa un bol et une boîte de céréales.

— J'ai super mal dormi.

Sa voix rauque lui donna envie de retourner se coucher tout de suite. Avec lui.

— Moi aussi.

Elle remplit deux tasses de café et ils prirent leur petit déjeuner côte à côte, debout devant l'îlot central.

L'un après l'autre, les autres membres du gang apparurent dans la cuisine. Hector et Thom se gardèrent bien d'établir le moindre contact visuel avec eux, comme deux adolescents incapables de comprendre le monde des adultes. Olesk ne se départit pas de son attitude professionnelle, mais Ellie adressa un sourire rusé à Stephanie, qui le lui rendit avant de cacher ses lèvres derrière sa tasse de café.

Arash exposa à Olesk les modifications qu'il envisageait d'apporter au monospace. Ils discutèrent ensuite de la marche à suivre pour accomplir les autres tâches. Stephanie sentait sa patience s'effriter. Elle voulait pouvoir se concentrer sur le boulot. Si elle restait oisive trop longtemps, son esprit allait se mettre à vagabonder, imaginant pour elle et Arash toutes sortes de scénarios impossibles.

Elle fut la première à sortir de la maison, et Arash lui emboîta le pas. Une fois qu'ils eurent remis la roue de secours dans le monospace, ils n'eurent plus rien à faire, sinon contempler le véhicule. L'ordinateur avait été mis à jour, tous les boulons étaient vissés, mais Stephanie aurait tout donné pour tenir une clé à molette dans ses mains. Elle aurait peut-être oublié que tout ce qu'elle voulait, c'était les glisser au chaud, sous le blouson d'Arash, et lui poser encore plus de questions sur le garage qu'il rêvait d'ouvrir.

Hector et Thom ne l'auraient jamais laissée travailler avec eux et, de toute façon, le travail qu'ils faisaient était indigne d'elle. Olesk et Ellie étaient penchés sur le moteur de la Subaru. Il n'y avait eu aucune nouvelle information au sujet de l'opération qu'ils devaient mener pour le compte du Seventh Syndicate. Ses nerfs étaient tellement tendus qu'elle craignait qu'ils se rompent à tout instant.

Elle se tourna vers Arash.

— Tu ne penses pas qu'on devrait tester le monospace ?

— Pas la peine, répondit-il tristement. Il sera parfait, et on le sait.

— On peut toujours trouver...

Un grondement résonna au loin. On aurait dit le tonnerre, mais le ciel était d'un bleu pur, sans le moindre nuage à l'horizon. Le bruit se rapprocha, s'amplifia, dévoilant une résonance métallique, et elle reconnut le rugissement d'une grosse cylindrée américaine au moteur gonflé.

Elle se dirigea vers le côté de la maison, suivie par Arash, puis Thom et Hector. Ils regardèrent la route jusqu'à voir apparaître une Chevrolet noire.

— Chevrolet Chevelle SS de 1970, dit Arash.

Quand la voiture s'engagea sur le chemin, la lumière du soleil se réverbéra sur ses lignes pures. Elle n'était pas noire, mais d'un violet foncé métallisé, équipée de jantes sur mesure et de pneus larges qui lui donnaient une assurance sereine. En la voyant frémir tandis qu'elle avançait lentement sur le chemin de terre, Stephanie comprit que cette voiture était pensée pour rouler vite. Elle chercha à distinguer le visage du conducteur et d'un éventuel passager, mais les vitres teintées l'en empêchèrent.

Olesk alla à la rencontre de la voiture, mais Ellie resta en retrait, avec Stephanie et les autres. La voiture s'arrêta et le grondement qui emplissait l'air se tut.

La portière s'ouvrit et un homme d'origine asiatique descendit. Il avait entre vingt et trente ans, et portait un blouson d'aviateur rouge sang par-dessus un T-shirt noir. Une paire de lunettes de soleil qui avaient dû lui coûter au moins deux cents dollars était accrochée à son col. Il avait une coupe de cheveux élaborée, qui décrivait une vague. Olesk s'avança, lui serra la main et échangea quelques mots à voix basse avec lui. Mais les yeux de l'inconnu restaient fixés sur Arash et Stephanie.

Elle sentit un picotement de mauvais augure courir dans sa nuque. L'homme était calme, nonchalant même, mais il plissa légèrement les yeux en la regardant. Son visage redevint aussitôt impassible, mais sa peur n'en fut pas apaisée pour autant. Cet homme l'avait reconnue.

Elle essaya de ne rien laisser paraître de son trouble, mais soit Arash était branché sur ses émotions, soit il avait lui aussi remarqué l'expression de l'inconnu parce qu'il lui demanda, à voix basse :

— Tu le connais ?

— Non.

Les deux hommes continuèrent à discuter. Mais si le nouveau venu était en train d'apprendre à Olesk qui était le père de Stephanie, rien dans le visage du chef du STR ne le montra.

— Et toi ? demanda-t-elle.

— Jamais vu de ma vie.

— C'est David, expliqua Hector. Un super conducteur. Vous ne lui arriverez jamais à la cheville.

Sans quitter David des yeux, Arash lui répondit :

— Tu ne m'as jamais vu conduire.

— Je n'ai pas besoin de voir ce que tu peux faire pour savoir que ce type est meilleur que toi, répliqua Hector.

Olesk approcha, suivi de David.

— Tu connais les plus anciens de l'équipe, lui dit-il. Mais pas nos nouvelles recrues : Arash et Stephanie. Ils font du bon boulot, en mécanique et au volant.

David avança vers Arash, la main tendue.

— David.

L'homme n'avait pas le moindre accent et tout dans ses manières indiquait qu'il était né aux États-Unis.

Arash lui serra la main sans hostilité.

— Belle Chevrolet.

— Merci, vieux, répondit David avec un sourire amical.

Ensuite, il se tourna vers Stephanie.

— Stephanie, c'est bien ça ?

Il parlait comme s'il essayait de se rappeler ce qu'avait dit Olesk, mais elle savait qu'il jouait la comédie. Elle serra la main qu'il lui tendait, et il retint la sienne juste un peu trop longtemps.

De nouvelles embûches apparaissaient devant elle. Il fallait qu'elle redouble de prudence. En dehors de ses amis de Frontier Justice, personne n'était au courant de sa mission. Si David connaissait son père, la situation pouvait se compliquer jusqu'à devenir incontrôlable. Olesk avait demandé à Arash de voler quelque chose à son père afin de faire ses preuves, désignant ainsi implicitement la famille Shun comme une rivale du STR. S'il pensait qu'elle espionnait sa bande pour le compte d'Eddie Shun, elle était morte.

— Laisse-moi te montrer la flotte.

Olesk frappa l'épaule de David et l'entraîna vers l'arrière de la maison. Les autres lui emboîtèrent le pas, sans ressentir l'inquiétude qui taraudait Stephanie. Sauf Arash, qui resta un peu en arrière, auprès d'elle. Il se pencha pour demander, à voix basse :

— Des ennuis ?

Si elle voulait garder la vie sauve et préserver celle d'Arash, si elle voulait mener sa mission à bien, elle allait devoir négocier les prochains virages à l'aveuglette.

— Tu peux le dire.

17

Arash ne savait pas qui était David mais, si la présence de cet homme rendait Stephanie aussi nerveuse, toute cette histoire ne pouvait se conclure que dans une explosion dévastatrice. Et pour le moment, il ne voyait aucun moyen de l'empêcher.

Arash et Stephanie allèrent se poster à côté du monospace pendant qu'Olesk entraînait David vers les camionnettes. Le nouveau venu examina les cages aménagées à l'arrière et marqua son approbation par un hochement de tête. Arash en conclut que cet homme ne serait pas leur allié. Il inspecta ensuite les moteurs et ne se priva pas de critiquer le travail de Thom et de Hector. Les deux hommes ravalèrent leur frustration en comprenant qu'il leur restait pas mal de travail à faire.

Ensuite, David avança vers le monospace d'une démarche arrogante, en regardant tour à tour Stephanie et le moteur. L'homme ne s'intéressait pas du tout à Arash, qui comprit qu'il pourrait en tirer avantage. Il lui suffirait de ne pas se faire remarquer jusqu'au moment où il pourrait frapper. David se pencha sur le moteur du monospace et commenta :

— L'apparence d'une maman qui accompagne son fils au football, mais quand on regarde sous sa jupe...

Il laissa échapper un rire surpris.

— Bon sang. Qu'est-ce que vous avez fait ?

— Notre boulot, répondit platement Stephanie.

— C'est ce que je vois.

David se tourna vers Olesk, qui exultait.

— Tu ne mentais pas. Ces deux-là sont des recrues de choix.

Mais quelque chose dans le compliment, un écho avide, mit Arash en alerte. David inspecta l'habitacle du monospace avant de reculer pour considérer le véhicule dans son ensemble.

— Parfaitement passe-partout. Personne ne le verra arriver. Quand est-ce que je peux le voir rouler ?

— Rassemblez vos affaires, lança Olesk à la cantonade. On va faire un bout d'essai, et on file.

Ces quelques mots suffirent pour que tout bascule de nouveau. Ils allaient prendre la route, là où tout pouvait arriver. Puisque David était un membre régulier du gang, il représentait une nouvelle cible pour Arash. Mais il devait encore attendre l'occasion de frapper... peut-être qu'elle se présenterait au cours de l'épisode dans lequel Olesk allait les entraîner.

Il échangea un rapide regard avec Stephanie en traversant le débarras pour rentrer dans la maison. Ils gravirent l'escalier côte à côte, mais il ne sentit pas la chaleur qui frémissait d'habitude entre eux quand ils étaient aussi proches l'un de l'autre. Il ne pouvait se concentrer sur rien, sinon sur l'opération en cours et le désastre qui pouvait les frapper à la sortie de n'importe quel virage.

Il fourra rapidement ses affaires dans son sac à dos et ressortit de sa chambre. Stephanie l'attendait, son sac sur l'épaule, le visage fermé. Il posa sur elle un regard interrogateur et elle détourna les yeux. Mais il n'avait pas le temps d'analyser son attitude. Il fallait qu'il bouge.

Il prit les clés du monospace dans le garage et rejoignit Stephanie à l'extérieur. Les autres membres de la bande arrivèrent les uns après les autres. Une énergie teintée de nervosité flottait dans la cour. Stephanie mit son sac à l'arrière du monospace et se dirigea vers la portière de droite.

— C'est toi qui conduis en premier.

Il leva les pouces et attendit, debout à côté de sa portière.

Olesk rangea soigneusement un sac marin en cuir dans le coffre de la Subaru avant de lancer :

— Départ dans quinze minutes. Thom et Hector, profitez-en

pour faire les derniers réglages. Ellie et moi allons partir tout de suite, vers le sud de Reno. Nous verrons lequel d'entre vous est le premier à nous rattraper. Essayez de ne pas trop attirer l'attention, mais poussez les moteurs pour voir jusqu'où ils peuvent aller.

Ellie monta dans la Subaru.

— Je vous informerai du premier arrêt quand nous aurons tous quitté la ville, conclut Olesk.

Il chaussa ses lunettes de soleil, s'installa au volant et démarra. Avec des gestes d'une précision presque mécanique, il régla le siège, la ceinture et le rétroviseur, et la Subaru contourna la maison dans un nuage de poussière.

Arash s'assit au volant du monospace, boucla sa ceinture et regarda sa montre. Ces quinze minutes allaient être interminables, d'autant plus qu'il mourait d'envie de demander à Stephanie quel était le problème avec David. Mais comme ils n'étaient toujours pas certains que le monospace ne soit pas sur écoute, c'était impossible.

Elle brancha son téléphone sur l'allume-cigare et consulta sa montre. David chaussa ses lunettes noires, leur sourit et adressa un salut nonchalant à Arash.

— On se voit de l'autre côté de la ville, maman du foot.

— N'oublie pas qu'on est passe-partout, rétorqua Arash en lui rendant son salut. Tu ne nous verras peut-être pas du tout.

David regagna l'avant de la maison, où sa Chevrolet était garée. Quant à Hector et à Thom, ils travaillaient toujours avec acharnement sur les moteurs des camionnettes.

Après une éternité, Stephanie annonça :

— Deux minutes.

Elle boucla sa ceinture de sécurité.

— On n'arrivera jamais à battre cette Chevelle, dit-il.

Les modifications qu'ils avaient apportées au monospace en avaient fait un vrai bolide, mais la Chevrolet avait été conçue dès le départ pour être rapide et puissante.

— Pas sur cinq cents mètres, mais les rues sont faites pour rouler, répliqua-t-elle, les yeux étincelants. Et tu peux conduire mieux que lui.

Il fut rassuré par ces mots. Pour rester en vie, il devait conduire mieux que tout le monde.

Les secondes s'écoulaient avec une lenteur insupportable. Il regarda les camionnettes et dit :

— Je vais les laisser partir en premier. Je leur réserve une petite surprise quand on sera sur la route.

— Une minute.

— Parée ?

Il posa la main sur la clé, qu'il avait déjà glissée dans le contact. Les moteurs de Hector et de Thom tournaient déjà et la Chevrolet grondait à l'avant de la maison.

— Démarre, dit Stephanie.

Il tourna la clé et le moteur s'éveilla aussitôt. Elle se cala dans son siège et inclina la tête vers Hector et Thom.

— Ils vont partir en avance.

— Les nuls, répondit Arash.

Il leur fit un doigt d'honneur. En guise de réponse, Hector et Thom mirent le pied au plancher et foncèrent vers l'avant de la maison. L'arrière des camionnettes chassa et ils manquèrent rentrer en collision avant de disparaître.

— Top départ, annonça Stephanie en ramenant la manche de son blouson sur sa montre.

Arash libéra le monospace, qui contourna la maison à toute vitesse. Une fois dans la cour, il dut ralentir pour slalomer entre les voitures qui y étaient garées. David était déjà sur la route, et Hector et Thom fonçaient sur le chemin. Arash ne chercha pas à les rattraper. Il attendait d'être sur la route.

Olesk était loin mais, vu comment il aimait contrôler la situation en permanence, il devait avoir posé des mouchards sur tous les véhicules. Quand Arash atteignit la route, David entrait déjà dans les faubourgs de Reno. Thom et Hector étaient à mi-chemin. Stephanie prit son téléphone et tapota l'écran.

— Il y a des embouteillages vers la première rampe d'accès à l'autoroute. On va prendre la suivante, deux kilomètres plus loin.

— Affirmatif.

Il n'était pas un criminel, et elle non plus. Mais ils travaillaient bien ensemble et fonçaient vers un avenir inconnu. Une fois dans les faubourgs, Hector et Thom se mirent à conduire de façon plus agressive. Arash remarqua que les camionnettes chassaient un peu dans les virages, mais se comportaient bien dans les lignes droites.

— Dis au revoir à nos copains, lança-t-il.

Il mit le pied au plancher et le monospace bondit vers l'avant. Il ne lui fallut que deux secondes pour doubler Thom, avant de braquer brusquement devant lui pour doubler Hector de l'autre côté. Il regarda dans le rétroviseur et savoura leur expression abasourdie avant de s'éloigner à toute vitesse.

C'était un avant-goût de ce qui allait se passer. Il n'aurait aucun mal à éliminer les deux hommes. Olesk et David, par contre... ce serait une autre paire de manches.

Ils laissèrent les faubourgs derrière eux et s'insérèrent dans la circulation de la ville, qui était plus dense. Ils approchaient de la première rampe d'accès quand Stephanie tendit le doigt.

— Voilà la Chevy, dit-elle.

David était coincé dans un groupe de voitures qui avançaient au pas, près d'une zone de travaux. Arash le dépassa. David se dégagea aussitôt de l'embouteillage et fonça sur la rue. L'heure de pointe était passée, et les rues étaient assez dégagées pour une course-poursuite.

Stephanie avait vu juste. En ligne droite, la Chevy gagnait. David revint rapidement à la hauteur du monospace et fit rugir son moteur. Arash lui jeta un regard avant de braquer brusquement sur sa droite pour s'engager dans une rue adjacente. Le monospace négocia parfaitement le virage.

— On a bien fait de remettre la roue de secours.

— On dirait, oui.

Stephanie s'accrochait à la poignée d'une main, et tenait son téléphone de l'autre.

— Après ce virage, on est à trois rues de la prochaine rampe d'accès, annonça-t-elle avant de se retourner. David est derrière nous.

L'arrière de la Chevy dérapa dans le virage, comme celui d'un prédateur lancé derrière sa proie. Arash braqua sur la gauche pour s'engager dans le virage suivant et l'écart qui les séparait de David grandit. La Chevy les rattrapa quand même deux rues plus loin, mais il avait compris la stratégie qu'il devait adopter.

— Il faut toujours rester en mouvement.

Il tourna brusquement à gauche, puis à droite, et le monospace fila sur la rampe d'accès, devant David.

L'autoroute traversait les confins de Reno en direction du sud. Le monospace ne déployait pas toute sa puissance, mais Arash préférait ne pas rouler trop vite pour pouvoir ralentir si jamais des policiers apparaissaient. Mais David ne faisait pas preuve de la même discrétion. Il amena la Chevy tout près du pare-chocs arrière du monospace avant de se laisser distancer pour accélérer brusquement et les doubler. Arash continua à regarder droit devant lui. Il ne voulait pas que David ait le plaisir de voir à quel point il était agacé.

Ils approchaient maintenant des limites de la ville. La Chevy fila vers l'avant, mais resta en vue. Quand Olesk s'engagea dans une voie proche de la leur, tant David qu'Arash ralentirent pour adapter leur allure à la sienne. Deux minutes plus tard, les camionnettes les rejoignirent enfin et le téléphone de Stephanie vibra.

— Un texto d'Olesk, dit-elle. Prochain arrêt, Las Vegas. Dans huit cents kilomètres, à peu près.

— Il faudra que je m'arrête pour refaire le plein.

Six heures de route les attendaient, des millions de questions se pressaient dans son esprit, mais il ne pouvait pas les poser à Stephanie au cas où Olesk les aurait écoutés. Il tendit un doigt vers l'autoradio.

— C'est toi le DJ.

Elle régla la radio sur une station qui passait des tubes du moment. David fit un appel de phares avant d'accélérer. Olesk changea de voie et la Subaru disparut bientôt parmi les autres voitures. Quant aux camionnettes, elles étaient incapables de soutenir leur allure et furent bientôt semées.

— Est-ce que tu aimes Vegas ?

Est-ce que c'était là qu'allait se dérouler la grande opération du Seventh Syndicate ? Est-ce qu'il fonçait vers sa vengeance ?

— Elle promet toujours plus qu'elle n'en donne, répondit Stephanie en remontant ses lunettes de soleil sur son nez.

Elle tapa quelque chose sur son téléphone et le tourna vers lui. Il lut :

J'ai un ami à Vegas.

Il hocha discrètement la tête et elle effaça le message. Frontier Justice allait donc intervenir. Voilà qui allait jeter encore plus d'huile sur le feu. Mais il resterait à ses côtés, même s'il ne suivait pas les mêmes règles que son équipe. Et quand ils passeraient à l'action, Olesk et ses complices auraient beau lutter : la mort les attendrait au bout du chemin.

Chaque kilomètre les rapprochait un peu plus du désastre. Stephanie savait que Javier, son coéquipier au sein de Frontier Justice, était entraîneur de MMA à Las Vegas, mais elle n'avait aucun moyen de le contacter. Ce n'était peut-être pas dans cette ville qu'allait se dérouler la grosse opération, et son identité devait demeurer secrète jusqu'à ce que Frontier Justice passe à l'offensive. Mais malgré toutes ses précautions, David semblait avoir percé certains de ses secrets ; et, pour le moment, elle ignorait quelles étaient ses intentions.

Arash et elle s'étaient arrêtés le temps d'acheter quelque chose à manger et filaient maintenant le long des collines du Nevada, en direction de Las Vegas. Le signal de chacune des stations de radio qu'elle mettait finissait par se brouiller avant de disparaître tandis que le monospace dévorait les kilomètres.

Ils ne parlèrent que de voitures et de motos, sans jamais orienter la conversation vers des sujets plus personnels. Pourtant, elle aurait adoré lui demander ce qu'il préférait manger au petit déjeuner pour voir à quel point un sujet aussi anodin pouvait devenir scabreux.

— Il faut refaire le plein, dit Arash en étirant ses bras, l'un après l'autre. Où est la prochaine aire de repos ?

Elle consulta son application GPS.

— Dans dix kilomètres. Tu as besoin de quelque chose à la supérette ?

— Des petits gâteaux, dit-il d'une voix neutre.

Elle comprit qu'il ressentait le besoin de revêtir une armure de stoïcisme.

— Je vote pour.

Et si elle prenait sa main ou posait sa paume sur sa cuisse ? Non. Ce genre de geste n'avait pas sa place dans l'atmosphère menaçante qui les entourait.

Ils arrivèrent sur l'aire de repos sans avoir échangé une parole de plus. Pendant qu'Arash faisait le plein, elle se dégourdit les jambes en allant jusqu'à la supérette. Elle découvrit un magasin assez grand, regorgeant de souvenirs pour touristes et doté d'un grand rayon nourriture. Une douzaine de voyageurs allaient et venaient dans cette oasis posée au bord de l'autoroute. Leur expression légèrement hagarde indiquait qu'ils avaient roulé pendant trop longtemps.

Deux femmes se dirigèrent vers les toilettes et elle leur emboîta le pas. L'une d'entre elles n'avait pas refermé son sac à main, et son téléphone encore allumé en dépassait, à côté de son portefeuille. Stephanie se glissa derrière les deux femmes en les surveillant dans le miroir, s'empara du téléphone et alla s'enfermer dans le W-C le plus proche. Elle ouvrit rapidement l'application SMS, entra le numéro de Javier et écrivit :

Téléphone volé. Arrivons à Vegas de Reno aujourd'hui. Monospace gris avec Arash.

Les deux femmes ressortirent des W-C et allèrent jusqu'au lavabo en pestant contre le manque d'organisation de leurs maris. Stephanie se dépêcha de taper la fin de son message.

Olesk en Subaru bleue. Deux camionnettes blanches, une Chevy Chevelle customisée.

Les femmes sortirent des toilettes. Dès que Stephanie eut la confirmation que le message avait bien été envoyé, elle l'effaça du téléphone et se dépêcha de sortir des W-C. Elle rattrapa les deux femmes juste au moment où la première inspectait son sac à main, le front plissé, en marmonnant :

— Je dois l'avoir laissé dans la voiture.

— Excusez-moi, dit Stephanie en s'approchant et en lui tendant le téléphone. Je pense que vous avez oublié ceci près du lavabo.

La femme contempla le téléphone, ébahie, avant de la remercier du regard.

— Oh ! mon Dieu ! Il faut vraiment que je sorte de cette route avant de devenir folle. Merci mille fois.

Elle prit le téléphone et le remit dans son sac.

— De rien. Ça arrive à tout le monde ! répondit Stephanie en souriant aux deux femmes. Bonne route.

Elle s'occupa ensuite de ses courses. Elle prit une poche de mélange de fruits secs et choisissait un paquet de petits gâteaux quand une silhouette apparut à l'autre bout de l'allée. Un frisson parcourut ses épaules. David approcha nonchalamment, un sourire narquois sur le visage. Quand il ne fut plus qu'à quelques pas d'elle, il dit simplement :

— Stephanie Shun.

Elle était grillée. Mais elle ne capitula pas pour autant.

— Donc tu as des yeux.

— J'ai plus que ça.

Il avança d'un pas. S'il le fallait, elle pouvait lâcher ses emplettes et sortir son pistolet, mais cela sonnerait le glas de sa mission.

— J'ai des informations qu'Olesk n'a pas, poursuivit-il. C'est un privilège assez rare.

— Est-ce que tu es assez intelligent pour savoir ce que tu peux en faire ?

Elle aurait aimé le gifler jusqu'à effacer ce sourire suffisant de son visage, mais elle savait qu'il était aussi venimeux qu'un serpent. Avant d'agir, il fallait qu'elle connaisse ses intentions.

— Tu n'as jamais entendu parler de David Huang. Si c'était le cas, tu saurais que je suis assez intelligent pour conduire pour Olesk, gagner la confiance du Seventh, et…

Il se passa la langue sur les lèvres.

— Je veux une part du gâteau d'Eddie Shun.

C'était donc ça. Elle était son moyen de pression.

— La dernière personne qui a essayé de s'approprier le territoire de ma famille a été coulée dans les fondations d'un immeuble. En 1919.

Elle n'en était pas particulièrement fière, mais elle devait rendre coup pour coup.

— Les temps ont changé, commenta-t-il en haussant les épaules. La fille d'Eddie Shun roule pour le compte du STR, bien qu'Olesk ignore qui elle est.

Son sourire narquois s'estompa.

— Et si tu veux qu'il continue à l'ignorer, tu vas me donner le nom des types qui collectent les assurances de ton père et leurs itinéraires.

Ce que David – comme son père – appelait des « assurances » n'était qu'un bon vieux racket. C'était l'un des aspects les plus laids des affaires du père de Stephanie, mais il n'avait pas eu recours à l'intimidation depuis longtemps et trouvait parfois un moyen de réinjecter l'argent récolté dans les quartiers. Si ce racket tombait entre les mains de David, par contre, celui-ci instaurerait un règne de terreur.

Elle chercha un moyen de fuir le piège qu'il lui tendait sans se retrouver complètement déstabilisée, mais en vain.

— Laisse-moi un peu de temps pour réfléchir à cette offre généreuse.

Il éclata de rire.

— Tu as jusqu'à Vegas.

Sur ces mots, il tourna les talons et s'éloigna d'un pas souple.

Elle n'avait que quelques heures pour trouver une solution. Si elle donnait à David les renseignements qu'il exigeait, San Francisco serait le théâtre d'un véritable bain de sang. Mais que se passerait-il s'il dévoilait sa véritable identité à Olesk ? Les conséquences seraient désastreuses. Même si elle parvenait à échapper à Olesk et à ses hommes, tout le travail qu'elle avait fourni pour faire tomber le Seventh Syndicate n'aurait servi à rien. La grosse opération était imminente, et elle devait être présente.

Et, au beau milieu de cette toile d'araignée, il y avait Arash. Il pensait connaître tous ses secrets, il lui faisait confiance, et elle était sur le point de lui prouver qu'il avait tort. Elle n'avait qu'un moyen de se dégager du piège que venait de lui tendre David et, en s'en libérant, elle perdrait Arash pour toujours.

18

Les gens venaient à Vegas pour faire la fête, jouer, assister aux spectacles et se comporter comme si tous leurs actes étaient sans conséquences, mais Arash ne voyait que les embouteillages. Stephanie et lui avaient quitté la liberté de l'autoroute au moment où le soleil s'était couché pour se retrouver dans un flot de voitures qui roulaient au pas, sans paraître savoir où elles allaient. Des taxis s'inséraient dans le moindre espace libre pour gagner un peu de temps.

Mais ce qui le rendait le plus nerveux, c'était le mutisme dans lequel Stephanie s'était enfermée depuis qu'ils s'étaient arrêtés pour prendre de l'essence. Comme ils ne pouvaient toujours pas parler ouvertement, il lui avait, d'une mimique, fait part de son inquiétude. Elle avait répondu d'un geste qui se voulait rassurant avant d'écrire un autre message sur son téléphone pour lui dire de ne pas s'inquiéter, qu'elle réfléchissait à des stratégies.

Mais ce qui la travaillait semblait bien plus grave, et il soupçonnait que David n'y était pas étranger. Il avait repéré la Chevrolet sur l'autoroute, quelques minutes après avoir quitté la station-service. Bon sang, quel était le problème ? David était peut-être l'un de ses ex. À moins qu'il connaisse l'existence de Frontier Justice. Cet homme semblait assez calme et sûr de lui pour suivre une tactique à long terme.

Arash se tortura avec toutes ces questions en roulant lentement vers l'hôtel dont Olesk leur avait envoyé l'adresse par texto, peu après qu'ils étaient arrivés en ville. Stephanie tournait la tête de tous côtés pour surveiller les voitures qui les entouraient. Quand elle lui tapota l'épaule et tendit le doigt vers l'arrière, il vit que les deux camionnettes les suivaient à environ deux cents mètres. Il hocha la tête pour lui faire comprendre qu'il les avait vues, et demanda :

— Qu'est-ce que tu dirais d'un dîner quatre étoiles ?

Il avait hâte de se débarrasser d'une partie des milliers de dollars qui alourdissaient ses poches et son sac à dos.

— J'adorerais ça. Mais d'abord, je veux prendre une douche.

Mais elle ne semblait pas spécialement enthousiaste.

— Il y a bien des spas dans ces hôtels, non ? Je crois que je vais me faire enterrer sous des pierres chaudes.

Ce qui lui donnerait un avant-goût de ce qui pouvait se produire si tout tournait aussi mal qu'il le redoutait, et qu'il finissait dans un trou au milieu du désert.

— Je te verrais bien enveloppé d'algues, répliqua-t-elle, avec un sourire bien trop bref.

— Et des combats de boue ? C'est à la mode, non ?

Il en faisait trop, uniquement pour la détendre. Il eut l'impression que des bandes d'acier glacial se resserraient autour de son cœur.

— Des *bains* de boue, rectifia-t-elle avec un petit sourire narquois.

Ensuite, ils retombèrent dans le silence jusqu'à arriver enfin à l'hôtel. Arash se gara dans le parking et coupa le moteur. Le monospace sembla pousser un soupir de soulagement avant de commencer à refroidir en cliquetant. Dès qu'il ouvrit sa portière, Arash fut transi par l'air sec du désert et dut serrer le poing pour se convaincre qu'il avait encore la force de se battre. Stephanie et lui attrapèrent leurs sacs à l'arrière et verrouillèrent la voiture, qui semblait tout aussi banale que les véhicules qui l'entouraient.

Mais Arash avait l'impression que tout le monde pouvait voir la tension qui émanait de lui. Ils étaient à mi-chemin des ascenseurs quand Stephanie rompit enfin le silence qui s'était installé entre eux.

— Il faut que je te dise quelque chose avant que les autres ne le découvrent. Mais tu dois savoir que ça...

— Comment va la maman du foot ?

Olesk avançait vers eux, Ellie à ses côtés. Comme ils n'avaient pas leurs sacs, Arash devina qu'ils étaient arrivés depuis déjà un moment. Il s'interdit de penser à ce que Stephanie avait été sur le point de lui dire et admira la facilité avec laquelle elle se composait un visage neutre avant de répondre :

— C'est une vraie tueuse.

C'était tellement proche de la vérité. Olesk était loin de se douter qui ils étaient vraiment. Arash aurait aimé sortir son couteau et en finir ici, dans ce parking, juste pour savoir quel était ce nouveau secret que Stephanie s'apprêtait à lui confier.

Olesk éclata de rire.

— Ça me plaît. Elle va déchirer à LA.

Arash se crispa encore plus. Tout n'allait donc pas finir à Vegas. Il desserra les dents pour demander :

— On va quand même avoir le temps de dîner ?

— On passe la nuit ici, répondit Olesk en coulant un regard vers Ellie.

— J'ai déjà fait les réservations, confirma la jeune femme.

Ils étaient maintenant devant les ascenseurs.

— Mais d'abord, reprit Olesk, nous nous réunissons dans notre suite, la 1265.

Un frémissement de tension presque palpable monta de Stephanie, mais seul Arash le sentit. Olesk reprit :

— Arash, va chercher ta clé à la réception. La réservation est à mon nom, avec ton prénom. On se retrouve là-haut.

— Et ma chambre ?

Stephanie semblait parfaitement détendue, mais il savait que son calme n'était qu'une façade.

— Nous vous avons mis tous les deux dans la même, répondit Ellie avec un sourire entendu. Pour faire des économies. J'espère que ça ne te dérange pas.

— Pas du tout, répondit Stephanie avant de se tourner vers Arash. Et toi, ça te dérange ?

Dans ses yeux, la tempête faisait toujours rage.

— Un sou est un sou, répondit-il.

Plus rien n'était réel. Tout ce qu'il voyait, tout ce qu'il entendait, masquait une menace supplémentaire.

Olesk gloussa de rire et lui décocha un léger coup de poing dans l'épaule. Arash dut prendre sur lui pour ne pas lui tordre le bras. Ellie appela l'ascenseur et Olesk répéta :

— On se retrouve là-haut.

— J'arrive, répondit Arash.

Il scruta le visage de Stephanie qui lui répondit d'un hochement de tête, comme pour le rassurer. Il savait qu'elle était armée et pleine de ressources, mais ce n'était peut-être pas elle que le danger guettait dans cette suite, mais lui.

Les portes de l'ascenseur s'ouvrirent avec un tintement et Olesk, Ellie et Stephanie y entrèrent. Arash se raccrocha au regard de Stephanie aussi longtemps qu'il le put. Quand les portes se furent refermées, il inspira profondément, remonta son sac sur son épaule et entra dans le casino.

Des écrans vidéo lançaient des éclairs de couleurs criardes et les haut-parleurs crachaient un millier de morceaux différents, mais tous aussi entraînants les uns que les autres. Là encore, tout n'était que mensonges. Ce lieu avait pour seule vocation de faire couler le sang.

Parmi la foule des employés et des clients, dont certains jouaient et d'autres se contentaient de déambuler en admirant les lieux, Arash repéra une silhouette du coin de l'œil. David. L'homme montra la carte magnétique de sa chambre à un vigile et regarda rapidement Arash par-dessus son épaule avant de disparaître dans la foule qui se massait devant les ascenseurs. Mais Arash avait eu le temps de voir son sourire arrogant. Quelque chose de grave était sur le point de se produire, il le pressentait, mais il semblait être le seul à ne pas savoir de quoi il s'agissait.

Il gagna la réception et prit place dans la file d'attente. Quand il arriva enfin devant le réceptionniste, il bouillait à ce point d'impatience qu'il dut faire un effort pour rester poli. Mais l'homme se montra efficace et l'enregistrement ne prit que quelques minutes.

Arash le remercia, fourra la carte magnétique de la chambre

dans sa poche et se dirigea d'un pas vif vers les ascenseurs. Mais bien sûr, ce fut le moment qu'un crétin pris de boisson choisit pour lui foncer dedans, le poussant vers une rangée de machines à sous inutilisées.

— Attention, mec, prévint Arash.

Il posa la main sur l'épaule du petit Hispano-Américain aux mains couvertes de tatouages et y sentit des muscles fermes. Quand le type le dévisagea, Arash se rendit compte qu'il n'était pas ivre du tout.

— Vous êtes un gentil ? demanda l'inconnu.

— Non.

Arash avait remarqué la bosse sur le nez de l'homme et les cicatrices qui s'entrecroisaient sur ses doigts. Ce type était un bagarreur. Mais s'il le fallait, il n'hésiterait pas à se battre contre lui pour s'ouvrir la route de l'ascenseur qui le mènerait jusqu'à Stephanie.

— Moi non plus, dit l'homme avec un sourire en coin. Mais je ne suis pas un méchant non plus, Arash.

Cet étranger connaissait son prénom ! Il recula d'un pas, vérifia d'un coup d'œil que personne d'autre n'approchait d'eux et s'apprêta à devoir se battre. Mais l'homme leva les mains en un geste apaisant.

— Je suis un ami de Stephanie.

Peut-être, mais de quelle Stephanie ? Arash ne baissa pas sa garde. L'homme s'approcha de lui et ajouta, à mi-voix :

— Frontier Justice.

Il se détendit, mais juste un peu.

— Comment nous as-tu trouvés ? demanda-t-il.

— Elle m'a envoyé un message pour me dire quelles étaient les voitures que vous conduisiez, et j'ai passé le mot à mes amis camionneurs et taxis.

Tout comme l'inconnu, Arash continuait à épier la foule qui les entourait, mais sans voir aucun des hommes d'Olesk.

— Les flics et les fédéraux sont avec nous. Ils nous ont envoyé ta photo, reprit l'homme en tendant une main puissante. Je suis Javier.

— Heureux de te rencontrer.

Pour une fois, il était sincère. Il serra la main de Javier et demanda :

— Qui diable est David ?

Javier haussa les épaules.

— Aucune idée. Qu'est-ce que tu sais sur lui ?

— C'est un membre du gang d'Olesk. Un type d'origine asiatique. Il nous a rejoints hier et depuis Stephanie est très nerveuse.

— J'en parlerai aux autres. Autre chose ?

— Je dois me dépêcher de rejoindre la bande dans la suite d'Olesk, la 1265.

S'il avait trop de retard, Olesk le remarquerait.

— Stephanie et moi sommes dans la 810, ajouta-t-il.

— Tous les deux ? demanda Javier en inclinant la tête sur le côté.

Arash n'était pas d'humeur à expliquer sa relation avec Stephanie à cet inconnu. Il riposta :

— Tu es sa mère ?

Javier se hérissa, ce qui aurait intimidé la plupart des gens.

— Je suis son ami.

— Alors fais-lui confiance et laisse-la faire ses choix elle-même.

Comme le temps pressait, il changea de sujet.

— D'ici, nous irons à LA. Les deux camionnettes ont été transformées en cages roulantes qui peuvent transporter environ seize personnes chacune. Olesk a un 9 mm, mais je ne sais pas si les autres sont armés.

— Bon boulot, vieux.

Javier s'écarta de son chemin et ajouta :

— Fais attention. Et dis à Stephanie d'en faire autant. Ou ne le lui dis pas, si quelqu'un vous écoute.

— Bien sûr. Et merci.

— Tu me remercieras plus tard en m'offrant quelques bières et une bonne bagarre.

— Compte sur moi.

Arash se fraya un chemin à travers la foule pour gagner les ascenseurs, sans prendre la peine de regarder derrière lui. Il savait que Javier avait disparu, mais qu'il continuait à tout surveiller.

Jamais il n'aurait cru qu'un homme tel que lui puisse faire partie du groupe de justiciers. Il avait imaginé ses membres comme des personnes austères, voire un peu guindées. Mais après tout, Stephanie n'était pas guindée. Enfin... S'il la connaissait vraiment. Mais tout ce qui importait, c'était que son équipe soit de taille à affronter Olesk et le Seventh.

L'ascenseur était occupé par toute une famille de touristes surexcités. En les écoutant parler, il crut reconnaître de l'hindi. Comme un petit garçon ne le quittait pas des yeux, Arash lui adressa un sourire méchant qui l'envoya se réfugier derrière la jambe de sa mère. Ce gamin était futé.

Il descendit au douzième étage et frappa à la porte de la suite d'Olesk. Ce fut Ellie qui vint lui ouvrir. Il la suivit dans le salon spacieux, où le STR au grand complet occupait déjà les fauteuils et les canapés. Tous les rideaux étaient tirés, masquant une vue qui devait être incroyable. Il vit Stephanie assise, seule, d'un côté de la pièce. Son visage était neutre, mais son regard sombre. Hector et Thom étaient affalés dans leurs fauteuils, une bière bien fraîche à la main. Ellie alla se percher sur l'accoudoir du canapé où était installé David, qui était le seul du groupe à sembler d'excellente humeur.

Olesk tendit une bière à Arash, mais il la refusa d'un geste.

— Pas maintenant, merci. Après une douche, peut-être.

— Je ne vous retiendrai pas longtemps.

Olesk posa la bouteille sur le coin de la table basse.

— Le chargement sera effectué à 8 heures du matin. Vous devrez donc prendre la route à 3 h 45 au plus tard.

Arash avança de quelques pas, et les autres se penchèrent en avant.

— À 8 heures, donc, les marchandises sont chargées dans les camionnettes.

Arash sentit son estomac se tordre. Ces marchandises étaient des êtres humains.

— David et moi effectuons une surveillance rapprochée. Le monospace reste un peu en retrait pour faire le guet.

Arash jeta un regard vers Stephanie, qui hocha la tête. Olesk prit une autre bouteille de bière et la plaça sur le coin opposé de la table.

— Voilà le point de livraison. Un aérodrome. Décollage à 11 heures du matin, et ils n'attendront pas une minute de plus. Une fois les marchandises livrées, nous nous éparpillons.

Aucune adresse. Si Stephanie ou lui pouvaient recontacter Javier, ils n'auraient que peu de détails à lui fournir.

Olesk ramassa la première bière et la décapsula.

— Aucun de mes réseaux ne m'a alerté de la possibilité que nous rencontrions une opposition. S'il y a un contact, il sera accidentel. Soyez discrets. Pas de questions ?

Hector tendit le poing vers Thom, qui le frappa du sien, avant de répondre :

— C'est un très bon plan.

— Pigé, lança Arash.

Il était à cran. Toute l'équipe du STR serait rassemblée au point de chargement. C'était là qu'il leur réglerait leur compte. Il se tourna vers Stephanie.

— Tu veux dîner ?

S'ils étaient seuls, elle lui dirait peut-être ce qui se passait.

Elle se leva mais, au lieu de le rejoindre, se tourna vers David.

— D'abord, David a quelque chose à vous dire.

David se leva aussi, masquant sa surprise derrière une moue suffisante.

— Tu es sûre de toi ?

Elle lui décocha un regard dédaigneux avant de se tourner vers Olesk et les autres. Arash sentit l'adrénaline se déverser dans son sang et imprégner ses membres, et se prépara à devoir se battre pour sortir vivant de cette pièce.

— Puisque David n'a pas assez de tripes, reprit calmement Stephanie, je vais faire mon *coming out*. Je suis la fille d'Eddie Shun.

Un silence de mort s'abattit dans la pièce. Arash essaya de faire coïncider cette nouvelle information avec les autres pièces du puzzle qu'il avait eu tant de mal à assembler. Pour faire partie du STR, il avait dû voler Eddie Shun. Stephanie le savait forcément et pourtant elle l'avait aidé.

Olesk la regardait fixement, comme si elle était un cobra qui crachait son venin dans le salon de la suite. Ellie regardait Olesk, attendant ses ordres. Hector et Thom étaient bouche bée. Quant à David, il regardait tour à tour Stephanie et Olesk.

Stephanie poursuivit, avec un calme forcé :

— David attendait le bon moment pour vous annoncer la nouvelle, ou pour décider de se taire. Si je lui avais donné tous les tuyaux nécessaires pour qu'il mette la main sur les affaires de mon père, il aurait gardé le silence.

David esquissa un mouvement vers elle. D'instinct, Arash se déplaça de façon à se trouver entre lui et Stephanie. Mais qui voulait-il protéger, au juste ? Qui était vraiment Stephanie ?

— Il faisait ses petites magouilles dans le dos du STR, conclut Stephanie en posant un regard sombre sur David.

L'homme crispa la mâchoire et tendit le poing vers elle.

— La vraie question, c'est : que fait la fille d'Eddie Shun dans le STR ? Pas vrai, Olesk ? Qu'est-ce qu'elle fait ici ?

Olesk se tourna vers Stephanie, les mains ouvertes, prêt à agir. Sa chemise en flanelle pendait par-dessus son pantalon, et pouvait dissimuler son automatique.

— Très bien. Qu'est-ce que tu fais ici ?

Stephanie conservait une posture dénuée de toute agressivité, mais Arash se souvint qu'il avait dû être tout contre elle pour découvrir qu'elle était armée. Et dire qu'ensuite il avait cru qu'il la connaissait vraiment...

— Je conduis, répondit-elle d'un ton neutre. J'ai préparé les voitures pour ce boulot. Je me fais un nom.

Elle foudroya David du regard et compléta :

— Parce que je déteste que les gens ne voient en moi que la fille d'Eddie Shun.

Elle était très convaincante... Autant que quand elle avait dit à Arash qu'elle s'était éloignée des affaires de la famille, mais sans lui préciser la nature de ces affaires.

Olesk se tourna légèrement vers Arash.

— Tu as commis un vol dans l'entrepôt d'Eddie Shun, dit-il. Est-ce qu'elle a dit quelque chose quand elle t'a emmené de là-bas ?

— Pas un mot, reconnut Arash.

La course-poursuite lui apparaissait sous un jour nouveau. Sur le moment, il avait mis son refus de tirer sur leurs poursuivants sur le compte d'un sens moral rare dans ce milieu – ce qui l'avait amené à ne pas la voir que comme une criminelle. Mais il comprenait maintenant qu'elle avait sans doute voulu éviter que les vigiles, qui étaient des employés de son père, soient blessés.

— Elle ne t'a dit à aucun moment qui était son père ? insista Ellie, les yeux étrécis.

Sans quitter Stephanie des yeux, il répondit :

— Non.

Stephanie battit des paupières et une ombre de tristesse traversa son regard. Mais son visage redevint aussitôt impénétrable.

— C'est carrément bizarre, marmonna Ellie.

La voix de David s'éleva.

— On se fiche de ce qu'elle raconte à son petit copain. Moi, je ne suis pas tranquille.

Stephanie répliqua :

— Tu l'aurais été si je t'avais donné les informations que tu voulais.

David avança vers Olesk d'un pas rageur.

— Tu ne peux rien croire de ce qu'elle dit. On a déjà bossé ensemble, sur des grosses opérations, qui étaient des questions de vie ou de mort. Tu te souviens ?

Le chaos qui emplissait Arash s'éclaircit pendant un instant. Il savait de quelle mort parlait David.

Les traits d'Olesk devinrent aussi rigides que s'ils avaient été sculptés dans le marbre. Il demanda à David :

— Est-ce que tu as essayé de te servir d'elle ?

— Non, se récria David.

Mais il battit des paupières une fois de trop.

— J'attendais que nous soyons tous réunis pour vous parler, pour qu'elle ne puisse pas se dérober.

— Tu as attendu tellement longtemps que j'ai dû le dire à ta place, railla Stephanie.

D'une voix où la menace avait remplacé la moquerie, elle ajouta :

— Je pourrais être en train de dîner, à l'heure qu'il est.

Le visage de David vira à l'écarlate.

— Et tu chercherais un moyen de déformer les faits...

— J'ai compris ! lança Olesk en faisant mine de se boucher les oreilles. J'ai compris. Fermez-la, tous les deux, et conduisez. C'est pour ça que vous êtes payés. Est-ce que vous pouvez y arriver ?

— Tout à fait, répondit Stephanie d'une voix glaciale.

Olesk dévisagea David, qui semblait incrédule. Après une seconde, il lâcha :

— Bien sûr.

Comme si cela coulait de source.

Stephanie se tourna vers la porte en demandant :

— Autre chose ?

— À vous de me le dire, dit Olesk en dévisageant les autres, tour à tour. Est-ce que quelqu'un d'autre a une bombe à lâcher ?

Arash en avait une, mais il attendrait qu'Olesk soit dans sa ligne de mire. Si Stephanie ne lui réservait pas d'autre surprise avant qu'ils arrivent à Los Angeles.

— Henry Ford est mon père, lança Thom.

Il gloussa de rire et but une gorgée de bière. Hector trinqua avec lui et ajouta :

— Et le mien, c'est Carlos Chevy.

Olesk tendit le bras vers la porte.

— Sortez tous de ma suite.

Hector et Thom furent les premiers à s'exécuter, en parlant à voix basse et en étouffant des rires. Stephanie dit à Olesk :

— On sera sur la route à 3 h 30.

— Bien. Parlez moins et conduisez plus.

Il poursuivit, comme s'il s'adressait à des enfants :

— Demain, on a un boulot important à faire, pour des clients importants. S'ils sont contents, on le sera aussi. Mais s'ils ne le sont pas, ils nous couperont en morceaux.

— Compris.

Arash adressa un petit salut à Olesk et se dirigea vers la porte. Stephanie lui emboîta le pas. Quand ils furent dans le couloir, il lui donna l'une des clés de leur chambre, en se gardant bien de toucher sa peau pour voir si le désir crépitait toujours entre eux.

— On est dans la 810.

Elle chuchota :

— Je sais bien que tu aurais pu l'apprendre autrement...

Il s'arrêta dans le couloir et se tourna vers elle.

— C'est sacrément...

Il s'interrompit en voyant David les regarder de travers depuis la porte de la suite d'Olesk, à une douzaine de mètres d'eux. Il se remit à marcher vers les ascenseurs avec Stephanie. Ce ne fut que quand les portes se furent refermées sur eux qu'elle dit :

— C'est une catastrophe, je sais, mais je ne te mentais pas.

— À quel sujet ? Au sujet de quelle identité ?

Il la dévisagea. Il avait vu cette femme nue, il s'était dévoilé devant elle, et il ne savait toujours pas qui elle était.

— Javier est en bas, reprit-il. Et je parie que les hommes de ton père sont dans le coin eux aussi, tout prêts à me trouer la peau s'ils ont appris que nous étions ensemble.

— Mon père n'est pas comme ça, répliqua-t-elle.

— Il laisserait sa fille unique fréquenter un voleur de voitures ?

— Ce n'est pas ce que tu es.

Effectivement, ce n'était plus ce qu'il était depuis très longtemps. S'il était retourné dans ce monde, ce n'était que pour se venger. Et ensuite... il avait rencontré Stephanie.

— Qui sait qui est qui ?

L'ascenseur s'arrêta deux étages plus bas et d'autres personnes y montèrent. Stephanie et lui se détournèrent l'un de l'autre et il dut ravaler tellement de mots, de rage et de confusion que son cœur lui sembla étouffer. Une fois au rez-de-chaussée, il s'éloigna rapidement et repéra bientôt Javier, qui faisait semblant de jouer sur une machine à sous. Stephanie le vit, elle aussi, et se tourna vers Arash. Il fut bouleversé par la tristesse qu'il lut dans ses yeux, une tristesse qui l'emplissait lui aussi et qu'il ne savait pas comment chasser. D'un signe de tête, il l'invita à rejoindre Javier et s'éloigna dans la direction opposée.

19

Sur l'écran vidéo de la machine à sous, des panthères rôdaient dans la jungle, des tigres feulaient et des coups de griffes apparaissaient sur la grille qui s'affichait à chaque fois que Stephanie pressait le bouton, d'un geste mécanique. Mais le jeu était la dernière de ses préoccupations.

Javier était assis devant la machine voisine, lui tournant presque le dos afin que personne ne se doute qu'ils étaient ensemble. Elle parla juste assez fort pour se faire entendre par-dessus le boucan des machines, mais assez bas pour qu'il soit le seul à l'entendre.

— Départ à 3 h 30. On doit être quelque part à LA à 8 heures pour le chargement. On livre...

Elle s'interrompit quand une serveuse approcha et lui proposa un verre. Elle déclina l'offre, mais Javier répondit :

— Une bière, et beaucoup de chance.

— Je vais voir s'il nous en reste.

La femme avait le sourire facile et un léger accent d'Europe de l'Est. Quand elle se fut éloignée, Stephanie reprit son compte rendu en se concentrant sur les détails afin de résister aux émotions qui menaçaient de la précipiter dans les ténèbres.

— On livre sur un aérodrome. Décollage à 11 heures. Dis à Vincent de vérifier les plans de vol déposés dans tous les petits aérodromes du comté.

— Je le ferai, mais il sait ce qu'il a à faire. Après tout, il est chez les fédéraux.

Elle ignora sa remarque et ajouta :

— Je ne sais pas si le Seventh sera présent ou non.

— Ils ne laisseraient jamais une opération de cette envergure se dérouler sans surveillance.

Il poussa un cri de déception, censé faire comprendre aux autres clients qu'il avait raté le jackpot de peu, mais personne ne lui prêta la moindre attention. Quand il reposa les yeux sur la machine, il eut le toupet de dire :

— J'ai rencontré ton copain.

— Ce n'est pas mon copain, répondit-elle d'une voix étranglée.

— Pourtant, il bombait le torse comme s'il l'était.

— Les choses ont changé.

En dévoilant son identité devant la bande, elle avait allumé une mèche qui lui avait permis de se débarrasser de David, comme escompté. Mais l'explosion avait également détruit le lien qui l'unissait à Arash.

La serveuse porta sa bière à Javier, qui lui donna un pourboire exorbitant. La femme le remercia et ajouta :

— Ils sont en train de brasser tout un tonneau de chance. Elle devrait bientôt être prête.

— Ça va aller, merci, répondit-il en levant son verre. Mais vous devriez en porter un peu à cette jeune femme. Je pense qu'elle pourrait en avoir besoin.

— Je lui porte tout de suite, répondit la serveuse.

Quand la femme se fut éloignée, il commenta, l'air sombre :

— Tout finit toujours par changer.

Elle ne connaissait pas très bien Javier mais savait par Ty, qui était son meilleur ami, qu'il sortait tout juste d'une rupture difficile. Elle aurait tout donné pour pouvoir commander une bière, elle aussi, et parler à cœur ouvert avec lui, mais sa mission était loin d'être terminée. La gorge nouée, elle dit seulement :

— Je ne lui avais pas dit qui était mon père.

— Et il l'a découvert ?

Javier se leva pour remettre des pièces dans la machine.

— C'est moi qui l'ai annoncé au reste du gang. David Huang faisait pression sur moi, il fallait que je me débarrasse de lui.

Elle avait sauvé sa peau, mais à quel prix.

— Merde…, dit Javier en posant son verre vide pour se remettre à jouer. Et Arash est tombé des nues.

Il pressa le bouton de la machine et fit un tour complet sur son tabouret.

— Tu peux même dire qu'il s'est écrasé.

Elle pressa le bouton pour obtenir son ticket de gains et se leva. Elle ne pouvait pas rester trop longtemps assise à côté de Javier. Si un membre du STR les voyait, cela risquait d'éveiller les soupçons. Et d'ailleurs, si elle continuait à lui expliquer comment elle venait de détruire la confiance d'Arash, elle allait s'effondrer.

La machine cracha son ticket. Javier le prit et le lui tendit.

— Tu as gagné.

— Non, dit-elle. J'ai perdu.

Elle lui rendit le ticket et se perdit dans la foule.

Frontier Justice en savait maintenant autant qu'elle. Elle s'était délestée de toutes les informations qu'elle avait glanées au cours de ces journées épuisantes et chargées de tension. Mais le boulot n'était pas fini pour autant. Elle devait tenir bon pendant encore au moins seize heures. Ce n'était qu'à Los Angeles qu'ils sauraient si cette mission était réussie.

Quant à tout le reste… il rendait le son creux de l'échec. Elle traversa le casino et se retrouva dans une immense galerie marchande à plusieurs étages. Sacs et vêtements de luxe étaient exposés dans des vitrines agencées avec art, mais aucune couleur n'était assez vive, aucun métal assez brillant pour attirer son regard.

La confiance qui l'avait unie à Arash était la plus profonde qu'elle ait jamais connue, parce qu'elle était née dans des conditions éprouvantes. C'était comme s'il la connaissait… mais il ne la connaissait pas. En dévoilant le dernier de ses secrets, elle avait brisé cette confiance.

Elle doutait qu'il renonce maintenant à la quête de vengeance qui l'animait depuis le début. Ils allaient donc tous deux poursuivre leur mission respective, mais elle était incapable de prédire ce qu'il adviendrait de leur relation.

Elle s'arracha à ses pensées en voyant la dernière personne

au monde qu'elle avait envie de voir marcher vers elle d'un pas décidé. Si David arborait un sourire de façade, son regard était lourd de menace. Elle ne chercha pas à lui échapper. Il y avait trop de vigiles et de caméras de surveillance pour qu'il ose s'en prendre physiquement à elle.

— Tu te crois maligne, hein ? lança-t-il d'une voix sifflante.

Le visage de Stephanie se vida de toute émotion.

— L'idée venait de toi. J'espère que tu as retenu la leçon, comme les rares personnes qui ont eu la bêtise d'essayer de s'en prendre à nous.

D'une voix plus tranchante, elle ajouta :

— Personne ne me force la main.

— Tu ne t'en tireras pas comme ça, gronda-t-il en serrant les poings. Tu vas regretter de m'avoir ridiculisé devant Olesk.

Elle aurait voulu pouvoir lui reprocher sa brouille avec Arash, mais elle savait qu'elle était la seule responsable. Elle aurait dû lui dévoiler ce détail de son passé bien plus tôt.

— C'est toi qui as allumé la mèche, David, répondit-elle simplement. Si tu t'es brûlé, ce n'est pas ma faute.

David partit d'un rire moqueur.

— On verra bien qui sortira indemne de toute cette histoire.

Il se pencha vers elle et ajouta, à mi-voix :

— S'il n'y a que toi et moi, sans ton petit copain...

Quelque chose attira son attention, derrière Stephanie, et une lueur d'inquiétude scintilla dans ses yeux. Il recula d'un pas et dit :

— Regarde bien dans ton rétro.

Mais vu qu'il battait en retraite, sa menace n'eut pas beaucoup d'impact sur elle.

Il s'éloigna en se pavanant dans la galerie marchande et disparut derrière un coin de mur. Stephanie se retourna alors pour voir ce qui l'avait inquiété, et sentit un ruban de chaleur se lover autour de sa poitrine. Arash se tenait à quelques mètres de là. Ses cheveux détachés encadraient un visage dur comme la pierre, à l'expression sombre. Pas étonnant que David ait pris la fuite. La menace qui émanait de lui aurait ébranlé une montagne.

Il tourna les talons et s'enfonça dans la foule qui se pressait aux abords du casino. Dans sa poitrine, le brasier se mua en douleur. Il avait veillé sur elle mais, maintenant que David était parti, il s'en allait. Quand il disparut, elle sentit son corps se vider de toute chaleur.

Arash était assis au comptoir d'un restaurant bondé, dont les plats mariaient les cuisines asiatique et sud-américaine. Il avait commandé le repas le plus cher de toute sa vie, les petites assiettes qui se matérialisaient devant lui étaient joliment présentées et la cuisine, sans doute succulente, mais tout lui semblait parfaitement insipide. Du sport passait sur les écrans géants, mais il gardait les yeux rivés au miroir, face à lui, grâce auquel il pouvait surveiller la salle du restaurant et une petite partie du casino.

Stephanie était attablée dans ce même restaurant, face à la salle. Il ne parvenait pas à se rappeler si elle était arrivée avant lui, ou après. Aucun des autres membres du STR ne s'était montré – quant à David, il était demeuré invisible après le bref incident dans la galerie marchande. Ce serpent avait précipité la situation dans un dérapage incontrôlé. Arash ne savait toujours pas ce qu'il devait penser du dernier secret en date de Stephanie, mais il savait qu'il ne lui restait plus qu'un jour à attendre avant de pouvoir régler son compte à Olesk. Et il ne laisserait pas passer sa chance.

Il ne voulait pas regarder Stephanie dans ce miroir. Il voulait être assis face à elle, goûter ses plats et lui faire goûter les siens. Ou même demander au room service de leur monter un dîner et partager avec elle une nuit de découvertes sensuelles. Mais maintenant, c'était impossible. Les minutes étaient comptées, et il ne savait pas combien de temps il lui faudrait pour lui accorder de nouveau sa confiance. S'il y parvenait un jour.

Il continua à manger, mais sans parvenir à combler le trou béant et glacial qui s'était formé dans sa poitrine. Il posa les yeux sur les rangées de bouteilles d'alcool étincelantes, face à lui, et fut tenté de s'accorder une nuit d'inconscience. Mais les 3 heures du matin arriveraient vite, et il devait être frais et dispos.

Il lui suffit de poser les yeux une seconde sur l'assiette de bananes plantain frites et de tempura de crevettes qu'on venait de poser devant lui pour que Stephanie disparaisse de la table. Elle était maintenant debout à côté de lui.

— Je peux ? demanda-t-elle en montrant le tabouret libre.

Son calme tranchait avec l'agitation qui régnait tout autour d'eux.

— Bien sûr.

Que pouvait-elle trouver à dire pour réparer le mal qui avait été fait ?

— Je suis désolée, dit-elle en s'asseyant.

Quand le barman approcha, elle commanda un cocktail. Dès qu'il se fut éloigné, elle regarda Arash dans le miroir.

— J'aurais dû te le dire. Mais j'avais peur que tu y attaches trop d'importance. Je voulais qu'il n'y ait que toi et moi.

— Et Frontier Justice, compléta-t-il à mi-voix.

— Non.

Elle se tourna vers lui.

— Quand nous étions seuls dans le noir, il n'y avait que moi.

— Mais pas toi tout entière.

Dans le miroir, son reflet se redressa sur son siège.

— Tu n'en sais rien.

Sa voix vibrait d'émotion.

— Tu ne sais pas combien de moi tu as vu. Jamais je n'avais montré autant de moi à quiconque...

Elle se tourna de nouveau vers le miroir et reprit, d'une voix plus neutre :

— Celle que je suis n'a rien à voir avec mon père. Il ne sait rien de Frontier Justice. Mais il me fait confiance parce qu'il sait que personne ne me dicte mes choix.

Le barman fit glisser son verre jusqu'à elle, et elle posa une somme bien trop élevée sur le comptoir. Ensuite, elle se rapprocha de lui et les étincelles familières fusèrent entre leurs deux corps.

Arash n'aurait su dire si elles remplissaient le trou béant qui s'était creusé en lui, ou si elles en révélaient toute la profondeur.

— J'aurais dû te le dire. Maintenant, tu sais.

Elle se leva sans toucher à son verre et quitta le restaurant.

Arash repoussa les assiettes posées devant lui et régla l'addition en liquide. Il n'avait plus aucun appétit, et avait l'impression qu'il n'en aurait plus jamais. Il ramassa son sac à dos et passa du restaurant au casino. Il se dirigeait vers les ascenseurs quand il repéra Javier, assis devant une machine à sous. L'homme posa un regard entendu sur la place vide, à côté de lui, et se remit à jouer. Arash le rejoignit, glissa quelques pièces dans la machine, et attendit que Javier lui dévoile la tactique qu'allait suivre le groupe de justiciers.

Mais quand il parla, ce fut pour demander, désinvolte :

— Comment s'appelait la première institutrice pour laquelle tu as eu le béguin ?

Arash se retint à grand-peine de ne pas se tourner vers lui, et gronda :

— Ce n'est pas le genre de trucs que je te raconterais.

— Donc tu as des secrets, toi aussi. Comme Stephanie, constata Javier, sans quitter des yeux l'écran devant lequel il était assis. Et certains sujets sont difficiles à aborder. Enfin... Je pourrais tout te dire sur Mme Dominguez et la façon qu'elle avait de s'asseoir sur le bord de son bureau, mais si tu ne veux rien me dire, c'est ton droit.

— Je comprends.

Super. Maintenant il se faisait sermonner par un gars qu'il connaissait à peine. Même si ce gars avait raison.

— Alors, ne fiche pas tout en l'air, reprit Javier en glissant un billet dans la machine.

Arash remarqua la tête de mort tatouée sur le dos de sa main droite.

— N'oublie pas qui sont les méchants.

— Je ne risque pas de l'oublier.

Il lui avait suffi d'une seconde pour graver leurs visages au sourire froid dans sa mémoire.

— Mais je ne savais pas qui était Stephanie.

— Et maintenant, est-ce que tu le sais ? Est-ce que tu la comprends mieux depuis que tu sais qui est son père ?

Javier porta une bouteille d'eau à ses lèvres en coulant un regard vers lui.

La question résonna dans l'esprit d'Arash.

— Non, répondit-il enfin.

Découvrir cette femme l'avait profondément troublé. Jamais il n'avait rencontré quelqu'un comme elle.

— Veille sur elle, reprit Javier en prenant son ticket de gains. Vincent, des fédéraux, sera à LA demain. Mettez-leur la pâtée.

Il se leva et se fondit dans la foule. Arash attendit quelques instants avant de se lever, lui aussi, sans jouer les pièces qui restaient dans la machine. Si elles portaient chance à quelqu'un d'autre, tant mieux. Pour sa part, il préférait se séparer de cet argent taché de sang.

Quand il arriva dans la chambre, au huitième étage, Stephanie s'y trouvait déjà. Elle était assise sur le bord du grand lit, entièrement habillée à l'exception de son manteau et de ses bottes. Elle avait éteint les lumières et laissé les rideaux ouverts. Les lumières qui clignotaient en contrebas se reflétaient sur son pistolet posé sur la table de nuit.

Elle regarda Arash verrouiller la porte et laisser tomber son sac à dos près du grand canapé. Il balaya la pièce du regard et demanda :

— Est-ce que nous sommes seuls ?

— Oui.

Elle replia une jambe sur le lit pour se tourner vers lui.

— Est-ce que David a encore fait des siennes ?

Arash ôta son blouson, qu'il posa sur l'accoudoir du canapé. Ensuite, il s'assit, retira ses bottes, et fit jouer ses orteils pour les dégourdir.

— Je ne l'ai pas vu. Il ne tentera sans doute rien de plus avant que le boulot de demain soit fini.

Une moitié du visage de Stephanie était dans l'ombre. L'autre reflétait les lumières multicolores de la ville.

— Tu as eu des ennuis ?

— Non. J'ai seulement croisé Javier, qui m'a demandé de te dire que Vincent serait à LA quand nous arriverions. Et après, il m'a fait la leçon.

— Sur Frontier Justice ?

— Sur toi.

Le silence se fit dans la chambre.

Elle changea de position et lissa ses cheveux. Elle était sur la défensive.

— Qu'est-ce qu'il a dit ?

— Tout ce qu'il fallait dire. Nous sommes loin d'en avoir fait autant.

Elle était à un millier de kilomètres de lui, mais il était à un souffle de tendre la main vers elle.

Elle ramena les deux jambes sur le lit et s'adossa à une pile d'oreillers. Il aurait dû être cerné par le léger crissement des couvertures et du coton, non s'en trouver aussi loin. Il s'allongea sur le canapé et consulta la montre que Stephanie lui avait offerte. S'il s'endormait dans moins de neuf minutes, il pourrait dormir pendant cinq heures.

Il demanda :

— Est-ce que ton père veut que tu entres dans les affaires familiales ?

— Si la gestion m'avait intéressée, il n'aurait pas dit non.

Elle s'installa plus confortablement dans son nid.

— Mais quand il a appris que je bossais dans la rue, avec ses coursiers, il a été furieux.

— C'est là qu'on trouve l'action.

— Et les ennuis, compléta-t-elle. Dans la rue, j'ai appris quels étaient les enjeux et les conséquences possibles de ce genre de boulot. Et j'ai compris que je préférais aider les autres que les spolier.

— La dernière voiture que j'ai volée pour aller faire un tour avait un problème au niveau du démarreur, et la vitre de droite ne descendait plus. J'ai roulé sur deux pâtés de maisons avant de la garer et de partir à pied, alors que je mourais d'envie de la réparer.

Depuis ce jour-là, il avait réparé beaucoup d'autres voitures, mais aussi la vie de Marcos, avant qu'elle soit définitivement brisée.

— Tu auras ton garage. Tu vas y arriver.

— Un jour, peut-être, à partir d'après-demain.

Il ne savait pas plus qu'elle ce qui allait se passer au cours des douze prochaines heures.

Personne d'autre qu'elle ne savait qu'il rêvait d'ouvrir son propre garage. S'il survivait au lendemain, son rêve pouvait se réaliser. Mais le métal et le béton lui sembleraient bien froids si Stephanie n'était pas à ses côtés, en bleu de travail aux manches retroussées, pour ramener un moteur à la vie.

Elle prit son téléphone, et la lumière de l'écran se refléta dans ses yeux.

— J'ai mis l'alarme à 3 heures du matin.

Il prit la couverture pliée posée au pied du lit, et elle tendit le bras vers le côté du matelas où il aurait dû être allongé, auprès d'elle, pour ramener la moitié de l'autre couverture sur elle. Il retourna sur le canapé et dit :

— J'ai hâte d'être à demain.

La vengeance. Enfin. Mais ensuite, que lui resterait-il ?

— Bonne nuit.

Son téléphone s'éteignit, et son visage se confondit avec les ombres.

L'air de la chambre lui semblait affreusement froid et immobile. Il avait analysé tout ce qu'il venait d'apprendre sur elle, mais la brûlure de la trahison persistait au plus profond de son cœur, dans des recoins dont il n'avait pas soupçonné l'existence avant de la rencontrer.

— Je veille sur toi.

— Merci.

La voix de Stephanie traversa la chambre silencieuse.

— Je suis avec toi, moi aussi.

— Bonne nuit.

Ses paroles portaient en elles la chaleur de son souffle et de son corps. Il s'en enveloppa et, quand son cœur se fut un peu calmé, il ferma les yeux et se laissa gagner par le sommeil.

Il se réveilla avant que l'alarme se déclenche, et entendit Stephanie bouger dans le lit. Quand il ouvrit les yeux, il faisait aussi noir que quand il s'était endormi. Il se leva et fit jouer ses muscles pour les réveiller. Stephanie rengaina son pistolet et enfila son blouson. Il fit une toilette rapide et lui laissa la place dans la salle de bains. Quand elle en ressortit, il avait mis ses bottes et son blouson, et passé son sac à dos à l'épaule. Elle laça ses bottes, attrapa son sac et désactiva l'alarme de son téléphone.

— Prête pour Los Angeles ?

Son pouls se mit à battre sur un rythme accéléré.

— Tu conduis, je te guide, dit-elle. Il ne nous arrivera rien.

De l'autre côté de la porte les attendait un monde plein de criminels, de justiciers et de personnes qui couraient après une vengeance. Dès qu'ils auraient passé ce seuil, tout pouvait arriver. Il fit quelques pas vers elle. Elle s'approcha et tendit son visage vers lui. Il se pencha et l'embrassa. Aussitôt, toute la chaleur de son corps se concentra dans son torse. Elle crispa les doigts sur le tissu de son blouson, il referma ses mains sur ses épaules.

Ensuite, ils se séparèrent et passèrent la porte.

20

Arash et Stephanie roulaient depuis maintenant trois heures. Ils avaient déjà mangé le petit déjeuner qu'ils avaient acheté en route et fait le plein du monospace. Stephanie s'occupait de régler l'autoradio et attendait les directives d'Olesk pendant qu'Arash se concentrait sur la route. Il semblait calme, mais elle savait que ce n'était qu'une apparence.

Aujourd'hui.

Le soleil se leva enfin, annonçant le début de la journée qui les verrait récolter le fruit de leur travail. Plus ils se rapprochaient de LA, et plus Stephanie était nerveuse. Dans la lumière rasante du soleil, les ombres des voitures et des semi-remorques s'étiraient sur l'asphalte de l'autoroute. Elle n'avait repéré aucun autre véhicule appartenant au STR, et personne ne les avait contactés. Olesk attendait de son équipe qu'elle fasse preuve de loyauté et d'habileté, mais elle s'apprêtait à ruiner tout son plan.

Elle n'avait pas assez de renseignements pour pouvoir prédire le déroulement exact de l'opération, mais elle était emplie d'une certitude : quoi qu'ils fassent, ni Olesk ni le Seventh Syndicate ne pourraient effacer la chaleur réconfortante qui ne l'avait plus quittée depuis qu'Arash et elle s'étaient embrassés. La route qui les avait menés jusqu'à ce baiser avait été semée d'embûches. Elle y voyait la preuve que le lien qui les unissait valait la peine qu'ils se battent pour le préserver.

Tellement de vies étaient en jeu, aujourd'hui… Le plus sage aurait été de fuir, mais elle s'y refusait. Aux côtés d'Arash, elle fonçait vers le sud-ouest, vers des êtres humains qui avaient besoin de son aide, besoin de justice.

Ils étaient à moins d'une heure de Los Angeles quand elle reçut un texto.

— Olesk, dit-elle. San Pedro.

Elle entra l'adresse indiquée dans son appli GPS.

— Je ne sais pas où est San Pedro.

— Près du port et de Long Beach. À l'autre bout de la ville.

Ce qui expliquait pourquoi il leur avait laissé tellement de temps pour rallier leur destination.

— L'aérodrome ne doit pas être loin de là, mais à LA la distance se compte en temps, pas en kilomètres. Il peut falloir une demi-heure pour faire quelques centaines de mètres.

Arash accéléra, mais dut bientôt ralentir. Ils atteignaient une zone plus peuplée, où la circulation était plus dense. Quand l'autoroute devint une simple rocade, les voitures se firent encore plus nombreuses. Des conducteurs agressifs essayaient de se glisser dans le moindre espace pour gagner quelques secondes.

Arash se redressa et crispa les mains sur le volant.

— Avec ce monospace, on pourrait tous les écraser, grommela-t-il.

Mais ils restèrent discrets et continuèrent à avancer à la même allure que les autres voitures.

Elle tapa un mot sur son téléphone, toucha le bras d'Arash et tourna l'écran vers lui.

Bientôt.

Il hocha la tête. Ses traits étaient durs comme la pierre, son regard étincelait tel celui d'un prédateur.

Le vent froid qui balayait la ville hurlait contre la carrosserie du monospace. Sur les bas-côtés, la saleté de la route montait en volutes noires au-dessus des échelles perdues, des pare-chocs arrachés et des pneus éclatés.

Stephanie ralentit sa respiration et fit tourner la bague autour de son doigt. Elle avait son pistolet et son couteau, son téléphone était chargé. Elle connaissait les principaux acteurs de l'opération, les véhicules qu'ils conduisaient et l'adresse de leur première destination – qui était maintenant à moins de quatre kilomètres.

Ils sortirent de la rocade pour s'engager dans les rues d'un quartier semi-industriel. Des entrepôts et des usines défilèrent devant les vitres, puis de vieilles maisons de plain-pied et une épicerie à l'enseigne délavée.

— Deux rues.

Elle surveillait toutes les voitures qu'ils croisaient, à l'affût du moindre détail anormal.

— La prochaine à gauche. Notre destination sera sur la droite.

Arash suivit ses indications et ralentit en arrivant à la hauteur d'un cinéma désaffecté. Le cœur de Stephanie lui remonta dans la gorge. C'était donc là-dedans qu'étaient enfermées les victimes de la traite du Seventh Syndicate, qu'Olesk était chargé de convoyer jusqu'à l'aérodrome.

— On est bons, dit-elle.

Si Olesk les écoutait, cette phrase ne lui mettrait pas la puce à l'oreille. Mais Arash comprit ce qu'elle voulait dire et crispa la mâchoire.

Elle s'apprêtait à envoyer l'adresse du vieux cinéma à Vincent quand elle reçut un nouveau message d'Olesk.

— Continue à rouler. On doit aller quatre rues plus au nord et tourner en rond en attendant la suite.

Ils dépassèrent le cinéma et elle vit la voiture d'Olesk garée dans une ruelle, à un pâté de maisons de là. Il était assis au volant, impassible, Ellie à ses côtés. Quand ils eurent passé la ruelle, elle envoya l'adresse à Vincent. Il répondit rapidement.

J'arrive dans 20 minutes.
En mission officielle, avec des policiers locaux.
Ils ont été informés que j'ai des gens à l'intérieur.

Les deux camionnettes conduites par Thom et Hector croisèrent le monospace. Elles se dirigeaient vers le cinéma. Le ventre de Stephanie se noua quand elle pensa aux personnes terrifiées qui allaient bientôt être enchaînées aux banquettes. Arash fit jouer ses épaules d'un mouvement brusque, et elle se demanda s'il serait capable de canaliser sa soif de vengeance jusqu'à ce que le bon moment arrive.

Dès qu'il se gara le long d'un trottoir, sans couper le moteur, elle lui montra le message de Vincent. Il consulta sa montre. Comme elle, il savait qu'ils ne pouvaient pas attendre vingt minutes.

— Tu as repéré David ? demanda-t-il.

— Non. Il doit être plus près du cinéma.

Elle reçut un nouveau message d'Olesk, qu'elle lut à voix haute.

— Marchandises chargées. Dirigez-vous vers le nord. Ouvrez l'œil. Vous êtes notre première ligne de défense.

— Pas d'adresse, fit remarquer Arash en démarrant.

— Il la donnera à la dernière minute.

À ce moment-là, il serait trop tard pour informer Vincent et le FBI. Elle se retourna dans son siège et vit les deux camionnettes avancer lentement.

— Ils sont en marche.

Olesk dépassa les camionnettes à toute vitesse et disparut. Elle repéra la Chevy de David, à quelques rues derrière eux.

Arash regardait plus souvent le rétroviseur que la route.

— On ne peut pas les laisser s'éparpiller.

Il braqua pour faire demi-tour. Le moteur gronda et elle sentit une puissance comparable émaner de lui. Mais pouvaient-ils tout régler seuls, sans renforts ?

Elle vit qu'une berline escortait maintenant les deux camionnettes. C'était la voiture de Grant Hemmings.

— Le Seventh est ici.

Ils devaient passer à l'action tout de suite. Son cœur se mit à tambouriner.

— Vas-y, chuchota-t-elle.

Elle n'eut pas besoin de lui en dire plus. Le monospace bondit en avant. Face à eux, l'une des camionnettes tourna dans une rue adjacente. Les véhicules seraient bientôt trop loin les uns des autres pour qu'ils puissent tous les neutraliser.

Arash fonça vers la seconde camionnette, que David suivait à deux rues. Stephanie envoya un message à Vincent.

Maintenant.

Il répondit :

On arrive.

Arash fonçait droit sur la camionnette. Au tout dernier moment, il freina et dérapa sur le côté. La suspension modifiée supporta parfaitement la manœuvre, mais le cœur de Stephanie ne se calma pas pour autant.

Face à eux, la camionnette s'arrêta dans un hurlement de pneus. C'était Thom qui était au volant. Les mains levées, les yeux écarquillés, il essayait de comprendre ce qui se passait.

— Prends le volant, lança Arash.

Il descendit du monospace et s'élança vers Thom. Stephanie se glissa dans son siège et boucla sa ceinture. La mèche était allumée, et la détonation qui allait se produire étalerait tous les secrets au grand jour.

Arash courut vers Thom en tendant le bras vers le haut de la rue.

— Ils arrivent !

Thom baissa sa vitre.

— Qui ça ?

— Tu ne les as pas vus ?

Les muscles d'Arash brûlaient, prêts à passer à l'action.

— Laisse-moi conduire.

— Pas question. Ça ne fait pas partie du plan.

D'un geste du bras, Thom ordonna à Stephanie de sortir de son chemin.

— Le plan ? Tu l'as fichu en l'air quand tu as tué Marcos.

Arash posa les mains sur la vitre ouverte et vit Thom frissonner.

— Attends..., dit l'homme, perplexe. Qu'est-ce que tu as dit ?

Arash tendit le bras, l'empoigna par sa chemise en flanelle, le tira par la vitre et le projeta au sol. Thom roula sur lui-même avant de se relever, un couteau à la main. Il se jeta sur Arash en grondant :

— J'ai toujours su que tu étais un fils de...

Arash avait déjà sorti son couteau, lui aussi. S'il voulait survivre, il devait agir sans prendre le temps de réfléchir. Tout en frappant violemment le poignet de Thom de l'avant-bras pour dévier l'attaque, il enfonça sa lame dans le flanc de l'homme. Il l'y laissa pendant quelques secondes avant de la retirer. Thom s'effondra au sol. Tandis que le hurlement des sirènes déchirait l'air glacial, au loin, Arash se pencha sur lui.

— Si tu survis, tu pourriras en prison.

Un moteur vrombit, à une rue de là. La Chevy de David approchait. Arash ouvrit la portière de la camionnette et se mit au volant. Stephanie démarra aussitôt, et il suivit le monospace. Il entendit soudain des gémissements, derrière lui, et se retourna. L'horreur le glaça quand il vit, à travers la grille qu'il avait lui-même posée, les visages terrifiés de seize garçons et filles de différentes origines ethniques. Les plus jeunes semblaient avoir dix ans, les plus âgés étaient encore adolescents.

— Vous êtes en sécurité, maintenant, promit-il d'une voix étranglée. Vous êtes en sécurité.

Mais c'était encore loin d'être vrai.

David gagnait du terrain sur la camionnette. Stephanie effectua un brusque demi-tour et croisa Arash à toute vitesse. Avant que David ait pu le rattraper, Stephanie coupa la route devant la Chevrolet, qui s'arrêta net. Elle fit un nouveau demi-tour et fonça droit vers le flanc de la Chevrolet. Le moteur puissant rugit et David parvint à éviter la collision.

Une rue plus loin, Arash repéra trois SUV noirs équipés de gyrophares, qui roulaient sur sa droite. Il se dirigea vers eux en klaxonnant. Les SUV s'arrêtèrent en formation tactique et leurs occupants en descendirent. Arash bondit de la camionnette, les mains levées, et cria :

— Un coupe-boulons ! Il y a des gamins à l'arrière !

Un homme au teint sombre, vêtu d'un coupe-vent du FBI, avança vers lui en baissant son pistolet.

— Repos, ordonna-t-il. Il est avec moi. Allez chercher ce coupe-boulons.

Quand l'homme fut face à lui, il dit à mi-voix :

— Je suis Vincent. Ami de Stephanie.

Les autres agents du FBI ouvrirent les portes de la camionnette, découvrant les visages terrifiés des seize jeunes garçons et filles. À l'avant, la voix d'Ellie sortit du haut-parleur de la radio.

— Qu'est-ce qui se passe, bon sang ?

Arash ne pensait qu'à repartir.

— Stephanie est encore là-bas.

— Prends ma voiture, dit Vincent en lui tendant ses clés.

Arash jeta un regard vers l'énorme SUV aux allures de tank et secoua la tête.

— La camionnette est plus rapide. Fais en sorte que je puisse repartir vite.

Une femme approchait avec un coupe-boulons. Vincent la rejoignit et monta avec elle à l'arrière de la camionnette. Arash reprit place derrière le volant pendant que les deux agents sectionnaient les chaînes, au niveau des anneaux soudés aux banquettes. À mesure qu'ils étaient libérés, Vincent guidait les enfants vers l'extérieur, d'une voix douce.

— Par ici. Vous êtes en sécurité maintenant, sous la protection des autorités. Il ne vous arrivera rien.

La radio grésilla de nouveau.

— Aucune idée, dit Hector. Thom, ta position ?

Quand tous les gamins furent descendus, Arash démarra en trombe, sans même attendre que Vincent referme la portière.

— Thom, répéta Hector. Thom ?

Arash prit le micro et imita la voix de Thom de son mieux.

— Quelle est ta position ?

Hector répondit :

— À une dizaine de rues du point de chargement, sur une rue parallèle à la rue principale.

Arash fonça dans cette direction. Un peu plus loin, sur sa droite, il vit le monospace décrire un cercle serré pour éviter une charge de David. La voiture que Stephanie avait identifiée comme transportant un homme du Seventh Syndicate rôdait à quelques dizaines de mètres de là, comme si le conducteur ne savait pas trop ce qu'il devait faire.

Arash serra les dents et fonça vers l'aile arrière de la berline du Syndicate. Quand le conducteur le vit arriver, il était trop tard. Pour ne pas frapper la berline de plein fouet, ce qui aurait pu mettre la camionnette hors d'usage, Arash braqua au dernier moment. Le flanc de la camionnette percuta l'arrière de la berline, et une pluie d'éclats de verre et de plastique retomba à l'arrière de la camionnette par la porte demeurée ouverte. Arash s'était agrippé au volant pour ne pas être projeté sur le côté, mais la tête du conducteur de la berline alla heurter violemment son pare-brise.

Si la camionnette était encore opérationnelle, l'aile de la berline était tellement enfoncée qu'elle ne put parcourir qu'une trentaine de centimètres avant que la roue se bloque. Tout en prenant Hector en chasse, Arash vit le monospace foncer vers la berline. Il savait que Stephanie était une excellente conductrice, mais il fut gagné par l'inquiétude en la voyant foncer ainsi vers le danger. Il allait devoir agir vite et revenir vers elle pour lui apporter son soutien.

— Positions ! cria Ellie dans la radio. Positions !

Hector fut le premier à répondre.

— Je suis le plan. Aucun signe de Thom… Ah, le voilà.

Arash n'était plus qu'à un demi-pâté de maisons de Hector. Quand il fut à sa hauteur, il vit que le type tenait toujours le micro de la radio à la main.

— Bon sang, qu'est-ce que…

Il s'arrêta net quand Arash le dépassa et lui coupa la route.

Hector voulut passer la marche arrière, mais Arash ne lui en laissa pas le temps. Il fit demi-tour et coinça la camionnette de Hector contre un poteau téléphonique. L'homme descendit de son véhicule, les poings serrés.

— Qu'est-ce que tu me fais ?

— Ce que je viens de faire à Thom.

Il décocha un coup de poing à Hector, qui l'esquiva en se jetant sur le côté avant de foncer sur lui, tête baissée. Sous la force de l'impact, Arash eut le souffle coupé. Les deux hommes titubèrent au milieu de la chaussée pendant quelques instants. Arash reprit son souffle le premier et recula de quelques pas pour donner un coup de genou dans les côtes de Hector. Il enchaîna avec un coup de poing à la mâchoire qui projeta l'homme en arrière, puis un autre coup de poing, en plein ventre cette fois.

Hector agrippa le manteau d'Arash et souffla :

— Tu es un salopard de rat.

— Non, répliqua Arash en l'empoignant par son blouson pour l'attirer vers lui. Je suis un ami de Marcos.

— Marcos ?

Quand Hector comprit, il ouvrit de grands yeux et chercha à se dégager, mais en vain. Arash le repoussa violemment au moment où la Chevrolet de David fonçait vers eux. Il y eut un hurlement de pneus et Hector fut projeté sur l'asphalte. David braqua aussitôt et s'enfuit dans une rue adjacente.

D'un bond, Arash se mit au volant de la camionnette de Hector. Derrière lui, il entendit des sanglots étouffés et vit seize autres paires d'yeux terrifiés.

— Ça va aller, dit-il pour essayer de rassurer les gamins.

Sur sa droite, près d'une longue rangée d'entrepôts, il vit Stephanie arrêter le monospace à côté de la voiture accidentée de l'homme du Seventh Syndicate. L'un des SUV du FBI se dirigeait vers elle.

Quant à la Subaru d'Olesk, elle était devant lui. L'enfer s'était déchaîné, et Arash allait enfin pouvoir précipiter cet homme dans ses flammes.

21

Stephanie tira un Grant Hemmings hagard de sa voiture et l'aida à se redresser.

— Je te tiens.

Elle aurait adoré lui coller son poing dans la gorge avant de le remettre entre les mains de Vincent et des autres agents, mais la situation était trop instable. Et le FBI était encore trop loin pour qu'elle traîne Hemmings jusqu'à eux.

Arash s'éloignait dans la camionnette de Hector, à une rue de là, sur sa gauche. Elle l'avait vu se battre avec Hector et manquer se faire écraser par David, et elle savait qui était sa prochaine cible : Olesk. Mais il était au volant d'une camionnette remplie de victimes. Jusqu'où l'entraînerait son besoin de vengeance ?

— Dieu merci, vous êtes là, dit Hemmings d'une voix pâteuse. Sortez-nous de là.

Elle le conduisit jusqu'au monospace et il s'effondra sur la banquette arrière. Il regarda tout autour de lui et marmonna :

— Le FBI ? Pourtant, on a payé notre contact. Qui peut les avoir renseignés ?

Elle se remit au volant en cherchant Arash du regard, mais la camionnette avait disparu. À chaque hurlement de pneus, elle sentait son cœur lui remonter dans la gorge. Son destin et celui d'Arash pouvaient basculer à tout instant.

Elle démarra en trombe et fonça vers les voitures du FBI, mais fut coupée dans son élan quand la Chevrolet de David jaillit sur le côté. Elle braqua juste à temps pour ne pas quitter la route. La

Chevy fit demi-tour, dans un jet de fumée noire, et fonça sur elle. Elle s'éloigna à toute vitesse en cherchant un moyen de damer le pion à la voiture, qui était plus puissante que le monospace.

— Il n'est pas avec nous ? demanda Hemmings. Pourtant, je le connais. Bon sang, qu'est-ce qui se passe ?

Pour toute réponse, Stephanie tourna brusquement le volant. Hemmings glissa sur la banquette et fut projeté contre la portière. À tâtons, il s'agrippa à la ceinture de sécurité la plus proche. David fut pris de court par la manœuvre de Stephanie, mais il rectifia rapidement sa trajectoire et se rapprocha d'elle à nouveau. Elle braqua vivement, de l'autre côté cette fois. Grant fut projeté à l'autre bout de la banquette.

Elle voyait le visage furieux de David dans son rétroviseur. Maintenant qu'elle tenait l'homme du Seventh Syndicate, sa mission était presque accomplie. Mais elle ne savait toujours pas où étaient Arash et les gamins prisonniers de la camionnette qu'il conduisait, et la course-poursuite l'entraînait à l'opposé de l'endroit où elle avait vu les voitures du FBI pour la dernière fois.

Le monospace fit une soudaine embardée et le volant lui échappa. David venait de les emboutir et se laissait distancer pour recommencer. Elle parvint à reprendre le contrôle du monospace avant que l'arrière chasse trop fort, tout en réfléchissant à la manœuvre suivante. Au lieu d'accélérer, elle ralentit, comme si le monospace échappait encore à son contrôle. Elle l'entraîna dans un long dérapage sur le côté en bandant tous ses muscles pour résister aux forces qui cherchaient à l'arracher à son siège.

Le flanc du monospace représentait une cible trop parfaite pour que David ne morde pas à l'appât. La Chevrolet fondit sur elle en déployant toute la puissance de son moteur. Stephanie redressa sa trajectoire au tout dernier moment. La Chevrolet frôla le monospace, s'envola par-dessus le trottoir et alla s'écraser contre le mur d'un quai de chargement. Sous la violence de l'impact, la voiture se replia presque sur elle-même en crachant des jets de fumée et de liquides.

— Hé ! cria Hemmings, derrière elle. Maintenant, arrêtez cette voiture et dites-moi exactement ce qu'il se passe.

Il pointait un pistolet sur elle.

Olesk. Enfin. Arash allait pouvoir en finir. Il était assez près de la Subaru pour la rattraper.

Mais il devait également penser aux victimes qu'il transportait et dont la terreur semblait épaissir l'air, l'empêchant de respirer. Il avait neutralisé Thom et Hector, mais Marcos n'était pas revenu pour autant. Aucune voix n'était descendue du ciel pour le remercier d'avoir vengé son ami, ou lui pardonner de ne pas avoir été capable de le sauver. Les espoirs et les rêves de Marcos étaient morts avec lui, et rien de ce qu'il ferait n'y changerait quoi que ce soit.

Alors qu'il y avait, à l'arrière de cette camionnette, seize êtres humains qui avaient encore une chance de vivre.

Il renonça à pourchasser Olesk pour se diriger vers les voitures du FBI. Il entrevit le monospace qui fonçait entre des entrepôts, à deux rues de là, David aux trousses. Il accéléra encore, le sang en ébullition.

— Positions ! cria Ellie d'une voix chargée d'inquiétude. Positions !

Arash s'arrêta entre deux SUV du FBI et attendit que Vincent ait fait libérer les gamins.

— Ça y est. Ils sont sains et saufs, dit-il enfin.

— Stephanie, lâcha Arash entre ses dents serrées. Stephanie…

Il démarra en trombe. À la radio, la voix d'Ellie était de plus en plus angoissée.

— Que l'un d'entre vous nous donne sa position !

Arash prit le micro.

— Thom et Hector sont hors course.

Au loin, il vit le monospace effectuer un dérapage parfait et redresser sa trajectoire pour éviter David. La Chevy disparut derrière un entrepôt, mais le hurlement du métal froissé qui lui parvint suffit à Arash pour connaître l'issue.

— David aussi, ajouta-t-il.

La voix d'Olesk gronda, menaçante :

— Arash...

— Tu es le prochain sur la liste, Olesk.

Il resserra les doigts sur le micro, comme si c'était le cou d'Olesk qu'il tenait.

— Tu es le prochain parce que tu as accepté de conduire ces gamins en enfer contre de l'argent. Et parce que tu as tué Marcos.

Il jeta le micro et roula jusqu'à l'endroit où il avait vu Stephanie pour la dernière fois. Dieu merci, elle était toujours au volant du monospace. Mais son soulagement fut de courte durée : l'homme du Seventh Syndicate, assis à l'arrière du véhicule, pointait un revolver sur elle.

Non. Il aurait dû être là, avec elle. Non !

Elle freina sèchement tout en se baissant. Le torse de l'homme percuta le dossier du siège devant lui. Il y eut une détonation, et une vive douleur traversa Arash, comme s'il avait été touché. Mais la balle n'avait traversé que le pare-brise.

Stephanie descendit rapidement et courut vers l'arrière du monospace. Arash amena la camionnette à sa hauteur et en bondit avant même qu'elle se soit arrêtée. L'homme voulut lever son arme vers Stephanie, mais elle la lui arracha et la jeta par terre.

Arash ouvrit la portière du monospace et frappa le type au visage. L'homme s'effondra vers l'avant, mais se redressa aussitôt. Dans sa main était apparu un autre revolver, plus petit, qu'il pointa sur Stephanie. Arash noua les deux mains autour de l'arme pour empêcher le chien de s'abaisser.

D'un geste tellement vif qu'il en était flou, Stephanie sortit son couteau et le planta dans la cuisse de l'homme, juste au-dessus du genou. Il poussa un hurlement et lâcha son arme. Quand il releva les yeux vers Stephanie, son regard était celui d'un homme qui vient de comprendre qu'il a été trahi. Elle le regarda durement et dit, impassible :

— Tu es fini.

Une sirène hurla derrière eux. Arash attrapa l'homme par le

col et le tira hors du monospace. Le SUV de Vincent s'arrêta à côté d'eux juste au moment où Arash laissait tomber l'homme du Seventh Syndicate sur l'asphalte.

— Olesk, dit Stephanie.

Elle tendit le doigt vers la Subaru, qui fonçait entre des usines et des entrepôts. Si Olesk parvenait à gagner l'autoroute, il leur filerait entre les doigts. Arash bondit derrière le volant du monospace. Stephanie s'installa dans le siège passager.

— Finissons-en, lança-t-elle avec détermination.

Arash prit Olesk en chasse. Le vent hurlait par la portière arrière, qu'ils n'avaient pas pris le temps de refermer. Il tendit le bras vers Stephanie, qui lui prit la main. La peur et la colère qui avaient engourdi son corps refluèrent, laissant place à un regain de vie.

— Tu vas bien ? demanda-t-il.

— Oui. Et toi ?

— Je roule encore.

En voyant qu'elle fixait le rétroviseur extérieur, il regarda derrière eux et vit Vincent, debout au-dessus de l'homme du Seventh Syndicate.

— Tu l'as eu.

— On l'a eu, rectifia-t-elle. Mais on n'en a pas fini.

Olesk avait encore deux rues d'avance sur eux et approchait de la rampe d'accès d'une rocade. Arash poussa le monospace au maximum de ses possibilités. Stephanie s'agrippa à la poignée de la portière et observa les environs.

— Olesk conduit comme une machine, dit-elle. Surprends-le. Il ne saura pas comment réagir.

La Subaru s'engagea sur la rampe d'accès. Arash grilla un feu rouge, passa de justesse entre deux voitures qui arrivaient à la perpendiculaire et déboula sur la rocade. Il se rapprocha suffisamment de la Subaru pour voir Ellie préparer le pistolet d'Olesk. Au lieu de se laisser distancer, il profita de ce que la Subaru était retardée par un léger ralentissement pour accélérer et la doubler.

Olesk se dégagea rapidement et prit le monospace en chasse. Arash l'entraîna vers un échangeur routier à plusieurs niveaux.

— Accroche-toi.

Stephanie s'agrippa à la poignée et il pila au beau milieu d'une rampe d'accès. Le monospace dérapa légèrement sur le côté.

Surpris par la manœuvre, Olesk hésita. Il commença par freiner, avant de reprendre de la vitesse dans un hurlement de pneus. Dès que la Subaru fut à leur hauteur, Arash accéléra de nouveau et fonça droit sur elle. Olesk braqua sèchement en regardant de tous côtés, cherchant désespérément une issue. Mais il n'eut pas l'occasion de fuir : la Subaru emboutit une glissière de sécurité. Les pneus accrochèrent sur le béton et la voiture bondit par-dessus la glissière pour aller s'écraser six mètres plus bas.

Arash continua à rouler. La voiture d'Olesk gisait sur le toit, parmi les herbes folles.

C'était fini.

Marcos était toujours aussi mort, mais trente-deux personnes étaient hors de danger, et le Seventh Syndicate avait été touché en plein cœur. Et Stephanie était saine et sauve, à côté de lui.

Elle passa entre leurs sièges pour aller fermer la portière arrière. Il ralentit et s'inséra dans le flot de voitures. Le monospace redevint aussitôt parfaitement insoupçonnable. Il avait fait deux kilomètres quand il se rendit compte qu'il ne savait pas où il allait.

— Tu me guides ?

Stephanie sortit son téléphone.

— J'ai un message de Vincent. Le FBI contrôle la situation et les victimes sont saines et sauves.

Elle soupira longuement.

— Je vais lui dire qu'on est partis.

Après avoir tapé son message, elle posa le téléphone sur la console centrale.

— Ramène-nous à Vegas. Il me faut une chambre.

Elle tendit la main pour lui caresser la nuque. Il était toujours en vie...

— Avec toi, compléta-t-elle. Il faut que je recommence à respirer.

— Je t'emmènerai partout où tu voudras aller.

Elle se tourna vers lui. Ses yeux noirs étincelaient.

— Je suis prête à aller n'importe où, du moment que je suis avec toi.

Épilogue

Le cliquetis des outils pneumatiques et le tintement des pièces métalliques qui s'entrechoquaient composaient un tel vacarme qu'il fallait presque crier pour se faire entendre, mais Stephanie était ravie. Les odeurs mêlées d'huile de moteur et de gomme de pneus ajoutaient à son bonheur. Elle se percha sur le bord d'un bureau, dans un coin du garage d'Arash, et le regarda montrer à une jeune fille chacune des pièces du châssis du pick-up de Mariana Balducci, qui était sur le pont.

Les trois places de l'atelier étaient occupées et deux autres voitures attendaient à l'extérieur. Le garage faisait tout, de la vidange au remplacement de la pompe à eau. Et si un habitant de ce quartier d'Oakland s'y aventurait, il était certain d'avoir droit à un cours magistral sur le travail qu'on y faisait. Le garage n'était pas encore rentable, financièrement parlant, mais assurait d'autres bénéfices tout aussi inestimables à Arash et Stephanie, au quartier et même à la ville tout entière. Les clients pouvaient continuer à conduire pour se rendre au travail, et Arash formait les mécaniciens de demain.

Ty Morrison, le chef de la police locale, se tenait près de Stephanie. Il avait troqué le costume qu'il portait dans le cadre de ses fonctions pour une chemise de flanelle et un jean. La ressemblance qu'il offrait avec son aïeul aux traits sévères, tel qu'il apparaissait sur les photos du XIXe siècle, était frappante. Deux hommes noirs animés par une détermination sans faille. Mais Ty souriait.

— Le procès de Hemmings va bientôt débuter. Il va en prendre pour longtemps. Et les renseignements que tu as recueillis pendant l'opération ont affaibli le Seventh Syndicate. Ils ont mis un terme à leur trafic. Ils ont peur.

Sa mission s'était terminée deux mois plus tôt.

— D'après Vincent, le FBI a fait le ménage dans ses rangs. Maintenant, ils sont vraiment sur leurs talons.

Mariana entra dans le garage et le visage de Ty s'illumina encore un peu plus. Il alla à sa rencontre et l'embrassa, juste un peu trop longtemps pour la bienséance. Mais ce n'était pas Stephanie qui allait le leur reprocher : Arash et elle avaient été surpris au milieu de plusieurs longs baisers sur la terrasse de la ferme de Mariana, où était établi le quartier général de Frontier Justice. Généralement par Vincent, qui signalait sa présence par un toussotement embarrassé. Quant à Javier, il se contentait de grommeler et de se diriger vers le verger.

Mariana apportait quatre tasses de café sur un plateau. Elle en tendit deux à Stephanie et à Ty et leva l'autre pour attirer l'attention d'Arash avant de la poser sur le bureau. Arash lui répondit d'un signe de la main et son regard croisa celui de Stephanie. La température lui sembla aussitôt monter de quelques degrés, bien que le printemps n'ait pas encore commencé dans la Bay Area. Arash s'éloigna de sa jeune élève, les rejoignit et embrassa Stephanie sur la joue. Elle rougit de plus belle. Même le plus infime des contacts entre eux était comme chargé d'électricité. Elle l'avait découvert à l'occasion d'un dîner chez ses parents, quand Arash avait effleuré ses doigts sous la table.

Mariana but une gorgée de café et se serra contre Ty.

— Qu'est-ce qui ne va pas sur mon pick-up ?

— Rien de grave, répondit Stephanie. Il faudra peut-être seulement refaire les freins.

Arash acquiesça.

— Mais Stephanie a conclu un accord avec un fabricant de pièces de rechange.

— Ta présence apporte beaucoup aux gens du quartier, dit Ty.

— Il y a toujours quelque chose à réparer.

Arash posa les yeux sur le garage, mais Stephanie savait qu'il ne parlait pas uniquement de voitures. Grâce aux renseignements glanés par Frontier Justice et le propre réseau de Stephanie, et ceux que laissaient échapper les clients du garage, ils savaient que, si le Seventh Syndicate faisait profil bas, il n'avait pas disparu pour autant. Pas plus que les autres organisations criminelles qui s'en prenaient aux personnes sans défense.

Mais il en aurait fallu plus pour intimider Arash. Après avoir sauvé les vies des trente-deux gamins prisonniers dans les camionnettes, après avoir compris que venger Marcos ne suffirait pas à lui permettre de faire son deuil, il avait rejoint Frontier Justice. Grâce à lui, leur organisation était devenue encore plus puissante. Stephanie connaissait la force de cet homme, et la sentait tant à la lumière du jour qu'aux heures les plus sombres de la nuit. Quand elle avait rencontré ses parents, elle avait senti en eux la même détermination, similaire à celle qui motivait les actes de Ty, de Mariana et de tous les autres membres de leur équipe. Stephanie savait qu'aucun d'eux ne renoncerait jamais à accomplir leur mission, même quand ils semblaient n'avoir aucune chance de réussir. Ils avaient survécu à cette aventure, et ils survivraient à la suivante. Ils pouvaient remporter le combat dans lequel ils s'étaient engagés parce qu'ils luttaient tous ensemble.